FANPRO

Marc A. Herren wurde 1976 in Bern/Schweiz geboren. Als Sohn eines Bäckerehepaares lernt der Autor nach eigenen Worten »schon früh die Symbiose von Handwerk und Kreativität kennen«. Sein Interesse gilt fortan dem Lesen, Schreiben, Filme und Theater. Neben seinem Beruf verfasst Marc A. Herren parallel Kurzgeschichten und nimmt an Schreibwerkstätten teil. Peu a peu eignet er sich sein schriftstellerisches Handwerk an.
Durch seine Mitarbeit bei der Amateur-Serie »Thyderie« wird die PERRY RHODAN-Redaktion auf ihn aufmerksam. Mit dem Roman »Lazarus Tod« feiert der in der Schweiz wohnende Autor seinen Einstand in die fantastische Welt von PERRY RHODAN, der größten Science-Fiction-Serie der Welt aus dem Hause Pabel-Moewig.

Marc A. Herren

Der Silbermann

Vierter Band des Monolith-Zyklus

Originalausgabe

FanPro
Band 71016

Titelbild: Arndt Drechsler

Redaktion: Sabine Kropp
Lektorat: Michael Thiesen
Satz und Layout: Ralf Berszuck
Umschlaggestaltung: Ralf Berszuck
Druck und Bindung: CPI Moravia Books s. r. o., Tschechien

Besuchen Sie unsere Website *http://www.fanpro.com*

http://www.atlan.de

Printed in Czech Republic 2009

ISBN 978-389064-185-0

Für meine Eltern aus Liebe, für die Möslis in ewiger Freundschaft und für Hans Kneifel, ohne den ich weder auf Atlans noch auf Perrys Spuren gewandelt wäre.

Kleines Who is Who

Asphimin – der Ara ist 3000 Punkte wert
Amelia Marcos – die Funkerin muss kämpfen
Atlan – der Lordadmiral der USO zwischen Sirenen, Würmern und Krochten
Enz – ein Diener verrät seinen Herrn und muss bezahlen
Calipher-SIM – der Roboter erforscht sich selbst
Gortan Kolln – der Kommandant der MORPHEUS bringt die Rettung
Iasana Weiland – die Geisel der Silberherren schwebt in höchster Gefahr
Magor – ein kleiner Mann kann der großen Versuchung nicht widerstehen
Manja'Re – eine Frau entwickelt eigene Interessen
Melter a Dorin – die Marsianerin sieht, wie es in Santjun aussieht
Naileth Simmers – die Kommandantin der IMASO bangt und handelt
Nera – die junge Frau schenkt Santjun einen Augenblick des Vergessens
Onjar Marik – selbst in Gefangenschaft spielt das Ekel seine Trümpfe aus

Poltor – der alte Rebell ergreift die neue Chance
Rahin Ta – seine Jagd nach Punkten endet schmerzhaft
Ramit Claudrin – der Epsaler wird ein Gefangener der Zeit
Santjun – der Risikoagent der USO verwandelt sich
Thalia Lacroix – eine schöne Frau hofft vergebens
Torben Santorin – der Ortungsoffizier jagt die Silberherren
Wynona Clues – der Erste Offizier der MORPHEUS erinnert sich an Atlans Vergangenheit

Teil 1

Prolog

Ein neuer Tag brach an.

Magor ordnete die weichen Kissen und setzte sich auf den prunkvoll ausstaffierten Stuhl. Seine linke Hand legte sich auf die Lehne, in der die Schaltelemente eingelassen waren. Die Finger umschlossen den Steuerknüppel, zogen ihn leicht zurück. Mit einem sanften Ruck hob der Schwebestuhl vom Boden ab.

Wie an jedem Morgen stieg ein Gefühl der Erhabenheit im Herrscher Magorias auf. Aufzusteigen, bis in die Höhe der Panoramafenster, und den ersten Blick auf das noch im Dämmerschlaf liegende Magoria zu werfen; von allen Privilegien, die ihm zustanden, war dies das Einzige, was er wirklich genoss.

Er sah auf die tief unter ihm liegenden Krochten und fühlte, wie ihn die Empfindung der Macht durchdrang. Dies war sein Reich, seine Herrschaft.

In einigen Häusern brannte Licht. Ein Gefährt des Sicherheitsdienstes rollte durch die Gasse. Bald würden die Bewohner der innersten Krochten ihren Beschäftigungen nachgehen. Die Wissenschaftler, Logistiker und Strategen, die von ihrem Status profitierten und ihm die Macht über Magoria sicherten.

In den äußeren Krochten geschah das Gegenteil. Das Gesindel und der Abschaum zogen sich in ihre Häuser und Baracken zurück. Außer den ganz Verzweifelten, die auch den Tag dazu nutzen mussten, um zu überleben. Vielleicht ein paar Punkte zu sammeln, in der verrückten Hoffnung, ihre persönliche Situation damit zu verbessern.

Seine Mundwinkel verzogen sich zu einem überlegenen Lächeln. Alle Bewohner Magorias hatten eines gemeinsam: Sie waren nur Rädchen in einer gigantischen Maschinerie. Ob sie sich nun der Tyaheel-Forschung widmeten, einen SiDi-Posten führten oder für ihren Punktesaldo jemanden tranquilierten: Sie alle arbeiteten für ihn – Magor.

Sanft drückte er den Steuerknüppel zur Seite und der Stuhl schwebte langsam an der Fensterfront entlang. In etwa zwanzig Minuten würde er den Kreis vollendet haben und wieder an derselben Stelle vorbeischweben. Im Verlauf des Tages kam er so auf etwa dreißig Kreise. Dreißig mal 360 Grad Rundumsicht auf sein Reich. Dreißig mal Magoria.

In diesem Moment kletterte die Sonne über die fernen Berggipfel des Taljur-Gebirges und tauchte den Thronsaal in gleißendes Licht. Magor schloss die Augen und seufzte. Die Erhabenheit dieses Augenblicks durchdrang ihn, elektrisierte jede Zelle seines Körpers.

Kapitel 1

Wesenloses Grauen: Er

Er schwebte im konturlosen, dunklen Nichts.

Verzweifelt versuchte er, seinen Körper zu erfassen, ihn zu spüren, doch da war *nichts*. Dies war kein Traum, das wusste er genau. Und doch – oder vielleicht genau deswegen – blieb die Situation beängstigend und verwirrend zugleich.

Unfassbar.

Ja genau! Dies beschrieb den Zustand am besten. Doch was nützte es ihm, einen schwammigen Begriff für eine nicht exakt zu beschreibende Situation gefunden zu haben? Nur deswegen veränderte sie sich noch lange nicht.

Gedankenspiele.

Der Griff nach dem Strohhalm, der ihn vor dem Ertrinken in diesem wesenlosen Einerlei bewahren sollte.

Längst hatte er jegliches Zeitgefühl verloren. Ob er sich seit Tagen oder Wochen hier aufhielt – er konnte es nicht sagen. Vielleicht waren es aber auch nur Minuten oder gar Sekunden, die bis ins Unendliche gestreckt wurden und so für ihn zu einer nicht erfassbaren Ewigkeit wurden.

Er war allein mit sich und seinen Gedanken.

Aber: Wie manifestierten sich seine Gedanken, wenn er die Körperlichkeit verloren hatte? Was genau war *er?*

Er hatte sich stets in völliger Nüchternheit betrachtet. Sein Körper definierte sich aus einer beträchtlichen Menge Wasser, weiteren Materialien und einem gut funktionierenden Zusammenspiel von chemischen und elektrischen Effekten, die ihm gestatteten zu leben und zu denken. Er konnte nicht verstehen, dass es Leute gab, die von einer *unsterblichen Seele* sprachen. Hatten sie Angst davor, zu sterben und einfach in den Abgründen zwischen den Zeiten zu verwehen, als hätte es sie nie gegeben?

Allerdings: Befand er sich nicht genau dort? In einem Raum, der nur deshalb existierte, weil er ihn … *wahrnahm?*

Verdammt.

Er driftete ab. Seine Gedanken hetzten umher. Sprangen auf Laufbänder, die sie mal hierhin, mal dorthin trugen. Stets auf der Suche nach dem neuen Gedankenstrang. Weil es den Zustand des *Nicht-Denkens* nicht gab.

Er erinnerte sich an einen Sonntagnachmittag, als er noch ein kleiner Junge war. Sein Onkel hatte ihn gefragt, woran er gerade denken würde.

An nichts, hatte er geantwortet.

Niemand kann an nichts denken, hatte sein Onkel daraufhin geantwortet.

Das hatte ihn verblüfft und zum Nachdenken gebracht. Schließlich hatte er seinem Onkel recht geben müssen.

Niemand konnte bewusst *nichts* denken.

Auch jetzt nicht.

Verdammt!, dachte er wütend. *Nichts, nicht, nicht, nichts!* Das Gedankenkarussell drehte sich immer schneller. Verzweifelt versuchte er, gegenzusteuern. Wahllos setzten sich in seinem Denken frühere Episoden zusammen und vermischten sich mit Geschichten, von denen er gelesen, die er in einem Trivideo gesehen oder aus Erzählungen anderer aufgeschnappt hatte. Angst beherrschte mehr und mehr sein Denken.

Man kann vor allem davonlaufen, aber nicht vor seinen eigenen Gedanken! Irgendjemand hatte ihm dies einmal gesagt.

Verflucht! Was, wenn dieser Zustand nie mehr enden wollte? Was, wenn er dazu verdammt war, *ewig* im Nichts zu schweben, alleine mit seinen Gedanken, respektive *reduziert auf seine Gedanken!*

Was würde in diesem Fall geschehen? Würde er mit der Zeit einfach verrückt werden? Sich dem Irrsinn hingeben, weil ein Geist es nicht ertragen konnte, ewig zu denken?

Im realen Leben gab es den wunderbaren Mechanismus des Schlafens. Der Geist spannte für ein Weilchen aus und bot dem Unterbewusstsein die Gelegenheit, den ganzen Müll zu sortieren und abzutragen, der sich während der Wachphase angehäuft hatte.

Wenn er tatsächlich in dieser endlosen Gedankenschlange gefangen war, dann würde ihm dieses wohltuende *Auf-Null-Stellen* nicht gegönnt sein. Nie mehr.

Hatten diese unsäglichen Proklamierer einer unsterblichen Seele am Ende gar recht? Existierte dieses höhere, sphärenhafte Ich? Und wie stand es mit dem Ort, vor dem die selbsternannten religiösen Obrigkeiten stets gewarnt hatten; die *ewige Verdammnis?* Handelte es sich dabei um diesen Ort, und war er demzufolge nichts anderes als ein Verdammter, der für seine Sünden büßen musste?

Die Hölle ... Definierte sie sich nicht durch das Feuer, sondern durch das Gegenteil aller Elemente: die vollkommene Leere? Das Nichts?

Nein!, schrie er in Gedanken. *Ich muss mir selbst treu bleiben! Ich darf mich nicht in eine Sackgasse manövrieren, aus der ich nicht wieder hinausfinde, ohne meiner Seele* – meinem Geist! – *Schaden zuzufügen.*

Er musste sich auf etwas anderes konzentrieren. Etwas Schönes, Situationsneutrales.

Die Umrisse eines Frauenkörpers schälten sich aus dem Dunkel. Sie waren nicht übertrieben weiblich, sondern – wie er fand – genau richtig. Groß, schlank, langbeinig, das fingerlange blonde Haar leicht gewellt. Wunderbar kontrastierend dazu der eher dunkle Teint und die strahlend schönen, grün-braunen Augen.

Sie sah ihn besorgt an.

Er hatte ihr nie gesagt, wie gut dieser Blick ihm getan hatte, wie dankbar er ihr stets gewesen war. Nicht Mitleid hatte in ihren wunderbaren Augen gestanden, sondern ehrliche Anteilnahme. Und manchmal – doch in diesem Punkt konnte er sich auch täuschen – manchmal sogar noch ein wenig mehr.

Naileth, dachte er. *Weshalb bist du nicht bei mir? Das finale Nichts würde in deinem Beisein einen Großteil seines Schreckens verlieren.*

Er stutzte. Etwas hatte sich verändert.

Eine Ahnung entstand, breitete sich aus, nahm Gestalt an. *Seine Gestalt!* Langsam schien er zurückzukehren in die Körperlichkeit.

Es tat gut, sich wieder dort zu fühlen, wohin er gehörte – in seinen Kopf, in den Bauch, in die Hände und Füße. Gleichzeitig *spürte* er, wie Schmerz und Qual seinen Körper malträtierten. Der kalte und lähmende Einfluss war zurückgekehrt, wollte sich an seiner Lebensenergie laben und ihn töten.

Er stöhnte.

In einer entsetzlich langen und mühevollen Bewegung drehte er seinen Kopf und warf einen Blick auf das Chronometer an seinem Handgelenk.

Die Anzeige schien am 24. April 3112 um 21:16 Uhr eingefroren zu sein. Wie dies möglich sein konnte, entzog sich seinen Kenntnissen. Ein Chronometer hörte nicht »einfach so« auf zu laufen. Entweder fehlte es ihm an Energie, oder ein irgendwie gearteter Einfluss von außen hatte das empfindliche Innenleben in Mitleidenschaft gezogen. Doch in diesen Fällen würde sich das Gerät entweder völlig ausschalten, oder Fehlermeldungen generieren. In diesem Fall traf weder das eine noch das andere zu. Das verdammte Chronometer lief einfach nicht weiter.

Etwas traf ihn mit unvergleichlicher Wucht. Wie ein Spielball wurde er fortgeschleudert. Wenigstens nahm er dies so an. Ihm fehlten schlicht die Bezugspunkte, um wirklich sicher zu sein, ob er sich tatsächlich bewegte oder sich den Stoß nur eingebildet hatte.

Ihm fehlten – *Moment mal!*

Das Nichts hatte sich verändert. Es war nicht mehr konturlos und leer. Ganz im Gegenteil: Plötzlich vermittelte sich ihm der Eindruck von räumlicher Tiefe. In weiter Ferne schälte sich eine dunkelrot wabernde Musterung heraus. Wie ein fragiles Netz erschien sie ihm, verschmolzenen Seifenblasen gleich.

Ein Schaum aus leuchtenden Quallen.

Sein Geist weigerte sich zu begreifen, was er da sah.

Alles ging rasend schnell.

Die Zeit erwachte, griff mit ihren dünnen, Funken treibenden Fingern nach ihm und reihte ihn wieder ein in ihren Strom.

Eine nebelhafte Öffnung erschien. Er driftete darauf zu und sie verschluckte ihn. Im nächsten Augenblick fand er sich zurück in der Dimension, in die er gehörte.

Er schrie.

Entsetzliche Kälte beherrschte seinen Körper, klirrender Schmerz. Er war in die Wirklichkeit zurückgekehrt. Doch das Grauen endete damit noch lange nicht.

Er war wieder er.

Santjun. Risiko-Spezialist der USO. Auf Gedeih und Verderb an den unsterblichen Arkoniden Atlan gekettet.

Seine persönliche Hölle hatte eben erst begonnen.

Kapitel 2

Ankunft: Atlan

Blaues Wabern erwartete mich.

Wie ein Verdurstender, der nach mehreren Tagen Fußmarsch endlich zu einer Oase findet, stolperte ich durch die von silberfarbenen Gewächsen umrahmte Pforte.

Sofort prasselten tausend verschiedene Reize wie ein Bombardement wütender Fäuste auf mich ein, überfluteten meine Sinne, drohten mich zusammenbrechen zu lassen.

Alles verzehrende Schmerzen fraßen sich durch meine Nervenbahnen. Davon überlagert und doch eindeutig zuzuordnen, fühlte ich die charakteristische Todesstrahlung des Monolithen.

Konzentriere dich!, kam der scharfe Befehl des Extrasinns. *Analysiere die Situation. Handle!*

Mein zweites Ich. Ebenso nervtötend wie wertvoll in dieser Situation, in der das eigene Bewusstsein nicht mehr in geordneten Bahnen denken und entscheiden konnte. Wie Pfeiler ragten die Anweisungen des Extrasinns aus dem Chaos optischer, physischer und psychischer Reize. Ich streckte beide Arme nach ihnen aus.

Die Kampfroboter! Sie müssten den Übergang unbeschadet überstanden haben.

Mit schwerer Zunge befahl ich über den Helmfunk Calipher-SIM und den beiden anderen Kampfrobotern, uns abzuschirmen. Trotz meiner undeutlichen Aussprache kam der Befehl an. Durch einen Tränenschleier sah ich, wie die drei silbrig glänzenden Maschinen ausschwärmten und sich um uns in Dreiecksformation aufstellten. Der Helmempfänger übertrug ein mehrkehliges Stöhnen. Meine Leute hatten noch stärker als ich mit den Nachwirkungen des Übergangs und der Reizüberflutung zu kämpfen, die in der Empfangsstation herrschte.

Die Terranerin Amelia Marcos, vor kurzem noch Funkoffizier der abgestürzten IMASO, stützte sich erst würgend auf die Knie ab, bevor sie kraftlos zu Boden sank. Ramit Claudrin, der mit Bärenkräften ausgestattete Epsaler, wehrte sich erfolglos gegen den Zusammenbruch und riss im Fallen Major Simmers und Oberleutnant Santorin mit sich. Der Boden erzitterte, als der zentnerschwere Claudrin aufschlug.

Das war nicht Claudrin!, vernahm ich das Wispern des Extrasinns.

Tatsächlich. Das Beben setzte sich fort. Der gesamte Monolith schien sich zu schütteln – wie ein Hund, der lästiges Ungeziefer loswerden wollte.

Ich blinzelte, versuchte durch den Tränenschleier vor meinen Augen etwas zu erkennen. Sanft arbeitende Luftdüsen rückten dem Sekret zu Leibe. Dennoch blieb es unmöglich, durch das stechend blaue Licht Details der Umgebung auszumachen.

Ein schwarzer Schatten schob sich neben mich. In seinen Händen hielt er – ebenso wie ich – einen schweren Kombistrahler der USO.

Santjun.

Er war der Einzige aus unserer Einsatzgruppe, der sich noch auf den Beinen halten konnte. Trotz des schlechten körperlichen Zustandes, in dem er sich befand. Durch das Visier seines Helmes erkannte ich, dass auch er seine Grenzen überschritten hatte. Der Schweiß lief ihm in Strömen über die Stirn, und seine Augen zuckten unstet und nervös. Langsam hob er die Arme mit dem Strahler.

Etwas blitzte auf. Es knisterte leise, als der Schutzschirm des vordersten Roboters aufleuchtete.

In einer synchronen Bewegung ruckten die Waffenarme der drei Roboter hoch. Mehrere Thermoschüsse lösten sich von ihren Abstrahlmündungen, vereinigten sich an einem Punkt in stechendem Blau. Ein Schutzschirm blähte sich flirrend auf, bevor er verpuffte. Der nächste Energiestrahl erledigte den Rest.

Eine humanoide, gelbliche Fackel flackerte auf. Die Außenmikrofone übertrugen den kurzen, grässlichen Todesschrei des Verbrennenden. Sekundenlang stand er da, als wolle er den Elementen und seinem Schicksal trotzen. Dann fiel er in sich zusammen, die Flammen erstarben. Das Blau floss zurück, eroberte wieder den Raum, der ihm kurzzeitig abhanden gekommen war.

»Selbstständig ... sichern!«, ordnete ich keuchend an.

Aufglimmende Grünwerte in meinem Helmdisplay zeigten an, dass die GLADIATOREN den Befehl verstanden hatten. Selbst Calipher-SIM sandte mir den Impuls. Das skurrile Kunstbewusstsein, das sich im Chassis eines unserer durchschlagkräftigsten Kampfroboter in alter Frische manifestiert hatte, war immer wieder für Überraschungen gut.

Die Akte Calipher-SIM werden wir zu einem späteren Zeitpunkt diskutieren, Kristallprinz, sagte der Extrasinn.

»Wie geht es Ihnen, Santjun?«, fragte ich.

»Bestens«, zischte er.

»Fein.« Der USO-Spezialist war bereits wieder zu Scherzen aufgelegt. Ich konnte davon ausgehen, dass er mir zumindest in den nächsten Minuten mit einem Großteil seiner Einsatzkraft zur Verfügung stehen würde. Der Rest des Teams lag um uns verteilt am Boden. Keiner hatte es mehr als drei Schritte von der Pforte weg geschafft, bevor die

Schutzmechanismen ihrer Körper gegriffen hatten und sie bewusstlos wurden.

Die Fokussierung auf Teilaspekte der Situation half mir. Schrittweise gelangte ich wieder in den Vollbesitz meiner geistigen Kräfte. Die gefühlte Ewigkeit, die der Übergang gedauert hatte, war für meinen Geist ein unvergleichliches Martyrium gewesen – trotz des Extrasinns. Wieder einmal mehr bewunderte ich Santjun für seine Standhaftigkeit. Er musste denselben kosmischen Einblick erhalten haben wie ich.

Wir philosophieren später darüber, in welche Sphären wir da vorgestoßen sind, bemerkte der Logiksektor. *Doch nun wäre es angebracht, wenn sich der Herr Lordadmiral auf das Hier und Jetzt konzentrieren würde. Ein Angreifer kommt selten alleine!*

Ich atmete mehrere Male tief durch, ohne dass sich mein Geist dadurch signifikant geklärt hätte. Per Sprachbefehl ließ ich mir die Körperwerte der Teammitglieder in mein Helmdisplay projizieren. Sie zeigten allesamt eine deutliche Schwächung auf. Die Medoeinheiten der Anzüge hatten bereits Gegenmaßnahmen ergriffen und ihren Trägern kreislaufstabilisierende Mittel verabreicht.

Meine Augen blieben an einer Zahlenreihe hängen. Santjuns Anzug lieferte die interessantesten Daten. Seine Pulsfrequenz lag vergleichsweise niedrig. Als Widerspruch dazu wurde eine Testosteronkonzentration angegeben, die die Normalwerte um das Achtzigfache überstieg.

Irrelevant!, drang der Extrasinn in meine Gedankengänge. *Achte auf deine Umgebung!*

»Situationsanalyse!«, murmelte ich. »Optische Umgebungsdarstellung unter Normallichtbedingungen!«

Lange, mehrheitlich glatte Wände schälten sich aus dem flackernden Blau.

Der zentrale Hohlraum!, dachte ich. Das Bild wurde von einem flimmernden Gespinst aus Gelbtönen überlagert. *Eine Fehlfunktion der Anzugpositronik?*

Eher deine überreizten Netzhäute, flüsterte der Logiksektor. *Konzentriere dich auf die angezeigten Werte!*

Wie ein Roboter folgte ich den Anweisungen meines anderen Ichs. Der zentrale Hohlraum des Monolithen glich denjenigen, die wir bereits auf Thanaton, Zartiryt und Lumbagoo erforscht hatten – mit einem signifikanten Unterschied. Ich überprüfte die Umgebung in verschiedenen Optik-Modi, doch das Ergebnis war eindeutig.

Keine Bunkeranlage!, dachte ich.

Und damit keinerlei lemurische Einrichtungen, ergänzte der Extrasinn.

Die Bunker waren dreißig Meter große, dreigeschossige Würfelklötze, die von den Lemurern in den zentralen Hohlräumen der Monolithen errichtet worden waren. In ihnen befanden sich die Steuerungsanlagen, mit denen die Vertreter der Ersten Menschheit auf verschiedene Funktionen der Monolithen zugegriffen hatten.

Mit einiger Verzögerung wurden die restlichen Daten der Situationsanalyse eingeblendet. Mit 1,08 Gravos lag die Schwerkraft ungefähr auf Terra-Niveau. Die Umgebungstemperatur wurde mit minus achtundreißig Grad Celsius angegeben. Das Gasgemisch bestand vorwiegend aus Stickstoff und Chlorgas und einer wilden Mischung weiterer Gase.

Wir würden bis auf Weiteres auf unsere Anzüge angewiesen sein – jedenfalls solange wir nicht auf Einrichtungen von Sauerstoffatmern stießen. Ob die Silberherren auf diesem Planeten ebenfalls einen Stützpunkt betrieben, mussten wir erst in Erfahrung bringen.

»Analyse auf den gesamten Monolithen ausweiten!«, befahl ich.

Die bisherigen Werte verschwanden. Mit brennenden Augen wartete ich auf die Ergebnisse der erweiterten Situationsanalyse. Drei Atemzüge lang geschah gar nichts. Dann rollten mehrere Zahlenreihen durch das Display. Auf den ersten Blick erkannte ich, dass sie keinen Sinn ergaben. Distanzangaben veränderten sich laufend und die Umgebungsanalyse zeigte Ergebnisse, die allen Naturgesetzen widersprachen.

»Selbstanalyse der Orterfunktionen!«, ordnete ich an, obwohl ich bereits ahnte, wie das Ergebnis ausfallen würde.

»Alle Systeme arbeiten korrekt«, hörte ich die Anzugpositronik sagen. »Sie liefern aber widersprüchliche Ergebnisse. Selbstanalyse wiederholen?«

Die Ortung des Anzugs wird durch die Hyperstrahlung des Monolithen beeinträchtigt, wisperte der Extrasinn überflüssigerweise.

»Nein«, sagte ich. »Systemanalyse einstellen, Ortungsbereich auf maximal zweihundert Meter beschränken. Bei widersprüchlichen Ergebnissen nur Mittelwerte kommunizieren.«

»Wir müssen hier weg!«, ächzte Santjun. »Lange kann ich mich nicht mehr auf den Beinen halten.«

»Sie haben recht, Major«, sagte ich. »Nehmen Sie den bewusstlosen Claudrin und die Kommandantin in Fernsteuerung. Wir werden den Monolithen verlassen. Ich kümmere mich um die anderen beiden und bilde mit Calipher-SIM und einem der GLADIATOR-Roboter die Vorhut. Sie folgen uns mit dem zweiten GLADIATOR auf mein Zeichen, spätestens jedoch in zehn Minuten, falls der Funkkontakt abbrechen sollte. Halten Sie so lange durch, Major?«

»Kein Problem, Sir!«, kam es unverzüglich von dem USO-Spezialisten. Seine Stimme klang hart und klar. Die Anstrengung darin war dennoch unüberhörbar.

»Gut. Überprüfen Sie in der Zwischenzeit die Überreste des Angreifers!«

»Verstanden.«

In schneller Folge gab ich die Anweisungen zur Kopplung meines Anzugs an diejenigen von Amelia Marcos und Torben Santurin. Calipher-SIM, der unsere Unterhaltung mitverfolgt hatte, gab mir mit einem bestätigenden Impuls zu verstehen, dass er meine Anweisung registriert habe. Da ich mit weiteren Angreifern rechnete, positionierte ich die beiden Roboter zwanzig Meter vor uns. Sie würden bei einem Angriff mit der ihnen eigenen Schnelligkeit reagieren – solange ihre Ortungssysteme durch die Strahlung des Monolithen nicht zu stark beeinträchtigt wurden.

Ein Umstand, der sehr schnell eintreffen könnte!, warnte mich der Logiksektor.

»Los!«, befahl ich.

Wir setzten uns in Bewegung. Um nicht im ungünstigsten Moment von einem Ausfall meines Flugaggregats betroffen zu sein, verzichtete ich vorerst auf dessen Einsatz. Noch konnte ich nicht abschätzen, auf welche Komponenten unserer Technik sich die Strahlung des Monolithen besonders negativ auswirkte. Nach wenigen Schritten erzitterte der Boden heftig wie bei einem massiven Erdbeben.

Dieser Monolith ist in einem deutlich anderen Zustand als diejenigen von Lumbagoo, Zartiryt und Thanaton!, stellte der Extrasinn fest.

Er erscheint mir aufgeladener, tödlicher; bereit, seine unbändigen Energien freizugeben!, bestätigte ich gedanklich, während wir uns Schritt für Schritt auf die Stelle zu bewegten, an der sich meiner Erfahrung zufolge der Ausgang aus dieser Halle befinden sollte.

Etwas emotionell ausgedrückt, aber nicht unzutreffend, meinte der Extrasinn mit Belustigung in der mentalen Stimme.

Die Erdstöße wurden stärker, verschwanden ein paar Herzschläge lang, um dann mit neuer Intensität wieder einzusetzen. Meine Arme erschlafften. Ich ließ den schweren Kombistrahler sinken, ohne ihn jedoch in das Holster zu stecken. Auch wenn ich frühestens beim Hallenausgang mit Gegenwehr rechnete, konnte ich es mir trotz meiner angeschlagenen Physis nicht erlauben, nachlässig zu werden.

Während ich heftig atmend einen Fuß vor den anderen setzte und versuchte, das Gleichgewicht nicht zu verlieren, wurde mir wieder einmal mit aller Eindringlichkeit bewusst, wie klein und unbedeutend Akteure wie ich im Angesicht dieser kosmischen Dimensionen doch waren.

Die Verlorenen hatten die Monolithen vor etwa eineinhalb Millionen Jahren erbaut. Unter welchen Umständen dies genau geschehen war, konnten wir bisher noch nicht vollständig nachvollziehen. Noch gaben die uralten Bauwerke Fragen auf, deren Antworten tief in grauer Vorzeit verborgen lagen.

Nicht nur die Beweggründe der Verlorenen blieben rätselhaft, sondern auch die der Lemurer, der Ersten Menschheit. Sie hatten vor 50.000 Jahren die Monolithen erforscht und für ihre Zwecke benutzt. Die Steueranlagen in den Bunkern, die wir in den ersten drei Monolithen vorgefunden hatten, belegten dies eindeutig. Dazu kam der lemurische Wächterroboter Calipher, dessen Speicherinhalte Iasana Weiland auf eine unserer GLADIATOR-Einheiten übertragen hatte.

Rätselhaft blieben ebenfalls die besonderen Effekte auf das Leben, die von den Monolithen ausgingen: Während das Silbermetall – ähnlich einem Zellaktivator – *lebensverlängernd* wirkte, brachte die geheimnisvolle Todesstrahlung alles Leben um, das sich in der Nähe zum Monolithen befand. Egal, ob es sich um Menschen, Tiere oder Pflanzen handelte. Sie starben innerhalb weniger Stunden an Zellvertrocknung, wie ich diesen Vorgang nannte.

Das größte Geheimnis stellte jedoch das Transmittersystem dar, mit dem wir von Lumbagoo hierher gesprungen waren. Das Bild der blasenähnlichen, roten Strukturen wollte mir nicht mehr aus dem Kopf.

Ein Hauch der Unendlichkeit, dachte ich. *Haben wir in diesem Moment das Multiversum gesehen?*

Romantisch verklärter Narr!, kam es prompt vom Logiksektor. *Für diese Theorie fehlt jede wissenschaftliche Grundlage.*

Ein besonders heftiger Stoß ließ mich stolpern. Ein Blick auf die Nahortung sagte mir, dass die Intensität der Strahlung weiter zugenommen hatte. Ich beorderte die Roboter auf zehn Meter heran, damit ich sie nicht im ungeeignetsten Moment aus der Funkverbindung verlieren würde.

Die Echtfarben-Korrektur der Umgebungsanzeige auf dem Helmdisplay fiel aus. Das penetrante Blau brannte sich wieder in meine Netzhäute. Ich fluchte und beschleunigte meine Schritte.

Vergiss nicht, dass du durch das Betreten des Monolithen von Thanaton alles ausgelöst hast. Du bist wahrlich ein kosmischer Akteur, Kristallprinz, bemerkte der Extrasinn mit beißendem Spott, um nach einer Kunstpause zu ergänzen: *Oder doch eher der Zauberlehrling, der die Kräfte nicht mehr kontrollieren kann, die er herbeigerufen hat?*

Ich biss die Zähne zusammen, während ich stur voranschritt.

Calipher-SIM

Der GLADIATOR-Kampfroboter des Typs TKR 3000-R4, der mit den Bewusstseinsinhalten des uralten lemurischen Wächterroboters ausgestattet war, rechnete.

Er verstand sich als integraler Bestandteil dieses Unternehmens, das von Lordadmiral Atlan angeführt wurde. Atlans Ziele deckten sich mit den seinen. Calipher-SIM war sich aber bewusst, dass er auf viele Informationen nicht zugreifen konnte, die in seinen Speichern vorhanden waren.

Er musste sich dementsprechend blind auf die Pläne des unsterblichen Arkoniden verlassen. Selbst wenn Atlan mit einem sogenannten Logiksektor ausgestattet war, der seine Handlungen reflektierte, so war er wie alle *intelligenten* Lebewesen ein Werkzeug seiner Instinkte und Emotionen. Auf Dauer konnte dieser Umstand dazu führen, dass ihre Ziele die Deckungsgleichheit verloren.

Da dies jedoch nur eine Annahme aufgrund von Wahrscheinlichkeitsrechnungen war, musste Calipher-SIM dringend mehr Daten erhalten.

Er berechnete, dass der Anteil der Informationen, die seine derzeitige Persönlichkeit ausmachten, nur gerade zwölf Prozent der Daten waren, die Leutnant Weiland von seinem ursprünglichen Körper auf den GLADIATOR-Roboter übertragen hatte.

Die restlichen achtundachtzig Prozent lagen als Dateifragmente brach. Korrupte Daten, die einzeln analysiert, zugeordnet, rekonstruiert und anschließend wieder in der korrekten Reihenfolge und Struktur zusammengesetzt werden mussten.

Eine Arbeit, für die er mindestens siebzig Stunden benötigen würde. Vorausgesetzt, dass er ständig mindestens achtzig Prozent seiner Rechenleistung dafür verwenden konnte. Den gegenwärtigen Einsatz würde dies nicht beeinträchtigen.

Calipher-SIM wusste, dass er Atlan und die anderen nicht über sein Vorhaben informieren durfte – trotz seiner loyalen Haltung ihnen gegenüber. Solange er noch nicht wusste, was er nicht mehr wusste, musste er seine Absichten geheim halten.

Calipher-SIM rechnete.

Kapitel 3

Vor dem Monolithen: Atlan

Meine Augen tränten vor Aufregung. Calipher-SIM und der Kampfroboter hatten den Ausgang der Halle erreicht und sicherten ihn ab.

Ich blieb stehen. Die Werte, die von der siganesischen Mikropositronik angezeigt wurden, blieben nichtssagend. Bevor ich dazu kam, bei Calipher-SIM einen Lagebericht anzufordern, sandte er mir einen Funkimpuls, der mir anzeigte, dass keine unmittelbare Gefahr bestand.

Ein qualvolles Stöhnen erklang über den Helmfunk. Mittels Sprachbefehl ließ ich mir die Körperwerte meiner Begleiter im Display einblenden. Amelia Marcos war bereits aufgewacht und nach der Herzfrequenz zu urteilen, würde Torben Santorin, der ehemalige Cheforter der IMASO, ihr in Kürze folgen.

»Hören Sie mich, Oberleutnant Marcos?« Ich zwang mich, meine Stimme möglichst ruhig und sicher wirken zu lassen.

Die 63-jährige Terranerin flüsterte mir etwas zu, doch ich konnte ihre Worte nicht verstehen. Einen Moment lang dachte ich, sie spreche in einem fremden Idiom, verwarf den Gedanken aber sogleich wieder. Amelia Marcos war durch den Übergang und die Strahlung des Monolithen an die Grenze ihrer körperlichen Leistungskraft gelangt. Sogar ich mit meinem Zellaktivator konnte mich nur mit Mühe auf den Beinen halten. Und Santjun …

Lass uns dies später erörtern, sagte der Extrasinn.

Ich beugte ich mich über Marcos' schwebenden Anzug und suchte durch das Visier ihren Blick. Das sternförmige Muttermal unter ihrem rechten Auge stach durch die blau reflektierende Scheibe des Helmvisiers.

Ich brachte ein Lächeln zustande. »Amelia, ich bringe Sie hier heraus. Versuchen Sie sich, so gut es geht, zu entspannen.«

Die Terranerin schloss kurz ihre dunklen Augen zum Zeichen, dass sie mich verstanden hatte.

Der dunkelhäutige Torben Santorin war nun ebenfalls aufgewacht. Seine von Natur aus strahlend blauen Augen wirkten in diesem Licht wie glühende Howalgoniumkristalle.

Auch mit ihm wechselte ich einige Worte. Mir war bewusst, dass ich nicht mehr viel Zeit verlieren durfte. Zum einen mussten meine Begleiter so schnell wie möglich aus dem tödlichen Wirkungsbereich des Monolithen verschwinden und zum anderen hatten die vor uns flüchtenden Silberherren nur einen minimalen Vorsprung gehabt; als sie sich auf Lumbagoo dem Transportsystem der Monolithen anvertraut hatten. Wenn wir sie wirklich aufhalten wollten, bevor sie ihr Wissen über die Funktionsweise der Monolithen weiterleiten konnten, mussten wir ihnen auf den Fersen bleiben und in einem taktisch klugen Moment zuschlagen.

Dass wir sie nicht bewusstlos vor der Pforte vorgefunden hatten, zeigte wieder einmal auf, dass das Silbermetall nicht nur das Leben zu verlängern schien, sondern seine Träger auch vor den fremdartigen Wirkungen der Monolithen beschützen konnte – wie es auch bei Santjun der Fall war.

Unwillkürlich stieg die Sorge um Leutnant Iasana Weiland in mir hoch, die von den Silberherren als Geisel genommen worden war. Sie trug weder Silbermetall noch Zellaktivator und war dem Todeseinfluss schutzlos ausgesetzt. Ich hoffte, dass Marik, seines Zeichens Anführer der Silberherren und von Santjun mehrmals als »Ekel« bezeichnet, sie respektvoller behandelte, als dies bei dem Risiko-Spezialisten der Fall gewesen war.

Calipher-SIM meldete immer noch Grünwerte. Ich wandte mich um, hob den Strahler und ging mit schnellen Schritten auf die beiden Kampfmaschinen zu. Die Anzüge der beiden ehemaligen Besatzungsmitglieder der IMASO schwebten mir nach. Noch funktionierten sie einwandfrei, wie mir schien. Ich hoffte, dass dies so blieb. Wenn wir die Geschwächten tragen mussten, würde uns das wiederum langsamer machen.

»Konntest du verlässliche Ortungsergebnisse erzielen?«, sagte ich zu Calipher-SIM, den ich an dem lemurischen Emblem erkannte, das er sich am oberen rechten Rand seines Brustpanzers aufgemalt hatte.

Der Roboter verneinte. »Ich bin untröstlich, Erhabener! Alle Ortungsgeräte auf Hyperbasis zeigen keine auch nur annähernd korrekten Werte. Die zuverlässigste Wahrscheinlichkeit liefert die optische Wahrnehmung.«

»Was liegt vor uns?«

»Ein verwinkelter Korridor von zwei Metern Breite, dessen Verlauf ich nicht klar erkennen kann, den Hochrechnungen zufolge sollte er aber nach außen führen. Mein äußerlich gleicher Kollege und ich werden aber die Kopfantennen einfahren müssen, wenn wir uns nichts brechen wollen in den engen Gängen!«

Calipher-SIM, wie er leibte und rechnete.

»Danke«, sagte ich. »Folgt dem Gang mit einer Geschwindigkeit von einem halben Meter pro Sekunde und gebt Alarm, sobald ihr irgendetwas Ungewöhnliches bemerkt.«

»Irgendetwas?«, fragte Calipher-SIM.

»Irgendetwas«, bestätigte ich.

Irgendwie etwas vage, kommentierte mein Extrasinn spöttisch.

Überflüssige Aussage!, gab ich mit einem scharfen mentalen Impuls zurück.

Du bist nicht fokussiert, antwortete mein zweites Ich schonungslos. *Du handelst zu langsam, die Anweisungen sind zu schwammig. Kannst du mit diesem Hinweis etwas anfangen?*

Ich seufzte und gab den beiden Maschinen den Befehl zum Aufbruch. Als sie bei der ersten Gangbiegung angelangt waren, folgte ich ihnen. Mit einem kurzen Blick über die Schulter überzeugte ich mich, dass der Anzug meine beiden Begleiter immer noch im Schlepptau hatte.

Nach rechts führte ein Seitengang, dessen Ende ich nicht erkennen konnte. Nach etwa fünfzig Schritten stießen wir wieder auf eine Abzweigung, diesmal nach links. Calipher-SIM zögerte bei der Richtungswahl keinen Moment. Nur dank meines fotografischen Gedächtnisses konnte ich erkennen, dass wir uns kontinuierlich von der Pforte entfernten. Dazu kam, dass sich langsam grünlich-silberne Farbtöne in das nervtötende blaue Wabern mischten. Es waren die Wände aus dem Silbermetall der Monolithen, die heller und heller wurden. Dies entsprach unseren Beobachtungen in den anderen Monolithen, die das Umgebungslicht bis zu einem bestimmten Grad hatten durchscheinen lassen.

Vom Korridor führten mehrere der auch aus den anderen Monolithen bekannten Kriechgänge weg. Diese durchmaßen aber nur einen knappen Meter und konnten für die beiden Roboter zur Falle werden, weshalb sich ihr Gebrauch von vornherein ausschloss.

Meine Augen klebten abwechslungsweise an den vorausgeschickten Robotern und den immer noch verrückt spielenden Daten in meinem Helmdisplay.

»Sir!«, hörte ich plötzlich die schwache Stimme von Amelia Marcos. »Da sind Zeichnungen an den Wänden!«

Sofort ließ ich die Roboter stoppen. Als ich sicher war, dass sie meinem Befehl gefolgt waren und sich nicht weiter fortbewegten, wandte ich mich der Terranerin zu. Sie hatte ihren Kopf auf die linke Seite gelegt und betrachtete die Wand.

Ich kniff die Augen zusammen und ging zu der angezeigten Stelle. Tatsächlich waren in der Höhe ihres Gesichts kleine Zeichnungen angebracht. Ich beugte mich hinab, um sie besser erkennen zu können. Es handelte sich um eine Art Bildergeschichte, die mich spontan an Höhlenmalereien oder die Zeichnungen in den altägyptischen Pyramiden erinnerte. Die Darstellungen waren in Form von Flachreliefs in das Silbermetall eingetrieben worden.

Ich ging ein Stück zurück in die Richtung, aus der wir gekommen waren, bis ich beim Anfang – oder Ende – der Bildergeschichte angelangt war. Es waren zwei Wesen zu sehen, die ich unzweifelhaft als *Verlorene* identifizierte und die vor einer unbekannten Gefahr zu fliehen schienen. Die schattenrissartigen Bilder wirkten auf eine unbestimmte Weise eingefroren und veränderten sich je nach Blickwinkel geringfügig.

»Aufzeichnung!«, befahl ich meiner Anzugpositronik.

Ein kleines rotes Signal leuchtete in meinem Helmdisplay auf und ich folgte gebückt der Bildergeschichte, bis sie wieder abbrach.

»Aufzeichnung stoppen!« Stöhnend richtete ich mich wieder auf. »Gut gemacht, Oberleutnant Marcos«, lobte ich die Terranerin. »Wir werden die Bilder später auswerten. Wir müssen jetzt weiter!«

Ich gab den Robotern den Befehl, ihren Weg fortzusetzen. Über Funk vernahm ich die unregelmäßigen Atemzüge von Marcos und Santorin. Ich beschleunigte meine Schritte und wies auch meine Vorhut an, sich schneller zu bewegen.

Der Korridor öffnete sich mehrmals zu beeindruckenden Galerien, in denen Konglomerate aus einer Abwandlung des

Hüllenmaterials verwachsene Maschinen bildeten, deren Funktionen sich uns jedoch nicht erschlossen.

Nach etwa zehn Minuten Marsch gelangten wir in eine Halle, die in Spitzbögen zusammenlief. Das grünliche Licht hatte zuletzt mehr und mehr an Kraft gewonnen – ein untrügliches Indiz dafür, dass wir den äußersten Bereich des Monoliths erreicht hatten.

Ich blickte mich um. Mehrere etwa hüfthohe Wände unterteilten die Halle optisch in einzelne Sektoren. In den Boden war eine Vielzahl von mondsichelförmigen Mulden eingelassen. Ich nahm an, dass sie den Erbauern als Sitzgelegenheiten gedient hatten. Soviel wir bisher über die Größe und Physiognomie der Verlorenen herausgefunden hatten, passten sie ziemlich genau. Alles in allem wirkte der Raum wie ein Arbeitsbereich, in dem einstmals Dutzende von Verlorenen irgendwelchen Tätigkeiten nachgegangen waren.

»Ortung!«, meldete Calipher-SIM, der in der Mitte der Halle stehen geblieben war. »Wir haben es bald geschafft, Träger des Lichts! Nur noch eine dicke Wand trennt uns von der Außenwelt! Doch wir müssen vorsichtig sein. Ich orte starke Energieentladungen, die auf den Einsatz schwerer Strahlgeschütze schließen lassen. Im Moment messe ich verwaschene Triebwerksemissionen von mehreren startenden Gleitern.«

»Ortest du Fremde in unserer unmittelbaren Nähe?«

»Keine, Erhabener!«

»Wie können wir den Monolithen verlassen?«

»Der Verbindungsgang in die Schleusenhalle befindet sich gleich dort drüben!«

Damit zeigte er mit seinem rechten Arm auf ein unscheinbares Tor am anderen Ende der Halle.

»Gut. Dann nehmen wir sie mal in Augenschein«, sagte ich.

»Warten Sie auf mich!«, drang Santjuns von Geräuschen überlagerte Stimme durch den Helmfunk.

Ich drehte mich um und sah, wie der Risiko-Spezialist durch den Gang gestolpert kam. Vor ihm der GLADIATOR und die beiden ungleich geformten Kampfanzüge, in denen der Epsaler Claudrin und die auf der Kolonialwelt Gäa im System von DeKamps Stern geborene Kommandantin Naileth Simmers steckten.

Santjun schien am Ende seiner Kräfte zu sein. Seine Schritte wirkten unsicher und fahrig. Zweimal knickte er in den Knien leicht ein, versuchte dies aber gleich wieder zu überspielen. Der von Passa stammende Mann war eine ausgesprochene Führernatur, ein Macher, der es gewohnt war, das Heft selbst in die Hand zu nehmen. Er ordnete sich zwar in die USO-Hierarchie ein, doch er ließ unverhohlen erkennen, dass er sich zutraute, hochkomplexe Einsätze auch in Eigenregie zu planen und durchzuführen.

»Halten Sie durch, Major?«, fragte ich ihn, als er die letzten Schritte auf mich zuwankte.

»Es … es geht schon bedeutend besser«, sagte er mit kehliger Stimme. »Je weiter ich mich von der Pforte entferne, desto stärker fühle ich mich. Major Simmers und Claudrin sind wieder zu sich gekommen.«

Ich sah ihm prüfend in die Augen. Tatsächlich schien er zu erstarken, als ob er mit Lebenskraft aufgetankt würde. Dennoch zeigte sein Gesicht deutliche Spuren des körperlichen Zerfalls. Die Augen lagen tief in ihren Höhlen. Die Haut wirkte gräulich verfärbt, tiefe Furchen hatten sich darin eingegraben.

Nicht die Pforte ist dafür verantwortlich, wisperte der Extrasinn. *Es ist die Nähe zu deinem Zellaktivator. Ihr seid auf eine für mich noch nicht schlüssig zu erklärende Weise miteinander verkoppelt.*

Eine Vitalenergiekopplung, sozusagen, dachte ich.

Damit das Kind einen Namen hat, ja, antwortete der Extrasinn.

Vitalenergie, Lebensenergie. Das sind doch nur Worte. Letztlich weiß keiner, worum es sich wirklich handelt.

Verliere dich nicht in philosophischen Erörterungen, abgedankter Imperator eines Sternenreichs, murrte mein Logiksektor. *Wichtig ist momentan deine Wechselwirkung mit Santjun.*

Eine Kopplung, die dafür verantwortlich ist, dass mein Zellaktivator Santjun einerseits Lebensenergie absaugt, sie ihm aber auch wieder zur Verfügung stellt, wenn er nah genug ist?

Womit der Effekt, aber noch nicht seine Ursache erklärt wäre.

Unwillkürlich stiegen Schuldgefühle in mir hoch. Ich war es gewesen, der auf Thanaton den Monolithen aktiviert und damit meinen Zellaktivator veranlasst hatte, auf geheimnisvolle Weise diesen Austausch von Vitalenergie in Gang zu setzen. Und der damit unsere Schicksale untrennbar miteinander verknüpft hatte.

Vergisst du nicht irgendetwas? Wie steht es mit den Aktivitäten vor dem Monolithen?

Ich durchschaute das Spiel meines Extrasinnes. Er war wie ich zum Ergebnis gekommen, dass wir nicht genügend Anhaltspunkte darüber besaßen, mit wem oder was wir es vor dem Monolithen zu tun hatten. Offenbar war den Silberherren draußen von unbekannter Seite ein heißer Empfang geboten worden. Trotz der gewaltigen Feuerkraft unserer drei – wenn ich Calipher-SIM einschloss – GLADIATOR-Kampfroboter, durften wir uns nicht leichtfertig zwischen die Fronten einer Auseinandersetzung begeben. Selbst wenn sich Iasana Weiland als Geisel der Silberherren in einer gefährlicher Situation befand. Ich würde alles daran setzen, sie zu befreien. Doch ein solches Unternehmen erforderte einsatzfähige Mitstreiter und genügend durchschlagkräftige Utensilien.

Aus diesem Grund trieb mich der Extrasinn nicht dazu an, so schnell wie möglich aus dem Monolithen zu stürmen. Er wollte mich aber auf Trab halten – geistig wie körperlich. Noch hatte ich den Übergang zu verarbeiten. Sobald dies bewältigt war, würde mich der Extrasinn wieder an einer längeren Leine laufen lassen.

Sei dir da nicht zu sicher, kommentierte mein anderes Ich ungerührt.

»Wir sehen nach, was draußen geschieht!«, gab ich durch.

Wir durchquerten die Halle. Das Tor zum Verbindungsgang war halb geöffnet. Als wir hindurch traten, sahen wir erstmals direktes Licht des noch unbekannten Planeten. Offenbar war die Schleusenkammer zerstört worden.

»Wir lassen unsere Begleiter in der Bewachung eines der GLADIATOREN hier zurück«, raunte ich. »Sie, ich, Calipher-SIM und der zweite GLADIATOR werden vorausgehen.«

Mit ein paar erklärenden und ermutigenden Worten legten wir unsere Gefährten auf den Boden des Gangs, der wie der Rest des Monolithen aus dem fremdartigen Silbermetall bestand.

Ich blickte Santjun an. »Bereit, Major?«

»Bereit!«

»Sie nehmen die linke Seite, ich die rechte.«

»Verstanden. Überkreuztes Vorgehen beim Ausgang?«

»Ja«, bestätigte ich. »Los jetzt!«

Santjun und ich eilten zum Ende des Verbindungsgangs. Die Schleuse selbst war offenbar schon vor längerer Zeit zerstört worden. In der würfelförmigen, etwa zehn Meter großen Kammer lagen die Trümmerstücke des Tors und weitere Gegenstände, die wahrscheinlich einstmals eine fremde Technik beherbergt hatten, nun aber dem Zahn der Zeit zum Opfer gefallen waren.

An die Wände gepresst, näherten wir uns der Öffnung. Die beiden zweieinhalb Meter hohen Roboter ließ ich etwas Abstand halten. Im Verteidigungsfall würden sie blitzschnell wieder in unserer Nähe sein.

Calipher-SIM ortete unaufhörlich und sendete mir die Ergebnisse gerafft an meine Anzugpositronik. Mittlerweile waren keine Triebwerks-, oder sonstigen Energieemissionen mehr erkennbar. Doch das hieß nicht, dass die Lage vor dem Monolithen gefahrlos war. Der Monolith spie nach wie vor seine unberechenbaren Energien aus, die unsere Instrumente empfindlich störten.

Santjun und ich drückten uns mit dem Rücken an die Seiten des zerstörten Schleusentors. Synchron hoben wir unsere Kombistrahler. Ich machte mich bereit, die linke Seite abzudecken, während sich Santjun auf die rechte Seite konzentrieren würde. Ich ging leicht in die Knie, damit wir uns nicht gegenseitig behinderten.

Den schweren Kombistrahler mit beiden Händen haltend, spreizte ich drei Finger ab. Santjun sah mein Zeichen und nickte. Nach und nach legte ich meine Finger wieder an den Griff der Waffe.

Drei – zwei – eins.

Santjun und ich wirbelten herum. Vor uns lag ein Schlachtfeld. In kurzer Folge nahmen wir alle möglichen Ziele ins Visier: einen rauchenden Shift, zwei am Boden liegende humanoide Körper, zwei glühende Kampfroboter. Rauch- und Dampfschwaden drifteten gemächlich durch das ansonsten erstarrte Bild und verliehen ihm etwas Geisterhaftes.

»Ich überprüfe die beiden Gestalten!«

Bevor ich etwas erwidern konnte, presste sich Santjun an mir vorbei und hastete auf die beiden Körper zu.

Seine übersteigerte Eigeninitiative kehrt zurück – das ist nicht nur ein gutes Zeichen, flüsterte der Extrasinn.

Ich ließ meinen Blick über die Ebene schweifen, die sich vor mir ausdehnte. *Trostlos*, war das Wort, das mir als erstes in den Sinn kam. Über der braunen, fast konturlosen Landschaft wölbte sich ein schlierig grüner Himmel, durch den träge Wolkenfetzen trieben. Mehrere, nicht allzu weit entfernte Gebirgszüge waren im dichten Dunst nur undeutlich erahnbar. Weit und breit gab es keine irgendwie gearteten Anzeichen einer Zivilisation.

Mit der Helmoptik zoomte ich den Horizont herbei, doch die vor etwa zehn Minuten georteten Gleiter waren nirgends sichtbar.

Ich trat ins Freie. Der Boden war überraschend weich. Eine glänzende, braune Moosschicht bedeckte ihn. Der stattgefundene Kampf hatte tiefe Spuren darin hinterlassen.

»Calipher-SIM, kannst du die Richtung rekonstruieren, in der sich die Gleiter entfernt haben?«

»Ausgezeichnete Idee«, antwortete der lemurische Roboter. Er stakste auf seinen langen, dünnen Beinen in die Ebene hinein. Die vierzehigen Füße versanken fast im Boden. »Wegen der schwierigen Ortungssituation muss ich von mehreren Punkten aus Messungen vornehmen«, ließ er verlauten.

Nachdenklich blickte ich ihm nach. Es sah grotesk aus, wie der humanoide Roboter wie ein verstörtes Huhn in der Gegend herum stelzte, stehen blieb und seinen Oberkörper mehrmals um 360 Grad drehte, um seine Umgebungssensoren nach allen Seiten ausrichten zu können.

Durch die Ereignisse der letzten Stunden und Tage hatte ich ein festes Vertrauen in den Roboter entwickelt. Schon der echte Calipher hatte uns wertvolle Dienste geleistet. Der uralte Wächterroboter, den wir im Monolithen von Zartiryt gefunden hatten, hatte sich schließlich sogar für unsere Zwecke geopfert.

Nachdem sein kopiertes Bewusstsein durch Iasana Weiland auf eine unserer GLADIATOR-Einheiten übertragen worden war, hatte sich sehr schnell herausgestellt, dass damit nicht nur Caliphers Fähigkeiten, sondern eben auch seine Skurrilität zurückgekehrt waren.

Das Vorbild der GLADIATOREN war ursprünglich vom arkonidischen Imperium entwickelt worden. In ihrer hünenhaften humanoiden Gestalt sollten sie zum einen den Gegner durch ihre bloße Erscheinung beeindrucken, und zum anderen konnte dank ihren beiden Beinen auf die energiefressenden Flugaggregate verzichtet werden. Rhodans Terraner hatten die Kampfroboter übernommen und weiter entwickelt. Das war vor mehr als tausend Jahren gewesen. Der Typ TKR 3000-R4, den wir gegenwärtig in der United Stars Organisation verwendeten, war nochmals mit zahlreichen Neuerungen ausgestattet worden, unter anderem einem Antigravaggregat und Prallschirmprojektoren. Seine fünffingrigen Hände verfügten über Desintegrator, Paralysator und Doppel-Thermostrahler.

»Tot«, unterbrach Santjuns Stimme meine unnützen Gedankengänge. Der Risiko-Spezialist der USO beugte sich über eine der Leichen und studierte sie eingehend. Dabei stützte er sich mit den Händen auf seinen Knien ab. Selbst auf die Entfernung von zehn Meter sah ich, dass er am ganzen Leib zitterte.

»Wie geht es Ihnen, Major?«, fragte ich besorgt.

Er blickte kurz auf, sah in meine Richtung. »Ich bin einsatzbereit.«

»Gut.«

Ich stapfte zum Gleiterwrack. Blaue Flammen züngelten aus dem Antriebsblock. Die Kanzel war durch den konzentrierten Beschuss aus mehreren Strahlwaffen geschmolzen. Falls sich zu diesem Zeitpunkt jemand darin aufgehalten hatte, hatte er nur innerhalb eines zusätzlichen, mit Schutzschirmen ausgestatteten Kampfanzugs Überlebenschancen gehabt. Ich wandte mich um und betrachtete nachdenklich die Spuren, die der Kampf hinterlassen hatte.

»Es handelt sich bei beiden um Silberherren!«, berichtete Santjun.

Dies hätte ich ihm auch von meiner Position aus sagen können. Die Stelle, an der sie sich befanden, und die Art, *wie* sie dalagen, erzählten eine eindeutige Geschichte.

Strahlbahnen hatten den Boden teilweise verdampft, verbrannt oder zu glasigen Adern zusammenschmelzen lassen. Die Schussabgabe war von zwei verschiedenen Stellen aus erfolgt: Einmal direkt vom Eingang zum Monolithen und einmal von dem nun völlig zerstörten Gleiter aus.

Unzweifelhaft hatte jemand den Monolithen bewacht, der nicht auf der Seite der Silberherren stand, und ihnen einen heißen Empfang bereitet.

Eine wichtige Erkenntnis für uns!, merkte der Extrasinn an.

Es sind keine dauerhaften Befestigungen sichtbar. Die Bewachung musste spontan aufgebaut worden sein, als der Monolith seine Aktivitäten aufgenommen hat, dachte ich. *Entweder handelte es sich um Einheimische oder um die Besatzung eines gelandeten Raumschiffs.*

Dagegen sprechen die Gleiter, die sich vom Monolithen entfernt haben, entgegnete der Logiksektor. *Wenn ein Raumschiff im Spiel gewesen wäre, erschiene es logischer, wenn es entweder direkt beim Monolithen gelandet wäre oder ein Beiboot entsandt hätte.*

Falls es Einheimische waren, so haben sie das gewaltige Bauwerk bisher komplett ignoriert. Es gibt keinerlei Anzeichen irgendwelcher religiöser, wirtschaftlicher oder wissenschaftlicher Aktivitäten.

Narr!, warf mein Extrasinn ein. *Das Gebäude ist riesig, du hast erst gerade einen kleinen Ausschnitt davon gesehen. Viel zu wenig, um solch umfassende Aussagen treffen zu können!*

Wir werden es herausfinden, gab ich indigniert zurück. »Ich sehe nach unseren Begleitern, Major.«

Der USO-Spezialist antwortete nicht, sondern nestelte am Raumanzug des einen Toten herum.

Kapitel 4

Vorbereitungen: Atlan

»Wie fühlen Sie sich, Major?«

Naileth Simmers grün-braune Augen blickten mich durch das Helmvisier ruhig und gefasst an.

»Der elend lange Übergang zwischen den Monolithen hat mir ziemlich zugesetzt«, sagte sie nachdenklich. »Wären wir nicht mitten im Einsatz, müsste ich mir ein paar Sitzungen mit dem Bordpsychiater verordnen, damit ich die Geschichte verarbeiten kann.«

»Danke für Ihre Offenheit, Major«, sagte ich. »Wie ich Sie einschätze, werden Sie dieses Erlebnis aber schnell wegstecken können.« Mit einem ironischen Lächeln fügte ich hinzu: »Die Silberherren haben sich für ihre Flucht nicht gerade eine Paradieswelt ausgesucht. Ich fürchte, dass die wahren Schwierigkeiten noch auf uns warten. Vielleicht werden Sie sich schon in wenigen Stunden zurück in die Einsamkeit des Monolithen-Transportsystems wünschen.«

Naileth Simmers erwiderte mein Lächeln. »Lieber nicht. Im Gegensatz zu Ihnen verfüge ich nicht über einen Extrasinn, mit dem ich in Gedanken eine Ewigkeit lang Schere-Stein-Papier spielen kann.«

»Da irren Sie sich«, gab ich zurück. »Dazu müsste ich mit ihm zuerst stundenlang über die Sinnhaftigkeit von Schere-Stein-Papier diskutieren. Das funktioniert nicht.« Ich blinzelte ihr zu und erhob mich.

Ich war froh, dass die Kommandantin und die anderen langsam wieder zu Kräften kamen. Die medizinische Notfallversorgung ihrer Anzüge lieferte kreislaufstabilisierende Medikamente, Vitamine und konzentrierte Nahrung, die sie über ein einfaches Schlauchsystem zu sich nehmen konnten.

Mit den Rücken an die Wand des Monolithen gelehnt, saßen sie auf dem Boden. In ihren Gesichtern spiegelten sich die hinter ihnen liegenden Erlebnisse. Die unregelmäßig auftretenden Erdstöße ließen sie immer wieder zusammenzucken und instinktiv nach einem Halt suchen.

Naileth Simmers, die Kommandantin der abgestürzten IMASO, machte von allen den besten Eindruck.

Der 59-jährige Epsaler Ramit Claudrin wirkte verschlossen wie üblich. Aber auch ihm stand die Anstrengung deutlich ins Gesicht geschrieben. Seine Augen waren halb zusammengekniffen. Die braune, lederartige Haut spannte sich über Schläfen, Wangenknochen und Kinn. Das ansonsten eher schwammige Gesicht wirkte nun kantig und erinnerte an die holzgeschnitzten Masken, mit denen die Urvölker in Südamerika ihre Götter dargestellt hatten.

Amelia Marcos zog die Beine an und legte den behelmten Kopf auf die Knie. Sie hatte mich um die Filmaufnahmen gebeten, die ich von den Zeichnungen der Verlorenen gemacht hatte. Es gab keinen Grund, ihr diesen Wunsch zu verweigern. So konnte sie sich ein wenig ablenken und uns womöglich mit hilfreichen Informationen über die Verlorenen versorgen, bevor wir aufbrechen mussten.

Allzu lange konnten wir nicht mehr warten. Auch wenn sich unsere Körper in der kurzen Pause von den Anstrengungen ein wenig erholten, wirkte der tödliche Einfluss des Monolithen weiter auf uns ein. Wir mussten daher recht bald aufbrechen und genügend Distanz zwischen uns und den Monolithen bringen, wenn wir nicht an der *Zellvertrocknung* sterben wollten.

Von Torben Santorins dunkelhäutigem Gesicht waren lediglich die halb geöffneten blauen Augen erkennbar. Der 71-jährige, auf den, wie ich wusste, in Terrania eine Frau und drei Kinder warteten, hatte bisher noch kein einziges Wort gesagt. Sein Brustkorb hob und senkte sich in regelmäßigen Abständen.

Ich wandte mich Santjun zu, der neben einem der toten Silberherren kniete und mit seinem Vibratormesser dessen Schutzanzug geöffnet hatte.

»Major Santjun, konnten Sie irgendwelche neuen Erkenntnisse gewinnen?«

»Die beiden Silberherren waren keine Soldaten. Ich vermute, dass es sich um Wissenschaftler gehandelt hat.« Er zog zwei glänzende Geräte aus den Taschen des Mannes. »Hoch spezialisierte Geräte für Frequenzanalysen im Hyperbereich. Soviel erkenne ich an ihren Displays. Ohne eine fundierte wissenschaftliche Ausbildung können sie nicht angewandt, geschweige denn verstanden werden.«

Ich stieß mich von der Wand ab, an die ich mich gelehnt hatte. Dann legte ich den Kopf in den Nacken und blickte an dem Gebäude hoch.

Der Name »Monolith« war im Grunde seiner Bedeutung falsch gewählt, da das Bauwerk aus Tausenden paralleler Stränge bestand, von dem jeder an die einhundert Meter stark war. Eckigen Orgelpfeifen ähnlich, waren sie in Kaskaden mit von innen nach außen abnehmender Länge gebündelt.

Dass er auf die Bezeichnung »Monolith« gekommen war, hatte Santjun später damit erklärt, dass er den Eindruck gehabt habe, in der gewaltigen Konstruktion einen einzelnen, massiven Fremdkörper zu sehen. Von dem Gebilde ging eine geheimnisvoll-gefährliche Aura aus, die es aus der umgebenden Realität entrückte. In seiner Gesamtheit gesehen ein massiger Klotz, der fremd und unpassend erschien, ob er nun in den Boden einer Dschungel- oder Giftgaswelt getrieben war oder in der Ergosphäre eines Schwarzen Lochs trieb.

Mit ruhigen Schritten ging ich auf Santjun zu, während ich meinen Blick prüfend über die Ebene schweifen ließ. Das trostlose Bild hatte sich in der letzten Viertelstunde nicht geändert. Einmal abgesehen von Calipher-SIM, der in etwa hundert Metern Distanz hin- und herschwebte. Ich ging nicht davon aus, dass er tatsächlich so viel Zeit benötigte, um aus den Wärmespuren und Energieechos der verschwundenen Gleiter deren Flugrichtung herauszufinden. Viel wahrscheinlicher erschien mir, dass das künstliche Bewusstsein, das in dem Wächterroboter Calipher 50.000 Jahre hatte überstehen müssen, einen neuen Aspekt seiner wiedergewonnenen Existenz *genoss*. Selbst wenn dies für einen Roboter ein unpassender Ausdruck sein mochte.

»Trugen die beiden Silberschmuck?« Ich ging neben Santjun und dem toten Silberherren in die Hocke.

Statt einer Antwort schnitt Santjun die hellbraune Kombination auf, die der Tote unter dem Raumanzug trug. Eine grobgliedrige Kette mit einem überdimensionierten Anhänger in Form einer Sonne kam zum Vorschein. Ich benötigte keine Messinstrumente, um zu erkennen, dass der Schmuck aus demselben Silbermetall gefertigt war, das mich letztlich auf die Spur der Monolithen gebracht hatte.

Die geheimnisvolle Struktur des Metalls hatte uns von Anfang an Rätsel aufgegeben. Die Analyse hatte ergeben, dass es sich um ein *organisches* Material handelte, in dessen molekulare Gitterstruktur ultraschwere Atome eingelagert waren, die ein durchschnittliches Atomgewicht von über 1000 aufwiesen. Dazu kamen zahlreiche extrem kleine, kristalline Einschlüsse, die sich unter dem Analysator-Mikroskop vor meinen Augen ständig neu gruppiert und formiert hatten, gerade so, als ob sie von Leben durchdrungen wären. *Quasilebendig* erschien mir unter diesen Umständen die treffendste Bezeichnung.

»Die andere Partei war sich offenbar der Existenz dieses Schmucks der Silberherren nicht bewusst«, murmelte Santjun, während er den Sonnenanhänger in den Händen wog. »Sonst hätten sie die Leichen selbst überprüft oder gleich mitgenommen.«

»Davon gehe ich auch aus«, bestätigte ich. »Nehmen Sie den beiden das gesamte Silbermetall ab, Major.«

Santjun strich sich fahrig über den Helm. »Aye, Sir!«, sagte er mit dünner Stimme.

Behalte ihn im Auge, raunte der Logiksektor. *Das kurze Aufflackern seiner Vitalenergie vorhin bedeutet noch gar nichts. Santjun ist dem Tod näher als dem Leben.*

Calipher-SIM schwebte heran.

»Erhabener Träger des Lichts!«, begann er in seiner gewohnten Art. »Restwärme und Ionenstrahlung zeigen die Flugrichtung von insgesamt vier schweren Gleitern eindeutig auf. Über die Distanz zum Flugziel kann ich aber aufgrund fehlender Ortungswerte keine gesicherten Angaben machen. Es könnten zweihundert, aber auch mehrere Zehntausend Kilometer sein.«

»Danke«, sagte ich. »Hast du irgendwelche Anzeichen erhalten, die auf Raumschiffaktivitäten hindeuten würden?«

»Nein, Herr.«

»Hast du die Betriebsbereitschaft deines Flugaggregats getestet? Gab es irgendwelche Beeinträchtigungen?«

»Selbstverständlich habe ich das! Die Abweichung von den Normalwerten lag mit zwölf Prozent um ein Vieltausendfaches über den Toleranzgrenzen. In Relation zu den herrschenden hyperphysikalischen Verhältnisse muss sie jedoch akzeptiert werden.«

»Mit anderen Worten: Wir müssen froh sein, dass die Abweichung nur zwölf Prozent beträgt, sie könnte noch viel höher sein?«

»Jawohl, Erhabener.«

»Gut. Dann habe ich noch eine Aufgabe für dich: In den Speichern der Anzüge dieser Toten stecken noch jede Menge Informationen. Beschaffe sie und werte sie für mich aus!«

Calipher-SIM bestätigte.

»Santjun?«

Der Risiko-Spezialist blickte auf und präsentierte mir wortlos den erbeuteten Silberschmuck. Er hatte das Uniform-Innenfutter von einem Toten herausgerissen und den Schmuck darauf gelegt. Ich sah Ketten, Broschen, Ringe, Arm- und Stirnreifen, eine Gurtschnalle und …

»Ist dies, was ich denke?«

»Ein Kettenhemd, Sir«, bestätigte Santjun.

»Gut«, sagte ich. »Wir werden sehen, wie wir den Silberschmuck weiterverwenden können. Geben Sie ihn mir!«

Santjun faltete die Ecken des Stoffes zusammen und verknotete sie. Ich nahm das Päckchen an mich. Es mussten insgesamt mehr als vier Kilogramm Silberschmuck sein.

Ich drehte mich um die eigene Achse und blickte auf meine Begleiter, die stumm der Dinge harrten, die in den nächsten Stunden auf sie zukommen würden.

»Die Pause ist beendet. Bitte erheben Sie sich«, sagte ich mit lauter Stimme.

Unverzüglich kamen sie der Aufforderung nach.

»Sie haben sich nun von den Strapazen des Übergangs etwas erholen können. Die medizinische Notfallversorgung Ihrer Anzüge wird die Behandlung in den nächsten Stunden fortsetzen. Nun müssen wir uns jedoch so schnell wie möglich von diesem Monolithen fortbewegen, da seine tödliche Strahlung uns sonst innerhalb weniger Stunden dahinrafft.«

Ich nahm mit jedem Einzelnen Blickkontakt auf. Sie sahen mich dabei mit einer Mischung aus Konzentration und angespannter Erwartung an. Sie waren froh, dass es nun weiterging und sie aus dem Bereich der Todesstrahlung kamen.

»Aufgrund der Kampfspuren gehe ich davon aus«, fuhr ich fort, »dass die Silberherren von lokalen Kräften fortgeschafft worden sind. Gemäß Calipher-SIM waren es fünf Gleiter, die vor dem Eingang des Monolithen gewartet haben. Einer von ihnen wurde von den Silberherren vernichtet. Wie Sie sehen können, handelt es sich um ein älteres Modell, das einer Technik entspricht, die vielleicht vor fünfhundert Jahren galaxisweit verwendet worden ist.«

Ich machte eine kurze Pause.

»Es muss in Flugreichweite dieser Gleiter eine Basis dieser Einheimischen geben, wohin sowohl die Silberherren wie auch Leutnant Iasana Weiland gebracht worden sind. Diese Basis ist deshalb unser Ziel. Unsere Aufgabe wird es sein, Leutnant Weiland zu befreien und die Silberherren an der Weitergabe ihres Wissens über das Transportsystem der Monolithen zu hindern.«

Naileth Simmers meldete sich zu Wort.

»Major?«

»Sollten wir nicht davon ausgehen, dass die Feinde der Silberherren automatisch unsere Freunde sind? Unter Umständen befindet sich Iasana bereits in Freiheit.«

»Damit könnten Sie recht haben, Major«, räumte ich ein. »Falls dies der Fall wäre, hätten wir eine Sorge weniger. Mein Bauchgefühl sagt mir aber, dass dem nicht so ist. Zudem dürfte ihr die Strahlung im Gegensatz zu den Silberherren im bekannten Maß zugesetzt haben. Zumindest bei der Gefangennahme hätte sie sich kaum wehren können. Alles Weitere ist Spekulation. Haben Sie weitere Fragen?«

»Ja, Sir«, sagte Amelia Marcos mit leiser Stimme. »Wie kommen wir zu dieser Basis?«

»Wir werden uns auf unsere Flugaggregate verlassen. Wegen der schwierigen Rahmenbedingungen durch die Hyperstrahlung des Monolithen, werden wir die Miniaturpositroniken der Anzüge und der Roboter in eine Ringschaltung nehmen. Falls es kurze Ausfälle der Flugaggregate geben sollte, werden die GLADIATOREN diese mittels Prallfelder ausgleichen. Um das Risiko weiter zu minimieren, werden wir uns nicht mit Höchstgeschwindigkeit fortbewegen.«

»Was wissen wir über diesen Planeten?«, fragte Ramit Claudrin, der von sich behauptete, direkter Nachfahre des berühmten Jeffe Claudrin zu sein, der am Anfang des 22. Jahrhunderts als Kommandant der legendären FANTASY und einiger Flaggschiffe Perry Rhodans in die Geschichtsbücher eingegangen war.

»Nicht viel«, gab ich zu. »Die spärlichen Daten habe ich auf Ihre Anzüge überspielt. Die Gravitation beträgt 1.08 Gravos. Inzwischen wissen wir auch, dass eine Rotation dieses Planeten nur zirka 16 Stunden beträgt. Während auf Terra zwei Tage vergehen, geht die Sonne auf diesem Planeten dreimal auf. Ich hoffe, dass wir mehr Daten erhalten, sobald wir nicht mehr in der unmittelbaren Nähe des Monolithen sind.«

Ich hielt inne, weil ein weiterer heftiger Stoß den Boden erzittern ließ. Ich kämpfte den kurzen Panikimpuls nieder und fuhr mit betont ruhiger Stimme fort: »Wir kennen aber weder den Namen des Planeten noch seine galaktische Position. Ich gehe jedoch davon aus, dass er sich nicht allzu weit entfernt von Lumbagoo befindet. Dies schließe ich aus der räumlichen Nähe der bisher bekannten Monolithen.«

Ich machte eine kurze Pause, um das Gesagte wirken zu lassen.

Prompt meldete sich mein Extrasinn. *All diese Mühe – nur für einen Hüpfer über ein paar Lichtjahre?*

Ich vermute, dass wir gerade ein Nebenaggregat benutzt haben, antwortete ich in Gedanken.

Worauf basiert deine Annahme?

Erfahrung.

Laut sagte ich: »Selbstverständlich könnten wir nun darauf warten, dass Perry Rhodan mit seiner Flotte über diesem Planeten auftaucht. Der Monolith muss wie ein galaktisches Leuchtfeuer strahlen – der Großadministrator kann und wird ihn nicht ignorieren. Für mich kommt es jedoch nicht in Frage, Iasana Weiland ihrem Schicksal zu überlassen. Es entspricht nicht der USO-Tradition, Mitglieder der Organisation im Stich zu lassen. Dazu kommt – wie ebenfalls schon erwähnt – das Wissen unseres Gegenspielers Marik, der die Systeme des Monolithen von Lumbagoo aktivieren und teilweise steuern konnte. Dieses Wissen müssen wir nicht nur in *unsere* Hände bekommen, sondern es ist auch von galaktischem Interesse, dass die Silberherren keine hundertprozentige Kontrolle über die Monolithen gewinnen. Auch wenn ihre Anzahl noch unbekannt ist, stellen diese Gebilde mit ihrem Waffen- und Transportsystem einen Machtfaktor *par excellence* dar.«

Ich ließ zwei Atemzüge verstreichen, dann fügte ich grimmig lächelnd an: »Wir sind nur ›Sechs von der USO‹. Wir werden aber in diesem Spiel mit vielen Unbekannten den ausschlaggebenden Faktor darstellen. Das verspreche ich Ihnen.«

»Amen«, murmelte Naileth Simmers.

Ich grinste breit. »Ihnen scheint es tatsächlich schon wieder besser zu gehen.«

»Entschuldigung!«, stieß sie aus. »Das habe ich nicht so zynisch gemeint, wie es sich angehört hat, Lordadmiral!«

»Machen Sie sich keine Gedanken. Ich halte es für ein gutes Zeichen, Major. Zudem können Sie mir nun die Bitte nicht mehr abschlagen, diese kleine Zusatzlast zu tragen.«

Ich präsentierte ihr das Stoffpaket mit dem Silberschmuck. Die Frau zögerte zunächst, als überlege sie, ob ich mir möglicherweise einen Scherz auf ihre Kosten erlaubt hätte. Dann nahm sie das Paket entgegen.

»Bei Ihnen ist das Silbermetall am besten aufgehoben, Major«, sagte ich ernst. »Unter Umständen werden wir es als Zahlungs- oder Verhandlungsmittel benötigen, oder ...« Mein Seitenblick traf Santjun. »... für medizinische Experimente.«

»Verstanden, Sir!« Naileth Simmers reichte das Paket Torben Santorin, der es im Gepäckfach ihres Rückentornisters verstaute.

»Das wäre es von meiner Seite. Letzte Fragen oder Bemerkungen, bevor wir uns auf den Weg machen?«

»Ja, Sir«, meldete sich Amelia Marcos. »Es ist zwar für den Moment nicht von Belang, aber ich habe erste Erkenntnisse über die Zeichnungen gewonnen.«

»Dann lassen Sie uns daran teilhaben«, forderte ich den ehemaligen Funkoffizier der IMASO auf.

»Auch wenn ich kein umfassendes Studium in Archäologie und Kunstgeschichte absolviert habe, so erscheinen mir die Darstellungen logisch aufgebaut und die Geschichte einfach lesbar.«

»Und was haben Sie daraus erfahren?«, fragte ich. Langsam brannte mir die Zeit unter den Nägeln. Die Erkenntnisse aus den Zeichnungen der Verlorenen konnten zwar später einmal von eminenter Bedeutung sein, doch derzeit war es dringlicher, sich möglichst rasch vom entfesselten Monolithen zu entfernen. Dennoch wollte ich Amelias Engagement nicht abwerten.

»Kurz gesagt, schienen sich die Wesen damals darauf vorzubereiten, in ein *Todesreich* – vielleicht nicht der perfekte Ausdruck, aber dementsprechend habe ich die Zeichnung interpretiert – zu flüchten. Wie es scheint, führte dies aber zu Spannungen zwischen der Regierung – oder den führenden Wissenschaftlern – und der Bevölkerung, die ernsthafte religiöse Bedenken äußerte. Das wäre vorerst alles.«

»Interessante Erkenntnisse«, bemerkte ich, »die ja in gewisser Weise zu den Visionen passen, die uns die Träumer von Lumbagoo haben zukommen lassen. Vielleicht kann Ihnen Calipher-SIM helfen, zu weiteren Erkenntnissen zu gelangen. Möglicherweise finden sich in seinen Speichern ergänzende Daten. Die Lemurer scheinen sich damals sehr intensiv mit den Hintergründen der Monolithen beschäftigt zu haben.«

»Das werde ich, Sir.«

»Gut. Dann werden wir keine weitere Zeit mehr verlieren. Sobald die Anzüge miteinander gekoppelt sind, fliegen wir los. Calipher-SIM wird die Richtung vorgeben.«

Ramit Claudrin erhob sich wie auf ein geheimes Zeichen. Sein quaderförmiger Körper mit den gewaltigen Muskelpaketen und der tonnenförmigen Brust schien sich nach der Fortsetzung des Einsatzes geradezu gesehnt zu haben.

Er klatschte kräftig in die schaufelgroßen Hände. »Fertig mit dem Kaffeekränzchen. Los, los!«

Kapitel 5

Im Herrscherpalast: Magor

Lustlos blickte er auf Magoria hinab. Die Sorgen über die Ereignisse der letzten Zeit peinigten ihn.

Sechs Shenzen-Tage war es her, dass ein rätselhaftes Unwohlsein Magorias Bevölkerung erfasst hatte. Es war nicht bedrohlich, glich eher den Nachwirkungen einer durchzechten Nacht, die einem am nächsten Abend noch in den Knochen steckte.

Kurz darauf war den Technikern aufgefallen, dass die modernsten Geräte, über die Magoria verfügte, unzuverlässig arbeiteten. Die Forscher, die das Phänomen untersuchten, hatten sich keinen Reim darauf machen können – bis ein kaum verständlicher Funkspruch von einem der weiter entfernten Labortrakte eingegangen war und den entscheidenden Hinweis geliefert hatte. Die dortigen Laborarbeiter hatten alle an einer plötzlich aufgetretenen Krankheit gelitten. Innerhalb kurzer Zeit waren ihre Körper gealtert, die Haut grau und runzelig geworden. Der Älteste unter ihnen war innerhalb weniger Stunden gestorben.

Die Forschungsstationen, in denen Tyaheel gezüchtet und erforscht wurden, lagen in der Ebene von Suquosh, ganz in der Nähe der *Hand der Ahnen*. Bald waren die Meldungen von den anderen Labors aus dieser Gegend eingetroffen. Aufgrund der Intensität der aufgetretenen Phänomene waren sich seine Experten bald sicher gewesen, dass die *Hand der Ahnen* die Ursache allen Übels sein musste.

Die *Hand* war ein gewaltiges Bauwerk, das aus Tausenden von einzelnen Strängen bestand. In ihrer Gesamtheit wirkten sie auf eine befremdliche Art entrückt, wie ein Objekt, das weder aus dieser Zeit noch aus diesem Universum stammte.

Magor hatte die *Hand der Ahnen* vor langer Zeit von seinen besten Wissenschaftlern untersuchen lassen. Da sie jedoch nichts gefunden hatten, das sich irgendwie in Geldwerte hätte umwandeln lassen, hatte er die Erforschung der *Hand* wieder abgebrochen.

Die Forschungstätigkeit in der Suquosh-Ebene hatte aber letztendlich doch einen Erfolg gebracht: Rund um den Monolithen waren die Forscher auf die Tyaheel-Würmer gestoßen und hatten bereits bei den ersten Untersuchungen deren gewaltiges Potenzial entdeckt.

Magors rechte Hand aktivierte das Funksystem. Routinemäßig nahm er mit ausgewählten SiDi-Posten Kontakt auf und empfing die Statusberichte.

Besonders in den äußeren Bereichen schien die Lage angespannt zu sein. Die körperlichen Auswirkungen der Strahlung, die unzweifelhaft von der *Hand* ausging, beunruhigte die Magorianer. Sie deuteten die Symptome als eine sich rasch ausbreitende Krankheit und befürchteten, dass eine neue Epidemie Magoria heimsuchte.

Die letzte lag vier Jahre zurück. Damals hatte ein extrem aggressiver Hautpilz ein Fünftel der Bevölkerung innerhalb kürzester Zeit dahingerafft. Nur durch kostspielige Handelsgeschäfte mit intergalaktischen Piraten war es ihm gelungen, der Stadt wieder neue Bewohner zuzuführen und das Gleichgewicht nicht auseinander fallen zu lassen.

Magor wusste aber, dass sich die Sachlage in diesem Fall anders darstellte, doch das brauchte die Bevölkerung nicht unbedingt wissen. Im Gegenteil – solange die Magorianer von einer normalen Krankheit ausgingen, würden sie ihre Anstrengungen verdoppeln, was die Jagd nach Punkten anging. Nur wenn sie möglichst schnell im Sozial- und Wohnsystem aufstiegen, konnten sie von der besseren medizinischen Versorgung in den inneren Krochten profitieren.

»Gebieter!«

Magor zuckte unwillkürlich zusammen. Zu abrupt war er aus seinen Überlegungen gerissen worden. Unwillig drehte er seinen Schwebestuhl seinem so unverhofft aufgetauchten Leibeigenen Enz entgegen, hielt ihn aber einen halben Meter oberhalb seines Kopfes in der Schwebe.

»Was gibt es?« Magor gab sich keine Mühe, seinen Unbill zu verstecken.

»Einer der Gefangenen verlangt Euch zu sprechen, Gebieter.«

Magor biss die Zähne aufeinander, dass es knirschte. In seiner unendlichen Weisheit hatte er zwei SiDi-Gruppen beim Monolithen stationiert und sie jeweils austauschen lassen, bevor ihnen die Strahlung größeren Schaden zufügen konnte.

Wie aus dem Nichts waren plötzlich Fremde mit Kampfrobotern aufgetaucht, die seine Leute nach einem kurzen, aber heftigen Gefecht hatten überwältigen können. Trotz unterlegener Technik hatten sie dank des Gleitergeschützes und der offensichtlichen Verwirrtheit der Ankömmlinge den Sieg errungen.

»Ein Gefangener hat nichts zu verlangen«, sagte Magor. »Ich werde mich zu gegebener Zeit mit ihm befassen.«

»Sehr wohl, Gebieter.«

Ohne ein weiteres Wort drehte sich Magor wieder zur Fensterfront. Er würde auch diese Krise meistern.

Kapitel 6

Quallengesänge: Atlan

Je weiter wir uns von dem Monolithen entfernten, desto schwächer wurde die Belastung durch dessen Einfluss.

Die Farben Grün und Gelb beherrschten unser Sehen.

Auf einer Sauerstoffwelt wie der Erde hätten sie Boten eines wunderbaren Frühlingstags sein können. Das saftige Grün junger Triebe oder das fröhliche Gelb kleiner Blüten, die sich Kinder in die Haare steckten.

Nicht so auf diesem Planeten. Hier verhießen die Schlieren nichts Gutes. In der Atmosphäre aus Stickstoff und Chlor konnte kein Leben entstehen, wie man es von Arkon, Terra oder einer der unzähligen Welten her kannte, über die sich die Nachfahren der Lemurer während Zehntausenden von Jahren verteilt hatten.

Hier standen Gelb und Grün für den Tod.

Narr!, meldete sich mein Extrasinn. *Du kamst nicht hierher, um über Urlaubsziele zu sinnieren. Du folgst einer Spur. Darauf sollte sich dein Denken konzentrieren!*

Ich ging nicht auf seine Mahnung ein. Mein Logiksektor hatte zwar recht, doch wir würden wahrscheinlich noch eine Weile unterwegs sein, bis wir den Stützpunkt erreichten, in den die Einheimischen Iasana Weiland und die Silberherren gebracht hatten. In der Zwischenzeit wollte ich die Welt auf mich wirken lassen.

Logische Betrachtungsweisen waren das eine. Über die Jahrtausende hatte ich jedoch gelernt, dass der Instinkt, das *Bauchgefühl*, in unerwartet auftretenden Situationen oft zu nützlicheren Ergebnissen führen konnte als das bloße Handeln nach einer vorher erstellten Eventualplanung. Und dieser Instinkt benötigte ebenso Nahrung, wie logische Prozesse von Fakten abhängig waren. Dazu musste der Instinkt erst geschult werden.

Romantischer Narr!

Je häufiger du dieses Wort benutzt, desto mehr verliert es von seiner schrecklichen Wirkung auf mich, stichelte ich in Gedanken. Der Logiksektor verzichtete auf eine Entgegnung.

Unter uns glitt der moosbewachsene Boden vorbei. Ich blickte auf und sah in Flugrichtung eines der rätselhaften Objekte in Schneckenhausform aufragen, denen wir schon mehrmals begegnet waren. Sie ragten an die fünfzig Meter empor und machten den Eindruck, als hätten sie den Boden wie die Spitze eines Bohrers durchstoßen und wären im Laufe von Jahrzehnten in die Höhe gewachsen.

Das erste Schneckenhaus-Gebilde, dem wir begegnet waren, hatten wir etwas näher unter die Lupe genommen, doch es hatte seine Geheimnisse vor unseren ungenau arbeitenden Instrumenten bewahrt. Das weiße Material wirkte wie unbearbeiteter Marmor. In der Zoomfunktion der Helmoptik offenbarte sich eine regelmäßige Maserung in Wabenform mit zahlreichen mikroskopisch kleinen, porenartigen Öffnungen.

Ich hatte daraufhin den Verdacht geäußert, dass es sich bei dem Gebilde um eine Art Korallenriff handelte. Um einen Organismus, der lebte und wuchs und sich dabei in irgendeiner Form von seiner Umgebung ernährte. Von Licht beispielsweise oder von pflanzlichen Schwebeteilchen. Vielleicht sogar von tierischem Leben, wenngleich wir bisher noch keine Anzeichen für solches gefunden hatten.

Der Extrasinn war bei dieser Theorie – wie so oft seit unserem intensiven Erlebnis an Bord der IMASO – überhaupt nicht meiner Meinung gewesen.

Calipher-SIM flog eine sanfte Kurve um das Gebilde herum. Ich machte die Bewegung mit und die gekoppelten Anzüge der anderen folgten synchron. Nachdenklich blickte ich auf das riesige weiße Ding und kniff unwillkürlich die Augen zusammen. Täuschte ich mich, oder hatte ich eben ein blaues, wurmartiges Tier in einer der Rillen zwischen den Windungen gesehen? Ich zoomte den Bereich mit der Helmoptik heran, konnte das Geschöpf jedoch nicht mehr erfassen. Ich schüttelte den Kopf und schaute wieder gerade aus.

Eine Weile flogen wir schweigend nebeneinander her.

»Major Santjun«, sagte ich nach einer Weile. »Nun ist es an der Zeit, dass Sie uns etwas mehr Informationen zu den Silberherren liefern, in deren Gefangenschaft Sie sich befunden haben.«

»Wie ich bereits angedeutet habe, nennt sich ihr Anführer Onjar Marik. Insgeheim wird er von seiner Gefolgschaft – insbesondere seiner früheren Lebensgefährtin, der Ärztin Thalia Lacroix – nur ›das Ekel‹ genannt. Er schien mir krank vor Hunger nach Macht und Einfluss zu sein. Mehr als einmal habe ich Tobsuchts- und Jähzornattacken miterlebt, die er fast nicht beherrschen konnte. Daneben schien er eine tiefe Befriedigung darin zu empfinden, mich zu foltern.«

»Wie schätzen Sie ihn als Gegner ein?«

»Gefährlich«, antwortete Santjun sofort. »Sehr gefährlich. Unter Druck handelt er schnell, präzise und rücksichtslos. Er scheint ein ausgefuchster Taktiker zu sein. Zudem …«

»Ja?«

»Hegt er Ihnen gegenüber einen abgrundtiefen Hass, Sir.«

»Aus welchem Grund?«, fragte ich. »Haben sich unsere Wege schon einmal gekreuzt?«

»Nicht dass ich wüsste. Wie mir scheint, hasst er Sie deshalb, weil Sie bereits potenziell unsterblich sind und er trotz des Silbermetalls noch nicht.«

»Wie steht es mit dieser Thalia Lacroix? Könnte man durch sie Druck auf ihn ausüben?«

»Schwer zu sagen. Ich schätze eher nicht. Ihre einstigen Gefühle scheinen sich beidseitig in Hass gewandelt zu haben. Er würde sie wahrscheinlich eher erschießen, als sie in unsere Hände geraten zu lassen.«

»Sie sagen, Sie wurden gefoltert?«

»Ja.«

»Was wollte dieser Marik aus Ihnen herauspressen?«

»Informationen über mich, Sie, die USO. Ich habe ihm alle möglichen Geschichten erzählt, um ihn zu verwirren. Es war ein Katz und Maus-Spiel. Und ich war die Maus.«

»Wie ist es Ihnen körperlich ergangen?«

»Zum Kotzen. Verzeihung. Ich kam der ewigen Schwelle sehr nahe. Manchmal glaubte ich, dass ich sie bereits überschritten hätte. Doch Thalia hatte mich nach den Folterungen wieder aufgepäppelt und auch die Folgen meiner ... Beeinträchtigung durch den Abfluss meiner Vitalenergie abgeschwächt.«

»Wie das?«

»Ich konnte es nicht erkennen. Ich war in einem ziemlich erbärmlichen Zustand, Sir. Dafür hat mir ...«

»Ja?«

»Das Ekel hat mir eine Brosche aus Silbermetall gegeben. Vielleicht bilde ich mir das nur ein, aber sie scheint mir zu helfen. Sir ...«

»Major?«

»Das erbeutete Silbermetall ...«

»Wird Major Simmers vorerst in Verwahrung behalten, Santjun. Noch wissen wir zu wenig über die genaue Wirkungsweise dieses organischen Metalls. Es könnte mitverantwortlich sein für das übersteigerte Machtverlangen der Silberherren. Ich will nicht an Ihnen herumexperimentieren. Diese Brosche sollte kein Problem sein, schließlich ist auf Thanaton auch nichts geschehen. Aber mehr? Nein, das kann ich nicht gestatten.«

»Ja, Sir«, sagte Santjun langsam und schwieg.

Sei wachsam, warnte der Extrasinn nur.

In der letzten halben Stunde war der torfige Boden feuchter geworden. Nun verwandelte er sich in eine ausgedehnte Sumpflandschaft.

Der schwarze Morast war von schmutzig grünen Schlieren durchzogen, zwischen denen sich einige borstige Grashalme behaupteten. Sumpfgase stiegen Blasen werfend auf und reagierten sofort mit dem aggressiven Chlorgas in der Atmosphäre. Ein hektisches Knistern erfüllte die Sumpfebene.

Obwohl ich schon viele lebensfeindliche Planeten betreten hatte, waren darunter nur selten solche mit einer solch hohen und ausgeprägten Konzentration von Chlor gewesen. Ich erinnerte mich an den 5. Mai 2042, an dem wir ins Universum der Druuf vorgestoßen und ebenfalls auf einer Chlorgaswelt gelandet waren.

Schon zu jener Zeit hatten wir verzweifelt um das Leben eines Freundes gekämpft, während wir uns mit Ereignissen kosmischer Dimensionen konfrontiert sahen. Der Kunstplanet Wanderer hatte sich damals in einer Halbraumzone zwischen unserem und dem fremdartigen Universum der Druuf befunden. Bei der Benutzung des Physiotrons hatte dies dazu geführt, dass die Zelldusche bei Reginald Bull nicht dessen biologisches Alter von 38 Jahren aufrechterhalten, sondern einen Verjüngungsvorgang ausgelöst hatte. Innerhalb von drei Wochen hätte sich der Mann zu einem Baby zurückentwickelt. In höchster Not hatten wir den riskanten Plan gefasst, mitsamt dem Physiotron in das Universum der Druuf überzuwechseln, um dort das Experiment zu wiederholen.

Während die Bilder der Vergangenheit auf mich einströmten, bemerkte ich plötzlich, dass sich etwas verändert hatte. Ich blickte mich um, doch ich konnte nicht erkennen, was mich hatte aufmerksam werden lassen.

Dein heiliges Bauchgefühl, oder hat ein anderer Sinn angeschlagen?, wisperte der Extrasinn spöttisch.

Töne?

Ich erhöhte die Sensitivität der Außenmikrofone und lauschte konzentriert.

Da!

Das bisherige Säuseln der in ständiger Aufregung begriffenen Atmosphäre verstärkte sich. Gleichzeitig wurde es aber überlagert von einem anmutigen Gesang. Es klang nicht nach Lauten aus menschlichen Kehlen, mehr wie ein von Leben beseeltes Harfenspiel, das sich vielstimmig zu einem Chor von unvergleichlicher Schönheit erhob.

Ich sah mich suchend um, vermochte aber keine Quelle auszumachen, die dafür verantwortlich sein konnte. In mir bauten sich fragil verästelte Emotionsbilder auf, die von Freude, Sehnsucht, aber auch Melancholie erzählten.

Sirenen, dachte ich.

Ausnahmsweise könntest du sogar recht haben mit deiner Allegorie, stimmte mir mein anderes Ich zu.

Eine Falle der Silberherren oder der Einheimischen?

Du meinst, dass sie uns nun nackte Frauengestalten aus der griechischen Sagenwelt entgegenstellen, um den hormongesteuerten Lordadmiral in die Hände zu bekommen?

Meine Frage war ernst gemeint, gab ich zurück. *Möglicherweise ist der Gesang nur eine Begleiterscheinung einer irgendwie gearteten Waffe.*

Möglich wäre es, gab der Logiksektor nüchtern zurück. *Doch ich schätze die Wahrscheinlichkeit dazu eher gering ein. Weder die Silberherren noch die Einheimischen haben sich –*

soweit wir das beurteilen können – in der Wahl ihrer Waffen bisher zimperlich verhalten. Sie benützen eher die derbe Sprache großkalibriger Strahler.

»Dort!«, drang plötzlich Santjuns gepresste Stimme durch den Helmlautsprecher.

Ich blickte zu dem USO-Spezialisten hinüber, dann folgten meine Augen seinem ausgestreckten Arm. Er wies in Richtung Osten, wo sich in weiter Ferne ein schroff gezacktes Gebirge abzeichnete. Gelblich-grüner Dunst erschwerte die Sicht, offenbar riesige Konzentrationen von Chlorgas. Darin schwebte eine dunkle Wolke. Ein Schwarm.

Ich vergrößerte das Bild mit meinem Optik-System, so gut es ging. Die körnige Darstellung zeigte eine Ansammlung von halbtransparenten, kugelförmigen Objekten, die mich an Wetterballons erinnerten.

Während ich noch abschätzte, ob wir diesem Phänomen auf den Grund gehen sollten, empfand ich unvermittelt ein starkes Kribbeln im Nacken, das sich rasch über meinen ganzen Körper ausbreitete. Durch den Helmfunk hörte ich Torben Santorin und eine der Frauen gequält aufstöhnen.

Mein Flugaggregat setzte kurz aus und sackte ein paar Zentimeter ab. Sofort fühlte ich, wie die Prallfelder der Roboter meinen Flug stabilisierten, bis mein Anzug seine Aufgabe wieder selbst bewältigen konnte.

Ich spürte, wie sich der Zellaktivator an meiner Brust erwärmte und heftig pulsierte. Normalerweise nahm ich das schwache Pochen höchstens unbewusst wahr, doch nun war es eindeutig, dass das Leben spendende Gerät aus irgendeinem Grund seine Leistung verstärkt hatte.

Die Aktivitäten des Monoliths scheinen eine weitere Steigerung erfahren zu haben!, wisperte der Extrasinn.

»Atlan, ich …« Santjuns gurgelnde Stimme ging in ein qualvolles Röcheln über.

Ich blickte zum USO-Spezialisten hinüber. Er hatte beide Hände an den Helm gelegt und krümmte sich wie unter großen Schmerzen zusammen.

»Wir landen!«, ordnete ich sofort an.

Ich wusste, dass ich uns damit alle in Gefahr brachte, doch ich wollte mich zuerst um Santjun kümmern. Während des Fluges war dies nur unzureichend möglich.

Santjun erbrach sich in seinem Helm. Ich ergriff seinen Rückentornister und brachte ihn sicher zu Boden.

»Luft anhalten!«, rief ich mit scharfer Stimme. »Hören Sie, Santjun? Sofort Luft anhalten. Die Automatik wird den Helm innerhalb weniger Sekunden gereinigt haben.«

Ich kniete vor ihm und hielt seinen Kopf direkt vor meinen Helm.

Durch eine freie Stelle an der Helminnenseite sah ich Santjuns weit geöffnete Pupillen. Er würgte, erbrach sich erneut. Ein Schwall Magenflüssigkeit und halb verdaute Konzentratnahrung verteilten sich im Helm. Die Reinigungsautomatik setzte ein und saugte das Erbrochene ab. Gleichzeitig nahmen feine Wasserdüsen ihre Tätigkeit auf und reinigten Santjuns Gesicht und Helm.

»Atlan«, presste er heraus. »Es geht zu Ende mit mir.«

»Unsinn, Major! Wir bekommen das Problem schon irgendwie in den Griff.«

Der USO-Spezialist krümmte sich erneut. Spastische Zuckungen durchliefen seinen Körper. Sein rechter Arm ruderte hilfesuchend durch die Luft, bis er schließlich meine Schulter fand. Unter größter Willensanstrengung hob er den Kopf und blickte mich an. Sein Gesicht war zur Fratze verzogen, an seiner Stirn trat scharf eine Ader hervor.

»Ich … hatte … gedacht«, ächzte er, »dass ich mich … schon wieder… erholt hätte, da erfasste ... es mich nur noch … härter!«

Unwillkürlich griff ich mit einer Hand an den Brustpanzer meines Anzugs, unter dem der Zellaktivator nach wie vor wie verrückt pulsierte.

Deine Gedankenkette ist korrekt, bestätigte der Extrasinn. *Santjuns Zusammenbruch erfolgte direkt nachdem der Zellaktivator seine Leistung markant erhöht hatte. Du kannst dich nicht mehr davor verschließen, Atlan: Der Aktivator bedient sich ungebremst an Santjuns Lebensenergie. Je mehr du benötigst, desto mehr fließt bei ihm ab.*

»Verausgaben Sie sich nicht!«, sagte ich zu Santjun. »Wir haben bisher etwa dreißig Kilometer zwischen den Monolithen und uns gebracht. Die unmittelbare Todeszone reicht bis etwa hundert Kilometer Entfernung. Zudem wird sie schwächer, je weiter wir kommen. Das halten Sie durch!«

Santjun stöhnte nur und krümmte sich wieder.

Ich muss den Aktivator so schnell es geht ablegen, dachte ich. *Dann ist der Kreis unterbrochen.*

Davon rate ich dringend ab!, warnte der Logiksektor. *Das kannst du als allerletzte Option in Betracht ziehen. Noch sollte es möglich sein, mit Santjun aus der Todeszone zu entkommen. Derzeit wird deine volle Einsatzkraft benötigt. Sobald du das Gerät ablegst, bist du gegen die Strahlung des Monolithen ungeschützt.*

Auf Santjuns Kosten!, warf ich ein.

Mit Unterstützung des Risiko-Spezialisten Santjun, während der Ausübung seiner Pflicht!, sagte der Extrasinn scharf.

»Sir!«, erklang Ramit Claudrins alarmierte Stimme. »Wir bekommen Besuch!«

Ich sah auf und erwartete, die Shifts der Einheimischen bereits auftauchen zu sehen. Doch es war etwas gänzlich anderes.

Fliegende Quallen!, schoss es mir durch den Kopf.

Die Wolke aus den semitransparenten Objekten, die wir vor kurzem beobachtet haben, war urplötzlich in unserer

Nähe aufgetaucht. Jetzt, da ich mich auf sie konzentrierte, nahm ich auch wieder den sirenenhaften Gesang wahr, der sie umgab.

Der Vergleich mit den Quallen kam nicht von ungefähr. Die ballonartigen Gebilde ... *lebten!* Sie hatten einen Durchmesser von einem bis zwei Meter und bestanden aus einer leicht milchigen Hülle, die sich zusammenzog und wieder aufblähte. Dabei entströmten ihnen die Melodien, ihr Sirenengesang.

Aus ihrer Unterseite ragten mehrere hundert transparente, etwa drei Meter lange Tentakel und tasteten suchend umher wie ein Vorhang, der sich im giftigen Wind dieses Planeten bewegte.

Hastig blickte ich mich um, während sich Santjun immer noch in meinem Griff wand.

Es war ein unvergleichlicher Anblick, der sich uns bot. Es mussten Tausende dieser schwebenden Quallen sein. Sie breiteten sich aus, glitten an uns vorbei, umkreisten uns. Alles geschah in vollendet eleganten Bewegungen. Das Pulsieren ihrer Körper, ihr anmutiger Gesang, das Spiel ihrer Tentakel, mit denen sie uns sanft abtasteten.

Atlan!, vernahm ich eine Stimme aus weiter Ferne. *Ihr seid in Gefahr! Ihr dürft euch nicht ...*

Den Rest hörte ich nicht mehr. Ob die Stimme verstummt war oder ob ich sie einfach nicht mehr wahrnahm – ich wusste es nicht. Es war auch belanglos im Angesicht dieses fantastischen Schauspiels.

Ich hob meinen rechten Arm und streckte ihn den Wesen entgegen.

Sofort umflossen ihn Dutzende der fragilen Tentakel. Lichtblitze durchgeisterten mich, erzählten Geschichten von vollendeter Schönheit.

Munamaar, flüsterten sie, *mi verobosanos fa donnado ...*

Ich schloss die Augen und genoss die Bilder, die auf mich einströmten, umrahmt von dem wunderbaren Gesang. Ich fühlte mich unendlich leicht und glücklich.

Nujabagolasa. Fa darogwanja. Nu sedada ma somabosa …

Ich verstand.

Die Wesen wollten mir nahe sein. Sie konnten mich durch die Hülle, in der ich steckte, nicht erfühlen, begreifen. Ich tastete nach dem Öffnungsmechanismus meines Raumhelms.

Etwas schlug gegen meine suchenden Finger.

»Nicht!«, drang eine hässliche menschliche Stimme zu mir durch, während ich erneut nach dem Verschluss griff. »Wir müssen hier weg!«

Dann ertönte ein zischendes Geräusch und brachte Tod, Chaos … *und Hass!*

Ein mentaler Aufschrei aus tausenden Bewusstseinen traf mich und drohte, meinen Geist zu zerdrücken.

Etwas packte zu und riss mich nach oben, während es um mich herum zischte und blitzte. Uferlose Wut packte mich. Ich schrie …

Bis ich keine Luft mehr hatte zum Schreien. Dann klärte sich mein Geist.

»Wo bin ich?«, krächzte ich. »Was ist geschehen?«

Santjun hat dich gerettet, du Narr!, erklang die Stimme meines Extrasinns.

Ich schüttelte den Kopf, versuchte die Verwirrtheit abzuschütteln, die mich erfüllte. Endlich erkannte ich, dass Santjun mit mir durch den Quallenschwarm gebrochen war. Wir schwebten in etwa fünfzig Meter Höhe. Der Risiko-Spezialist hielt mich mit dem linken Arm umklammert und feuerte aus der Rechten mit seinem schweren Kombistrahler auf das Meer von Quallen, das sich unter uns ausbreitete. Wo die Impulsstrahlen auf die Lebewesen trafen, verbrannten diese augenblicklich und verwehten als feine Aschewolken.

»Sie können mich loslassen, Santjun! Ich bin wieder zu mir gekommen«, stieß ich aus, während ich das Flugaggregat aktivierte.

Hastig ließ er mich los und nahm den Kombistrahler in beide Hände. »Die Roboter haben Amelia und Claudrin herausgeholt. Naileth ist immer noch unten, *verdammt!*«

Die Quallen waren in heller Aufregung. Durch das Meer aus den semitransparenten Leibern brandeten Wellen der Panik.

»Hören Sie auf zu schießen, Santjun!«, rief ich. »Solange wir Major Simmers nicht sehen können, bringen Sie sie nur in zusätzliche Gefahr!«

»Genau.« Santjun steckte den Kombistrahler in das Holster und sackte wie ein Stein in die Tiefe. Er hatte das Flugaggregat ausgeschaltet. Sein Körper verschwand zwischen den wogenden Leibern der Quallenwesen.

Ich rief über Funk nach Naileth Simmers, doch sie antwortete nicht. Dafür meldeten sich Claudrin, Santorin und Amelia Marcos, die ebenfalls wieder zu sich gekommen waren.

»Verflucht!«, grollte Claudrins Bass aus meinem Helmempfänger. »Ich hätte beinahe meinen Helm geöffnet. Nur die Sicherheitssperre der Mikropositronik hat es verhindert.«

Die anderen bestätigten mit tonloser Stimme, dass auch sie den Drang verspürt hatten, die Quallenwesen zu *fühlen*.

»Ich habe sie!«, drang Santjuns gepresste Stimme durch den Funk. »Gebt uns Deckung!«

Ein Bündel aus Quallenleibern schoss empor. Den Umrissen nach zu urteilen, mussten die beiden mittendrin stecken.

Fluchend versuchte ich ein Ziel zu erfassen, doch es war unmöglich. Jeder Schuss hätte zwangsläufig auch die beiden Menschen getroffen. Selbst den Einsatz des Paralysators schloss ich von vornherein aus. Erstens ging ich wegen der völlig fremden Konstitution der Quallen nicht davon aus, dass er überhaupt wirksam gewesen wäre, und zweitens wollte ich es nicht riskieren, mit paralysierten Mitstreitern auf dieser unbekannten Welt unterwegs zu sein.

Ich steckte meinen Strahler weg und warf mich gegen den aufsteigenden Ball aus Mensch und Quallenwesen. Bei der ersten Berührung durchzuckten mich wieder die mentalen Blitze. Eine Kakophonie aus flüsternden Stimmen und irren Quallengesängen brandete auf mich ein.

Schreiend griff ich in die Hüllen und Tentakel, riss sie weg und versuchte mit aller Kraft die mentalen Schmerzensschreie zu ignorieren, die mich aufspießten wie die Stiche eines Floretts am eisig kalten Morgen eines Duelltages.

Marcos und Claudrin kamen mir zu Hilfe. Gemeinsam befreiten wir Santjun und Simmers von ihrer Hülle. Nach zwanzig Sekunden war der Spuk vorbei. Doch uns blieb keine Zeit zum Ausruhen. Die nächsten Wesen stiegen auf und sie waren *wütend!*

»Weg hier!«, rief ich. »Claudrin, Sie nehmen Major Simmers. Los!«

Der Epsaler ergriff den im Vergleich zu seinen riesigen Händen unglaublich fragil wirkenden Körper der Frau und startete. Wir folgten ihnen. Calipher-SIM und die anderen Roboter deckten uns ab und schossen, sobald uns die Quallenwesen zu nahe kamen.

Calipher-SIM

Calipher-SIM rechnete.

Die robotische Äquivalenz von Unbehagen erfüllte ihn. Die ansonsten ordentliche und klar abgegrenzte Welt der Mathematik schien aus den Fugen geraten zu sein. Viel zu viele Unbekannte spiegelten eine Lage wider, die Calipher-SIM in ihrer Gesamtheit weder berechnen noch evaluieren konnte.

Es betraf nicht nur die unklaren politischen Machtverhältnisse, sondern ganz besonders ihre aktuelle räumliche Position. Dieser Planet mit seiner hoch reaktiven Atmosphäre konnte mit der Zeit seinem Leihkörper aus USO-Beständen äußerst gefährlich werden.

Dazu kamen verwirrende und widersprüchliche Verhaltensweisen von Mitgliedern ihrer Gruppe, aber auch von fremden Wesen wie den von Atlan *Quallen* genannten biologischen Objekten.

Atlans Zusatzaufgabe, die Aufbereitung der Speicherdaten aus den Kampfanzügen der Silberherren, hatte er bisher nicht erfüllen können. Der Verschlüsselungsalgorithmus war äußerst kompliziert.

Calipher-SIM beschloss, die Rechenleistung für die Rekonstruktion seiner Urdaten herunterzusetzen, damit er für die anderen Aufgaben mehr Leistung zur Verfügung hatte.

Calipher-SIM rechnete.

Kapitel 7

Im Labor: Santjun

Verdammt!

Der Risiko-Spezialist der USO saß mit dem Rücken an einen Felsen gelehnt, während die anderen im Kreis standen und sich leise berieten. Noch nie in seinem Leben hatte er sich dermaßen zerschlagen gefühlt wie gerade jetzt.

Im Kampf mit den Quallenwesen hatte er zwar funktioniert wie früher. Wie ein Uhrwerk, auf das man sich verlassen konnte. Doch davor und danach hatte er in der Hölle diniert.

Zuerst die plötzliche Qual, während der er eine lange Minute davon ausgegangen war, dass er nun endgültig sterben würde. Darauf folgten die völlige Entkräftung und das zerstörerische Wissen, dass er wirklich nichts anderes mehr tun konnte als zu sterben.

Atlan trat an ihn heran.

»Ramit Claudrin und Calipher-SIM werden mich begleiten. Sie und der Rest bleiben vorerst hier, bis wir wissen, wie die aktuelle Lage aussieht.«

Auf der wilden Flucht vor den Quallenwesen war plötzlich Santorins Flugaggregat ausgefallen. Fast ungebremst war der Mann auf den harten Untergrund gestürzt. Man konnte im Nachhinein von Glück sprechen, dass er sich außer mehreren Quetschungen und zwei angeknacksten Rippen keine ernsthaften Verletzungen zugezogen hatte.

Da sie die Quallen inzwischen abgehängt hatten, hatten sie es sich leisten können, eine Pause einzulegen. Nach zehn

Minuten und gründlich durchgecheckten Anzugsfunktionen hatten sie dann unter Calipher-SIMS Führung ihren Weg fortgesetzt. Bis sie plötzlich auf mehrere Baracken gestoßen waren, die in einer Senke standen. Auf den ersten Blick hatten sie verlassen ausgesehen, doch Atlan wollte kein Risiko eingehen und die Gebäude mit einem kleinen Trupp erkunden.

Santjun sah in Atlans konzentriert wirkendes Gesicht. Dass sie kurze Zeit davor durch die Quallenwesen in höchster Lebensgefahr geschwebt hatten, schien schon verarbeitet und vergessen zu sein.

Gewiss – Santjun war ausgebildeter Risiko-Spezialist der USO. Sein Training hatte mehrere Jahre gedauert und ihn immer wieder an die eigenen Grenzen und auch darüber hinaus geführt. Im Einsatz konnte er sich innerhalb kürzester Zeit auf eine neue Situation einstellen – ungeachtet dessen, wie lebensbedrohend oder emotionell belastend die vorangehenden Ereignisse gewesen sein mochten.

Doch nun war etwas geschehen. Atlans Zellaktivator saugte Santjuns Vitalenergie ab, um seinen Träger zu nähren. Dadurch waren er und Atlan auf Gedeih und Verderb aneinander gekettet. Perverserweise nützte es nichts, wenn er sich von Atlan und dessen Aktivator entfernte. Je größer der Abstand zu ihnen wurde, desto schneller floss die Lebensenergie aus ihm heraus. So geschehen vor …

Wann war es?, fragte er sich müde und verwirrt. *Vor Tagen, vielleicht nur Stunden, oder schon Wochen?*

Der schier endlose Übergang durch das Transportsystem der Monolithen hatte ihm mehr zugesetzt, als er sich eingestehen wollte.

Neben der körperlichen Verausgabung hatte auch sein Zeitgefühl gelitten. Oder besser gesagt: Er hatte es gänzlich eingebüßt.

Sein Zustand hatte sich mit der Zeit etwas gebessert, doch nach dem Beinahe-Kollaps und auch jetzt beim Ausruhen stürzte plötzlich alles auf ihn ein. Er litt körperlich und geistig.

Santjun wünschte sich, dass dieser abgeklärt-entschlossene Ausdruck, den er in Atlans Gesicht las, auch in dem seinen stehen würde.

»Major?« Atlan ging in die Hocke und sah ihn prüfend an. »Sie sterben mir doch nicht weg?«

»Fragen Sie das in eigenem Interesse?«, gab Santjun mühevoll zurück. Es hätte ein Scherz sein sollen, doch er missriet ihm bravourös.

Atlan lächelte trotzdem. »Selbstverständlich. Ohne Sie bin ich aufgeschmissen.«

Santjun brachte nicht die Kraft auf zurückzulächeln. »Keine Sorge, Sir. Ich beiße mich durch.«

»Gut so, Major. Sobald wir die Gelegenheit haben, werde ich ein kleines Experiment starten, das Ihnen – wie ich hoffe – Linderung verschaffen wird.«

Santjun nickte fahrig. Er wusste nicht, was er hätte sagen sollen, und selbst wenn es gewusst hätte, hätte ihm die Kraft gefehlt.

Atlan erhob sich, zog seinen Kombistrahler und nahm routiniert die Funktionskontrolle vor. Dann trat er zu Claudrin und Calipher-SIM und sprach sich nochmals mit ihnen ab. Von einer Sekunde auf die andere verschwanden sie. Sie hatten die Deflektoren eingeschaltet.

Santjun versuchte ruhig zu atmen. Mittlerweile war es dunkel geworden auf dieser fremden Welt. Eine metallische Kälte breitete sich in seinen Gliedern aus. Ein Blick auf seine Biowerte im Helmdisplay verriet ihm, dass seine Körpertemperatur auf 35 Grad Celsius abgesackt war.

»Mehr … Wärme!«, flüsterte er.

»Die Temperatur beträgt 25 Grad Celsius«, formulierte das Sprach-Interface des Anzugs. »Eine weitere Erhöhung muss bestätigt werden.«

Santjun seufzte müde. »Bestätigung erteilt. Erhöhung auf 38 Grad. Zusätzliche medizinische Unterstützung wird benötigt.«

Umgehend fühlte er einen Einstich an seiner Halsschlagader. Auf dem Display zeigte ihm die Medoeinheit den Inhalt der verabreichten Injektion an. Eine Mischung aus Vitaminen, Hormonen und Enzymen. Kurz verschwammen die Zeichen auf dem Display vor seinen Augen. Dann fühlte er ein leises Prickeln, das zuerst im Kopf, dann im restlichen Körper auftrat.

Kälte und Müdigkeit zogen sich spürbar aus seinen Gliedern zurück, während diese allmählich taub wurden.

Er schloss die Augen.

Verwirrt blickte er auf Atlans Gesicht. Lichtquellen in der Helminnenseite beleuchteten es gleichmäßig. Der Rest der Welt war in Schwärze getaucht.

»Sie sind doch …«, murmelte er verständnislos.

»Sie haben geschlafen«, antwortete Atlan sachlich. »Wie fühlen Sie sich?«

Santjun räusperte sich und nickte dann. »Einigermaßen.«

»Die Baracken sind ausnahmslos verlassen«, erzählte Atlan. »Wir haben Hinweise gefunden, die darauf schließen lassen, dass sich bis vor kurzem Akonen darin aufgehalten haben.

Santjun erhob sich umständlich. Atlan griff zu und stützte ihn, bis der Terraner seinen Antigrav eingeschaltet hatte und einigermaßen sicher stand.

»Es handelt sich um Experimentallabors und einfache Unterkünfte. Die verwendete Technologie ist mehrheitlich ziemlich veraltet«, fuhr Atlan fort. »Da wir in der Umgebung der Baracken keine Spuren gefunden haben, die auf schwere Raumfahrzeuge hinweisen, gehen wir davon aus, dass die Labors von planetaren Gruppierungen betrieben werden. Es würde mich deshalb nicht verwundern, wenn sich die ›Einheimischen‹ als Akonenabkömmlinge herausstellen sollten.«

Atlans Gesicht verschwand im Schwarz der Umgebung, als die Lichtquellen erloschen. Santjun stellte mittels Sprachbefehl seine Optik auf Restlichtverstärkung um und folgte Atlan, der zu den anderen ging.

Der USO-Spezialist horchte in sich hinein. Der kurze Schlaf schien ihm gut getan zu haben. Er konnte sich wieder einigermaßen selbstständig bewegen. Doch das war auch schon alles. Die Spuren des körperlichen Zerfalls begleiteten ihn auf Schritt und Tritt. Jede Zelle seines Körpers schmerzte, jede Bewegung benötigte unendlich viel Kraft. Und da war eine flüsternde Stimme in seinem Kopf. Sie kicherte irre und erzählte ihm, dass er bald sterben würde.

Santjun hasste diesen Zustand des Ausgeliefertseins.

Er, der es von Kindesbeinen an gewohnt war, in Gruppen die Initiative zu übernehmen und von den anderen als Anführer und Vorbild angesehen zu werden. Er verlor die Herrschaft über seinen eigenen Körper und konnte nichts dagegen tun.

Die anderen waren mit ihrer Ausrüstung beschäftigt, als Santjun zu der Gruppe trat. Außer Naileth Simmers. Die Gäa-Geborene blickte ihn aufmerksam an. In ihren Augen stand – wenn er dies in der Restlicht-Aufbereitung richtig interpretierte – ein Ausdruck von Sorge und warmer Anteilnahme.

Santjun nickte ihr bedächtig zu.

Aus dem Nichts manifestierte sich plötzlich der Wunsch, Naileths Körperwärme zu spüren. Sie zu umarmen, vielleicht den Duft ihrer Haare zu riechen.

Stattdessen steckte er in diesem ultramodernen Körperpanzer und drohte langsam zu verrecken.

»Calipher-SIM erweist sich immer mehr als ein Meister der Dechiffrierung und des Knackens von Zugangskodes«, sagte Atlan in diesem Moment. »Er konnte uns problemlos Zugang zu allen Räumlichkeiten verschaffen. Die Baracken sind bis auf eine allesamt mit Luftschleusen versehen und die Räumlichkeiten mit genügend Luftvorräten und Wasser ausgestattet. Wir werden uns deshalb hier mit allem Nötigen versorgen, bevor wir weiterziehen. Daneben will ich so schnell wie möglich herausfinden, wo wir uns genau befinden. Suchen Sie nach Logbüchern, Karten, Dokumentationen und so weiter.«

»Werden wir hier auch übernachten, Sir?«, fragte Amelia Marcos.

»Nein«, sagte Atlan hart. »Wir sind erst etwa fünfzig Kilometer vom Monolithen entfernt. Das reicht noch bei weitem nicht. Seien Sie sich im Klaren darüber, dass Ihre Körper durch die Medoeinheiten kontinuierlich mit Aufputschmittel versorgt werden. Die Müdigkeit, die wir alle verspüren, ist nur die Spitze des Eisberges. Die Zellen unserer Körper werden durch den Einfluss des Monolithen *vertrocknen*, wenn es uns nicht gelingt, rechtzeitig aus dem Todesradius der Strahlung zu gelangen.«

Atlan blickte sich um. »Wir bilden Zweierteams: Simmers und Santorin, Marcos und Claudrin, mit je einem GLADIATOR. Santjun, Sie begleiten mich und Calipher-SIM. Durchsuchen Sie alle Baracken, füllen Sie Ihre Wasser- und Luftvorräte auf. Falls Sie Probleme mit positronischen Verriegelungen und Zugangskodes haben sollten, lassen Sie sich von Calipher-SIM helfen. In dreißig Minuten treffen wir uns wieder an dieser Stelle. Noch Fragen? Dann geht's los!«

Die Frauen und Männer bestätigten und schwärmten aus.

»Kommen Sie, Santjun!«, bat Atlan. Er hob ab und flog in Richtung der Baracken.

Santjun kontrollierte die Statusanzeige im Display und folgte dem Arkoniden. Atlan führte ihn und Calipher-SIM in die einzige Baracke, die nicht mit einer Luftschleuse ausgestattet war.

»Stellen Sie von RLV auf Normaloptik um!«, befahl der Lordadmiral.

Santjun tat wie ihm geheißen. Kurz war es dunkel, dann flammten links und rechts von Atlans Helm leistungsstarke Scheinwerfer auf.

»Sie auch, Major!«

Santjun aktivierte seine Beleuchtung ebenfalls. Der Radius der Lichtkegel ließ sich beliebig variieren, von Spot- bis Raumbeleuchtung.

»In diesem Labor fanden Experimente unter Planeten-Bedingungen statt«, erläuterte der unsterbliche Arkonide.

Sie betraten die Baracke, die lediglich aus einem Raum bestand. An den Wänden standen Pulte und Schränke, in der Mitte eine Art Terrarium und ein Seziertisch. Mehrere Arbeitsgeräte und Messinstrumente lagen verstreut auf dem Boden.

»Die Hausherren sind überstürzt aufgebrochen«, stellte Santjun fest, während die Lichtkegel über die Geräte glitten. Seine Glieder schmerzten, als ob die Knochen in den Gelenken ohne Schutzschicht aneinander reiben würden. Trotzdem war der Mann von Passa froh, dass er sich wieder einigermaßen einsatzbereit fühlte.

»Wir nehmen an, dass sie von den Hyperaktivitäten des Monolithen überrascht wurden«, bestätigte der Unsterbliche. »Sehen Sie sich das an!«

Atlan schritt auf das Terrarium zu. Es war etwa drei mal drei Meter groß und mit einer vierzig Zentimeter hohen, umlaufenden Glassitscheibe versehen. Im Innern war eine kleine Sumpflandschaft angelegt worden, mit einem weißen Objekt im Zentrum.

Atlans Scheinwerfer beleuchteten das weiße Gebilde. Es sah aus wie die riesigen gewundenen Felsen, denen sie auf dem Weg hierher mehrfach begegnet waren. Die *Schneckenhäuser*. Santjun blinzelte erstaunt und trat neben den Arkoniden.

Rund um das Objekt hatten sich Hunderte von daumengroßen blauen Würmern auf ihre hinteren Körpersegmente erhoben. Ihre Kopfenden, an denen sich drei mattschwarze Punkte befanden, wogten dabei völlig synchron auf und ab. Alle hatten sich zur Mitte hin ausgerichtet, wo ein besonders großes Exemplar auf die Spitze des Schneckenhauses geklettert war. Die unheimliche Szenerie ließ Santjun an Personenkulte um Diktatoren oder religiöse Führer denken, wie er sie bei mehreren Einsätzen beobachtet hatte.

»Schon während des Fluges ist mir eines der Tiere aufgefallen«, sagte Atlan.

»Wir interessieren uns für Wurmforscher?«, fragte Santjun heiser. »Bei allem Respekt, Atlan, aber …« Seine Stimme brach ab.

»Ich gehe nicht davon aus, dass in diesen Labors wirklich nur geforscht wird. Weshalb hier draußen? Ich nehme an, dass hier etwas Bestimmtes *hergestellt* wird, von dem man nicht will, dass andere zu nahe herankommen. In einer der Baracken fanden wir in einem mehrfach gesicherten Tresor Hunderte von Ampullen mit einer milchigen Flüssigkeit.«

Atlans Stimme schien mit einemmal von weit her zu kommen. Ein Zittern erfasste Santjuns Körper. Er fühlte, wie eine Ohnmacht nach ihm griff, ihn warm umarmte.

»Atlan«, hörte er sich röcheln, während er seine Arme hilfesuchend dem Unsterblichen entgegenstreckte. Sie griffen ins Leere.

Als er zusammensackte, fühlte er noch, wie sich zwei Arme unter seine Achseln schoben und eine Stimme irgendetwas sagte. Dann folgte das Nichts.

Der Junge

Er hüpfte über den kleinen Bach, in dem er und sein Bruder schon so oft geangelt und mit selbstgebastelten Reusen kleine, wohlschmeckende Krebse gefangen hatten. Nun hatte er keine Augen für die besten Fanggründe. Er war auf der Flucht vor dem Bösen.

Die Männer waren ihm schon so nahe gerückt, dass er das Klappern und Schlagen ihrer grauen Rüstungen hören konnte. Sie waren schnell, viel schneller als er, doch er kannte das Gelände wie kein zweiter. Selbst seinem Bruder waren nicht alle Abkürzungen und Schlupflöcher bekannt.

Das Herz des Jungen schlug rasend schnell. Er rannte quer über die Wiese mit den kleinen gelben Blumen und war froh, als er endlich den Zaun erreicht hatte. Behände kletterte er an den Ranken empor und zog sich das letzte Stück hoch. Ein feuriger Schmerz durchfuhr das nackte rechte Knie. Entsetzt sah er, dass er sich an einem verrosteten Draht eine tiefe Wunde gerissen hatte, aus der sofort Blut schoss.

Dann hörte er ein lautes Platschen und blickte zurück. Der größte der grauen Männer hatte soeben den Bach überquert, die anderen drei folgten ihm auf dem Fuße.

Ein gehetztes Wimmern entschlüpfte dem Jungen. Endlich hatte er sich über die obere Kante des Zauns gezogen und ließ sich einfach fallen. Der weiche Grasboden fing seinen unkontrollierten Sturz auf. Er rappelte sich hoch und rannte weiter. Das verletzte Knie brannte, als hätte jemand Essigsäure darüber geträufelt.

Ich muss das Haus erreichen!, *hämmerte es in seinem Kopf.* Dann wird alles gut.

Er stolperte durch die Gemüsebeete seiner Nachbarn. Das Haus der Eltern ragte vor seinen Augen auf. Groß und mächtig, wie eine uneinnehmbare Festung. Und immer noch so weit weg.

Ein zischendes Geräusch ließ ihn über die Schulter blicken. Im gleichen Moment explodierte der Zaun, über den er eben noch geklettert war. Durch den Regen aus Holzteilen und Pflanzenranken preschten metallgrau schimmernde Körper heran.

Etwas griff nach seinen Füßen. Er stolperte, überschlug sich und blieb mit schreckweit geöffneten Augen liegen. In seiner Kehle verkeilte sich ein hilfloser Schrei.

Die grauen Männer schossen heran. Der Vorderste bellte einen Befehl und bremste ab. Die anderen überholten den Anführer und packten die Arme und Beine des Jungen.

In wilder Panik schüttelte er sich, doch ihre Griffe waren unerbittlich.

Breitbeinig stand der Anführer vor ihm. In einer unendlich langsamen Bewegung griff er an seinen Hals und klappte den Helm über seinen Kopf. Mit einem metallischen Klicken faltete er sich in seinem Nacken zusammen.

Der Mann hatte langes weißes Haar und ein markantes Gesicht. Seine Augen besaßen einen kalten rubinroten Schimmer. Eine einzelne milchige Träne trat aus seinem linken Augenwinkel und rollte über die Wange.

»Ruhig«, sagte der Weißhaarige.

Aber der Junge wollte sich nicht beruhigen. Er schrie und wand sich, doch er konnte den Grauen nicht entschlüpfen. Da öffnete derjenige, der seinen linken Arm festhielt, ebenfalls seinen Helm.

Es war kein Er. *Es war eine* Sie.

Mit dem wunderbarsten Gesicht, das er je gesehen hatte. Die Haut besaß die Farbe von hellem Kaffee, die grün-braunen Au-

gen blickten warm und fürsorglich – und mitfühlend. Kurze blonde Haare standen unfrisiert in alle Richtungen. Wild, aufregend, schön.

»Schschsch«, machte die Frau.

Er beruhigte sich augenblicklich, konnte seinen Blick jedoch nicht von ihr nehmen. Aus dem Augenwinkel sah er, dass sich der Anführer mit einem Gegenstand in der ausgestreckten rechten Hand über ihn beugte. Doch es war ihm egal.

»Wie heißt du?«, fragte er die Schöne.

Sie lächelte, und es war ihm, als ob die Sonne aufgehen würde.

»Naileth«, sagte sie.

In dem Moment drückte ihm der Weißhaarige den Gegenstand auf die Brust.

Das Gesicht der Schönen wurde grau und verschwamm. Ebenso erging es dem Rest der Welt. Die Farben versiegten, als hätte ein giftiger Regen sie hinweggeschwemmt.

Schmerz und Kälte durchdrangen ihn, ließen ihn halb wahnsinnig werden. Er schrie, schrie und schrie.

Dann starb der Junge.

Kapitel 8

Chlorgespenster: Atlan

Ich streifte mir die Kette mit dem Zellaktivator über den Kopf. Es war unnötig, sich etwas vorzumachen. Das Experiment war gescheitert.

Womit bewiesen wäre, wisperte der Extrasinn, *dass es durch den Aktivator selbst keine Rettung geben kann. Er ist die Ursache für die Vitalenergiekopplung. Befindet sich Santjun in deiner Nähe, bedient sich das Gerät von seiner Vitalenergie. Wie es im Monolithen den Anschein gehabt hat, versucht der Aktivator aber auch, die Schäden an Santjun zu beheben. Dabei führt er gleichwohl – aus Mangel an Gesamtenergie – einen aussichtslosen Kampf.*

Und wenn Santjun ihn direkt trägt, so versiegt seine Vitalkraft sogar noch um ein Vielfaches beschleunigt, nahm ich den Faden auf. *Trage ich ihn und wir werden zu weit voneinander getrennt, gehen wir beide zugrunde.*

Ich dachte an die Ereignisse nach den Auseinandersetzungen im Monolithen von Zartiryt, als die Silberherren Santjun gefangen genommen hatten und mit ihm durch den Linearraum geflüchtet waren. Damals war ich schlagartig ins Koma gefallen, und auch Santjun hatte gemäß seiner Erzählung nur knapp überlebt.

Zusammengefasst stehen wir vor dem folgenden Problem: Zehrst du weiterhin von seiner Vitalenergie, wird diese irgendwann einmal aufgebraucht sein, und Santjun stirbt. Geschieht dies, so verliert der Zellaktivator seine Vitalenergiequelle und stellt – da er sich offenbar keine neuen Quellen sucht – seine Arbeit ein. Dann stirbst du ebenfalls.

Und wenn ich vor Santjun sterbe?, fragte ich beunruhigt.

Um für diesen Fall eine verlässliche Theorie aufstellen zu können, besitze ich zu wenige Daten. Ich gehe jedoch davon aus, dass Santjun dann höchstens durch die Zerstörung des Zellaktivators oder eine massive Behandlung mit Silbermetall am Leben gehalten werden könnte.

Sollten wir es riskieren, ihn bereits jetzt mit dem erbeuteten Silbermetall zu behandeln?

Deine Vorsicht ist berechtigt, Arkonide. Es wäre ein Experiment wert, wenn wir keine anderen Möglichkeiten mehr haben.

Keine anderen Möglichkeiten, echote ich in Gedanken. *Ich kann den Zellaktivator einfach ablegen, dann sollte auch die Vitalenergiekopplung nicht mehr greifen.*

Das mag vielleicht einen kurzen Aufschub geben, doch das Problem wird auf diese Weise nicht gelöst. Nach spätestens sechzig Stunden musst du den Aktivator wieder tragen, wenn du nicht den Heldentod sterben willst. Zudem warne ich dich erneut, ein solches Risiko einzugehen, solange wir uns in der durch den Monolithen gefährdeten Zone aufhalten.

Wir werden diesen Gedankengang weiter verfolgen, wenn wir diese Zone verlassen haben!

Ich fuhr mir mit beiden Händen durchs Haar. Es tat gut, den Helm kurze Zeit geöffnet zu haben.

Wir hatten Santjun in die Baracke gebracht, die den Akonen augenscheinlich als Wohn- und Schlafraum gedient hatte. Sie war nur mit dem Allernötigsten ausgestattet. Ein Tisch, Stühle, eine veraltet wirkende Robotküche und eine kleine Hygienezelle.

In den zwanzig Minuten unseres Aufenthalts in der akonischen Anlage hatten wir herausgefunden, dass wir uns auf Shenzen befanden, dem dritten Planeten der Sonne Tainor. Nach den Datenspeichern unserer Anzüge wurde das Tainor-System in den USO-Verzeichnissen als unbewohnt geführt – was aber ganz offensichtlich nicht zutraf. Es gab den gefundenen Karten zufolge in der näheren Umgebung mindestens eine Stadt. Sie wurde als *Magoria* bezeichnet und war höchstwahrscheinlich mit der Basis der Einheimischen identisch; jedenfalls lag sie genau auf der Flugachse der Gleiter, die Calipher-SIM berechnet hatte.

»Wie geht es ihm?«, fragte ich Naileth Simmers, die Santjuns Kopf auf eine Decke gebettet hatte und beruhigend auf ihn einsprach.

Torben Santorin und Ramit Claudrin standen schweigend neben mir, während Amelia Marcos an einem Lesegerät saß und den Inhalt eines Datenkristalls überprüfte. Das hellblaue Licht des Bildschirms verlieh ihrem konzentrierten Gesicht harte Züge.

»Ich fürchte, dass wir ihn verlieren werden, wenn wir nicht bald etwas gegen seinen körperlichen Verfall unternehmen«, antwortete Naileth Simmers besorgt.

»Wir werden so schnell wie möglich aufbrechen. Noch müssen wir uns zirka sechzig Kilometer weiter vom Monolithen entfernen, bis wir die Todeszone mit Sicherheit verlassen haben.«

Die Schleuse öffnete sich zischend, und Calipher-SIM stampfte herein. Das Maschinenwesen hatte mir vor Kurzem mitgeteilt, dass es ihm erstmals gelungen sei, planetare Funkwellen aus dem chaotischen Hintergrundrauschen herauszufiltern. Die beiden GLADIATOREN bewachten den Raum außerhalb der Baracken.

»Ich habe Neuigkeiten, Träger des Lichts!«, schnarrte Calipher-SIM. »Die Funksprüche waren in Interkosmo gehalten. Ein Sender war an achtzig Prozent der aufgefangenen Funksprüche beteiligt. Nach der Stimmfrequenz zu urteilen, hat es sich bei dem Sprecher um ein männliches humanoides Wesen gehandelt. Es hat seinen Namen aber nie genannt, sondern ließ sich nur als *Gebieter* ansprechen. Es scheint sich große Sorgen zu machen um die Geschehnisse rund um eine *Hand der Ahnen*, wie es sich ausdrückte.«

»Der Monolith«, sagte Torben Santorin nachdenklich.

»Genau, Herr Oberleutnant!«, bestätigte Calipher-SIM. »Nun sind die atmosphärischen und hyperphysikalischen Störungen jedoch exponentiell angestiegen. Ich rechne mit einer Zuspitzung der Verhältnisse und rate zu einem sofortigen Verlassen dieser Zone.«

Ich blickte mich um. »Letzte Gelegenheit, sich auszurüsten. Miss Marcos?«

»Ich bin soweit.« Sie schaltete den Bildschirm aus und steckte den Datenkristall in ein Fach ihres Anzugs.

»Major Simmers, lassen Sie Santjun eine kräftige Dosis Adrenalin verabreichen. Er muss auf jeden Fall selbstständig handlungsfähig sein, wenn wir aufbrechen.«

Naileth Simmers warf mir einen undefinierbaren Blick zu und machte sich wortlos an Santjuns Anzug zu schaffen.

Sie ist emotional mit ihm verbunden, schoss es mir durch den Kopf.

Naileth Simmers wurde in galaktischer Medizin ausgebildet, entgegnete der Extrasinn. *Deshalb ist es nur logisch, dass sie Mühe damit hat, ihm nicht helfen zu können. Oder spricht hier vielleicht der Neid aus einem uralten, unwiderstehlichen Arkoniden, weil sich amouröse Verstrickungen einmal nicht um ihn selbst drehen?*

Ich überhörte den Spott meines anderen Ichs.

Naileth Simmers sah auf und nickte. »Er wird handlungsfähig sein. Wir müssen ihn aber so schnell wie möglich von einem erfahrenen und gut ausgerüsteten Arzt behandeln lassen. Er steht die Belastungen nicht mehr lange durch.«

Wie zur Bestätigung bäumte sich Santjun auf, die Augen weit geöffnet, und holte rasselnd Luft.

»Ich werde mein Möglichstes tun«, sagte ich ernst.

Gemeinsam halfen wir ihm auf die Beine. Er war immer noch benommen. Die Bewegungen wirkten fahrig, doch ich vertraute darauf, dass bei einem Mann wie Santjun in den entscheidenden Momenten die antrainierten Mechanismen greifen würden.

Wir verschlossen unsere Anzüge und nahmen gegenseitig einen sorgfältigen Partnercheck vor. In Situationen wie dieser war es eminent wichtig, dass uns keine Flüchtigkeitsfehler unterliefen. Nach Stunden der starken körperlichen und geistigen Verausgabung konnte sich ein kleines Versehen – ein nur flüchtig geschlossener Helm, nicht korrekt befestigte Ausrüstung – verheerend auswirken.

In Zweiergruppen traten wir in die Schleuse, zuletzt ich mit Santjun. Nachdem sich die innere Schleusentür geschlossen hatte, öffnete sich sogleich die äußere. Sofort sah ich, dass sich die Verhältnisse draußen grundlegend geändert hatten.

Es schneite.

Dicke Flocken aus einer Substanz, die unsere Sensoren nicht eindeutig identifizieren konnten, fielen auf uns nieder. Am Himmel flackerten phosphorgrün leuchtende Wellenbänder, die mich an die Nordlichter in den kalten skandinavischen Winternächten erinnerten. Dichte Nebelschwaden bildeten sich. Sie blieben an derselben Stelle, obwohl ein steter Wind die Schneeflocken sanft wirbeln ließ.

»Was geschieht hier?«, flüsterte Santorin. Seine Frage drückte zweifellos alle Gedanken aus, die in diesem Moment in unseren Köpfe kreisten.

Unwillkürlich hatte ich Santjuns linken Oberarm gepackt, um ihm zusätzlichen Halt zu verschaffen. Er schüttelte ihn aber ab und machte zwei Schritte von mir weg. Dann hob er den linken Arm und zeigte auf eine der Schwaden, die sich wie von einer unsichtbaren Kraft bewegt, langsam zusammenzog und verdichtete.

»Das ist ...«, begann er, brach jedoch wieder ab.

Wir konnten es alle sehen.

Der Dunst formte sich zu einem stehenden Oval, das mehrfach durch Kerben unterteilt war.

»Einer der *Verlorenen*«, brach es schließlich aus Amelia Marcos hervor.

Eindeutig. Die Einschnürungen zeichneten sich schärfer ab und markierten schließlich sieben charakteristische Panzersegmente, wie wir sie von den Verlorenen kannten. Das zweitunterste, elastische Segment diente zur Fortbewegung, während das oberste – wie ich annahm – die Organe zur Sinneswahrnehmung barg. Jedenfalls drehte der Ovaloide dieses Segment sachte hin und her, als ob er etwas suchen würde.

Das drittoberste Segment glich in seiner Form dem Beinsegment. Es hielt ein langes, dünnes Rohr, das der Verlorene umher schwenkte.

Santjuns Stimme kam röchelnd über den Helmfunk herein. »Eine Waffe. Er trägt eine Waffe!«

»Ruhig Blut, Major«, sagte ich beschwichtigend. »Er ist nicht real.«

Ich hatte noch nicht ausgesprochen, als sich weitere Schwaden manifestierten und zu Verlorenen wurden. Es waren exakt zwei Dutzend Wesen, die keine achtzig Meter vor uns entstanden waren – und erstaunlich echt wirkten. Sie alle bewegten sich leicht, machten ein paar kurze Trippelschritte in verschiedene Richtungen und drehten sich dabei, als ob sie nach etwas Ausschau halten würden.

»Calipher-SIM«, sagte ich mit unterdrückter Stimme. »Siehst du, was wir alle sehen? Verlorene?«

»O ja«, kam es über Funk zurück. »Jedoch empfange ich diese Informationen nur über die optischen Sensoren. Für die Orter befindet sich vor uns in einer Blase von fünfzig Meter Durchmesser das absolute Nichts.«

In deiner Nähe wird sogar ein Roboter zum Poeten, wisperte der Extrasinn hämisch.

Du kannst dir also auch nicht erklären, was gerade geschieht und woher die Bilder stammen, sagte ich kalt.

Dass es mit den gestörten hyperphysikalischen Verhältnissen zu tun hat, weißt du und erklärt sich von selbst, gab mein anderes Ich zurück. *Mir stellt sich jedoch nicht die Frage, von* wo *die Bilder stammen, sondern von* wann.

»Oberleutnant Marcos«, sagte ich zu der Frau, die ein paar Schritte vor mir stand. In ihrer Nähe hatte sich einer der Kampfroboter positioniert. »Übergeben Sie Ihr Analysegerät für eine hypermetrische Datierung dem GLADIATOR und lassen Sie ihn vorsichtig auf die Szenerie zugehen!«

»Verstanden, Sir!«

Sie nestelte einhändig an ihrem Rückentornister, zog das gesuchte Instrument hervor und reichte es dem Roboter. Dessen sensible Finger umschlossen das Gerät, und er stapfte – nach ein paar kurzen und präzisen Befehlen der Frau – auf die Nebelwesen zu.

Ich blinzelte überrascht, als sich die Szene vor unseren Augen plötzlich veränderte. Über Funk hörte ich die erschrockenen Stimmen der anderen. Auf dem Feld waren zwischen den Verlorenen mehrere Humanoide erschienen. Sie steckten in klobigen Kampfanzügen und marschierten quer durch den Schauplatz. Ihre langen Strahlergewehre hielten sie in Hüfthöhe; jederzeit bereit, sie zum Einsatz zu bringen.

Santjun stieß einen kehligen Laut aus und hob seinen schweren Kombistrahler.

»Was machen Sie da, Major?«, intervenierte ich scharf. »Stecken Sie sofort die Waffe wieder ein!«

»Antistide Bolaire«, kam es von Calipher-SIM.

»Nicht verstanden, bitte wiederholen«, gab ich zurück.

»Meiner Treu«, rief der Roboter. «Das Gesicht des dritten Mannes stimmt überein mit dem Brigadegeneral Antistide Bolaire aus meiner Datenbank.«

»Lemurer!«, stellte ich fest.

»Korrekt.«

»Sir!«, kam Amelia Marcos' Stimme über den Helmfunk. »Der GLADIATOR meldet schwere Unregelmäßigkeiten. Obwohl er noch zwanzig Meter vor den Projektionen entfernt ist, stellt er bei der Bestimmung des Alters dieser Wesen starke Schwankungen fest. Irgendetwas stimmt hier nicht!«

»Danke, Miss Marcos«, sagte ich. »Genau das wollte ich hören. Holen Sie ihn sofort zurück! Atlan an alle: Wir haben es mit sich überlagernden temporalen Projektionen zu tun. Wir werden ...«

Santjun schrie auf und rannte los. Torben Santorin, der vor ihm gestanden hatte, wurde überrascht. Santjuns rechte Schulter traf ihn an der Seite. Der schlanke Terraner ging zu Boden, und Santjun lief brüllend in Richtung der Projektionen.

Einen wütenden Fluch ausstoßend nahm ich die Verfolgung auf. Mehrere Male befahl ich ihm anzuhalten, doch der Risiko-Spezialist gehorchte nicht. Er musste zweifelsohne alle Reserven mobilisieren, um diesen Kraftakt durchzuführen. Ich überhörte die eindringlichen Warnungen meines Extrasinns, mich den temporalen Projektionen noch weiter zu nähern, und beschleunigte, soweit es ging.

Nach etwa sechzig Metern hatte ich Santjun endlich eingeholt. Ein kräftiger Stoß in den Rücken ließ ihn das Gleichgewicht verlieren und stürzen. Er überschlug sich und blieb auf dem Rücken liegen.

»Kommen Sie zu sich, Mann!«, fuhr ich ihn an, während ich mich keuchend über ihn beugte.

Vorsicht, Atlan!, sagte der Extrasinn.

Seine Warnung kam zu spät. Blitzschnell trat Santjun zu und brachte mich zu Fall. Noch während ich stürzte, schoss der USO-Spezialist schon wieder in die Höhe, und sein Bein traf mich erneut. Trotz des Schutzanzuges raste ein glühender Schmerz durch meine rechte Körperseite. Santjun hatte die Leber getroffen.

Ich rollte mich stöhnend ab und kam sofort wieder auf die Beine. Fließend nahm ich eine Dagor-Abwehrhaltung ein. Santjun hatte sich jedoch schon wieder umgewandt und rannte in wilder Hast auf die Projektionen zu.

Nimm endlich den Strahler und paralysiere ihn!, wisperte der Extrasinn. *Alles andere ist Zeitverschwendung.*

Ich zog die Waffe und stellte sie während des Hochreißens auf Paralyse. Im gleichen Moment wurde ich von einem rasenden schwarzen Schatten gestreift, der wie ein Geschoss hinter Santjun her flog.

Claudrin!

Der eineinhalb Meter große und fast ebenso breite Epsaler verfügte über die körperlichen Kräfte und das Reaktionsvermögen seines Volkes. Im Nu hatte er den Terraner eingeholt und gepackt. Santjun wehrte sich wie ein Löwe, doch aus Claudrins Griff konnte er sich nicht befreien.

»Kommen Sie da weg!«, befahl ich scharf. »Sie sind hochgradig gefährdet!«

Claudrin bestätigte keuchend, legte sich Santjun über die linke Schulter und fuhr herum. Er stapfte los, kam aber nur wenige Meter weit. Seine Schritte wurden langsamer, als watete er durch zähen Sirup. Schließlich erstarrte er völlig.

Nun haben wir ein ernsthaftes Problem, sagte der Extrasinn. *Allem Anschein nach stecken sie in einem Temporalfeld. Wie holen wir sie da wieder heraus?*

»Die Zukünftigen«, ließ Calipher-SIM verlauten, der sich unbemerkt neben mir postiert hatte.

»Wie bitte?«, gab ich überrascht zurück.

»Basierend auf Informationen, die ich soeben rekonstruieren konnte: Es handelt sich um eine lemurische Sage. Die Beschreibung könnte auf Major Santjun und Oberleutnant Claudrin passen. Sie behaupteten, sie kämen aus der Zukunft. Ihre Spuren verloren sich bereits nach kurzer Zeit wieder. Man sagte, dass sie einen Weg gesucht hätten, in ihre Zeit zurückzukehren. Daraus entstand das Sprichwort ›Du bist nur in deiner Zeit glücklich.‹«

Eine abenteuerliche Geschichte, kommentierte der Extrasinn.

Ich schüttelte den Kopf. »Ich kann das nicht glauben! Das sind nicht die *Zukünftigen* aus deiner Erzählung, Calipher-SIM.«

Dennoch stieg ein Anflug von Verzweiflung in mir hoch. Was, wenn Calipher-SIM Recht hatte und die beiden USO-Angehörigen durch die temporale Anomalie tatsächlich gerade um Zehntausende von Jahren durch die Zeit gereist waren?

»Nein«, hörte ich Naileth Simmers erschrockene Stimme in meinem Empfänger.

Kapitel 9

Die Vereinbarung: Onjar Marik

Verflucht!

Ihnen war nicht nur die Ausrüstung, sondern auch der gesamte Silberschmuck abgenommen worden. Marik fühlte die Anstrengungen der letzten Stunden in seinen Knochen stecken wie die Gicht in einem Tattergreis. Sein Körper schrie geradezu nach dem Silbermetall, das ihm Vitalität und Kraft verlieh.

Rastlos tigerte der Silberherr im vorderen Bereich der Zelle umher. Er hasste dieses Gefühl und ganz besonders hasste er es, wenn ihm das Heft des Handelns aus den Händen gerissen wurde. Er war ein Macher, ein Tatmensch. Er *agierte* – und bestimmte so nicht nur über sein eigenes Leben, sondern auch über das der Menschen in seiner Umgebung.

Seit sie in diese Zelle gesteckt worden waren, hatte er gefordert, mit einem Verantwortlichen sprechen zu können. Doch die Stunden waren ergebnislos verstrichen, und Marik war immer nervöser geworden.

Er galt allgemein als berechnender Charakter, der gelegentlich zu Wutausbrüchen neigte. Er selbst wusste, wie dünn die Kruste seiner Beherrschung und wie explosiv die brodelnden Emotionen darunter wirklich waren.

Oftmals spielte er gezielt mit der Erwartungshaltung seiner Umgebung, war beherrscht, wenn die anderen bereits die Köpfe einzogen, und schrie los, wenn sie es nicht erwarteten.

In diesem Moment entlud sich seine Wut unkontrolliert. Er packte einen Kunststoffstuhl und warf ihn schreiend gegen die Glasscheibe, die ihre Zelle begrenzte.

Der Stuhl fiel polternd zu Boden. Die Scheibe hatte nicht den geringsten Kratzer abbekommen.

»Ich will endlich einen Verantwortlichen sprechen!«, brüllte Marik und schlug mit den Handflächen gegen die Scheibe.

Er tobte so lange, bis jemand auftauchte.

Dem Anschein nach handelte es sich um einen Akonen; nicht sehr großgewachsen, mit dem typischen samtbraunen Teint seines Volkes, schwarzem, gescheiteltem Haar und gelangweiltem Gesichtsausdruck. Er trug eine graue Uniform mit weißen Streifen, die ihn mehr wie einen Diener als einen Soldaten aussehen ließ.

»Unser Gebieter Magor wird dich nun empfangen«, sagte er, nahm ein schwarz glänzendes Band hervor und berührte eine Kontaktfläche an der Wand neben der Zelle.

Auf Bodenhöhe öffnete sich die etwa dreißig Zentimeter breite und fünfzehn Zentimeter hohe Öffnung, durch die vor wenigen Stunden Tabletts mit undefinierbaren, aber anscheinend nahrhaften Substanzen hindurchgeschoben worden waren. Der Akone bückte sich und warf das schwarze Band in die Zelle. Als wäre es ein Zaubertrick, schloss sich die Öffnung sogleich wieder.

Schwer atmend stand Onjar Marik an der Scheibe und fixierte den kleingewachsenen Akonen.

»Was soll das?«

»Dein Halsband. Es schützt gleichzeitig dich und unseren Gebieter.«

»Was meinst du mit *unseren Gebieter?*«, grollte Marik. »Er ist nicht mein Gebieter.«

»Du bist sein Gefangener«, sagte der Graugekleidete trocken. »Er gebietet über dich. Magor ist unser Gebieter.«

Marik ballte wütend die Hände, zählte im Stillen bis fünf. Dann bückte er sich nach dem schwarz glänzenden Band und legte es sich um seinen Hals. Das Band rollte sich zusammen, die beiden Enden verschmolzen miteinander. Als Marik mit den Fingerkuppen darüber fuhr, konnte er schon keinen Übergang mehr feststellen.

»Es ist zu eng!«

»Das muss so sein, damit du keinen Finger darunter stecken kannst. Du würdest dich nur unnötig verletzen.«

Der Akone zückte einen kleinen Handstrahler und berührte eine andere Schaltfläche. Wahrscheinlich wurde seine Hand analysiert, auf jeden Fall dauerte es ganze zwei Sekunden, bis sich ein Teil der Glaswand auflöste.

»Das Halsband schaltet dich innerhalb einer halben Sekunde aus, wenn du einen Angriff oder einen Fluchtversuch wagen solltest«, informierte ihn der Akone im Plauderton.

Marik biss die kräftigen Kiefer aufeinander und schwieg. Weshalb sollte er sich mit einem Lakaien herumschlagen? Sobald er mit diesem Magor sprechen konnte, würde er sich über seine aktuelle Lage klarer werden. Das war jetzt das Wichtigste.

Er ging voraus und folgte den Richtungsanweisungen des kleinen Akonen. Sie durchschritten einen langen, kahlen Gang. Die Wände bestanden aus unverkleidetem Fels. Lange Leuchtstoffröhren warfen ein scharfes Licht, das in Mariks Augen brannte. In der Zelle hatte zuvor nur weiches Dämmerlicht geherrscht.

Der Gang führte zu zwei mechanischen Aufzügen. Der Akone dirigierte Marik in den linken: eine runde Kammer von zwei Metern Durchmesser. Dann drückte er auf eine Taste, ohne aber selbst zuzusteigen. Bevor sich die Tür schloss, sagte der Akone gelassen: »Und denk daran, keine Dummheiten!«

Marik fluchte, als sich die Kammer in Bewegung setzte. Den Andruckkräften zufolge war er mit beachtlichem Tempo unterwegs. Er betrachtete die Tastenleiste, die mit akonischen Ziffern versehen war.

Der Wunsch, einfach mal auf alle Knöpfe zu hämmern, wurde übermächtig, doch Marik beherrschte sich. Ihm war bewusst, dass man ihn testen wollte und nur deshalb hatte alleine fahren lassen. Oder hatte der kleine Akone Angst davor gehabt, mit Marik in der engen Kammer zu stehen?

Beherrsche dich, dachte Marik. *Dann beherrschst du die Situation.*

Der Aufzug hielt an. Nach einer halben Ewigkeit öffnete sich die Tür, und der kleine Akone stand da, verschmitzt lächelnd, den Strahler unverwandt erhoben.

»Netter Trick«, knurrte Marik.

»Komm raus!«

Marik tat, wie ihm geheißen, und fand sich in einem riesigen, kreisrunden Saal wieder. In der Mitte stand ein Turm von Terminals mit flimmernden Bildschirmen. Rund um den Saal erstreckte sich ein Panoramafenster, das eine diffuse graue Außenwelt zeigte.

Ein mit viel Tand behängter Stuhl schwebte herbei. Darauf saß eine Gestalt, die in edel aussehende, purpurfarbene Tücher gehüllt war. Vor dem oberen Teil des Gesichts war ein schwarzes Feld projiziert, das wohl die Augen verdecken sollte.

Marik musste unwillkürlich grinsen.

Die Gestalt – das Männchen – maß gerade einmal einen Meter und war damit nochmals einen Kopf kleiner als der Wicht, der ihn abgeholt hatte. Ein lächerliches Käppchen saß auf seinem Schädel, unter dem ungeordnete schwarze Haare hervorstanden.

»Ein Akonenzwerg hält mich gefangen!«, brüllte er und lachte schallend.

Der dünnlippige Mund des Herrschers verzog sich wütend. Seine linke Hand hieb auf die Lehne, und ein fürchterlicher Schmerz durchzuckte den Silberherrn. Er merkte noch, wie er zusammenbrach, doch den Aufprall spürte er nicht mehr.

Magor schaltete die Reizüberflutung durch das Tamasoori-Halsband aus und wartete mit eiserner Geduld, bis der Gefangene wieder zu sich kam.

Finster blickte der Herrscher auf die Gestalt, die verkrampft vor ihm auf dem Boden lag. Dieser Onjar Marik war ihm nicht nur auf den ersten Blick unsympathisch, sondern er ekelte sich geradezu vor ihm. Der Silberherr, wie er sich selbst bezeichnet hatte, besaß alles, was Magor zutiefst verabscheute.

»Du bist hässlich wie ein Eitergeschwür«, giftete Magor.

Die grobschlächtige Gestalt mit den breiten Schultern und den geradezu lächerlich kurz wirkenden Beinen, die rote, grobporige Haut, die nun vor Schweiß glänzte, die fleischige Boxernase, das flachsblonde, ungleich lang geschnittene Haar.

Und er war groß. Bestimmt zwei terranische Meter. Magor hasste ihn dafür. Er beugte sich im Schwebestuhl vor und spuckte auf ihn hinunter.

Marik rollte sich stöhnend herum, seine kleinen, stechend blauen Augen öffneten sich und irrten ein paar Sekunden ziellos umher, bevor sie Magor trafen.

»Du!«, brachte der Silberherr mühsam hervor.

»Es heißt *Gebieter*«, sagte Magor ruhig. »Nenn mich Gebieter, oder ich schalte das Tamasoori wieder ein!«

Mariks Gesicht lief dunkelrot an. An der Stirn traten zwei dicke Adern hervor.

»Das … werde ich nicht tun«, stieß er unter heftigem Schnaufen aus.

Magor hob demonstrativ die linke Hand, fuhr den Zeigefinger aus und senkte ihn langsam auf die Schaltleisten.

»Ich habe Informationen!«, sagte Marik. »Informationen, die für dich äußerst wichtig sind, wenn du die Macht über dein lächerlich kleines Reich behalten willst, du Zwerg!«

Der Zeigefinger blieb auf halbem Weg stehen. Äußerlich war Magor ganz ruhig, doch im Innern packte ihn die Verunsicherung. Die Unverfrorenheit Mariks beeindruckte ihn. Entweder hatte dieser Mann Nerven wie Seile aus Akonstahl, oder er wähnte sich im Besitz dieser Informationen tatsächlich am längeren Hebel.

»Da staunst du, was?« Ein verzerrtes Lächeln erschien auf Mariks grobem Gesicht. »Die Wächter haben bereitwillig Auskunft gegeben. Du herrschst über eine kleine Stadt, die du nach dir selbst benannt hast. Deine Macht steht und fällt mit ihrer Kontrolle. Ich sage dir, wie du diese Kontrolle behalten kannst. Das macht uns bestenfalls zu Partnern. Dein *Gebieter* kannst du dir deshalb in deinen winzigen Popo schieben.« Er lachte kehlig. Es war mehr ein Husten als ein Lachen.

Ein Sturm der Gefühle durchtobte Magor. Seine Eingeweide krampften sich schmerzhaft zusammen. Mit aller ihm zur Verfügung stehenden Kraft kämpfte er um einen gelassenen Gesichtsausdruck und eine lockere Körperhaltung. Er wollte diesem Wüstling nicht den Triumph gönnen, ihn an den Rand eines Wutausbruchs gebracht zu haben.

»Da kannst du mit weiteren zehn schwarzen Feldern deinen kleinen Körper verdecken«, höhnte Marik, während er sich langsam aufrappelte, »ich sehe genau, dass dich der Zorn fast umbringt. Das sagt mir, dass ich vollkommen richtig liege mit meiner Einschätzung.«

»Mäßige dich!«, spie Magor aus. »Keine Information kann so wertvoll sein, dass ich sie höher einstufen würde als die Freude, dich eine weitere Stunde in der Nervenqual am Boden zu sehen.«

»Du hast keine Ahnung davon, was da draußen vor sich geht, nicht wahr?«

Marik stand nun. Etwas unsicher, aber er stand. Das Kinn angriffslustig erhoben, fixierte er seinen Peiniger aus zusammengekniffenen Augen. Magor legte die linke Hand in die Nähe der Taste, die das Tamasoori aktivieren und über das Rückenmark Mariks Nervenzentren überreizen würde.

»Ich bin jederzeit informiert, was in der Milchstraße geschieht.«

»Was sagt dir die Bezeichnung *USO?*«

»Die United Stars Organisation des unsterblichen Arkoniden Atlan«, antwortete Magor ungeduldig. »Weshalb fragst du mich das?«

»Ich gehe davon aus, dass sie sich bereits auf dem Weg hierher befindet«, sagte Marik mit einem gefährlichen Grinsen. »Alle Anzeichen deuten darauf hin, dass zumindest Atlan schon hier ist – mit einem Einsatztrupp!«

Magors Körperhaltung versteifte sich. Ein paar Sekunden lang vermochte er keinen Gedanken zu fassen.

»Sprich!«, forderte er knapp.

»Auf dem Planeten Lumbagoo wurden ich und meine Leute durch eine etwa zwanzigköpfige Einheit der USO angegriffen. Atlan persönlich hat sie angeführt. Es gelang uns, das Transmittersystem des Monolithen in Betrieb zu nehmen und uns abstrahlen zu lassen, worauf wir auf diesem Schandfleck von einem Planeten gelandet sind. In seiner krankhaften Verblendung wird Atlan seine Leute ebenfalls durch den Transmitter gejagt haben, um uns zu verfolgen.« Marik streckte ihm die rechte, geöffnete Hand entgegen. »Hast du danach die Posten wieder aufgestellt, nachdem du uns auf feige Art und Weise beim Monolithen festnehmen ließest?«

»Es ist doch kein Monolith!«, warf Magor ein. »Die *Hand* besteht aus einer Vielzahl …«

»Lenk nicht ab! *Ich* nenne ihn Monolith! Hast du ihn nach unserer Festnahme wieder bewachen lassen oder nicht?«

Magor veränderte die Sitzhaltung. Die Nervosität in seinem Innern wurde stärker. Hatte er einen Fehler gemacht?

Er dachte daran, dass zwei Wachen an der *Hand* zurückgeblieben waren, weil im verbliebenen Transportgleiter nicht mehr genügend Platz vorhanden gewesen war.

»Die …« Er räusperte sich. »Die Strahlung war zu stark …«

»Ein Fehler«, räumte Marik ein. »Atlan wird sich bereits auf dem Weg in die Stadt befinden, vielleicht ist er sogar schon hier.«

»Weshalb sollte er …«

»Du weißt ja gar nichts über die *Unsterblichen!*« Das letzte Wort troff nur so vor Verachtung. »Sie sind die verlogenen Herrscher dieser Galaxis. Sie geben vor, dass sie im Sinne einer höheren Ordnung handeln, doch in Wahrheit folgen sie nur ihren eigenen, unendlich großen Machtansprüchen. Neben sich dulden sie niemanden. Und sobald sie dann alle, die ihnen die Stirn bieten könnten, aus dem Weg geschafft haben, werden sie sich gegenseitig bekämpfen, du wirst sehen.«

Marik war während dem Sprechen stetig lauter geworden und zeigte anklagend auf den Herrscher Magorias. »Wenn Atlan erst einmal dein kleines Stadtreich gefunden hat, wird er es dem Boden gleichmachen. Einen kleinen Wurm wie dich – und das war nun bildlich gesprochen – wird er mit einem Lächeln auf den Lippen zertreten.«

Magor schluckte. »Ich habe die Situation im Griff. Falls dieser Atlan wirklich mit einem Trupp hier eintreffen sollte, hat er bereits verloren.« Je länger er sprach, desto selbstsicherer wurde er. »Ich *bin* die Stadt. Ich halte jeden noch so dünnen und unbedeutenden Faden in den Fingern. Ich habe 34.000 Ohren, Augen und Hände. Mir entgeht nichts – und ich kann jederzeit zuschlagen. Deine Sorge ist rührend. Doch du hast keine Ahnung, mit wem du es wirklich zu tun hast, Hässlichkeit in Person!«

Mariks Gesicht verfinsterte sich. »Du machst schon wieder einen Fehler, indem du Atlan unterschätzt. Ich rate dir dringend, die Stadt nach ihm zu durchsuchen oder zumindest nach ungewöhnlichen Ereignissen Ausschau zu halten.«

Magor zog die Augenbrauen gelangweilt nach oben. »Deine Ratschläge sind anmaßend. Du wirst nun …«

»Wenn du Atlan und die USO nicht als Bedrohung ansiehst«, unterbrach ihn Marik scharf, »wie steht es denn mit meiner Organisation? Wir Silberherren verfügen über eine gut ausgerüstete Flotte. Unser Ziel ist es, durch die Monolithen die Macht von Atlan, Rhodan und Konsorten zu dämmen und ein neues Zeitalter anbrechen zu lassen. Dazu benötigen wir die Kontrolle über jeden einzelnen Monolithen. Was denkst du, wird der oberste Silberherr machen, wenn er die Strahlung des Monolithen von Shenzen anmisst? Genau! Er wird die Flotte hierher beordern. Deine kleine Kolonie wird er dann als eine Art Kuriosität stehen lassen – oder mit ein, zwei wohlgezielten Schüssen seiner Bordgeschütze in glühende Partikel verwandeln.«

»Ha!«, schrie Magor zornig. »Dann würdest du und deine Brut ebenfalls vergehen!«

Marik lächelte kalt. »Pech für mich – und katastrophal für dich und dein Spielzeugland.«

Magor fletschte die Zähne. In diesem Moment wusste er selbst nicht, weshalb er diesen großmäuligen Kerl nicht einfach so lange mit dem Tamasoori quälte, bis er seine Arroganz buchstäblich aus sich herauskotzte.

»Dann würden wir beide verlieren«, sagte Marik in einem versöhnlicheren Tonfall. »Das liegt nicht in meinem Interesse. Hilf mir und ich werde dir helfen. Egal, ob dir nun Atlan auf die Pelle rückt oder ob es die Flotte der Silberherren ist, die dein Gebiet beanspruchen. Und zudem«, er machte eine bedeutungsvolle Pause, »kann ich dir noch ein ganz anderes Angebot machen: die Unsterblichkeit!«

Magorias Herrscher atmete geräuschvoll ein, hatte sich aber sofort wieder im Griff. »Du lügst, wenn du auch nur den hässlichen Mund aufmachst! Wie soll denn das möglich sein? Wenn du wirklich Zugriff auf einen Zellaktivator hättest, würdest du ihn wohl selbst tragen!«

»Es gibt etwas viel Besseres als die Aktivatoren«, sagte Marik und knöpfte sein Hemd auf. »Siehst du diese Verfärbung, wo ich normalerweise meine Ketten trage? Und hier am Handgelenk, an den Fingern?«

Magor sah die silbernen Stellen auf Mariks Haut, die ihm schon auf den Bildern der anderen Gefangenen aufgefallen waren.

»Der Silberschmuck, den ihr uns abgenommen habt – er verlängert unser Leben, indem er uns mit zusätzlicher Lebensenergie versorgt. Deshalb müssen wir ihn wieder zurückerhalten.«

»Du bist so dumm, wie du hässlich bist«, sagte Magor triumphierend. »Vorausgesetzt diese Geschichte würde stimmen – weshalb sollte ich dir den Schmuck zurückgeben und ihn nicht selbst tragen?«

»Weil dir der von uns getragene Schmuck nichts bringt. Du siehst ja, wie viel des Silbermetalls bereits in unsere Körper eingedrungen ist!« Seine Stimme nahm einen verschwörerischen Ton an. »Hilf mir, Atlan zu jagen, und gib mir unseren Silberschmuck zurück, dann werde ich dir nicht nur helfen, dein Reich zu bewahren, sondern dir soviel Silbermetall beschaffen, dass du unsterblich wirst. Stell dir vor: ewige Macht!«

Wie betäubt war Magor den Ausführungen des Silberherrn gefolgt. Sein Verstand sagte ihm immer noch, dass diese Geschichte zu abenteuerlich war, um wahr sein zu können. Auf der anderen Seite – weshalb sollte dieser Marik eine so unglaubwürdige Geschichte auftischen, um seinen Hals zu retten? Da hätte es doch viel bessere Möglichkeiten gegeben.

»Ich glaube dir nicht!«, sagte er hart.

»Dann lass eines der Stücke von einem Wissenschaftler untersuchen – falls sich hier einer finden lassen sollte. Er wird feststellen, dass es sich um ein semi-organisches Metall handelt, in das winzige kristalline Einschlüsse und ultraschwere Atome mit einem durchschnittlichen Gewicht von über 1000 eingelagert sind.«

»Und wenn schon? Was sollte dies beweisen?«

»Es sollte dir zu denken geben. Die Frage lautet: Kannst du es riskieren, aus deiner starren Denkhaltung heraus nicht nur dein Reich, sondern auch eine einzigartige Chance auf die potenzielle Unsterblichkeit aufs Spiel zu setzen?«

Magor sah den anderen schweigend an. Eine Minute, eine zweite Minute. Dann sagte er: »In Ordnung.«

Kapitel 10

Magoria: Atlan

Naileth Simmers trat neben mich und deutete auf Claudrin und Santjun, die wie schockgefroren dastanden. Durch die Zoomfunktion der Helmoptik herangeholt, war auch erkennbar, dass sogar die Schneeflocken um sie herum erstarrt in der Luft schwebten. Nur die Prozession aus Verlorenen und Lemurern bewegte sich unbeeindruckt von dem Schauspiel fort.

»Was können wir tun?«, fragte sie besorgt.

»Darauf haben wir leider noch keine Antwort, Major«, sagte ich mit belegter Stimme. »Wir gehen davon aus, dass durch die Aktivitäten temporale Verzerrungen entstanden sind. Aber ob die beiden bloß in einem Feld mit erheblich verzögertem Zeitablauf gefangen oder durch ein Loch im Raum-Zeit-Gefüge in einer früheren Zeitebene gelandet sind, können wir nicht abschließend beurteilen.«

»Die Verlorenen und die Lemurer nehmen keinerlei Notiz von ihnen«, sagte Torben Santorin.

»Das wäre ein Indiz dafür, dass sich die beiden nicht in ihrer Zeit befinden«, antwortete ich langsam. »Aber ...«

Unvermittelt blitzte es hell auf. Die Nordlichter, die bis vor kurzem nur flackernd über uns geschwebt waren, schienen in gewaltigen Lichtbögen auf uns nieder zu fallen. Das grüne Licht umflutete uns und verlieh der Szenerie ein neues Höchstmaß an Dramatik.

Als hätte jemand auf einen Schalter gedrückt, wurde es plötzlich schwarz. Über den Helmfunk hörte ich einen meiner Begleiter scharf einatmen. Ich stellte die Optik auf Restlichtverstärkung um.

Keinen Moment zu früh. Ein schwarzer Schatten schoss in einem irrsinnigen Tempo auf uns zu.

»Achtung!«, konnte ich noch gerade rufen, während ich aus dem Stand zur Seite sprang.

Über den Funk hörte ich einen Schrei, während die Außenmikrofone einen dumpfen Knall übertrugen. Dann folgte ein wüster Fluch nach dem anderen.

»Oberleutnant Claudrin?«, fragte ich erleichtert.

»Zu Diensten«, kam es schnaufend und grollend zurück. »Amelia, verdammt. Ich wollte dich nicht umrennen. Plötzlich blitzte es auf, dann war das Licht weg und als ich auf RLV umgestellt hatte, war's schon zu spät!«

Ramit Claudrin stand fünf Meter hinter uns. Er hatte sich umgedreht. Santjun hing wie einen Sack Mehl über seiner gewaltigen rechten Schulter.

Ich erhob mich, während die anderen Amelia Marcos auf die Beine halfen.

»Verdammt!« Claudrin konnte sich immer noch nicht beruhigen. »Sagt mir bloß nie mehr nach, ich sei reaktionsschnell!«

»Ist ja nichts passiert«, sagte Amelia Marcos beschwichtigend. Ihre gepresst klingende Stimme deutete aber darauf hin, dass ein solcher Zusammenstoß mit einem Epsaler dennoch äußerst schmerzhaft sein musste.

»Was ist mit Major Santjun?«, fragte ich Claudrin.

»Er ist plötzlich erschlafft. Ohnmächtig, schätze ich.«

Ich blickte mich um. Es war, wie ich es vermutet hatte: Die Verlorenen und Lemurer waren verschwunden, als hätten sie nie existiert.

Haben sie das?, fragte der Extrasinn. *Haben sie tatsächlich existiert?*

Unwillkürlich zuckte ich mit den Schultern. Dann wandte ich mich um und schritt auf Claudrin zu. Der Epsaler legte Santjun vorsichtig auf den schneebedeckten Boden. Als ich mich davon überzeugt hatte, dass sich der Risiko-Spezialist nicht in unmittelbarer Lebensgefahr befand, wandte ich mich direkt an den früheren Piloten der IMASO.

»Sagen Sie mir die genaue Uhrzeit, Oberleutnant!«

Claudrins Blicke wanderten nach rechts unten, wo er auf dem Innendisplay das Chronometer positioniert hatte.

»10:12:23 am 25. April 3112«, las der Epsaler ab.

»Mein Chronometer steht bei 10:15:48«, sagte ich. »Sie gerieten in eine temporale Anomalie. Von unserer Warte aus gesehen, haben Sie drei Minuten festgesteckt, während für Sie keine nennenswerte Zeit verstrichen ist.«

»Hmm!«, machte Claudrin. »Ich habe tatsächlich nichts bemerkt.

Calipher-SIM stapfte auf uns zu und baute sich vor dem Epsaler auf. »Herr Oberleutnant«, sagte er. »Haben Sie mit dem Brigadegeneral Antistide Bolaire gesprochen? Haben Sie das Sprichwort ›Du bist nur in deiner Zeit glücklich‹ geprägt?«

Der Epsaler blickte verdutzt an dem doppelt so großen Kampfroboter hoch. »Ich habe mit gar niemandem gesprochen«, sagte er langsam. »Ist der Blechheini verrückt geworden?«, wandte er sich dann an mich.

»Das waren nicht ›die Zukünftigen‹ aus deiner Erzählung, Calipher-SIM«, betonte ich erneut. »Du musst dich irren. Die beiden haben sich nie in der Zeitebene der Lemurer befunden.«

»Oh«, machte Calipher-SIM und drehte sich um.

Die Temporalprojektionen stammten wahrscheinlich nicht einmal von diesem Planeten, wisperte der Extrasinn. *Der Schleuse im Monolithen nach zu urteilen, hätten die Verlorenen in dieser Giftgaswelt nicht ohne Schutzausrüstung überlebt.*

Und die Lemurer haben diesen Monolithen wahrscheinlich nie gefunden, weil sie ihn sonst ebenfalls mit ihren Gerätschaften ausgestattet hätten, ergänzte ich.

»Was machen wir nun?«, wollte Naileth Simmers wissen.

»Wir nehmen die Episode zur Kenntnis und sehen zu, dass wir endlich Land gewinnen.«

Ich nahm einen kurzen Medocheck an Santjun vor, dann machten wir uns wieder auf den Weg.

Calipher-SIM

Roboter hatten weder Gefühle noch träumten sie von elektrischen Schafen. Dennoch hatten die Bilder aus den temporalen Verwerfungen bei Calipher-SIM das Äquivalent seelischer Verwirrung ausgelöst.

Sein persönliches Wertesystem geriet durcheinander. Sekundenlang war der Roboter nicht einmal annähernd in der Lage, Zustände und Qualitäten zu bemessen und Prioritäten korrekt zu setzen.

Dazu kam, dass er weder den empfangenen Bildern noch den rekonstruierten Datenfetzen aus seinen Speicherbänken einen verlässlichen Wahrscheinlichkeitsgrad zuordnen konnte.

Kurz: Er verstand die Welt nicht mehr.

Calipher-SIM entschloss sich, sowohl die Bilder der plötzlich erschienenen Lemurer als auch die daraus rekonstruierten Daten vorerst mit niedrigster Priorität und geringster Wahrscheinlichkeit zu bewerten. Dies brachte sofort wieder Ordnung in seine Datenwelt.

Und ein neues Ergebnis: Aufgrund der fehlerhaft zusammengesetzten Datenfragmente war es bei den restlichen Informationen zu einer unerwarteten Kombination gekommen. Aus dem Datenchaos schälte sich ein Name und Calipher-SIM wusste, dass dieser in der Werteskala des ursprünglichen Calipher einen hohen Rang eingenommen hatte: Anat Serkuloon.

Atlan

Während wir – je weiter wir kamen – stärker und stärker wurden, ging es Santjun zunehmend schlechter. Seit er aus seiner Ohnmacht erwacht war, war er nur noch ein Schatten seiner selbst. Es setzte ihm zu, dass er sich an nichts mehr erinnern konnte.

Wir hatten seinen Anzug fest an Claudrin gekoppelt, damit sich der Epsaler um ihn kümmern konnte, falls er während des Fluges wieder ohnmächtig werden sollte.

Noch herrschte Dunkelheit auf diesem Teil von Shenzen. Überall blitzte und irrlichterte es jedoch, sodass die Nacht nicht Ruhe ausstrahlte, sondern uns den Anschein ständiger Gefahr und Bedrohung vermittelte.

Ab und zu tauchte eines der Schneckenhäuser aus der Dunkelheit auf, einmal flogen wir über eine weitere Barackensiedlung. Ich verzichtete jedoch auf eine Untersuchung, da wir so schnell wie möglich aus dem Kernbereich des Monolithen-Einflusses verschwinden mussten, wenn wir unser Leben – und ganz besonders das von Santjun – nicht weiter aufs Spiel setzen wollten.

Als am zerklüfteten Horizont eine kalte weiße Sonne aufstieg, hatte sich die Gegend verändert. Die Torf- und Moorlandschaft war einer Geröllwüste gewichen. Unter uns erstreckten sich weite Felsplatten, Kiesfelder und scharfkantige Klippen. Über allem lag Schnee wie hingestreuter Puderzucker. Böiger Wind verwirbelte ihn und erschuf skurrile Muster.

Schweigend nahmen wir die Eindrücke in uns auf. Seit unserem Aufbruch hatten wir nur wenige Worte miteinander gewechselt. Niemand schien das Bedürfnis zu verspüren, sich über das Erlebte auszutauschen. Zu vieles war in zu kurzer Zeit geschehen.

In regelmäßigen Abständen ließ ich mir die Ausschnitte der Karten in meinen Helm projizieren. Erst seit die Gegend felsiger geworden war, gelang uns die genaue Positionsbestimmung. Die Felsader, der wir folgten, erhob sich in einigen Dutzend Kilometern Entfernung zu einer flachen Gebirgslandschaft. Da wir uns noch immer nicht auf unsere Ortungsinstrumente verlassen konnten, war es mir erst jetzt gelungen festzustellen, wie weit wir uns tatsächlich vom Monolithen entfernt hatten. Derzeit waren es genau 165 Kilometer.

Damit hatte sich auch bestätigt, dass die Grenze der unmittelbaren Strahlenwirkung – zurückgerechnet – zwischen 100 und 120 Kilometer vom Monolithen entfernt liegen musste. Seither hatte sich mein Wohlbefinden merklich verbessert, obwohl der verderbliche Einfluss immer noch spürbar war.

Die kleine Sonne stieg weiter und verlieh dem morgendlichen Himmel die Farbe von Jade. Auch wenn ihre Strahlen keine Wärme spendeten, so schienen sie zumindest unsere vereisten Gedanken wieder ein wenig aufzutauen.

Naileth Simmers löste den Epsaler an Santjuns Seite ab und sprach sanft auf ihn ein. Nach den ersten paar Sätzen schaltete sie auf einen Privatkanal, sodass wir die weitere Konversation nicht mehr mitbekamen. Zwischen ihnen entwickelte sich tatsächlich eine starke Bindung.

Liebende und Sterbende, dachte ich. *Und doch nur Spielbälle kosmischer Ereignisse, in die immer wieder Personen hineingezogen werden, die dies nicht verdient haben.*

Ach, und du hast es verdient, Unsterblicher?, kam es prompt vom Extrasinn.

Ich müsste mir nur den Strahler vor die Brust halten und abdrücken, gab ich verärgert zurück. *Und die Fairness wäre wieder hergestellt. Was hältst du davon?*

Mein anderes Ich verzichtete erneut auf eine Antwort.

Calipher-SIM meldete sich erstmals seit der Begegnung mit den Temporalprojektionen wieder zu Wort und berichtete, dass er immer häufiger Funksprüche empfangen und entschlüsseln könne. Alle drehten sich um dasselbe Thema: Die rätselhaften Geschehnisse rund um den Monolithen. Offenbar hatten nicht alle Forscher nach dem Ausbruch ihre Stationen geräumt. Ein Team, das in der unmittelbaren Nähe des Monolithen stationiert war, schien auf Funkanfragen nicht mehr antworten zu können. Gleiter wurden als vermisst gemeldet, und sogar simple Wetterstationen konnten nicht mehr erreicht werden.

Oftmals wurde gar nicht die *Hand der Ahnen* selbst als Ursprungsort der Störungen genannt, sondern nur *Suquosh*, also die Ebene, in der die *Hand* stand. Dies war ein weiterer Hinweis darauf, dass der Monolith für die Bewohner Shenzens bislang nur eine untergeordnete Rolle gespielt hatte.

Zehn Kilometer vor Magoria landeten wir und nahmen den restlichen Weg zu Fuß in Angriff, weil wir noch zu wenig über die auf Shenzen verwendete Technik wussten, um sicher zu sein, dass man unsere Flugaggregate nicht anmessen würde. Dies galt ebenso für die Deflektoren.

Claudrin schulterte Santjun, der sich zwar deutlich gegen diese in seinen Augen erniedrigende Behandlung aussprach, aber am Ende zu schwach war, um sich überzeugend zu widersetzen.

Einmal flog ein Gleiter wenige hundert Meter an uns vorbei, doch wir fanden rechtzeitig hinter einem Felskamm Deckung.

Die letzten dreihundert Meter – so versprach es jedenfalls die Karte – legten wir in einer Spalte zurück, die nicht auf natürlichem Weg zustande gekommen sein konnte. Wahrscheinlich die Folge einer zerborstenen Energieleitung oder Gaspipeline. Die Steigung betrug an die zwanzig Prozent. Mehrmals mussten wir eine kurze Pause einlegen, um zu verschnaufen. Die Spalte endete an einer Betonwand.

Ich bedeutete den anderen, in dieser Deckung zu bleiben, und zog mich vorsichtig an der Wand hoch.

Wir hatten ein Plateau erreicht. Aus der Mitte ragte eine Felsnadel etwa hundertfünfzig Meter in den grünlichen Himmel. Auf einem Drittel der Höhe thronte – auf einer von zwei schalenförmigen, an den Seiten der Nadel angeflanschten Plattformen – ein Raumschiff.

Oben und unten abgeplattet, ähnelte es einem großen runden Kürbis. Die optischen Erfassungsgeräte des Anzugs berechneten eine Höhe von achtzig und eine Breite von hundert Metern.

Ich zog mich vollständig hoch und bewegte mich in der Deckung mächtiger Felsbruchstücke auf die Nadel zu. Als ich auf diese Weise etwa ein Drittel des Weges zurückgelegt hatte, erkannte ich, dass rund um die Felsnadel eine etwa siebzig Meter breite Öffnung gähnte.

Vorsichtig rückte ich weiter vor. Je näher ich der Felsnadel kam, desto deutlicher traten einzelne Details hervor, die eindeutig künstlichen Ursprungs waren. In der Vergrößerung der Helmoptik erkannte ich einzelne Fenster und kastenförmige Geräte, die aus dem Fels ragten.

Die Abbruchstelle verwandelte sich in eine etwa zwanzig Meter starke Kante und gab den Blick auf einen darunter liegenden gewaltigen Hohlraum frei. Mir stockte der Atem. Der Berg musste unter diesem Plateau vollständig ausgehöhlt sein!

Mehrere muschelförmige Aggregate schälten sich aus dem Halbdunkel, die vertikal aus der Felsnadel heraus traten. Ich zoomte sie etwas näher heran. Sie wiesen längliche Kerben auf und erinnerten mich an die Kiemenöffnungen eines Hais.

Luftaufbereitungsanlagen, schoss es mir durch den Kopf.

Erst jetzt erkannte ich, dass rund um die Anlagen ein verwaschenes Grau wogte, als ob ein hauchdünnes Seidentuch sanft vom Wind bewegt würde.

Ein Energieschirm, wisperte der Logiksektor. *Wir können davon ausgehen, dass du die Stadt gefunden hast.*

Ich schob mich um ein paar weitere Meter vor und erkannte in der Tiefe des Hohlraums erste unregelmäßig geformte Bauwerke.

Magoria!

Ich trennte mich von dem Anblick, ging im Schutz der Deckungen langsam zu den anderen zurück und ließ mich in die Spalte gleiten.

Naileth Simmers kniete neben dem Risiko-Spezialisten und kontrollierte die Anzeigen seiner Medoeinheit. Santjuns Brustkorb bewegte sich in regelmäßigen Abständen. Er musste eingeschlafen sein. Die anderen erhoben sich und sahen mich erwartungsvoll an.

Ich kurzen Sätzen schilderte ich ihnen, was ich entdeckt hatte. Zu meiner Überraschung schaltete sich plötzlich Calipher-SIM in meinen Bericht ein.

»Erhabener! Ich habe in unserer unmittelbaren Nähe die Existenz eines Positronik-Netzes aufgespürt und konnte mich ohne Mühe einloggen.«

Einen Moment war ich zu überrascht, um zu antworten. »Gut gemacht, Calipher-SIM«, sagte ich schließlich. »Und du hast bestimmt auch schon einen Weg gefunden, wie wir in die Stadt kommen.«

»Eure Gabe des ganzheitlichen Verstehens macht Euch zu einem wahren Träger des Lichts, Erhabener.«

»War das ein *Ja?*

»Unzweifelhaft, das war ein *Ja.* Wir müssen das Plateau zu einem Drittel umrunden. Dort befindet sich ein einfach gesicherter Rettungsschacht, der in die Außenbereiche der Stadt führt.«

Ich blickte in die Runde. Auf den Gesichtern meiner Mitstreiter standen Verwunderung und Skepsis.

»Sie haben ihn gehört, meine Damen und Herren«, sagte ich grinsend. »Auf geht's!«

Kapitel 11

46-356: Calipher-SIM

Atlan und die anderen konnten sich über seine Partizipation in diesem Unternehmen wahrlich nicht beklagen. Der Roboter hatte zwar einen weiteren Teil seiner Rechenkraft für die Bewältigung ihrer Probleme und Anforderungen bereitstellen müssen, doch dies hatte ihr Unternehmen ein gutes Stück weiter gebracht.

Ihm war es nach einer lächerlich kurzen Zeit gelungen, sich in das zentrale Rechnernetz einzuklinken. Auf diese Weise war ihm eine breite Palette an Informationen zugänglich geworden. Schnell hatte er begriffen, dass diese Stadt nicht unter denselben individualistisch-liberalen Gesichtspunkten geführt wurde wie beispielsweise die Welten des Solaren Imperiums, über die der Basisdatenbestand seines GLADIATOR-Körpers Aufschluss gab. Die Freiheit des Einzelnen zählte in Magoria nicht. Alle Fäden hielt der Herrscher in der Hand.

Informationen waren ein Mittel zur Macht, und so fanden sich in diesem Netz nicht alle Daten, die er benötigte. Erst als sich Calipher-SIM – getarnt als Testprogramm – in die hierarchisch höhergestellte Instanz einschleusen konnte, erhielt er Zugriff auf die Verwaltungsdaten von Magoria. Neben Informationen zur Energieversorgung entdeckte er auf diese Weise Infrastruktur- und Grundrisspläne. Ein paar Millionen Recheneinheiten später hatte er den Wartungsschacht und damit den Zutritt zu der Stadt unter dem Energieschirm gefunden.

Nachdem sie eine Schleuse passiert hatten, die Calipher-SIMS positronischer Überredungskunst nicht gewachsen gewesen war, hatte der Schacht den Träger des Lichts und seine Begleiter in eine stillgelegte Fabrik geführt. Hier legten sie nun in einem ehemaligen Mannschaftsquartier einen Zwischenstopp ein, was Calipher-SIM die Chance gab, die Rechenleistung für die Rekonstruktion seiner Urdaten wieder etwas zu erhöhen. Insbesondere versuchte er, die Verknüpfungen zu finden, die mit dem Namen *Anat Serkuloon* in Verbindung standen.

Wer mag das gewesen sein? Gar sein Erbauer oder Programmierer?

»Calipher-SIM«, empfingen seine Sensoren die Stimme Atlans. »Du kommst mit uns. Wir müssen sofort einen Arzt finden. Santjun kollabiert!«

Atlan

Wiederholt verfluchte ich, dass wir durch Santjuns Zustand trotz des unsicheren Terrains zu einer solchen Eile gezwungen wurden. Unser Vorgehen war alles andere als klug und überlegt, doch derzeit hatten wir schlicht keine Alternative.

Du hast keine Wahl, Arkonide, wisperte der Extrasinn, *solange du deinen Zellaktivator nicht verlieren willst. Deine Situation gleicht derjenigen eines Parasiten, dessen Wirtskörper stirbt.*

Eine erstaunlich unbeteiligte Analyse der Situation, o du mein Zusatzgehirn, gab ich verärgert zurück. *Aber ich weiß es zu schätzen, mit einem ongolianischen Bandwurm oder einer Rusuma-Zecke verglichen zu werden.* Daraufhin schwieg der Extrasinn.

»Calipher-SIM«, sagte ich laut. »Hast du die Listen gefunden, um die ich dich gebeten habe?«

»Das habe ich sehr wohl.«

»Wir benötigen den Namen eines Arztes, der zwar in seiner Kunst ein Meister ist, es aber in der Sozialstruktur Magorias nicht weit gebracht hat.«

»Eine schwierig umzusetzende Vorgabe, Erhabener«, sagte der Roboter.

Während Calipher-SIM verstummte, sah ich besorgt auf Santjun nieder. Naileth kümmerte sich erneut rührend um ihn, doch der Risiko-Spezialist schien sie nicht einmal mehr wahrzunehmen. Er lag leise wimmernd auf dem schmutzigen Boden des ehemaligen Mannschaftsquartiers, das der unversehrten Staubschicht nach zu urteilen schon seit Jahrzehnten keinen Besucher mehr gesehen hatte. Die Einrichtungsgegenstände aus Kunststoff waren zerfallen und vermischten sich mit Sand und dem übrigen Dreck, der durch Ritzen in der Decke heruntergerieselt war. Die fingerdicken Scheiben waren von einem klebrig-schwarzen Film überzogen, der das Licht des Tages nur stellenweise durchließ.

Am Schlimmsten war jedoch der Geruch. Zum staubigen Moder, den man in dieser Umgebung erwarten durfte, mischte sich ein beißender Gestank. Mein Anzug hatte gleich mehrere Konzentrationen in der Atemluft als gefährlich hoch eingestuft – wenn wir sie über längere Zeit einatmen würden: Kohlenmonoxid, Ozon, Ammoniak, Chlor.

Trotzdem war es eine Erleichterung, endlich die Helme wieder öffnen zu dürfen. Solange wir nicht mehrere Wochen in diesem Notquartier verbringen würden, würden wir keine ernsthaften körperlichen Schäden davontragen, die nicht medizinisch korrigiert werden konnten.

Amelia Marcos und Torben Santorin lagen in einer dunklen Ecke und schliefen. Ramit Claudrin saß daneben, vor sich die Einzelteile seines schweren Kombistrahlers ausgebreitet. Mit einem Ultraschallreiniger entfernte er die Korrosionsspuren der aggressiven Shenzen-Atmosphäre. Ich würde später dasselbe machen müssen, wenn ich das Risiko einer Fehlfunktion minimieren wollte.

»Ich bin fündig geworden«, schnarrte Calipher-SIM. »In der Evaluierung der Frage, ob ich Euren Auftrag richtig umgesetzt habe, komme ich auf 34 Prozent, Erhabener.«

»Schieß los!«

»Worauf?«

Ich lächelte dünn. »Ein typisch terranisch-martialischer Ausdruck. Übersetzt bedeutet er: Bitte beginne zu erzählen!«

»Auf der Verwaltungsebene habe ich 23 Listen gefunden, auf denen immer exakt 17.043 Namen aufgeführt sind.«

»Die Einwohner Magorias?«

»Wahrscheinlichkeit hierfür: 89 Prozent«, ging der Roboter sofort auf meine Zwischenfrage ein. »Auf einer dieser Listen stehen direkt hinter den Namen Funktionsbezeichnungen. Insgesamt sind es 18 Namen, die mit der Funktion *Arzt* vermerkt sind. Eine weitere Liste nennt persönliche Informationen wie Volkszugehörigkeit, DNS-Kategorisierung, Alter, Größe, Iris-Einteilung et cetera.«

»Und weiter?«, sagte ich ungeduldig. Die minutiöse Erzählweise des Roboters machte mich im Anblick des sterbenden Santjuns mehr als nur nervös.

Es wäre angebracht, den Roboter der Lemurer etwas sachlogischer zu behandeln, meldete sich der Extrasinn. *Schon jetzt hat er ein bemerkenswertes Selbstverständnis entwickelt. Und es scheint stetig zu wachsen.*

Ich erwiderte nichts. Es war in der Tat ein Thema, dem ich mich so bald wie möglich widmen musste.

»Auf den restlichen Listen sind den Namen jeweils Zahlen in auf- oder absteigender Reihenfolge zugewiesen«, fuhr Calipher-SIM mit der stoischen Ruhe einer Maschine fort.

»Ranglisten?«, fragte ich.

»Mich deucht es, Erhabener«, schnarrte der Roboter. »Sie heißen Punkteliste, Malusliste und Tranquilierungsliste.«

»Welche Liste hast du zum Abgleich benutzt?«

»Die Malus-Liste. Gemäß dem Interkosmo-Thesaurus deutet der Name auf ein *System der Bestrafung nach persönlichem Verschulden, abgegolten durch Geld- oder andere Vermögenswerte.*«

»Sehr gut«, sagte ich. »Und welcher dieser 18 Namen ist nun zuoberst auf dieser Liste?«

»Asphimin. Nummer 38.832. Volkszugehörigkeit: Ara, DNS-Kategorisierung: AR-318, Alter: 65 Jahre, Größe: 218 Zentimeter ...«

»Danke Calipher-SIM«, sagte ich. »Wo finden wir diesen Asphimin, und wie kommen wir dorthin?«

»Die Adresse lautet 46-356. Die Kanalisation erscheint mir am zielführendsten zu sein, da sie sternförmig durch alle Krochten verläuft.«

Calipher-SIM hatte uns nach Erreichen unseres Notquartiers kurz über die Eckdaten von Magoria informiert, soweit er sie hatte zusammentragen können. Die Stadt war ringförmig aufgebaut, die einzelnen konzentrischen Häuserringe wurden *Krochten* genannt. Sie waren von innen nach außen durchnummeriert. 46-356 war demzufolge das 356. Haus in der 46. Krocht.

»Wie kommen wir in die Kanalisation?«

»Den Plänen nach zu urteilen, besitzt diese Fabrikanlage einen direkten Zugang zur Kanalisation.«

»Du wirst uns führen, Calipher-SIM«, sagte ich. »Major Simmers, verschließen Sie Santjuns Anzug. Ich denke nicht, dass die Kanalisationsdämpfe heilsam für ihn wären. Oberleutnant Claudrin – Sie bleiben mit den anderen beiden und den GLADIATOREN hier. Kommen Sie zu Kräften, bis wir wieder zurück sind!«

Claudrin bestätigte, während Naileth Simmers stumm Santjuns Helm aus der Halskrause zog und am Brustteil einrasten ließ. Zuvor hatte sie dem zitternden Terraner in einer flüchtigen, zufällig aussehenden Bewegung eine Haarsträhne aus der Stirn gestrichen. Dass ihre Fingerkuppen dabei eine Spur zu zärtlich über seine Haut fuhren, fiel nur mir auf.

Nach dem gegenseitigen Check führte uns Calipher-SIM fünf Stockwerke in die Tiefe. Als der Gestank unausstehlich wurde, schloss auch ich meinen Helm.

Wir erreichten den untersten Gebäudebereich. Mit einem Desintegrator schnitten wir eine metergroße Öffnung in den Boden. Das herausgetrennte Stück sackte in die Tiefe und klatschte auf Flüssigkeit.

Ein Schwarm glänzender schwarzer Fliegen schoss uns entgegen. Ich leuchtete mit meinen Helmscheinwerfern in die Tiefe. Dutzende faustgroßer Fellbündel von schmutziggrauer Farbe stoben auseinander. Unwillkürlich bildete sich ein Klumpen in meinem Magen. Die Ratten hatten für mich seit den Tagen der Pest im terranischen Mittelalter nichts von ihrem Ekelfaktor verloren.

»Calipher-SIM bildet die Spitze, dann kommen Sie, Santjun und dann ich.«

Der Roboter schwebte durch die Öffnung in die Tiefe. Naileth folgte ihm, ohne zu zögern. Ich manövrierte Santjun auf seinem Antigrav hinterher. Dann ließ ich mich selbst hinunter sinken.

Das Abwasser stand undurchdringlich schwarz im etwa drei Meter breiten Kanal, der links und rechts einen schmalen Weg aufwies. Kleine Wellen kamen aus der Richtung der Stadtmitte und brachten Fäkalien und Abfall zum Schaukeln.

Die Ratten waren überall. Nicht alle rannten weg, wenn sie in die Lichtkegel unserer Schweinwerfer gerieten. Manche wandten sich uns zu, setzten sich auf die Hinterläufe und hoben witternd die Nasen mit den zitternden Schnurrhaaren.

Erst jetzt gewahrte ich, dass es sich wirklich nicht um gewöhnliche Ratten handelte. Ihre Köpfe waren in Relation zum Körper kleiner, eckiger. Die Augen traten weit hervor und ermöglichten so höchstwahrscheinlich einen erstaunlich weiten Blickwinkel. Das Fell war kurz und drahtig, die Bäuche ausnahmslos stark ausgeprägt und meist asymmetrisch geformt. Wie es aussah, trugen diese Ratten in Beuteln ihre Jungtiere, Proviant oder irgendwelche erbeuteten Gegenstände mit sich.

Ich war mir nicht sicher, ob es sich um mutierte terranische Tiere oder eine ihrer außerirdischen Äquivalente handelte. Es stand für mich jedoch außer Frage, dass die Nager galaktische Nomaden waren. Eine Welt wie Shenzen brachte vielleicht blaue Würmer, aber bestimmt keine Säugetiere wie diese Ratten hervor.

»Die Überlebenskünstler der Galaxis«, raunte ich.

»Sie werden sich doch wohl nicht vor diesen kleinen Biestern fürchten, Lordadmiral?«, fragte Naileth Simmers belustigt. Ihre leicht zitternde Stimme verriet mir jedoch, dass es auch ihr nicht ganz geheuer war.

»Fürchten nicht«, sagte ich ernst. »Aber der Gedanke an Berge von brennenden Pesttoten berührt mich nach eineinhalb Jahrtausenden immer noch. Die Ratte ist damals gleichzeitig Träger und Symbol der Plage gewesen. Dabei haben die Menschen übersehen, dass nicht die Bisse ihrer hungrigen gelben Zähne die Krankheit weitergetragen haben, sondern die Flöhe der toten Tiere dafür verantwortlich gewesen sind. Sie haben der Welt den Schwarzen Tod gebracht.«

Du willst ihr jetzt aber nicht eines deiner berühmten Zeitabenteuer erzählen?, fragte der Extrasinn scharf.

»Danke für diese Ausführungen, Sir!«, sagte Naileth Simmers. »Ich werde es nachschlagen, wenn ich das nächste Mal Urlaub mache.«

Ich lächelte und konzentrierte mich auf die Umgebung. Im Gegensatz zu den Wänden war die Decke mit armlangen Granitblöcken gemauert worden. Ab und zu öffnete sich an der linken oder der rechten Wand eine Klappe und ein Schwall Abwasser schoss hervor. Meist kam auch noch irgendwelcher Abfall mit, auf den sich die Ratten gierig quietschend stürzten.

Wir flogen schweigend durch die dunkle Welt der zivilisatorischen Gedärme. Santjun atmete viel zu flach und zu schnell. Puls und Blutdruck sanken auf beunruhigende Werte. Die Medoeinheit sandte Notsignale. Sie vermochte den Körper nicht mehr zu versorgen.

Plötzlich hielt Calipher-SIM inne.

»Nun wird es schwierig, Erhabener! Wir haben zwei Möglichkeiten: Entweder wir folgen diesem Tunnel bis zum zentralen Punkt, oder wir nehmen einen der Seitengänge.«

»Weshalb musst du dies mit uns absprechen, Calipher-SIM?«, fragte ich. »Welcher Weg ist kürzer?«

»Der Quergang«, sagte die künstliche Stimme des Roboters. »Ich habe jedoch zu wenig Informationen, um evaluieren zu können, ob es für Euch ein Problem darstellt, diesen zu benutzen.«

»Weshalb?«, fragte Major Simmers leicht gereizt.

»Der Quergang befindet sich zwei Meter unter uns. Wir müssen durch das verunreinigte Wasser.«

»Das stellt kein Problem dar«, sagte ich. »Major?«

»Für mich ebenfalls nicht«, kam es von Naileth Simmers.

»Du hast es gehört, Calipher-SIM.«

Ohne ein weiteres Wort zu verlieren, versank der Roboter in der Kloake.

»Major«, befahl ich, »Sie achten auf die Umgebung. Ich folge Ihnen mit Santjun.«

»Aye, Sir!« Naileth versank ebenfalls.

Ich polte den Antigrav unserer Anzüge auf 1,2 Gravos um, damit wir gegen den Auftrieb unserer Anzüge überhaupt untertauchen konnten. Santjuns Hüfte mit beiden Händen umfassend, versank ich mit ihm. Die Helmscheinwerfer der Raumschiffkommandantin waren stark genug, dass ich sie auch durch die Brühe noch sehen konnte, durch die wir trieben.

»Der Quergang ist drei Meter breit und einen Meter hoch«, berichtete Simmers über Funk. »Er …« Sie stieß einen erstickten Schrei aus.

»Was ist?«, fragte ich alarmiert zurück.

»Leichenteile, Sir« Ihre Stimme zitterte merklich, doch dann hatte sie sich schon wieder gefangen. »Keine Gefahr, Sir. Bin nur kurz erschrocken.«

»Verstanden, Major.«

Meine Scheinwerfer erfassten eine abgetrennte, käsige Hand. Kurz darauf ein Gesicht, grauenvoll entstellt. Ein Auge stierte mich blicklos an, vom anderen war nur die klaffende Höhle übrig geblieben. Durch Naileth Simmers' Information war ich auf den Anblick vorbereitet gewesen. Der Magen zog sich dennoch unangenehm zusammen.

Ruhig, Arkonide, sagte mein Extrasinn ohne Spott. *Das haben wir alles schon einmal erlebt.*

Ich atmete tief durch und konzentrierte mich darauf, mit Santjun Major Simmers' Scheinwerfern zu folgen.

Auf diese Weise tauchten wir durch die Kanalisation Magorias. Calipher-SIM verzichtete darauf, zwischen den Quergängen in den Hauptkanälen wieder aufzutauchen. Immer wieder stießen wir auf menschliche Körperteile, manchmal auch auf vollständige Leichen. Noch hatten wir keine Ahnung, was sich in der Stadt wirklich abspielte;

Mord und Totschlag schienen aber an der Tagesordnung zu sein in Magoria.

Der Extrasinn hatte recht; ich war solchen Anblicken schon oft begegnet. Und doch stellte dieser Tauchgang mein humanes Empfinden gnadenlos auf eine Probe. Umso beruhigender war es, Naileth Simmers ruhige Stimme zu hören, die nun unaufgeregt von Hindernissen und Verengungen in den Quergängen berichtete, die sie beiseite schaffte, damit ich mit Santjun nicht stecken blieb.

Endlich kam der schon fast herbeigesehnte Bescheid Calipher-SIMS. »Das war's, Erhabener. Wir sind da.«

Kapitel 12

Die Behandlung: Atlan

Ich stand auf dem schmalen Sims neben der träge dahin fließenden Kloake und blickte zur Decke. Calipher-SIM hatte mit dem Desintegrator die Stelle markiert, an der wir in das Haus des Arztes eindringen würden.

»Ich bin soweit, Erhabener.«

Ich bestrich die Decke entlang des vorgegebenen Randes mit dem Waffenstrahl. Der Roboter hatte zwei Aufgaben, während ich mich mit meinem Desintegrator durch den Stein schnitt: Er musste die Deckendicke bestimmen und das restliche Material in dem Moment, in dem es in die Tiefe fiel, mit seinen eingebauten Prallfeldprojektoren auffangen.

Ich ließ den Kombistrahler sinken und sah mich nach Naileth Simmers um. »Wie geht es unserem Patienten?«

»Er lebt.«

»Gut. Ich werde nun das letzte Stück herauslösen und anschließend hoch steigen. Falls es zu Kampfhandlungen kommen sollte, unterstützt mich Calipher-SIM. Sie bleiben mit Santjun vorerst noch unten und kommen erst auf mein Zeichen herauf, Major. Fragen?«

»Keine«, sagte Naileth Simmers.

»Bereit«, schnarrte der Roboter.

Ich hob wieder meine Waffe, fokussierte den Strahl und fräste an der vorgearbeiteten Kante entlang. Mahlend stürzte das Material an mir vorbei, schlug aber weder auf den Sims noch in das Abwasser. Den Strahler mit beiden Händen haltend, flog ich durch das entstandene Loch hinauf, während ich mit dem rechten Daumen die Waffe auf Paralysemodus umstellte.

Ich fand mich in einem dunklen Raum mit mehreren Gestellen wieder, die mit Töpfen und Dosen beladen waren. Suchend drehte ich mich mit der Waffe im Kreis, konnte aber kein Ziel erfassen.

Durch ein dreckiges kleines Fenster fiel Tageslicht herein. Ich richtete den Strahler auf die einzige Tür des Raums und sandte über meinen Anzug das »Clear«-Zeichen an Major Simmers. Bei ihr würde nun im Helmdisplay ein kleines grünes Symbol aufleuchten. Keine fünf Sekunden später erschien Santjuns Kopf in der Öffnung. Mit der linken Hand ergriff ich seinen Rückentornister und zog ihn hoch. Hinter ihm folgten Naileth Simmers und Calipher-SIM.

Mit Handzeichen deutete ich an, dass die Gäa-Geborene mit Santjun in diesem Raum bleiben solle, während ich mit Calipher-SIM das Gebäude erkunden würde.

Die Tür war mit einem einfachen Griff versehen und unverschlossen. Vorsichtig öffnete ich sie. Eine Treppe mit grauen Steinstufen führte hinauf zu einer weiteren Tür. Ich zählte 22 Stufen, während ich langsam emporstieg, sorgsam achtgebend, kein unnötiges Geräusch zu verursachen. Langsam drückte ich auf die Klinke. Erfolglos – die Tür war verschlossen.

Als ob der Besitzer sein Haus absichtlich gegen einen USO-lemurischen Roboter mit Spezialfähigkeit im Schlösserknacken hätte sichern wollen, dachte ich in einem Anflug von Galgenhumor.

Ich stellte den Kombistrahler wieder in den Desintegratormodus und gab einen einzigen gezielten Strahlschuss auf den Bolzen ab, der durch das Schloss in die Wand getrieben war.

Dann tippte ich die Tür mit zwei Fingern der linken Hand leicht an. Geräuschlos schwang sie auf und gab den Blick frei auf eine skurrile Szene.

Vor mir – inmitten eines chaotisch aussehenden Raums, der wohl ein Behandlungszimmer darstellen sollte – stand ein großgewachsener Ara in weißer Unterwäsche. Eine Schüssel mit braunen Kugeln entglitt seinen langen Fingern und fiel polternd zu Boden. Mit großen Augen stierte er mich an.

Ich öffnete den Helm

»Asphimin?«, fragte ich vorsichtig.

In das ausdrucksstarke Gesicht mit zwei wachsamen Augen, strichdünnen Lippen und einer ausgesprochen kleinen Nase trat ein Zug des Entsetzens.

»Bei allen homöopathischen Quacksalbern«, spie der Ara aus. »Sie stinken erbärmlich!«

Atlan

Naileth Simmers stand mit verschränkten Armen vor der niedrigen Tür, als ob sie dem Mediziner damit zu verstehen geben wollte, dass er aus dieser Situation nicht so einfach entkommen konnte. Dabei folgten ihre Augen jeder seiner Handbewegungen.

Es war offensichtlich, dass die ausgebildete Ärztin Asphimin nicht traute und sofort einschreiten würde, sobald sie den Eindruck gewann, dass Santjuns Leben durch die Behandlung zusätzlich gefährdet würde.

Ganz grundlos schienen mir ihre Befürchtungen nicht zu sein. Ich war mir noch nicht sicher, ob ich den Ara nur als schrullig oder schon als ein wenig verrückt einordnen sollte. Ruhig zielte ich mit dem entsicherten Strahler an Naileth

Simmers vorbei und sah dabei dem Galaktischen Mediziner ebenfalls bei seiner nicht ganz freiwilligen Arbeit zu.

Asphimin rannte gehetzt im Zimmer umher, holte irgendwelche Instrumente, kontrollierte die zahlreichen Infusionen … und wollte nicht mehr aufhören zu plappern. Auch wenn er damit nur seinen Stress abbauen wollte, ging er mir gehörig auf die Nerven.

Der Ara war bei meinem Auftauchen offenbar davon ausgegangen, einen Auftragskiller vor sich zu haben. Wirklich nervös war er erst geworden, als ich ihm zu verstehen gegeben hatte, dass ich *von außerhalb* kam und seine Hilfe benötigte. Besonders »von außerhalb« schien in seiner Begriffswelt nicht zu existieren. Eigenartigerweise beunruhigte ihn dies nun offenbar mehr, als wenn ich ihn tatsächlich hätte ermorden wollen. Ständig murmelte er von den Maluspunkten, die er nun riskiere, und meinte, er wolle doch nicht schon wieder umziehen und sich lieber in einem medizinischen Selbstversuch opfern, als noch eine Krocht weiter nach außen zu rutschen.

Allmählich formte sich in meinem Kopf ein schwammiges Bild von den Zuständen in Magoria, das ich gerne noch ein wenig geschärft hätte. Doch ich wollte den Mann arbeiten lassen und ihn nicht mit Fragen löchern, während Santjuns Leben buchstäblich in seinen Händen lag.

Der Risiko-Spezialist der USO lag völlig nackt auf dem Behandlungstisch. Auf seinem linken Bizeps haftete die silberfarbene Brosche, von der er uns erzählt hatte. Von ihr gingen silberfarbene, sternförmig verästelte Hautverfärbungen aus. Die restliche Haut besaß einen deutlichen Gelbstich. Offenbar hatte Santjuns Leber ihre Funktion bereits teilweise eingestellt.

Die Bauchdecke hob und senkte sich in einem schnellen Rhythmus, der häufig ins Stocken geriet. Über den Kopf des Mannes von Passa hatte der Mediziner ein metallenes Netz gestülpt, an den Armen und in der Halsvene steckten die Infusionen. Asphimins Interesse war aber hauptsächlich auf die inneren Organe konzentriert. Herz, Lunge, Magen, Leber, Nieren – der Ara widmete sich diesen Stellen des Körpers in einer immer schneller und hektischer werdenden Arbeitsweise.

Er tastete sie ab, nahm mit seinen zahllosen Instrumenten Messungen vor, dann warf er sich förmlich wieder vor das Terminal mit dem kleinen Bildschirm, mit zitternden Fingern, der Blick fahrig umherirrend. Immer häufiger stieß der dürre Mann Flüche aus.

»Wie sieht es aus, Doktor?«, fragte Naileth Simmers scharf, die Asphimins Gebaren offenbar ebenso nervös machte wie mich selbst.

»Nicht gut – gar nicht gut!«, stieß der Ara weinerlich aus. »Der Körper gerät völlig aus dem Gleichgewicht, ein umfassendes Organversagen steht kurz bevor. Ich kontrolliere den Herzschlag, das Immunsystem, die Botenstoffe, die Hormone, die Gehirnströme ... Und egal, was ich versuche – etwas scheint gegen mich zu arbeiten!«

Ich biss mir auf die Unterlippe.

Er spricht von …

»… der Vitalenergiekopplung, ich weiß!«, gab ich verärgert zurück.

»Wie bitte?«, fragte Major Simmers.

Erst jetzt bemerkte ich, dass ich dem Extrasinn laut geantwortet hatte und nicht nur in Gedanken.

»Mein Extrasinn und ich haben die Theorie entwickelt, dass Santjun und ich …«

»Sie können schon mal Ihren Strahler entsichern und auf mich richten, Arkonide«, unterbrach uns Asphimin, der unser Gespräch nicht mitbekommen hatte. Mit fliegenden Fingern zog er eine Spritze auf und rammte sie Santjun direkt in das Herz. Sein langer kahler Schädel drehte sich ruckartig zum Bildschirm, dann schien plötzlich alle Spannung aus seinem langen hageren Körper zu entweichen. Mit brüchiger Stimme sagte er: »Der Klient stirbt in weniger als fünf Minuten, und ich kann nichts machen, das ich nicht schon versucht hätte.« Er fuhr sich über die Augen. »Machen Sie's wenigstens schnell und schmerzlos!«

Ich nahm den Strahler hoch, sicherte ihn demonstrativ und steckte ihn dann in das Holster.

»Es gibt da noch eine Möglichkeit, Doktor«, sagte ich und griff in meinen Kragen.

Ich wusste, welchen Eindruck der Zellaktivator auf den Galaktischen Mediziner machen würde. Eigentlich hätte ich diskreter vorgehen müssen, doch über den Luxus dieser Option verfügte ich zurzeit nicht. Asphimins Kinnlade klappte vor Erstaunen herunter, als ich das eiförmige Gerät an der Kette herauszog und einen Moment prüfend in der Hand wog.

»Sie sind ...«, stammelte er ungläubig. »Der … der unsterbliche Arkonide, und das … das …«

»Genau. Ein Zellaktivator, Doktor. Trotzdem bitte ich Sie, Ihre Gerätschaften gut im Auge zu behalten.«

»Bitte, wie?« Der Ara schien hochgradig verwirrt.

Ich wandte mich an Calipher-SIM, der bisher unbeteiligt neben uns gestanden hatte.

»Öffne dein Analysefach«, befahl ich.

Sofort öffnete sich eine viereckige Klappe in der Mitte des Robotkörpers und ein handtellergroßes Fach schob sich hinaus. Ich legte den Zellaktivator hinein.

Nach terranischer Zeitrechnung schreiben wir jetzt den 25. April 3112, 18:25 Uhr, flüsterte der Extrasinn. *Das heißt, du musst den Zellaktivator bis spätestens am 28. April um 6 Uhr morgens wieder umhängen, wenn du nicht Gefahr laufen willst, zwei Stunden später an plötzlichem Zellzerfall zu sterben.*

Übergangslos fühlte ich mich schwer und müde. Meine Atemfrequenz erhöhte sich automatisch, als ich versuchte, mehr Sauerstoff zu erhalten.

»Nur an mich wirst du den Inhalt dieses Fachs wieder herausgeben, ist das klar?«, sagte ich zu Calipher-SIM. Im Hintergrund hörte ich den Ara aufschreien.

»Ich habe verstanden, was du von mir erwartest, und werde vollumfänglich in diesem Sinne handeln, Träger des Lichts«, sagte der Roboter umständlich.

»Große Heilerin der Alinae!«, rief Asphimin. »Er spricht plötzlich auf die Behandlung an! Wie ist das möglich?«

Bingo, kommentierte der Extrasinn.

Naileth Simmers stieß angehaltene Luft aus und schritt zum Behandlungstisch. Ich näherte mich ebenfalls. Innerhalb der nächsten Minuten konnten wir förmlich beobachten, wie das Leben in Santjuns Körper zurückkehrte. Seine Haut verlor ihren gelben Farbton, die Atmung wurde ruhiger und tiefer.

Du setzt dich allerhöchster Gefahr aus, Atlan, resümierte der Extrasinn. *Und dies gleich mehrfach: Du legst den Aktivator ab, obwohl die Todesstrahlung des Monolithen auch auf diese Distanz schwach wirksam ist. Und du gibst ihn einem Roboter, von dem wir nicht behaupten können, dass wir die hundertprozentige Kontrolle über ihn haben!*

Ich rette mich, indem ich Santjun vor dem Tod bewahre, antwortete ich. *Calipher-SIM hat einen höheren Überlebensfaktor als die anderen Roboter – gerade weil er ein Eigenleben entwickelt. Und ein anderer Träger als einer der Roboter kommt nicht in Frage.*

Der Extrasinn schwieg. Es gab zu diesem Thema nichts mehr zu sagen. Ich war mir über das Risiko im Klaren, das ich einging. Ich wusste, dass ich pokerte, und dies mit einem verdammt schwachen Blatt.

»Was geht hier vor, Arkonide?«, fragte Asphimin misstrauisch. Er schien seine Überraschung mittlerweile überwunden zu haben.

Ich sah ihn nachdenklich an. Die Stadt unter dem Prallschirm war nicht sehr groß – dafür offenbar vielschichtig und gefährlich. Ein Mann wie Asphimin konnte uns äußerst nützlich sein.

Ich machte ihm ein Angebot, das er nicht ablehnen konnte.

Die Straße zwischen dem 45. und 46. Kreis war schlecht beleuchtet – obwohl es auf den Mittag zuging. Die schwere Luft stank entsetzlich nach Chemie und Industrieabfällen. Asphimin hatte uns eingeschärft, niemanden in die Augen zu blicken, der unseren Weg kreuzte. Da der Mediziner keinen Schutzanzug besaß, hatte ich entschieden, dass wir durch die Straßen Magorias zurück zu unserem Quartier gehen würden. Asphimin hatte uns mit weiten Tuchkleidern ausgestattet, die uns vor den neugierigen Blicken beschützen sollten. Die weiten Umhänge wurden wegen der aggressiven Luft von den meisten Bewohnern Magorias getragen.

Hinter uns zogen wir auf quietschenden Rädern einen vollbeladenen Handkarren her. Unter schmutzigen weißen Plastikplanen ruhten Santjun, eine Auswahl an Ara-Gerätschaften, ein Stapel Kleidungsstücke und unsere notdürftig abgespülten Kampfanzüge.

Ich hätte den Risiko-Spezialisten für den Transport gerne wieder in seinen Anzug gesteckt, doch Asphimin hatte die Infusionen unter keinen Umständen entfernen wollen.

»Der Klient befindet sich derzeit im stabilen Gleichgewicht – dies werden wir nicht aufs Spiel setzen!«, hatte der Ara kategorisch erklärt.

Da der zweieinhalb Meter große und mehrere Tonnen schwere Calipher-SIM nicht mit dem Karren bewegt werden konnte, hatte er den Rückweg durch die Kanalisation antreten müssen.

Ich blickte zwischen den Tüchern hindurch auf die Straßen und Häuser. Ein beklemmendes Gefühl beherrschte mich. Noch konnte ich es nicht genau festmachen, doch ich fühlte instinktiv, dass die Gefahr in Magoria hinter jeder Straßenecke, in jedem Zimmer, jedem dunklen Hauseingang lauern konnte.

Die wenigen Passanten waren wegen ihrer Tuchbekleidung nur undeutlich zu erkennen. Ich hatte den Eindruck, dass ein Großteil der Bevölkerung Magorias akonischer Abstammung war. Vielleicht ließ ich mich aber durch die Funde in der Forschungsstation beeinflussen. Jedenfalls sah ich nur wenige Personen, die ich zweifelsfrei als Springer, Arkoniden oder Aras identifizieren konnte.

Diejenigen, die ihre Gesichter nicht verhüllten, trugen Mienen zur Schau, die von einem sorgenvollen, illusionslosen und brutalen Leben erzählten. Häufig waren sie auch durch Hautpilze und eiternde Geschwüre entstellt.

Die Häuser schienen aus allen möglichen Materialien gefertigt zu sein. Steinbauten herrschten vor, doch ich sah ebenfalls ganze Hauswände aus spröde gewordenem, bräunlichem Kunststoff. Die wenigen vorhandenen Fenster waren häufig ganz oder teilweise eingeschlagen und nur in Ausnahmefällen notdürftig geflickt worden.

Gegen die Mitte zu wären die Häuser schöner, hatte Asphimin gesagt. Dafür seien die Häuser der letzten drei Kreise nur noch verlotterte Baracken – und die darin Wohnenden würden die unterste soziale Schicht in Magoria bilden.

Aus der Stadt atmete das Böse. Zudem hatte der Ara weitere Anmerkungen gemacht, die mir das Blut in den Adern hatten gefrieren lassen.

Kapitel 13

Zurück in der Zelle: Onjar Marik

Der Diener, der von Magor »Enz« genannt worden war, brachte ihn zurück in die Zelle.

Marik gab acht, dass er sich seine Genugtuung nicht zu deutlich anmerken ließ. Er hatte genau gewusst, dass der Winzling früher oder später den Köder schlucken würde. Es war bezeichnend, dass er die beiden militärischen Argumente ignoriert und erst beim Thema Unsterblichkeit angebissen hatte.

»Was ist mit dem Halsband?«, fragte Marik, als sie vor der Zelle angelangt waren.

»Kannst du abnehmen, sobald du drinnen bist.«

Enz legte die rechte Hand auf die Kontaktfläche, und der Durchgang in der Scheibe öffnete sich. Marik trat hindurch und spürte sogleich, wie sich der feste Halt des Bandes verringerte. Er griff danach und konnte es problemlos vom Hals entfernen.

Marik drehte sich um und warf es Enz zu. Der Diener ließ es vor seine Füße segeln. Ein feines Lächeln lag auf seinen Lippen.

»Du unterschätzt mich«, sagte er.

Der Durchgang in der Scheibe schloss sich. Jetzt erst bückte sich Enz nach dem Band, nickte Marik zu und ging.

»Hast du etwas herausgefunden?«

Marik schloss verärgert die Augen und wandte sich der Frau zu, die sich ihm geräuschlos genähert hatte. Wieder einmal verfluchte er den Umstand, dass sie überhaupt in seiner Nähe war.

Thalia Lacroix. 3063 auf Thanaton als Tochter eines der einflussreichsten Silberherren geboren, passionierte Ärztin und bildhübsch. Mit ihren 1,79 Metern ganze zwanzig Zentimeter kleiner als er. Früher hatte er ihre versonnene, manchmal sogar etwas entrückt wirkende Art geliebt, nun hasste er sie.

Malcher, der oberste Silberherr, hatte ihm damals persönlich den Segen gegeben, als Chef von dessen Leibgarde mit der ihm unterstellten Ärztin eine Beziehung einzugehen. Als diese dann spektakulär gescheitert war, hatte sich Malcher dieses Problems entledigte, indem er Marik seines Postens enthoben und ihn als Kommandanten des schlagkräftigsten Raumschiffs der Silberherren eingesetzt hatte, der TRAUM DER EWIGKEIT.

Marik wusste, dass Malcher ihn einerseits wegen seiner taktischen wie strategischen Qualitäten und seines brutalen, rücksichtslosen Charismas *schätzte*. Auf der anderen Seite wusste Malcher aber auch, dass Marik trotz seiner unerschütterlichen Loyalität ihm gegenüber zwei Lebensziele verfolgte: die Erlangung der relativen Unsterblichkeit und, damit verbunden, absolute persönliche Macht.

Um ihn in diesen Bestrebungen einzuschränken, hatte Malcher als besondere Finesse Thalia Lacroix in die TRAUM DER EWIGKEIT abkommandiert.

Seither verwendeten sie beide viel Energie für das Ausleben ihrer Inkompatibilität – somit ging Malchers Plan auf, obwohl beide ihn längst durchschaut hatten. Marik liebte es, sie öffentlich zu diskreditieren und zu erniedrigen. Sie brüskierte ihn alleine mit ihrer Anwesenheit.

Thalia spielte ihre Rolle der Untergebenen perfekt. Nur in ihren kalten Augen und einem ab und an trotzig vorgeschobenen Kinn war ihr innerer Widerstand bemerkbar. Er konnte sie wegen ihrer Herkunft nicht einfach töten oder auf einem Planeten mit Primitiven aussetzen. Das hätte ihn automatisch die Karriere gekostet. So blieb sie stets in seiner Nähe, ließ sich von ihm drangsalieren, während sie alles registrierte, was Marik sagte und tat.

Ihm war klar, dass sie nur darauf wartete, dass ihm ein Fehler unterlief. Sie würde jede Gelegenheit scham- und schonungslos ausnutzen, um ihn – im besten Falle – elendiglich verrecken zu sehen. Diesen Gefallen würde er ihr aber nicht tun.

Marik musste mit dem Status Quo leben, bis ihm eine neue Idee oder der Zufall zu Hilfe kam.

Die Ärztin blickte ihn herausfordernd an.

»Ich habe die Situation unter Kontrolle«, sagte er abweisend. »Du kannst wieder aufhören, dein Fliegenhirn für taktische Fragen zu missbrauchen.«

Sie verschränkte die Arme. Ein Affront, der in Marik die Wut bereits wieder hochlodern ließ.

»Deine Männer machen sich Sorgen wegen des Silberschmucks. Sie spüren die Auswirkungen der Strahlung und sind ziemlich gereizt. Du tätest gut daran, sie zu beruhigen – oder noch viel besser: den Silberschmuck wiederzubeschaffen.«

Marik sah rot.

»Für wen hältst du dich eigentlich, verfluchte Quacksalberin?«, schrie er sie an. »Ich habe dir gesagt, dass ich die Situation unter Kontrolle habe! Du gibst mir noch einen Ratschlag, und du bereust es auf der Stelle! Hast du mich verstanden?«

Thalia zog eine Augenbraue in die Höhe.

»Ob du mich verstanden hast, habe ich gefragt, *verdammte Fita!*« Mariks Stimme überschlug sich.

Sie nickte. »Ja, Onjar.«

»Es heißt *Kommandant!*«

»Ja, Kommandant.«

Heftig atmend stand Marik vor der blonden Frau. Seine Hände schlossen und öffneten sich. Dann bemerkte er, dass ihr Blick an ihm vorbeiglitt. Er sah sich über die Schulter und erkannte Enz, der eine Kiste aus Kunststoff vor die Scheibe gelegt hatte und sie mit dem Fuß durch die entstandene Lücke schob.

Sofort verrauchte Mariks Zorn. Ein grimmiges Lächeln eroberte sein Gesicht.

Die Kiste war gefüllt mit Silberschmuck.

Kapitel 14

Nachts: Naileth Simmers

Nachdem stundenlang nur Dämmerlicht geherrscht hatte, dehnte sich nun die Dunkelheit in der stickigen Fabrikhalle aus wie ein Tintenfleck.

Die Gäa-Geborene drehte sich auf die andere Seite und achtete darauf, möglichst kein unnötiges Geräusch zu verursachen. Sie fühlte sich völlig ausgelaugt und leer. Trotzdem wollte ihr das Einschlafen nicht gelingen.

Der verdammte Gestank! Naileth hatte das Gefühl zu ersticken und schlug die Thermoplast-Decke bis zum Bauchnabel zurück. Eigentlich hatte sie an Santjuns Seite wachen wollen, doch Atlan hatte ihr mit deutlichen Worten nahegelegt, dass sie schlafen solle. Sie alle waren auf ihre Einsatzfähigkeit angewiesen.

Bilder der vergangenen dreißig Stunden stiegen in ihr hoch. Die lieblichen Quallen, die sie hatten *fühlen* wollen und von der Gruppe niedergemäht worden waren. Die rätselhaften Spukbilder mit Santjun und Claudrin wie eingefroren in ihrer Mitte. Die entstellten Toten in den Abwasserkanälen, bei denen sich bei der geringsten Berührung das graue Fleisch von den Knochen gelöst hatte. Santjun – nackt auf dem Behandlungstisch.

Santjun.

Sie erinnerte sich an das warme Gefühl, das sich in ihrer Magengrube ausgebreitet hatte, als er sie anstrahlte, damals, als er im Forschungslabor aus seiner Ohnmacht aufgewacht war.

Santjun.

Santjun. Immer wieder Santjun.

Seine blauen Augen, in denen früher nichts anderes als kalte, unnahbare Professionalität gesteckt hatte. Inzwischen waren darin die seelischen Abgründe erahnbar, mit denen er sich auseinandersetzen musste.

Ein Geräusch ließ Naileth zusammenzucken. Sie riss die Augen auf und versuchte herauszufinden, woher es stammte. Etwas bewegte sich im Dunkeln, kam langsam auf sie zu.

Automatisch tasteten ihre Finger nach dem Griff des Kombistrahlers. Sie wusste, dass man fast ausschließend konnte, dass ein Eindringling unbemerkt an den drei Robotern vorbeigekommen war.

Naileth schob die Waffe langsam unter der Thermoplast-Decke in die Richtung, aus der sie die Geräusche hörte.

»Lass den Strahler stecken, Naileth«, flüsterte eine vertraute Stimme. »Ich brauche deine Hilfe.«

Santjun.

Naileth fühlte, wie sich die feinen Härchen an ihren Armen aufrichteten, als sich der Risiko-Spezialist in der Dunkelheit an ihr Lager kniete.

»Was wollen Sie, Major?«, fragte sie ungelenk.

Eine blaue Leuchtquelle flammte drei Handbreit vor ihrem Gesicht auf. Das Display von Santjuns Kom-Armband. Geblendet schloss Naileth die Augen.

»Ach komm, Naileth«, erklang die weiche Stimme des Agenten. »Darüber sind wir doch längst hinaus. Naileth?«

Vorsichtig öffnete sie die Augen, blinzelte und blickte in Santjuns Gesicht.

Es war fast ein wenig wie Heimkommen. Wenn man die Tür öffnet und es nach *zu Hause* riecht. Alles ist vertraut und – eben – heimelig.

Genau so fühlte sie sich in diesem Moment, als Santjun so nahe bei ihr war wie noch niemals zuvor. Das Gesicht, das sie zwischenzeitlich bis in jede kleinste Falte hinein kannte, das aber immer unerreichbar gewesen war. Nicht, weil sie davon ausging, bei einem Mann wie Santjun chancenlos zu sein, sondern weil sie ihn gar nicht hatte erreichen *wollen.*

»Was willst *du?*«, fragte sie und schob sich zwei Zentimeter von Santjun weg.

Ein Hauch von Traurigkeit umwehte sein Gesicht. Die blauen Augen – vom Display dramatisch beleuchtet – schienen sie wie Lanzen zu durchbohren. Sie fühlte, dass sich ihr Herz öffnete wie eine Blüte nach dem Regen.

»Du musst mir helfen, Naileth. Ich kann nicht mehr länger warten.«

»Worauf kannst du nicht mehr warten?«

»Ich will nicht sterben, Naileth.«

»Ich will nicht, dass du stirbst.«

Naileth biss sich auf die Zunge. Wie konnte sie solch banales Zeugs rauslassen? Sie hatte Galaktomedizin studiert, sich in der USO hochgedient und Sternenschiffe kommandiert.

Und nun? Nun sah sie in diese absolut klaren Augen, roch die herbe Männlichkeit Santjuns, dessen Leben vor kurzem noch an dem dünnsten aller Fäden gehangen hatte. Und sie, die Welt, die abstrakte Bedrohung durch die uralten Monolithen – alles schien in diesem Moment zu existieren aufgehört zu haben.

Es gab nur sie und diesen Mann – sonst nichts.

»Ich brauche den Silberschmuck.«

Mühsam klärten sich ihre Gedanken. Zurück blieb ein Gefühl der Traurigkeit. Sie wusste nicht, ob sie erleichtert oder enttäuscht darüber sein sollte, dass Santjun nur wegen des Schmucks zu ihr gekommen war.

Naileth hob die linke Hand, ihre Finger zitterten, als sie sie nach Santjuns Gesicht ausstreckte. Sie wollte nur kurz seine Wangen berühren, sie fühlen.

Naileth schaffte es nicht. Sie konnte den Abgrund nicht überwinden, der zwischen ihnen lag.

Santjun ergriff ihre ausgestreckte Hand. Umschloss sie mit seinen kalten Fingern, führte sie zu seinem Mund und küsste die Fingerkuppen. Unsäglich langsam. Abgrundtief traurig.

»Es wäre …«, begann er.

»Ich weiß«, unterbrach sie ihn, bevor er etwas sagen konnte, das sie nicht hören wollte.

Sie griff nach dem weichen Innenteil des Rückentornisters, das ihr als Kopfkissen gedient hatte, und zog das Bündel mit dem Silberschmuck hervor.

In Santjuns Gesicht arbeitete es. Behutsam näherte er sich ihr, die bebenden Lippen eine Spur geöffnet.

»Nicht«, sagte Naileth.

Kapitel 15

Der erste Morgen: Atlan

Ich rieb mit dem Ärmel meiner Kombination über das kleine Fenster, doch gegen die ölig-harzige Kruste, die sich über Jahrzehnte hinweg abgelagert hatte, kam der schmutzabweisende Uniformstoff nicht an. Mehr als verschwommene Eindrücke von Magoria erhielt ich durch die Schlieren hindurch nicht.

Blicke nicht hinaus, blick in dich hinein, riet mir der Extrasinn. *Du musst eine Reihe von wichtigen Entscheidungen treffen.*

Es war morgens kurz vor elf Uhr nach offizieller terranischer Zeitrechnung. In der Region von Magoria brach gerade ein neuer Tag an. Draußen auf der Straße des 48. Kreises, an den die Fabrik grenzte, wurden die ersten Stimmen der Passanten hörbar.

Die anderen schliefen noch. Ich hatte mich vor wenigen Minuten trotz schmerzender Glieder und bleierner Müdigkeit erhoben. Kurz war der Wunsch nach den belebenden Impulsen des Zellaktivators übermächtig geworden, doch ich hatte ihn niedergekämpft. Nach einer halben Stunde Meditation und einigen Dagor-Übungen fühlte ich mich endlich in der Lage, den Tag anzugehen.

Dank Calipher-SIMS Datenspionage und den Aussagen Asphimins wusste ich, dass in Magoria alles nach der Hierarchie der Häuserkreise funktionierte.

Um das Zentrum mit der Felsnadel waren insgesamt 49 Krochten angeordnet. Je weiter außen man wohnte, desto niedriger war nicht nur der soziale Status der einzelnen Bürger, sondern auch die Qualität ihrer Lebensbedingungen.

Da man die Luftaufbereitungsanlagen in die zentrale Felsnadel integriert hatte, war in deren Nähe auch die Zusammensetzung der Luft am besten. Ab dem zwanzigsten Kreis verschlechterten sich zudem die Lichtverhältnisse beträchtlich. Das ohnehin schon schwache Licht der Sonne Tainor konnte nur durch die etwa zweihundert Meter durchmessende und zusätzlich noch zu einem Drittel mit der Felsnadel ausgefüllte Öffnung auf die mehr als sechsmal so große Stadt fallen. Um die äußersten Krochten herrschte daher gegen Mittag, wenn die Sonne mehr oder weniger senkrecht auf Magoria schien, nur diffuses Dämmerlicht.

Tainor, dachte ich und griff nach den Informationen, die wir in der Forschungsstation gefunden und die mein fotografisches Gedächtnis abgespeichert hatte. *Eine kleine, bis dahin unbedeutende Sonne, 46.644 Lichtjahre von Drorah entfernt, der Hauptwelt der Akonen, und 21.192 Lichtjahre von Sol.*

Der nächste namhafte Planet war Epsal in einer Distanz von 7760 Lichtjahren. Wenn ich mir die Topographie der Milchstraße vor mein inneres Auge rief, konnte ich abschätzen, dass der Sprung durch den Monolithen uns ungefähr 12.000 Lichtjahre weit von Lumbagoo weggebracht hatte.

Shenzen ist eine weitere vergessene Welt ohne irgendwelche Einrichtungen der USO oder des Imperiums. Nicht einmal eine Fußnote wert in den jüngeren Geschichtsbüchern. Und auf einmal steht sie plötzlich im Zentrum des galaktischen Interesses. Wie Thanaton.

Das wenigstens über einen USO-Stützpunkt verfügte, warf der Extrasinn ein. *Du solltest deine Bemühungen verstärken, die bisher erhaltenen Informationen weiterzuleiten!*

Bei einer Entfernung von fast 8000 Lichtjahren benötige ich einen leistungsstarken Hyperfunksender, um die Basis auf Epsal erreichen zu können. Und daneben ... Ich schloss die Augen und rief mir die Details der Holokarte in Erinnerung, die ich mir in der Labor-Baracke eingeprägt hatte. *Boszna und Van Moders' Planet liegen in kosmischer Nachbarschaft.*

Hinterwäldlerplaneten, kommentierte der Extrasinn abschätzig.

Sofort stiegen Erinnerungen in mir auf. Von Boszna stammten die Zwergschuden aus der *Armee der Tiere* meines alten Freundes, des Tiermeisters Corpkor. Und auf Van Moders' Planet war 2113 ein Posbi-Raumer mit terranischen Wissenschaftlern und Mutanten an Bord gestrandet. Die desorientierten Posbis hatten die eingeborenen Blows bekämpft.

Ein fotographisches Gedächtnis ist etwas Feines, spöttelte der Logiksektor. *Aber im Moment wäre ...*

Die Jahreszahl, unterbrach ich ihn. *2113! Eine interessante Konstellation zu 3112.*

Vor 999 Jahren. Na und?

Es ist die Symbolik, die mich fasziniert, sagte ich, wohl wissend, dass dies für meinen Logiksektor nicht als Argument zählte.

Für den Romantiker in uns, kam es denn auch prompt.

Ich seufzte. »In Ordnung«, sagte ich laut.

»Äh ... Chef?«, hörte ich die Stimme des Aras hinter meinem Rücken.

»Nennen Sie mich einfach Atlan«, sagte ich, während ich mich umwandte – und stutzte.

Schau an – ein Arzt mit Humor, ließ sich sogar der Logiksektor zu einer Bemerkung hinreißen.

Der baumlange Ara stand – wie vor ein paar Stunden in seiner Wohnung – halbnackt vor mir. Eine weiße Unterhose mit silbernen Streifen und abgewetzte Stiefel bildeten seine einzigen Kleidungsstücke.

»In Ordnung. Nennen Sie mich Asphimin. Was ist los?«

»Ihr Aufzug«, sagte ich. »Er irritiert.«

»Oh.«

Ich wartete drei Sekunden, doch Asphimin schien nichts weiter sagen zu wollen. »Wie geht es unserem Patienten?«, fragte ich stattdessen.

Der Ara ließ seine rechte Augenbraue dramatisch in die Höhe steigen. »Was heißt hier *unser Patient?«,* fragte er gehässig und malte mit seinem langen Zeigefinger ein Fragezeichen in die Luft. »Erstens lautet seine offizielle Bezeichnung *Klient* und zweitens verwahre ich mich dagegen, mit Ihnen in eine Kanüle gesaugt zu werden! Nur weil Sie durch das Ablegen Ihres ... Ihres *Dings* zu einem überraschenden Heilerfolg beitragen konnten, sind Sie vom Status eines Heilers so weit entfernt, wie ... wie ...« Er fuchtelte vor meinem Gesicht herum, schleuderte hilflos die Arme hoch, schien jedoch auf keinen passenden Vergleich zu kommen.

»*Unser Patient* ist bloß eine terranische Ausdrucksweise, die auch Nicht-Mediziner einschließen kann«, sagte ich.

Asphimin stemmte die Fäuste in die schmalen Hüften. »Terranisch? Aber Sie sind doch Arkonide!«, stellte er kritisch fest.

Ich winkte ab. »Das ist eine lange Geschichte. Also, wie geht es Major Santjun?«

Sofort riss Asphimin wieder die Arme hoch. »Das ist es ja, worauf ich Sie längst hinweisen wollte! Es geht ihm gut – ganz offenbar zu gut! Er hat selbstständig und ohne Befugnis meinerseits die Infusionen und die Blutsonde entfernt. Nicht nur, dass er meine Behandlung ad absurdum führt, er verweigert mir auch die konsequente Überwachung seines körperlichen Zustandes!« Asphimin machte eine bedeutungsschwere Pause, beugte sich herunter, bis er mit mir auf Augenhöhe war, und stieß dann aus: »Ich kann so nicht arbeiten!«

Ich verzog keine Miene. »Damit ich es richtig verstehe, Herr Doktor: Major Santjun hat nach einem halben Tag Behandlung überraschende gesundheitliche Fortschritte erzielt und Sie wollen nun bei mir eine Dienstbeschwerde einreichen, weil Ihr Klient, der *Risiko-Spezialist* Santjun seiner Meinung nach wieder einsatzfähig ist?«

»Seine Meinung ist unmaßgeblich!«, ließ der Ara heiser verlauten.

»Da irren Sie sich leider, Doktor«, gab ich zurück und bemühte mich, völlig ernst zu bleiben. »In der USO-Dienstordnung, Artikel 84 ist festgehalten: *Ein Risiko-Spezialist trägt die Verantwortung über seine körperliche Leistungsfähigkeit und ordnet sie jederzeit dem Gesamterfolg seines Auftrags unter.* Agent Santjun ist sogar dazu angehalten, darüber zu bestimmen, wie er seine körperlichen Ressourcen einteilt.«

Asphimin kniff die Augen zusammen. »*Ich* halte fest: Die USO bietet kein ärztefreundliches Umfeld!«

»Falls wir hier lebend rauskommen, kann ich Ihnen ein Empfehlungsschreiben für Perry Rhodan ausstellen«, sagte ich trocken. »Beim Solaren Imperium wird über jede Wunde ein Pflästerchen geklebt.«

»Sie wollen mich doch ...«, begann Asphimin.

Gleichzeitig blickten wir zur Tür, als wir ein Geräusch vernahmen. Santjun stand dort, eingehüllt in den *Bahtorp*, wie das traditionelle Wickelgewand in der Stadt genannt wurde.

Der Risiko-Agent war kaum mehr wiederzuerkennen. Gelassen stand er im Türrahmen, das Gesicht wirkte im Vergleich zu gestern entspannt, die Haut hatte eine gesunde Farbe angenommen. Die Augen waren nicht mehr die eines Toten, sondern in ihnen spiegelte sich Tatendrang und ... unterdrückte Wut.

»Major!«, sagte ich. »Stimmt es, dass Ihre Genesung einen geradezu außergewöhnlichen Sprung gemacht hat?«

»Seit Sie den Aktivator abgelegt haben, geht es mir wieder ausgesprochen gut, Sir!«, antwortete Santjun mit klarer Stimme. Es schien unvorstellbar, dass das Leben dieses Mannes vor wenigen Stunden noch am seidenen Faden gehangen hatte. »Nun müssen Sie dies nur noch diesem Gelegenheitsnudisten beibringen. Ich benötige seine Tröpfchen nicht mehr.«

»Das ist ja … das ist … eine Ungeheuerlichkeit!«, ereiferte sich der Mediziner. »Nur weil Sie mich mit der Möglichkeit ködern, Ihren Zellaktivator zu untersuchen, werde ich mir nicht jede …«

»Sie haben selbst gesagt, dass Sie nun nicht mehr zurückkönnen!«, schnitt ich ihm das Wort ab. »Sie helfen uns, und wir helfen Ihnen, von diesem Planeten wegzukommen. Vorher sehen Sie den Aktivator nicht mal von Weitem. Ist das klar?«

Asphimin ließ die Arme sinken. »Völlig«, antwortete er tonlos.

Ich beachtete ihn nicht mehr weiter. Nachdenklich beobachtete ich Santjun.

Er hat sich verändert, wisperte der Extrasinn. *Du solltest ihn im Auge behalten.*

Er war über einen langen Zeitraum einem großen Maß an Stress ausgesetzt, antwortete ich mental. *Auf einen Umstand wie die Vitalenergiekopplung war er trotz allem Training nicht vorbereitet.*

Die Vitalenergiekopplung ist nur eine Theorie – unsere Theorie!

Santjun ist nicht dumm, warf ich ein. *Er wird sie in groben Zügen selbst nachvollziehen können.*

Umso klarer müsste er dann seine Situation erfassen. Ich *nehme keinen gestressten Santjun wahr!*

Gib ihm ein wenig Zeit, um sich an den Umstand zu gewöhnen.

Du wirst noch an meine Worte denken!, orakelte der Extrasinn düster.

»Es wird Zeit, dass wir herausfinden, was da draußen gespielt wird!«, sagte der Risiko-Spezialist dumpf.

Er hob ein Tuch, das von seiner Schulter fiel, und schwang es sich zweimal um den Kopf, sodass nur noch ein schmaler Sehschlitz blieb, durch den man die Augen erkennen konnte.

Sie glitzerten gefährlich.

Kapitel 16

Magorias Widerstand: Atlan

Ich prüfte den Sitz des Tuchs, das über meinen Mund lag. Asphimin persönlich hatte mir geholfen, den Bahtorp zu wickeln. Trotz der Filterfunktion des Stoffes füllte der scheußliche Geschmack der Magoria-Luft meinen Nasen- und Rachenbereich aus. Nicht zum ersten Mal bedauerte ich, dass die Standard-Kampfausrüstung der USO nicht über Kaugummi verfügte – oder dass ich nicht irgendwo einen Schluck kräftigen Rotwein oder rauchigen Single-Malt aus den schottischen Highlands auftreiben konnte. Während wir unauffällig durch die 33. Straße schlenderten, wurde mein Verlangen nach einem neuen Geschmack im Mund fast übermächtig.

Vor und hinter mir gingen in unterschiedlichen Abständen Asphimin, Santjun, Amelia Marcos und Torben Santorin. Letzterer stellte wegen seiner dunklen Hautfarbe ein Risiko dar, da die hiesige Bevölkerung vorwiegend eine helle Pigmentierung aufwies. Doch der ehemalige Cheforter der IMASO war ein hervorragend ausgebildeter Mann und fiel immer noch um einiges weniger auf als der quadratisch gebaute Epsaler Ramit Claudrin. Bei ihm war auch mit einem noch so kunstvoll gewickelten Bahtorp nichts auszurichten, um seine Figur zu kaschieren. Ich konnte nicht darauf hoffen, dass angesichts der geringen Distanz zu Epsal auch ein paar Angehörige seines Volkes den Weg nach Magoria gefunden hatten. Allerdings war mir immer noch nicht klar, wie »man« überhaupt üblicherweise nach Magoria geriet.

Da wir trotz der Unterstützung durch Calipher-SIMS Dienste noch nicht wussten, mit welchen Mitteln die öffentlichen Bereiche überwacht wurden, hatte ich mich für diesen Einsatz gegen die Verwendung unserer Deflektoren entschieden. Deshalb blieb Ramit Claudrin vorerst in unserem Versteck zurück und bereitete es zusammen mit Naileth Simmers vor, um es für die angestrebten Verstärkungen zu erweitern. Unter anderem hatte ich sie beauftragt, aus einem Nachbarhaus einen weiteren Zugang zu bauen, damit wir nicht zu viel unnötige Aufmerksamkeit auf die verlassene Fabrik zogen.

Die Häuser in der 33. Straße boten einen etwas besseren Anblick als diejenigen der äußeren Kreise. Die Steinbauten waren weiß getüncht, doch auch sie wiesen hässliche grauschwarze Ablagerungen und Pilzbewuchs an den Außenwänden auf. Die meisten Passanten gingen mit starr auf den Boden gerichteten Blicken und schnellen Schrittes ihrem Ziel entgegen. Niemand wollte mehr Aufmerksamkeit erregen, als nötig. Wir versuchten dieses Verhalten so gut es ging nachzuahmen, doch ich war sicher, dass uns ein aufmerksamer Beobachter innerhalb weniger Augenblicke entlarven konnte.

Ich hob den Kopf und bemerkte den Blick des Risiko-Spezialisten auf mir ruhen. Stumme Entschlossenheit stand in seinen eisblauen Augen.

Santjun und ich funktionierten, als ob wir schon seit Jahrzehnten gemeinsam im Einsatz wären. Er stand immer dort, wo ich ihn erwartete und wenn uns etwas nicht klar war, verständigten wir uns über einen einzigen kurzen Blick.

Viel Vertrauen einer Person gegenüber, die wir nicht vollständig beurteilen können, warf der Logiksektor ein.

Ohne Vertrauen geht es nicht, gab ich einen scharfen mentalen Impuls zurück.

Ich wusste, dass ich Santjun nur bis zu einem gewissen Grad einschätzen konnte. Er war schon immer ein zurückhaltender, distanzierter, ja sogar ziemlich kühler Mann gewesen. Ich hatte gehört, dass seine Unnahbarkeit besonders bei den Damen der Administration mit Bedauern zur Kenntnis genommen wurde.

Trotz allem blieb er für diese Mission mein bestausgebildeter Mitstreiter. Derzeit hatte ich keine andere Wahl, als ihm zu vertrauen.

Fehlendes Vertrauen lässt einen zögern. Zögern tötet.

Es war mir, als wäre es erst letzte Woche gewesen, dass mir Fartuloon, mein Freund und Ziehvater, diese Weisheit mit auf den Lebensweg gegeben hatte.

Ich trat auf eines der Tücher, stolperte, fand mein Gleichgewicht jedoch gleich wieder.

Du bist nicht konzentriert, Atlan!, kam der warnende Impuls des Logiksektors. *Was ist los?*

Ich wusste es nicht genau. Seit ich den Zellaktivator nicht mehr trug, fühlte ich eine eigenartige Schwäche in mir. Sie betraf nicht nur meine Physis, sondern zunehmend auch meine Psyche. Ich kannte mich gut genug, um die Zeichen nicht aus Gründen egozentrischer Verblendung zu ignorieren.

Ich litt.

Das lag am grausamen Spiel, welches die Vitalenergiekopplung mit uns trieb. Aber es lag auch an Magoria. Die Stadt war *böse*. Ihr fauler Atem stank nach Angst und schrecklichen Taten.

Asphimin, der uns angeführt hatte, drehte ab und betrat einen Hauseingang. Wir folgten ihm möglichst unauffällig. Während der letzten Schritte überprüfte ich den Sitz der leichten und trotzdem fast unzerstörbaren Keramik-Schalen, die ich aus dem Kampfanzug ausgebaut hatte und die mich vor Projektilwaffen und schwachen Strahlschüssen schützen sollten. In der linken Hand hielt ich – ebenfalls von den Tüchern verdeckt – meinen Kombistrahler.

Es handelte sich um eine Kneipe. Klein, verdreckt, bedrohlich, wie der Rest von Magoria. Das Misstrauen schlug uns entgegen wie das Knurren eines Wachhunds. Die Gespräche erstarben, Dutzende Blicke aus starren Augenpaaren erfassten uns.

Sekundenlang schien es, als ob sich alle Anwesenden auf uns stürzen wollten. Dann wandten sie sich, wie auf Kommando, wieder ihren Getränken und Gesprächen zu.

Wie in den meisten Stätten dieser Art – ob sie nun in einem edlen Viertel Terranias oder einer düsteren Gasse Orbanas stehen mochten – war der größte Anteil der humanoiden Besucher männlichen Geschlechts. Wie es schien, gehörten stickige Räume, Alkoholika, abgewetzte Spielkarten und derbe Sprüche zusammen wie Nagezahn und Plattschwanz bei einem Mausbiber.

Ich sog die schweiß- und rauchgeschwängerte Luft ein und fühlte mich schon fast ein wenig heimisch. Es war eine Wohltat, die metallisch-chemischen Komponenten der Magoria-Luft für einen Moment lang nicht in penetrantester Weise riechen zu müssen.

Asphimin, den wir vor dem Aufbruch instruiert hatten, ging auf direktem Weg auf eine auffallend hübsche Frau zu, die gerade mit einem Lappen einen Tisch reinigte. Sie wechselten ein paar Worte, worauf uns ein kritischer Blick aus ihren braunen Augen traf. Ihr Gesicht schien von Sorge gezeichnet, und doch hatte es etwas überaus Liebliches. Ihr Mund war keck geschwungen und unter ihrem linken Auge zeigte sich ein perfekt platzierter Schönheitsfleck.

Wenn du schon so treffend die Gemeinsamkeiten galaktischer Spelunkenbesucher analysierst, mein lieber Beuteterraner, dann darfst du die Glücksritter nicht vergessen, die sich auf der Suche nach amourösen Abenteuern nicht zuletzt den Bedienungen zuwenden.

Ein Logiksektor, der sich selbst während des Einsatzes zu Sticheleien hinreißen lässt?, dachte ich ironisch, während ich Asphimin und die Anmutige nicht aus den Augen ließ.

Santjun stand etwas versetzt von mir, lässig gegen einen Stuhl gelehnt. Ich wusste, dass seine Sinne geschärft waren und er nur darauf wartete, dass jemand eine Aktion gegen uns startete.

Doch alles blieb ruhig. Die Frau nickte – *war sie terranischer Herkunft?* – und deutete auf eine unscheinbare Tür direkt neben der Theke. Asphimin machte eine bestätigende Geste in unsere Richtung, worauf wir gelassenen Schrittes darauf zugingen und nacheinander durch die Tür verschwanden.

Wir fanden uns in einem dürftig beleuchteten Gang wieder. Wie es schien, führte eine Tür geradewegs in eine Multi-Gender-Toilette. Die Frau ging daran vorbei bis zum Ende des Gangs und berührte einen unsichtbaren Schalter, worauf die Wand zur Seite fuhr.

»Wie heißt du?«, fragte ich

»Nera«, sagte sie und vollführte eine ungeduldige Kopfbewegung in Richtung der geöffneten Tür.

Gemächlich ging ich hinein. Wir durften unseren Standort nicht zu schnell wechseln, da unsere Lebensversicherung Calipher-SIM es sonst nicht schaffte, auf unserer Höhe zu bleiben. Er bewegte sich einige Meter unter uns durch die Abwasserkanäle.

Ein dunkler Gang führte schräg nach unten und endete vor einer verrosteten Kellertür. Asphimin, der vorausgegangen war, klopfte mit den Fingerknöcheln gegen den Beschlag.

Zwölf Atemzüge lang geschah nichts. Dann öffnete sich die Tür, und wir wurden von orangefarbenem Licht geblendet. In der Mitte der Türöffnung zeichneten sich die Umrisse einer hoch aufgeschossenen, schlanken Gestalt ab.

»Ich kann es nicht glauben, dass man euch heruntergeschickt hat!«, sagte eine samtene Frauenstimme verärgert. »Woher seid ihr? Aus der 20er Krocht? Und was wollt ihr? Gebt euch zu erkennen!«

Ruhig hob ich meine rechte Hand und befreite mein Gesicht von den Tüchern. Das Gesicht der Frau war nur undeutlich wahrnehmbar. Trotzdem hätte ich es bemerkt, wenn mein Anblick sie überrascht hätte. Sie erkannte mich nicht.

Das kann ein Vor-, aber auch ein Nachteil sein.

»Mein Name ist Atlan«, sagte ich. »Dies sind meine Begleiter. Mit Ausnahme des vorzüglichen Arztes Asphimin stammen wir nicht aus Magoria und auch nicht von diesem Planeten. Wir benötigen Informationen und Verbündete. Nach allem, was ich von Ihnen gehört habe, verfolgen wir dieselben Ziele. Eine Zusammenarbeit wäre für beide Seiten sinnvoll.«

Die Frau trat zwei Schritte zurück. Das orangefarbene Licht umfloss ihr Gesicht und konturierte ihre Züge. Sie war eine herbe Schönheit mit hohen Wangenknochen und katzenhaften Augen. Nase und Kinn waren eine Spur zu markant, doch genau diese Gegensätze machten für mich den Reiz aus. Sie trug einen enganliegenden schwarzen Anzug, der ihre weiblichen Proportionen vorzüglich zur Geltung brachte. Das schulterlange blonde Haar hatte sie wild nach außen drapiert.

»Ich heiße Manja'Re«, sagte sie vorsichtig, während ihre Blicke von Person zu Person huschten. »Deine Aussage ist zu fantastisch, als dass ich sie einfach so glauben könnte. Dass ich euch noch nie gesehen habe, muss nichts bedeuten; ich kenne nicht alle Bewohner Magorias persönlich. Kannst du deine Aussage belegen, Fremder?«

Ich hob eine Stoffbahn und ließ den Blick auf den schweren Kombistrahler zu, den ich – an den Beckenknochen gestützt – auf Manja'Re gerichtet hatte. »Dies ist die offizielle Waffe der United Stars Organisation, abgekürzt USO, einer unabhängigen Organisation, die sich gegen die Ungerechtigkeit in dieser Galaxis stellt. Reicht Ihnen das als Beweis?«

Die Frau schien von meiner offenen Drohung nicht im Geringsten beeindruckt. Im Gegenteil. Ein fast unmerkliches Lächeln umspielte ihre Mundwinkel. »Es ist ein Indiz – mehr nicht. Ich werde dich anhören und dann entscheiden.« Ihre Blicke wanderten taxierend an mir herunter. »Es ist übrigens eine ganz schlechte Idee, so offen mit dieser Potenzprothese herumzuwedeln, Fremder. Noch bevor sich die Muskeln deines Zeigefingers anspannen könnten, würden dich unsere Wandstrahler in handliche Stücke geschossen haben.«

Sie blufft.

Im Stillen gab ich meinem Extrasinn recht. Doch ich hatte kein Interesse daran, die Atmosphäre weiter aufzuheizen. Schließlich benötigte ich ihre Hilfe, nicht umgekehrt. Ich sicherte den Strahler und verstaute ihn im Holster.

Sie nickte. »Tretet ein.«

Rückwärts gehend führte sie uns hinein. Meine Augen hatten sich mittlerweile an das orangefarbene Licht gewöhnt, sodass ich Einzelheiten des Raums erkennen konnte. Er war etwa zwanzig Quadratmeter groß. Ein ovaler Tisch mit einem darin eingelassenen Bildschirm beherrschte den Raum. Aus den beiden hinteren Ecken der Decke ragte je ein mehrgelenkiger Robotarm, an dem eine Kamera und ein klobiger Strahler befestigt waren. Womöglich hatte die Frau eben doch nicht geblufft.

Manja'Re deutete auf die freien Stühle, die um den Tisch herumstanden. »Setzt euch und erzählt schnell. Meine Zeit und Geduld sind beschränkt.« Wieder vermied sie es, uns den Rücken zuzuwenden. Rückwärts ging sie zum am weitesten entfernten Sitzplatz und ließ sich in einer vollendet eleganten Bewegung darauf nieder. Ich setzte mich auf den nächstgelegenen Stuhl, die anderen verteilten sich.

»Wir kamen vor zwei Tagen über das Transportsystem einer uralten Anlage nach Shenzen«, begann ich zu erzählen. »Kurz vor uns ist eine Gruppe von Personen materialisiert, die nicht nur eine ernstzunehmende Bedrohung für die gesamte Galaxis darstellt, sondern überdies hinaus noch eine Frau aus unseren Reihen in ihrer Gewalt hat. Soweit wir die Situation nachvollziehen konnten, sind alle von Einheiten aus Magoria festgenommen und in die Stadt gebracht worden.«

Manja'Re strich sich nachdenklich eine widerspenstige Haarsträhne aus der Stirn. »Die Geschichte ist so haarsträubend, dass sie fast nicht erfunden sein kann«, sagte sie. »Entweder bist du sehr dumm – oder ein Genie. Ich sehe keine Möglichkeit, dass es etwas dazwischen sein könnte.«

»Sie lassen eines außer acht«, sagte ich mit einem freundlichen Lächeln. »Es gibt einen Beweis, dass sich auf Shenzen etwas grundlegend geändert haben *muss!* Sie können mir nicht weismachen, dass Sie die geheimnisvolle Strahlung nicht spüren, die seit Tagen die Bewohner Magorias schwächt und Übelkeit verursacht. Sie wären die Einzige, Teuerste. Zudem arbeiten Geräte auf hyperphysikalischer Basis seit demselben Zeitpunkt äußerst unzuverlässig.«

»Solche Geräte haben wir hier nicht«, gab sie unwirsch zurück. »Was die Schwächung anbelangt: Das könnte auch ein Zufall sein. So oder so macht es dich und deinen Trupp für uns sehr wertvoll. Und solltet ihr wirklich so etwas wie galaktische Kämpfer sein, so steigert sich dieser Wert für uns ins Unermessliche.«

Vorsicht!, wisperte der Extrasinn alarmiert. *Sie spricht nicht von einer Zusammenarbeit, sondern nur vom Wert, den wir für sie haben!*

Das war nicht schwer herauszuhören gewesen. »Sie wollen uns ausliefern«, sagte ich mit einem kalten Lächeln, das vielleicht nur mein Freund Tekener noch besser hingebracht hätte. »Was versprechen Sie sich davon? Ein paar Extrapunkte? Wie viele?«

Nun lächelte sie ebenfalls. »Viele Tausend«, sagte sie mit glitzernden Augen. »Ein Vermögen!«

»Calipher-SIM«, sagte ich ruhig. »Jetzt.«

Ein fingerdicker Desintegratorstrahl trat aus dem Boden hinter der Frau und fuhr im Bruchteil einer Sekunde nacheinander in beide Robotarme. Sie explodierten in grellen Stichflammen.

Manja'Re wirbelte herum. Als sie sich fluchend wieder zu uns drehte, hielt sie einen kleinen Energiestrahler in der rechten Hand.

Santjun war jedoch bereits zur Stelle und trat gegen ihren Unterarm. Die Waffe flog in hohem Bogen durch den Raum und fiel scheppernd links von mir zu Boden. Einen wütenden Schrei ausstoßend, schnellte sich die Frau nach vorne und traf Santjun mit einem Handkantenschlag am rechten Schlüsselbein. Den wirkungsvollsten Punkt verpasste sie dabei um fast eine halbe Handspanne.

Der Risiko-Agent pendelte den Angriff aus und schlug seinerseits zu. Manja'Re wich seiner Faust durch leichtes Zurückziehen ihres Kopfes elegant aus. Der Schlag ging ins Leere.

Es war einer der ältesten Tricks im Faustkampf überhaupt. Während die Frau bereits wieder ihre nächste Attacke ausführen wollte, übersah sie, dass zu diesem Zeitpunkt immer noch eine Faust in der Luft schwebte, in der eine gewaltige kinetische Energie steckte.

Schon die alten Griechen hatten diesen Trick in den blutigen Kämpfen an den Olympiaden angewandt: Der Arm geht am Kopf vorbei, winkelt sich an und wird vom Kämpfer blitzschnell wieder zurückgezogen und ausgestreckt. Während sich der Angegriffene noch über den vermeintlichen Fehlschlag freut, rasen so von der Seite die Knöchel der Faust heran und treffen – falls genau gezielt worden ist – punktgenau die Schläfe.

Santjun hatte gut gezielt. Dumpf krachte seine Faust gegen ihren Kopf. Mit einem erstickten Schrei ging die Frau zu Boden. Sofort war Santjun über ihr – und schlug abermals zu.

»Major!«, rief ich scharf. »Das reicht!«

Santjuns Gesicht war zur Fratze verzerrt, als er erneut ausholte.

Da fauchte ein Energiestrahl durch den Raum, verpasste Santjun nur um Haaresbreite und schlug hinter ihm in die Wand ein. Verputzmaterial und Steine spritzten nach allen Seiten.

»Sagen Sie Ihrem Naat, dass ich ihn röste, wenn er nicht sofort aufhört, Lordadmiral!«, ertönte eine donnernde Stimme in meinem Rücken.

Die Aktion verfehlte ihre Wirkung nicht. Die Faust des Risiko-Agenten blieb in der Luft stehen. In Zeitlupentempo drehte Santjun seinen Kopf. Er wirkte, als ob er aus einem tiefen Traum erwachen würde.

Ich wandte mich ebenfalls um. In der Tür stand ein breitschultriger Mann, den ich sofort als Arkoniden identifizierte.

»Sie haben mich erkannt«, stellte ich fest.

»Ich war nicht immer an diesem von allen She'Huan verlassenen Ort. Überdies besaßen Sie die Höflichkeit, sich mit Namen vorzustellen. Seid Ihr hier, um den Tyaheel-Hort auszuräuchern? Wie können wir Euch helfen, Eure Erhabenheit?«

Kapitel 17

Silberene Verfärbungen: Santjun

»Was war das?« Naileth sah ihn an mit einer Mischung aus unterdrückter Wut und Besorgnis.

Santjun strich über sein Gesicht, massierte sich die Schläfen. Er fühlte sich gut – *verdammt gut!* Er genoss das Gefühl, wieder zu leben, auch wenn er wusste, dass es nicht natürlichen Ursprungs war. Nachdem er die Frau entwaffnet und kampfunfähig geschlagen hatte, war Naileth von Atlan abgeordert worden, damit sie ihn zurück in ihr Quartier brachte. Offensichtlich hatte Atlan ihn als Risikofaktor eingestuft und wollte die Situation nicht gefährdet wissen, die sich plötzlich zu ihren Gunsten zu verändern schien.

»Ich habe vielleicht etwas überreagiert«, sagte er. »Verdammt, wir sind im Einsatz, Naileth!«

»Verkaufe mich nicht für dumm, Santjun!«, gab sie verärgert zurück. »Ein Risiko-Spezialist kontrolliert das Risiko – er weitet es nicht unnötig aus! Wir benötigen dringend lokale Unterstützung. Da kannst du nicht einfach potenzielle Verbündete brutal zusammenschlagen, nachdem du sie bereits entwaffnet hast!«

»Sie wollte uns verraten!«

»So kenne ich dich nicht. Was ist los?«

Santjun seufzte. Naileth hatte selbstverständlich recht. Er war die Frau zu hart angegangen.

»Ich weiß es nicht. Da ist plötzlich wieder Energie in mir. Und …«

»Es ist das Silbermetall, nicht wahr?«

Er atmete schwer und machte einen Schritt rückwärts. Weg von Naileth Simmers und ihren wunderbaren Augen, die ihn sezierten. Sie standen in den ehemaligen Sanitäranlagen der Fabrik. Alleine. Claudrin hatte er weggeschickt, als er sie in Empfang genommen hatte.

»Nimm die Tücher weg!«

»Naileth, ich …«

»Keine Widerrede. Ich will es sehen!«

Mit fahrigen Bewegungen nestelte er an den Stoffbahnen, die seinen Körper verhüllten. Naileth trat heran und griff selbst zu. Unter anderen Umständen wäre diese Szene die Erfüllung seiner geheimsten Wünsche gewesen. Doch nun fürchtete er sich vor ihrer Reaktion. Auf der Stirn der Frau von Gäa hatte sich eine scharfe Falte gebildet. Der Stoff landete auf dem schmutzigen Boden. Mit einer geradezu wütenden Bewegung öffnete sie den Magnetverschluss und zog ihm das Oberteil der leichten Kombination, die er darunter trug, bis zu den Hüften hinunter.

Sie stöhnte unterdrückt. »Du trägst den gesamten Silberschmuck, den wir erbeutet haben!«

Unangenehm berührt, strich Santjun über das dünne Kettenhemd.

»Ich fühle mich großartig, Naileth. Das Metall – es hat mir das *Leben* zurückgegeben. Du solltest dich freuen, anstatt …«

»Es verändert dich, Santjun!«, fauchte sie verärgert.

Mit zitternden Fingern fuhr die ehemalige Kommandantin der IMASO über die Ringe, die er an seiner rechten Hand trug. Täuschte er sich, oder überzog tatsächlich ein glitzernder Schimmer ihre Augen, als die Finger über den silbernen Armreif strichen und an der nackten Haut seines Unterarms langsam höher glitten. Ihre kalten Fingerkuppen verursachten ihm eine Gänsehaut.

»Naileth …«

Schweigend schob sie den Ärmel des Kettenhemdes hoch, fuhr über seine nervös angespannten Muskeln. Er erschauerte unter ihren tastenden Fingern.

»Die silberne Verfärbung an deinem Oberarm hat sich ausgeweitet«, stellte sie mit belegter Stimme fest. »Das Silbermetall dringt in deinen Körper ein.«

Er griff zu und presste ihre Hand gegen seinen Bizeps. Schweigend ließen sie ein paar Atemzüge verstreichen. Eine einzelne Träne stahl sich aus ihrem linken Augenwinkel und rann die Wange hinunter.

»Ich will nicht, dass du stirbst«, sagte sie. »Aber dieses Metall kann nicht die Lösung sein.«

»Es ist die einzige Chance, die ich derzeit habe. Nach sechzig Stunden muss Atlan seinen Zellaktivator wieder anlegen, wenn er überleben will. Bis dahin muss ich kräftig genug sein, sonst schaffe ich es nicht.«

Sie presste ihre Lippen so aufeinander, dass sie zu schmalen, weißen Strichen wurden. Ruckartig entzog sie ihm ihre Hand und verbarg ihre Augen. Ihre Achseln bebten. Naileth Simmers weinte.

Er schob sich nahe an sie heran, nahm sanft ihre Hände weg und drückte sein Gesicht an ihre tränennasse Wange. Die Berührung tat ihm unendlich gut.

»Vielleicht gibt es ein Happy-End auch für Leute, die nicht daran glauben.« Er griff in ihr Haar, das allen widrigen Umständen zum Trotz wunderbar duftete, strich sanft über die weiche Haut ihres Nackens.

»Ich habe noch niemals so für eine Frau empfunden wie jetzt gerade für dich. Es ist eine ehrliche, eine erwachsene Liebe, Naileth.«

Er schluckte schwer. »Ich erinnere mich an ein Zitat, das ich einmal gelesen habe: *Ich habe nie eine Frau angesehen und gedacht: Wenn die Menschheit versagt und die Welt endet, werde ich Gott immer noch verstehen, wenn ich mit ihr zusammen bin.*« Er lächelte traurig. »Erst jetzt begreife ich, was das Zitat genau bedeutet.«

Sie schlang ihre Arme um ihn und er genoss die Wärme ihres zitternden Körpers.

»Es muss noch andere Möglichkeiten geben«, sagte sie plötzlich und löste sich von ihm.

Sofort fühlte Santjun Ernüchterung. Vielleicht stimmte es ja. Hatte er wirklich alle Optionen in Betracht gezogen?

»Ich muss wissen, was auf der IMASO vorgefallen ist, als ich in den Fängen der Silberherren war.«

»Du weißt es. Atlan fiel in ein Koma, als sie mit dir verschwanden.«

»Hast du die entsprechenden Analysedaten noch, oder sind sie in den Speichern der IMASO auf Lumbagoo zurückgeblieben?«

»Ich habe alle relevanten Daten auf meinen Anzug überspielt.«

»Ich brauche die Werte, Naileth.«

Sie seufzte. »Ich werde deinen Zugriff autorisieren und sie an deinen Anzug weiterleiten. Aber ich muss Atlan ...«

»Nein, musst du nicht!«, gab er leise, aber bestimmt zurück. »Ich erfülle meinen Auftrag als Risiko-Spezialist der USO, so gut es irgendwie geht. Doch ich kann Atlan nicht mehr hundertprozentig vertrauen. Er hat mich schon einmal niedergeschossen.«

»Atlans Verantwortungsbewusstsein ...«

»... bewegt sich in kosmischen Bahnen!«, gab er hart zurück. »Er handelt nach den Maximen höherer Ideale.«

»Zum Schutz von uns allen!« Naileth ließ sich nicht beirren.

»Ganz genau. Von *allen*. Und wenn er uns alle vor kosmischen Gefahren wie den Monolithen schützen will, so muss er gewisse Opfer bringen. Und in diesem Fall bin dieses Opfer *ich*, Naileth! Früher oder später wird er sich meiner entledigen müssen – und ich kann ihn nicht einmal dafür verurteilen, weil ich weiß, dass es dieser verdammten Galaxis mit einem Atlan besser geht als mit einem …«

»Santjun!«

Das Wort ging ihm durch Mark und Bein. Naileth sprach seinen Namen geringfügig anders aus als alle anderen. Und die Art, wie sie ihm nun seinen Namen an den Kopf warf, entwaffnete ihn von einer Sekunde zur anderen. Machte ihn in seinem Innern wehrlos und verletzlich. Diese Frau repräsentierte alles, was er sich im Stillen immer gewünscht hatte. Wünsche, die jedoch im Angesicht seiner USO-Karriere mehr als nur unrealistisch, ja sogar töricht, gewesen waren.

Einfach nur glücklich sein …

Sie blickte ihn an. Eine Spur von Verzweiflung stand in ihrem Gesicht. »Atlan hat während deiner Behandlung ein Wort erwähnt, das mir seither nicht mehr aus dem Sinn gegangen ist: *Vitalenergiekopplung*. Ich denke, eure beiden Schicksalslinien sind viel enger miteinander verknüpft, als wir bisher angenommen haben. Selbst wenn er es wollte – was ich jedoch nicht für möglich halte – *kann* er dich nicht so einfach opfern, wie du es dir denkst!«

Santjun antwortete nicht. Die Szene war so irreal. Er war Naileth in diesem Moment so nah. Sollte … durfte er sie küssen?

Er wusste es nicht. Dafür sah er, wie sie ihn anblickte aus ihren unergründlichen Augen, in denen sich die unterschiedlichsten Gefühle spiegelten. Ihr Brustkorb hob und senkte sich. War sie wegen der Diskussion erregt oder wegen … ihm? Ihre Nähe hatte seinen Körper jedenfalls in helle Aufregung versetzt.

Er sollte es ganz einfach tun. Ganz einfach einen Schritt …

»Komm«, sagte sie. »Ich überspiele dir die Daten.«

Ruckartig wandte sie sich ab und verließ den Raum. Nur die Ahnung ihres Duftes blieb zurück.

Langsam atmete Santjun dreimal tief durch, kleidete sich wieder an und folgte ihr.

Zwei Stunden später wusste er, was er zu tun hatte.

Kapitel 18

Lockende Unsterblichkeit: Onjar Marik

Obwohl man ihm nie nachgesagt hatte, dass Diplomatie zu seinen Stärken gehöre, so verstand er sich doch gut darauf, in den Gesichtern und Körperhaltungen seiner Gegenüber zu lesen und daraus Taktiken abzuleiten. Dass der kleinwüchsige Herrscher ausgesprochen nervös war, hätte jedoch ein Blinder gesehen.

Magor schwebte in sicherem Abstand zu Marik in zweieinhalb Metern Höhe und knetete seine haarlosen Kinderhände. Immer wieder zupfte und zerrte er an den Kissen und veränderte seine Sitzhaltung.

»Alle Anzeichen deuten darauf hin, dass deine Einschätzungen zutreffen«, sagte er mit leicht zitternder Stimme.

Marik gab sich nicht der Versuchung hin, seine Genugtuung vor dem Herrscher voll auszukosten. »Jemand ist in die Stadt gekommen«, riet er.

»Ein Spitzel bei den Rebellen – eine lächerlich schwache Organisation, die ich jederzeit auslöschen könnte – hat berichtet, dass mehrere Fremde in der Begleitung eines Magorianers erschienen seien.«

Marik wusste, dass die Stadt etwa 17.000 Einwohner zählte, die ab dem Säuglingsalter genau registriert und mit einem Chip versehen waren. Dadurch war ihr Standort jederzeit anmessbar. Wenn Magor von *Fremden* sprach, so konnte Marik davon ausgehen, dass der Herrscher dies hatte überprüfen lassen.

»Könnte es sein, dass diese Fremden mit einem Versorgungsschiff nach Shenzen gekommen sind?«

»Ausgeschlossen«, sagte Magor. »Die Versorgerschiffe landen auf den Plattformen des Palastberges – außerhalb des Schutzschirms. Sie haben keine Möglichkeit, in die Stadt einzudringen.«

»Dann kann es nur Atlan sein! Gibt es Bilder?«

Marik spürte, wie ihn das Jagdfieber packte. Er verabscheute den kleinwüchsigen Akonen, aber in einem Punkt musste er ihm bedingungslose Anerkennung zollen: Magor hatte sich ein – fast – perfektes totalitäres System geschaffen. Mittels einer speziellen Polizeitruppe, dem sogenannten Sicherheitsdienst SiDi, kontrollierte er die Einwohner und merzte aus, was seinen Machtansprüchen in die Quere kommen konnte. Atlan, Santjun und der Rest seiner USO-Schergen würden es nicht schaffen, länger als ein paar Stunden unterzutauchen.

»Keine Bilder«, sagte Magor mit steinernem Gesichtsausdruck. »Die Beschreibung des Spitzels deuten aber auf mindestens einen Arkoniden und einen dunkelhäutigen Terraner hin.«

»Töte sie! Lass keine Zeit verstreichen, diese Gelegenheit kommt nicht so schnell wieder!«

Magor zögerte. Trotz des schwarzen Feldes, das er weiterhin vor seinen Augen projizierte, sprach sein Gesicht Bände.

Mit beispiellosem Vergnügen hatte Marik beobachtet, wie die Selbstsicherheit des Herrschers in den letzten zwei Tagen gelitten hatte. Noch musste er das Tamasoori-Halsband tragen, wenn er zu Magor vorgelassen wurde. Doch der Kleinwüchsige traute sich schon jetzt nicht mehr, ihn in die Schranken zu weisen. Vorgestern hätte er ihn nach einer solchen Forderung wahrscheinlich bestraft. Nun beschränkte sich Magors Entrüstung über das Ansinnen des Silberherrn auf ein Stirnrunzeln.

»Ich habe es bereits in die Wege geleitet«, sagte Magor, doch für Marik klang es eher danach, als wollte der Herrscher vor ihm sein Gesicht wahren.

»Gut«, sagte er trotzdem. Die Aussicht auf die Ergreifung des Unsterblichen und seines Gefolges ließ seine Stimmung steigen. »Ich werde dich mit Silbermetall überhäufen, wenn du mir Atlan und einen seiner Agenten, der sich Santjun nennt, lebend übergibst. Mit dem Rest kannst du machen, was du willst. Ach verflucht – lass sie einfach alle beseitigen. Ich habe keine weitere Verwendung für sie.«

Magor kniff misstrauisch die Augen zusammen. »Weshalb interessiert es dich nicht, was mit Atlans Zellaktivator geschieht?«, wollte er wissen.

»Weil dieses Gerät auf seine persönliche Zellstrahlung geeicht ist. Einen anderen Träger würde es nicht dulden und töten.«

Enttäuschung huschte über das Gesicht des Herrschers. Wahrscheinlich hatte er insgeheim gehofft, bereits mit Atlans Zellaktivator die Unsterblichkeit erringen zu können. Dann wäre er von Mariks Silbermetall unabhängig und folglich nicht zur weiteren Zusammenarbeit gezwungen gewesen.

In Marik breitete sich Befriedigung aus. Er hatte Magor jetzt genau da, wo er ihn haben wollte. Selbstredend lag es ihm fern, dem kleinen Herrscher auch nur ein Körnchen des kostbaren Metalls zu überlassen. Nach dem Verlust des Monolithen von Thanaton war das Silbermetall noch wertvoller geworden. Aber Marik war froh, dass der Akone die Lüge geschluckt hatte, der bereits getragene Schmuck sei für ihn unbrauchbar. Er hätte Magors Leben um einige Jahrzehnte verlängert.

»Nachdem sich unsere Zusammenarbeit geklärt hat, ist es an der Zeit, dass sich für uns ›Gäste‹ einiges ändert.« Marik musste nun das Eisen schmieden, solange es heiß war. »Die Zelle, in die du uns gesteckt hast, ist unseres Status' unwürdig. Zudem benötigen meine Wissenschaftler geeignete Räumlichkeiten, in denen sie die gewonnenen Daten über die Monolithen weiter auswerten können.«

Magors Gesichtsausdruck verfinsterte sich um eine weitere Nuance. Er setzte sich aufrecht hin und ballte beide Hände zu Fäusten. »Das ist …«, begann er keifend.

»Absolut angemessen!«, unterbrach ihn Marik laut. »Wenn ich das Silbermetall beschaffen soll, musst du uns gewähren lassen! Anschließend benötige ich eine Hyperfunkverbindung mit meinem Vorgesetzten Malcher. Uns wird er von dieser Pestbeule von Planet abholen, du erhältst frisches Silbermetall, das für zwei unsterbliche Leben reichen wird – und alle Seiten sind zufrieden.«

Magors Teint hatte inzwischen einen dunkelroten Farbton angenommen. Der Herrscher atmete heftig. Schließlich sagte er: »Ich werde euch neue Räumlichkeiten zuweisen lassen. Auch geeignete Labors für deine Wissenschaftler.« Zum ersten Mal, seit Marik ihm begegnet war, desaktivierte der Akone das schwarze Feld vor seinem Gesicht. Zwei kohlenschwarze, böse funkelnde Augen kamen zum Vorschein. »Aber ich warne dich, Onjar Marik: Sollten du oder sonst jemand in deinem Gefolge die neuen Freiheiten missbrauchen, werde ich den Betreffenden ohne Antigrav vom Palastbalkon werfen lassen! Ist das klar?«

Marik gestattete sich ein Grinsen. »Ist klar, *Gebieter.*«

»Ich werde euch überwachen!« Ruckartig wendete er den Stuhl und schwebte davon.

Der Silberherr blickte ihm grimmig lächelnd nach. Dann wandte er sich Enz zu, der wie immer ein paar Meter hinter ihnen Aufstellung genommen hatte. »Du kannst mich nun zu den anderen bringen.«

Marik war mit sich und dem Universum zufrieden. Sobald er das Transportsystem der Monolithen und die Kontrollen der lemurischen Einbauten verstand, würde ihm dieses Wissen helfen, seine Position bei Malcher und seinen Rang in der Organisation der Silberherren signifikant zu verbessern.

Während er mit Enz im Fahrstuhl nach unten fuhr, malte er sich aus, wie es sein würde, wenn Malcher ihn endlich als gleichwertig anerkannte. Er würde nicht umhin kommen, Marik wieder zurück an seine Seite zu holen, die Querelen mit Thalia Lacroix hin oder her. Wenn er erst wieder dort war, wo die Entscheidungen getroffen wurden, würde er seine Fähigkeiten von Neuem ausspielen können und Schritt für Schritt ein Mitglied der obersten Liga der Silberherren werden. Dann würde er mit Ruhe und Gelassenheit auf seine Chance warten, um Malcher bei einer günstigen Gelegenheit auszuschalten und selbst an seine Stelle zu treten.

Marik atmete kraftvoll ein.

Dann wäre er endlich da angelangt, wohin er wirklich gehörte: an die Spitze der Macht.

Als Unsterblicher.

Kapitel 19

Ein Ara für 3000 Punkte: Santjun

Eine neue Nacht brach an, lockte den Abschaum Magorias in die Gassen, und Santjun ließ sich einfach treiben. Zum ersten Mal seit langer Zeit fühlte er sich gut – befreit vom Druck der ständigen Bedrohung durch die Monolithen, von dem steten Verlust seiner Lebensenergie und der totalen Kontrolle durch Lordadmiral Atlan.

Unter den Verdammten von Magoria fühlte er sich wie unter seinesgleichen. Sein Leben bei der USO, der Dienstkodex, sie steckten nur noch wie ein hartnäckiger Splitter in seinem Denken. Er war da, er war lästig – doch er behinderte Santjun nicht.

In erster Linie wollte er überleben. Dann würden sich die zerbrochenen Teile seiner Existenz wieder irgendwie zusammensetzen, sagte er sich. Dann würde er die verdammten Silberherren – allen voran das Ekelpaket Marik – aufhalten; nötigenfalls alleine. Und dann gab es auch die Hoffnung auf ein Leben mit Naileth. *Nur dann.*

Er brauchte weiteres Silbermetall. Bisher mussten sie davon ausgehen, dass die Silberherren von den Regierungstruppen – dem Sicherheitsdienst, wie man sie hier nannte – irgendwo festgehalten wurden. Santjun traute Marik zu, dass er sich aus einer solchen Situation befreien konnte. Sobald er oder einer seiner Schergen sich blicken ließen, würde Santjun überhaupt keine Skrupel haben, sie um ihren Silberschmuck zu erleichtern und ihnen im Gegenzug einen Knochenbruch oder eine Schädelfraktur zu überlassen.

Er drückte sich in einen dunklen Hauseingang und sah sich um. Flackernde Straßenbeleuchtungen warfen unstete Schatten, durch die vermummte Gestalten eilten. Unter ihren stinkenden Tüchern verbargen sie ihre Identität und die Waffen, mit denen sie sich verteidigten oder Jagd machten auf die überlebenswichtigen Punkte. Santjun hatte nicht lange benötigt, um das grausame Spiel zu durchschauen, das hier getrieben wurde.

Ein Schatten erregte seine Aufmerksamkeit. Er huschte von Hauseingang zu Hauseingang – ganz offensichtlich verfolgte er jemanden und wollte dabei nicht bemerkt werden.

Santjun löste sich von seinem Platz und nahm seinerseits die Verfolgung auf. Auf der anderen Straßenseite und etwas nach hinten versetzt floss er durch die Gassen, immer darauf bedacht, weder beim Verfolgten noch bei den anderen Magorianern Aufmerksamkeit zu erregen.

Zweimal passierten sie einen der engen Verbindungswege zwischen den Krochten, kamen dadurch in noch gefährlichere Gegenden. Der zweite Durchgang lag so verlassen da, dass Santjun kurz warten musste, bis er ihn betreten konnte. Er eilte hindurch, warf einen kurzen Kontrollblick um die Ecke, bevor er in die Gasse trat. Fast hätte er den Verfolgten verloren, wenn dieser sich nicht auffallend ruckartig in die nächste Verbindungsgasse geworfen hätte.

Santjun drängte sich durch eine Gruppe Verhüllter, die ihm entgegen kam. Sein Instinkt trieb ihn an. Er durfte keine Zeit verlieren, auch wenn er sich so mehr der Gefahr aussetzte, als er vorgehabt hatte. Dennoch war er vorsichtig genug, nicht direkt in die enge Gasse hineinzulaufen. Von der anderen Straßenseite aus nahm er Einblick. Auch diese Quergasse war leer. Im Gegensatz zu der anderen verlief sie nicht gerade, sondern hatte – wie es schien – einen Knick. In der Dunkelheit bewegte sich etwas.

Er biss die Zähne aufeinander. War der Verzicht auf seinen Kampfanzug doch ein Fehler gewesen? Die Gefahr, entdeckt zu werden, wäre durch ihn zwar um ein Vielfaches gestiegen – doch in Momenten wie diesem wären Restlichtverstärker oder Infrarotsensoren Gold wert gewesen.

Unauffällig überprüfte er seinen Strahler und war dabei sorgsam darauf bedacht, dass das leuchtende Display kein verräterisches Licht ausstrahlte. Zehn weitere Sekunden benötigte er, bis sich seine Augen wieder an die Dunkelheit gewöhnt hatten.

Seine Sinne waren aufs Extremste gespannt, als er sich von der Hauswand löste, die Straße mit schnellen Schritten überquerte und in die Quergasse eindrang. In vollem Lauf zog er den Strahler und feuerte im Thermo-Modus mehrere kurze Schüsse in die Luft ab.

Stroboskopartig wurde die Szenerie beleuchtet. Eine Gestalt beugte sich gerade über ein blutiges Bündel, das am Boden lag. Santjun war noch etwa zehn Meter entfernt, als sich der Akone – das erkannte der Risiko-Agent in diesem Moment – umwandte und mit schreckgeweiteten Augen in seine Richtung starrte. Hinter ihm explodierte die gemauerte Wand durch die sich schockartig ausbreitende Hitze.

Der Mann konnte seine Arme nur unkoordiniert hochreißen, als Santjun schon heran war und ihm mit voller Kraft den schweren Kampfstiefel ins Gesicht trat. Wie ein gefällter Baum fiel der Akone zu Boden.

Sofort war Santjun über dem Mann und drückte ihm den Lauf seines Strahlers in das linke Auge.

»Schrei, und du bist tot!«, zischte Santjun.

Der Akone röchelte. Von der hinter ihnen liegenden Gasse drangen die ersten unterdrückten Wortfetzen herüber. Santjun wusste, dass er nur Sekunden, höchstens eine Minute Zeit hatte, bis er in beträchtlichen Schwierigkeiten stecken würde.

»Ist er tot?«, fragte Santjun scharf.

»W… werde ich ... ich tranquiliert?«, gab der Mann stotternd zurück.

»Noch eine Gegenfrage und ich brenne dir ein Ohr weg! Ist er tot?«

Der Mann wimmerte.

»Ist er tot?«

»Ja«, kam es erstickt zurück.

»Warum hast du ihn getötet?«

»Ein normaler Tranquilierungsauftrag. 400 Punkte.«

»Wer hat ihn dir gegeben?«

»Wesha… Die … der SiDi«, stammelte der Akone. Durch die schwache Beleuchtung des Strahler-Displays sah Santjun seinen rollenden rechten Augapfel. Der Mann litt Todesangst.

Gut so, dachte er. Aber nun musste es schnell gehen. Die Stimmen in der Gasse wurden lauter.

»Wie belegst du deine … *Tat?«*

»Der … der ID-Chip in seinem Hals und eine DNS-Probe.«

»Wo lieferst du sie ab?«

»Beim SiDi-Posten in der Neununddreißigsten.«

»Wie heißt du?«

»Wa… Rahin Ta.«

»Gute Nacht, Rahin Ta!«

Der Akone schrie unkontrolliert auf, als Santjun den Modusschalter betätigte und abdrückte.

»Ein Kombistrahler!«, ertönte eine erregte Stimme vom Gasseneingang. »Holt ihn euch!«

Fluchend drehte sich Santjun um, verstellte den Schalter erneut und schoss einen Impulsstrahl in die Seitenwand der Gasse. Mit einem hellen Blitzen, das sich Santjun durch die geschlossenen Lider in die Netzhaut brannte, und einem gewaltigen Krachen stürzte die halbe Hauswand ein.

Santjun öffnete die Augen, tastete am Hals der Leiche entlang, bis er neben der Schlagader einen stäbchenförmigen Gegenstand spürte, stellte den Strahler im Desintegratormodus auf höchsten Fokus ein und zerteilte den Hals oberhalb des Kehlkopfes.

Mit bloßen Händen zog er ihm den Chip unter der Haut hervor, trennte einen Finger des Opfers und einen Teil des Ärmels ab, wickelte alles ein und verstaute das Paket in seinem Gewand.

Dann blickte er auf den Akonen, der paralysiert neben ihm lag.

»Das wird nun ein wenig weh tun, mein Freund«, knurrte Santjun, während er sich über ihn beugte.

Als sich die Magorianer über die glühenden Trümmer der Hauswand gearbeitet hatten, war Santjun bereits verschwunden.

Vor den Ankömmlingen lagen zwei blutige Körper.

Atlan

Der Mann hieß Poltor und hatte vor mehr als zwanzig Jahren einer intergalaktischen Schürfgesellschaft angehört. Als Ressourcen-Piraten einen Bergwerksplaneten überfallen hatten, war er als Geisel genommen worden. Da seine Firma aber kein Lösegeld hatte zahlen wollen, hatten ihn die Piraten nach Shenzen gebracht – wahrscheinlich im Tausch gegen Geldwerte oder Drogen. Seither kämpfte er in Magoria um sein Überleben.

»Ich will weg von hier«, sagte er und trank einen Schluck lauwarmes Barooba-Bier. »Die meisten wollen weg. Einige möchten nur die Dinge neu ordnen und hier bleiben, doch ich kann in diesem Drecksloch nicht mehr leben. Wenn ich erfahren würde, dass es *da draußen«,* er deutete mit dem rechten Zeigefinger nach oben, »nicht mehr gäbe, würde ich meinem Leben umgehend ein Ende setzen. Umgehend.«

Poltor schnitt ein Stück weiches Synthofleisch ab und steckte es sich in den Mund.

Wir saßen zu zweit in einem kleinen Raum unterhalb der Gaststube, von dem aus wir die Aktionen koordinierten.

Poltor hatte mit der Zeit viele Gleichdenkende um sich geschart, um die Regierung bei der ersten sich bietenden Gelegenheit zu stürzen. Diese Gelegenheit war nie gekommen. Sie hatten es nicht einmal geschafft, bis in die innersten Krochten hinein Mitstreiter zu gewinnen. In dieser Beziehung waren das System der konzentrischen Kreise und das damit zusammenhängende Spiel um die Punkte perfekt.

Viele von Poltors Frauen und Männern waren im Laufe der Jahre tranquiliert worden, sobald sie genügend Verdachtsmomente auf sich geladen hatten. Dazu genügte es meist, von SiDi-Patrouillen in den innersten fünfzehn Krochten aufgegriffen zu werden und keine hieb- und stichfeste Erklärung bereit zu haben.

In den Palast, der in etwa hundert Meter Höhe in die zentrale Felsnadel gebaut war, hatten sie nie vordringen können. Deshalb hatten sich die letzten Vorbehalte des alten Arkoniden verflüchtigt, als ich ihm erzählt habe, dass uns mit unserer Ausrüstung – den wundersamen Calipher-SIM erwähnte ich nicht – erhebliche Machtmittel zur Verfügung standen. Mit ihnen sollte es uns auch möglich sein, bis in den Palast vorzustoßen. Wenn uns dazu genügend Verbündete zur Verfügung stünden, wie ich betonte.

Poltor hatte den Köder sofort geschluckt und mittels Meldeläufern seine Organisation in Bereitschaft versetzt. Nach vier Stunden standen bereits mehr als sechzig Frauen und Männer auf Abruf bereit. Sie wussten nur, dass eine Operation anstand. Wer sie leiten würde, verschwiegen wir ihnen wohlweislich.

Ich leerte den Becher in einem Zug. Das Bier erinnerte mich an das Gebräu, das wir in der wunderbaren Hafenstadt Gubal hergestellt hatten. Damals im alten Ägypten, zu Zeiten des gottähnlichen Pharaos Amenemhet. Kurz gab ich mich den Erinnerungen hin. Damals hatten wir uns von Ochsenfleisch ernährt, von saftigen Gazellenkeulen, gespicktem Braten, köstlichem Schlangenfleisch und knusprigem Brot.

Nun saß ich auf einem Planeten mit einer Giftgasatmosphäre und war froh, als Abwechslung zur Konzentratnahrung etwas Synthofleisch zu essen, auch wenn es nicht besonders gut schmeckte, obwohl es stark gewürzt war.

Armer Narr, frotzelte der Extrasinn.

Santjun

Santjun überprüfte wiederholt den Sitz des Kombistrahlers, den er sich mit zwei Stoffbändern zwischen die Schulterblätter gebunden hatte. Als er sicher war, dass die Waffe sowohl fest genug saß, um keine verdächtige Bewegung zu verursachen, als auch schnell gezogen werden konnte, verließ er den Keller, in den er zuvor eingebrochen war.

Ihm war klar, dass er sich jetzt nicht den geringsten Fehler leisten konnte. Wenn ihm bei seinem Vorhaben die Situation entglitt, würde bald der Sicherheitsdienst Jagd auf ihn machen, und damit wären auch Atlans Gruppe – *und Naileth!* – hochgradig gefährdet. Halb Magoria würde sich auf die Jagd nach ihnen begeben. Schon seine Aktion in der Quergasse hatte weit mehr Aufmerksamkeit erregt, als er beabsichtigt hatte.

Der SiDi-Posten war mit einem einfachen Blechschild gekennzeichnet. Mit gesenktem Kopf ging Santjun durch die spärlich bevölkerte Straße. Offenbar hielt man sich nur in der Nähe des Postens auf, wenn es nicht zu vermeiden war.

Die Tür war geschlossen. Ohne zu zögern, drückte Santjun auf die einzige Taste eines Kom-Feldes, das neben der Tür angebracht war. Nach zwei Sekunden knackte es und eine weibliche Stimme sagte: »Name und Begehr?«

»Rahin Ta«, sagte Santjun. »Ich habe meinen Auftrag erledigt.«

»Gut. Komm rein.«

Die Tür schwang nach innen, und Santjun trat ein. Sofort schloss sich die Tür wieder, ein grelles, elektrisches Licht flammte auf. Er stand in einem etwa zehn Meter langen Gang, der nur wenig höher war als er selbst und zu einer Treppe führte. Links und rechts sah er je zwei geschlossene Türen. Ein schwarzer Zylinder, der an der Decke befestigt war, barg wohl die Überwachungsoptiken.

Santjun zwang sich zur Ruhe. Die Angelegenheit entwickelte sich gar nicht günstig. Hätte er wissen müssen, wo er erwartet wurde? Mit den vier Türen und der Treppe ergaben sich eindeutig zu viele Varianten, um einfach einmal das Glück zu erzwingen und sich wahllos für eine Möglichkeit zu entscheiden.

Er entschied sich, stehen zu bleiben und abzuwarten.

Eine Minute lang geschah nichts, dann öffnete sich die Tür gleich rechts neben ihm.

Ein Akone mit schwammigem Gesicht und blauschwarzen Haaren blickte ihn wütend an.

»Was soll das? Weshalb stehst du hier draußen herum wie ein Zoglate?«

»Verzeiht, Herr!«, bemühte sich Santjun eifrig zu sagen und senkte den Kopf. Ein ungutes Gefühl stieg in ihm auf.

Es war ein Hochrisiko-Spiel, das er einging, wenn er sich ohne jegliches Wissen, wie er zu handeln und zu sprechen hatte, direkt in die Höhle des Löwen begab. Normalerweise hätte er sich auf eine vergleichbare Aktion tage- oder sogar wochenlang vorbereitet.

Der Akone trat zur Seite. »Rein mit dir!«, befahl er schroff.

Santjun kam der Aufforderung nach.

Der Raum vermittelte einen überraschend wohnlichen Eindruck. Mehrere Lichtquellen warfen ein angenehm warmes Licht. Auf dem Boden und an den Wänden leuchteten farbenfrohe Teppiche und eine Sofa-Ecke lud zum Verweilen ein. Von der Decke hingen mehrere dampfende Schalen, die einen süßlich-schweren, aber nicht unangenehmen Duft verbreiteten.

Zu Santjuns linker Seite stand ein koffergroßer, mattschwarzer Behälter und ein Tisch, an dem eine Frau saß. Ihre akonischen Wurzeln waren unübersehbar, doch Santjun nahm an, dass ebenso Terraner und Arkoniden zu ihrer Ahnenreihe gehörten.

Sie schob den Teller mit köstlich duftendem Synthofleisch zur Seite und erhob sich. Ihre Lippen glänzten ölig. Die Akonin war mit ihrem groben Gesicht, der unreinen Haut und der viel zu großen und viel zu schiefen Nase keine Schönheit, doch sie strahlte Selbstbewusstsein und Tatkraft aus.

»Überprüf ihn!«, befahl sie, ohne ihren Blick von Santjun zu nehmen.

Der Mann von Passa spürte, wie sich sein Herzschlag beschleunigte. Sein Körper schüttete nach uraltem Programm Adrenalin aus. Er musste den Fluchtimpuls jedoch unter Kontrolle behalten und unter allen Umständen ruhig bleiben. Auf früheren Einsätzen war dies nie ein Problem gewesen, doch nun fühlte er sich mehr und mehr als ein Spielball eines viel größeren Matchs, das er nur bedingt beeinflussen konnte. Die Monolithen bestimmten über ihn, Atlan, die Vitalenergiekopplung und nun auch – wie er sich eingestehen musste – das Silbermetall, das langsam in seinen Körper hineinwucherte.

Der Akone war einen halben Kopf kleiner als Santjun. Er trug keines der hier üblichen Wickelgewänder, sondern eine schlichte graue Uniform mit schwarzen Knöpfen und Stehkragen.

»Nummer?«

Santjun hatte keine Ahnung, welche Nummer der Mann von ihm hören wollte. Er hätte Rahin Ta konsequenter ausquetschen sollen. Doch dafür war es nun zu spät. Er musste sich anders zu helfen wissen.

Langsam schwenkte er undeutlich stöhnend den Kopf.

Der Akone trat nahe an ihn heran und kniff misstrauisch die Augen zusammen, während die linke Hand der Frau unauffällig zu ihrem Gurt wanderte, wo ein kleiner Handstrahler steckte.

»Kannst oder willst du mir deine Nummer nicht sagen, Kerl?«, fragte der Akone.

Santjun wusste, dass seine Chancen im Sekundentakt schrumpften. Falls die Situation eskalieren sollte, so überlegte er sich, würde er erst den Mann mit einem Handkantenschlag gegen den Kehlkopf außer Gefecht setzen, ihn dann als Schild gegen die Akonin verwenden und versuchen, gleichzeitig mit der linken Hand den Strahler zu ziehen und abzudrücken. Langsam sog er die Luft ein und wartete auf den nächsten Zug des Akonen.

»Bist du auf Snuxx?«

»Hmmm?«

Die linke Hand des Akonen schoss auf Santjun zu und legte sich um seinen Hals. Der Risiko-Spezialist musste den Verteidigungsreflex mit aller Macht unterdrücken. Vielleicht wurde ihm der Ausweg gerade auf dem Silbertablett präsentiert.

»Hast du Snuxx genommen?«, fragte der Akone, während er Santjuns Gesicht hin und her bewegte, um es besser betrachten zu können.

»Lamentiere nicht – scanne ihn!«, befahl die Akonin ungeduldig.

Der SiDi-Mann griff an seinen Gürtel und zog ein kleines silbriges Gerät in der Form einer Zigarettenschachtel hervor. Santjun spannte die Muskeln an, als der Akone es ihm an die linke Halsseite hielt. Nun würde es sich zeigen, ob es der Aufwand wert gewesen war, Rahin Tas ID-Chip herauszuschneiden und sich selbst unter die Haut zu jagen, dachte Santjun.

»Rahin Ta, Nummer 43.453, aktueller Punktestand: 788«, las der Mann von der Anzeige seines Geräts ab. »Mickrig! Viele Maluspunkte gesammelt, nicht wahr? Du solltest weniger Snuxx nehmen, dann wärest du klarer im Kopf und würdest ihn noch eine Weile behalten.«

»Ja, Herr«, murmelte Santjun undeutlich. »Danke, Herr.«

»Gib mir die Beweise!«

Santjun nahm das Stoffbündel hervor, auf dem sich Blutflecken abzeichneten, und reichte es dem Akonen. Dieser machte sich gar nicht erst die Mühe, es auszupacken, sondern hielt nur das silbrige Analysegerät darüber.

Nach zwanzig Sekunden brummte er: »In Ordnung. Die 400 Punkte wurden dir gutgeschrieben.«

»Danke, Herr.«

Er war mit dieser Art der Anrede bisher gut gefahren, darauf ließ sich aufbauen.

Der Akone ging zum schwarzen Koffer und warf das Bündel durch eine sich öffnende Klappe. Dann drehte er sich wieder zu Santjun.

»Willst du einen neuen Auftrag? Seit diese Strahlungsphänomene auftreten, dreht die Stadt komplett durch. Wir haben massenhaft Tranquilierungsaufträge zu vergeben. Ein fixer Junge kann so innerhalb einer Woche eine bis zwei Krochten aufsteigen.« Er baute sich vor Santjun auf und kniff die Augen zusammen. »Verstehst du mich überhaupt in deinem Zustand?«

»Ja, Herr.« Santjun gab sich Mühe, weiterhin den Drogengeschädigten zu spielen, ohne den SiDi-Mann zu misstrauisch zu machen.

Der Akone berührte eine Taste auf dem silbernen Kästchen und ein kleines Display leuchtete auf. Santjun sah es aus einem ungünstigen Blickwinkel, doch die akonischen Schriftzeichen waren einigermaßen lesbar.

»Hmm«, machte der Akone, während sein rechter Daumen an der Seite des Kästchens entlang fuhr. »Was haben wir denn da? Eine Drogenhändlerin für 350 Punkte?«

Santjun unterdrückte den Impuls, den Kopf zu schütteln. »Keine … keine Frau.«

Der Akone blickte ihn missmutig an. »Wählerisch würde ich an deiner Stelle nicht sein, Kerl. Sie hat drei von deiner Sorte fertig gemacht. Snuxx gepanscht und sie dann ausgenommen.«

»Keine Frau«, sagte Santjun erneut.

»Wie du willst. Hmm!« Er stutzte. »Ein Ara für … 3000 Punkte? Auftrag kommt direkt vom Palast!«

»Ein Ara?« Santjun versuchte Zeit zu gewinnen. Die akonischen Schriftzeichen waren nur mühsam entzifferbar.

»Ah. Da sehe ich gerade, dass der Auftrag bereits vergeben wurde. Pech gehabt, Kerl. 3000 Punkte – das ist Jahre her, seit ich einen Auftrag in diesem Punktebereich gesehen habe.«

Er scrollte weiter, doch Santjun hatte genug Zeit gehabt, um Asphimins Namen zweifelsfrei lesen zu können. Der Arzt stand auf der Abschussliste!

»Hmm. Medikamententests? Kannst damit teilweise mehr Punkte machen als mit einem klassischen Tranquilierungsauftrag. Habe einen für 100, zwei für 200 und einen für 550 Punkte. Ein Resistenztest. Da wird deine Haut … Hmm.«

Der Akone kniff die Augen zusammen und betrachtete Santjun genauer. »Das muss ich dir nicht sagen. Stimmt's? Du hast schon solche Tests gemacht. Deine Haut hat an manchen Stellen silbrige Einschlüsse. Quecksilbertests, habe ich recht?«

»Hat … hat man mir nicht gesagt, Herr«, antwortete Santjun ausweichend. »Gib mir einen für 200 Punkte.«

»Wie du willst. Melde dich in der Dreiundvierzigsten. Haus 67. Nach dem Test erhältst du einen Kode, damit werden dir auf dem nächsten Posten deine Punkte gutgeschrieben. Und nun geh!«

»Danke, Herr!« Santjun senkte sein Haupt und verließ den Raum und den Posten.

Er musste auf schnellstem Weg zur Gaststätte. Er hoffte, dass Atlan und Asphimin noch dort waren, damit er den Ara warnen konnte.

Atlan

Wir saßen im Verhandlungszimmer. Neben Amelia Marcos und Torben Santorin waren Poltor und seine Lebensgefährtin Manja'Re zugegen.

Letztere hatte nach Santjuns überhartem Einsteigen Asphimins Heilkünste in Anspruch nehmen müssen. Er hatte ihr mehrere Platzwunden geklebt und Schwellungen behandelt. Eine strikte Bettruhe wegen der erlittenen Gehirnerschütterung hatte sie jedoch kategorisch abgelehnt. Dann war der Ara wegen eines Notfalls unter Poltors Männer an anderer Stelle benötigt und die erwartete Diskussion im Keim erstickt worden.

Das war vor zwei Stunden gewesen. Seither fehlte von dem Mediziner jede Spur. Ebenso wie von Santjun. Naileth Simmers hatte vorhin gemeldet, dass er ohne Kampfanzug die Fabrik verlassen und in den Gassen Magorias untergetaucht war.

Wie hoch ist die Wahrscheinlichkeit, dass die beiden Ereignisse miteinander in Verbindung stehen?, fragte ich meinen Logiksektor.

Etwa bei vierzig Prozent, antworte er. *Doch das liegt größtenteils am zeitlichen Faktor. Die einzige logische Erklärung für ein Aufgreifen Asphimins durch Santjun wäre, dass er vom Ara Heilmethoden erpressen will, die du nicht genehmigen würdest. Vorher würde er andere Möglichkeiten austesten. Beispielsweise den Silberschmuck.*

Mit siebzigprozentiger Wahrscheinlichkeit hat er diese Option bereits wahrgenommen, wisperte der Extrasinn.

Könnte dies der Ursprung seines aggressiven Verhaltens sein?

Das könnte es.

Bevor wir diesen Gedankengang weiterspinnen konnten, öffnete sich die Tür und ein Mitglied der Widerstandsorganisation kam herein. Sogleich erfüllte den Raum eine nach Fäkalien riechende Duftwolke. Der Farbe seiner Wickeltücher nach zu urteilen, hatte sich der Mann in der Kanalisation herumgetrieben.

»Euer Ara«, stieß er atemlos in meine Richtung aus. »Er ist tot. Sein Chip fehlt – eindeutig ein Tranquilierungsauftrag.«

»Er war mit Ihren Männern unterwegs, Poltor«, sagte ich scharf. »Wie kann es sein, dass er ermordet wurde?«

Poltor presste die Lippen aufeinander, dass sie nur noch wie blutleere Striche aussahen. »Jeder hat im Spiel um die Punkte seine Schmerzgrenze«, sagte er tonlos.

Stumm blickte ich ihn an.

»Fast jeder!«, schob Poltor hinterher.

»Wir müssen davon ausgehen,« sagte ich scharf, »dass die Gegenseite über unsere Anwesenheit – und ganz besonders über diesen Stützpunkt – informiert ist. Wir werden uns umgehend in ein anderes Quartier begeben. Eines, das Ihren Leuten bisher nicht bekannt ist!«

»Beim Fleischermeister«, sagte Manja'Re.

Poltor presste beide Handflächen aufeinander. »So sei es!«, sagte er.

Santjun

»Und du bist sicher, dass es sich um unseren Verbündeten Asphimin gehandelt hat?«, fragte Santjun mit zitternder Stimme.

Die junge Frau nickte. Allen Widrigkeiten zum Trotz erschien sie ihm wie eine Gesandte des Himmels. Eine Strähne ihres dunkelbraunen Haars fiel ihr über das linke Auge und zielte auf den kleinen, perfekt platzierten Schönheitsfleck.

Santjun atmete tief und nahm einen Schluck warmes Barooba-Bier, das Nera ihm hingestellt hatte.

»Er lag ganz in der Nähe des Hinterausgangs. Der Mörder hat ihm den Schädel eingeschlagen und ein Stück des Halses herausgetrennt. Wahrscheinlich wegen des Chips. Daraufhin haben Poltor und deine Leute die Schenke umgehend verlassen.«

Nera setzte sich ihm gegenüber an den fleckigen Tisch in einer dunklen Ecke der Gaststätte. Ihre Finger kneteten nervös ein Geschirrtuch.

Santjun streckte die rechte Hand aus und legte sie über ihre kalten Finger.

»Ich … ich brauche …« Er brach ab. Konnte seine hastenden Gedanken nicht in Worte fassen.

»Ich habe etwas Snuxx«, flüsterte sie.

Santjun seufzte schwer. Er betrachtete die fein geschwungenen Lippen der Frau, ihre samtweiße Haut. Sein Blick glitt an ihrem Kinn entlang, den Schwanenhals hinunter, bis zum Ausschnitt ihres dünnen Pullovers. Der Ansatz ihrer jungen, vollen Brüste, ließ seine Pulsfrequenz steigen.

Wie lange war es her?

Er verdrängte den Gedanken an Naileth und blickte in Neras haselnussbraune Augen.

Kapitel 20

Transformationen: Santjun

Der Schmerz bohrte sich bis in sein Unterbewusstsein hinab und entriss ihn dem Reich seiner wirren Träume. Santjun erwachte.

Jede Faser seines Körpers schien mit ätzender Säure versetzt zu sein. Quälende Minuten lang stierte er an die Decke eines ihm unbekannten Raums, hörte das viel zu laute Schlagen seines Herzens und versuchte sich zu erinnern, wie er hierher gekommen war. Es gelang ihm nicht.

Der Raum war klein. Ein penetranter Geruch nach Chemikalien hing darin, kratzte in Santjuns ausgedörrter Kehle. Der Terraner schluckte mehrmals umständlich.

Der Wunsch nach Wasser oder sonst etwas Trinkbarem wurde übermächtig. Vorsichtig bewegte er seine Glieder, drehte den Kopf nach allen Seiten. Er lag in einem Bett auf einer viel zu harten Matratze. Die raue Decke wärmte ihn nur unzureichend. Die Tücher seines Wickelgewands lagen zerknüllt auf dem einzigen Stuhl, den der Raum zu bieten hatte.

Die Tür öffnete sich, und Nera kam herein. Sie trug dünne weiße Leinenhosen und lederne Hausschuhe. In der linken Hand hielt sie ein Glas mit einer milchigen Flüssigkeit. Ansonsten war sie nackt.

Santjun betrachtete ihre perfekten Brüste, aber auch die Striemen, die quer über ihren Oberkörper verliefen und die Male an ihrem Hals.

Nera blieb vor ihm stehen. In ihrem Gesicht stand eine Mischung aus Bitterkeit und Trauer.

»War ich …« Eine scharf schmeckende Flüssigkeit lief seine Kehle hinunter. Er hustete kehlig. »War ich zu grob?«

»Hör zu«, sagte sie. »Sieh mich nicht als Opfer an. Ich habe das einfach gebraucht, verstehst du? So bin ich. Oder besser gesagt, ist es das, was diese verschissene Stadt aus mir gemacht hat. Verstehst du?«

»Ich … ich verstehe«, sagte Santjun zögerlich.

Die gemeinsame Nacht zuckte in einzelnen Szenen an seinem inneren Auge vorbei. Der Wunsch nach Intimität und Körperwärme hatte ihn plötzlich erfüllt, als er Nera in der Schenke gegenüber gesessen hatte. Vielleicht war es auch eine Reaktion auf die bedrohliche, ja mörderische Stimmung in dieser Stadt gewesen, die ihn dazu gebracht hatte.

Oder Naileth.

Er verdrängte den Gedanken sofort wieder und dachte an Rahin Ta, den Mann, dessen Chip er sich mittels einer Glasscherbe in den eigenen Hals getrieben hatte. Die Wunde eiterte und schmerzte. Hatte er ihn getötet? Der Chip war nahe an der Halsschlagader platziert gewesen.

Er wusste es nicht mehr.

Immer schneller kamen nun aber die Erinnerungen an die Liebesnacht mit Nera zurück. Wobei – mit einer Liebesnacht hatte ihre Zusammenkunft nicht viel gemeinsam gehabt.

Es war vielmehr der Kampf zweier Körper auf der Suche nach der ultimativen Intimität gewesen. Sie hatten sich aneinandergekrallt, um sich gleich darauf wieder abzustoßen. Hatten sich im Spiel ihrer Zungen verloren, bevor sie die Zärtlichkeit mit brutaler Härte wieder vergessen machten. Sie hatten sich gestreichelt, aneinander festgesaugt, geschlagen und gewürgt, bis sich die Grenze zwischen einem brachialen sexuellen Höhepunkt und dem Todeskampf eines Erstickenden aufgelöst hatte und verweht war in den stoßartigen Atemzügen der eng umschlungenen Partner.

»Du hast mir mehrmals einen anderen Namen gegeben. Nelad oder so«, sagte Nera. »Du trägst auch viel Dunkelheit mit dir herum. Selbst wenn du nicht in dieser Stadt aufgewachsen bist.«

Santjun schluckte schwer. Seine Kehle brannte, als ob Säure darin hinuntergelaufen wäre.

Die junge Frau setzte sich auf die Bettkante. Mit der rechten Hand streichelte sie sanft seine Stirn, fuhr über seine rechte Schläfe, die Wange und schob den Zeigfinger zwischen seinen Lippen hindurch. Tastend fuhr sie über das Zahnfleisch.

»Es ist nicht gut, das Snuxx so lange drin zu behalten.«

Ihr Finger krümmte sich. Sie zog ihn wieder hinaus und zeigte ihm einen kleinen, blau-bräunlichen Beutel.

»Die Schleimhäute nehmen das reine Snoxin binnen Minuten auf«, erklärte sie, wobei ein bekümmerter Klang in ihren Worten mitschwang. »Der Rest des Stoffes verbindet sich mit dem Nikotin und wird so nur langsam abgegeben. Dein Körper akzeptiert die Snoxin-Quelle sehr schnell und reagiert ungehalten, wenn sie plötzlich versiegt.«

Nera reichte ihm das Glas, und er leerte es begierig. Das Getränk schmeckte salzig.

»Danke«, sagte er und gab das leere Gefäß zurück.

»Deine Haut«, sagte Nera langsam. »Ich habe noch nie solche silbernen Flecken gesehen.«

Santjun betrachtete den Rücken seiner rechten Hand. Entlang der deutlich hervortretenden Adern hatte sich die Haut silbrig verfärbt. Er drehte die Hand, runzelte die Stirn und führte dann das Handgelenk nahe an seine Augen.

Nein, die Haut hatte sich nicht einfach nur verfärbt – sie hatte sich *verändert!* Stellenweise wirkte sie auf eine geheimnisvolle Art kristallin, wobei die Textur unterschiedlich deutlich ausgeprägt war und bei genauem Hinsehen nuancenweise zerfloss und sich neu gruppierte.

Genau wie die kristallinen Einschlüsse im Silbermetall!

Das Metall reagierte unerwartet schnell und heftig mit seiner Haut. Er hatte zwar schon auf Thanaton und an Bord der TRAUM DER EWIGKEIT beobachtet, dass sich das Metall mit dem Körper verband. Doch er hätte nie gedacht, dass dies sich in seinem Fall so schnell vollziehen würde. Er nahm an, dass es mit dem gewaltigen Defizit an Vitalenergie in seinem Körper zu tun hatte, dass dieser das Metall aufzusaugen schien wie ein trockener Schwamm das Wasser.

Er ließ die Hand wieder sinken und blickte Nera an.

»Ich mag entschlossen auftretende Männer«, sagte sie sanft und lächelte geheimnisvoll. »Der weißhaarige Arkonide und du, ihr habt eine ähnliche Ausstrahlung, der sich eine Frau kaum entziehen kann. Ich glaube, er war auch an mir interessiert, hat nach meinem Namen gefragt und so.« Ihre Fingerkuppen wanderten über Santjuns Oberkörper, umkreisten seine Brustwarzen. »Doch ich wollte nur dich. Vom ersten Moment an. Du hattest diesen unendlichen traurigen Ausdruck in deinen Augen.« Sie hob seine rechte Hand und küsste die sensible Haut zwischen Daumen und Zeigefinger. »Bleibst du bei mir?«

Santjun entzog ihr seine Hand und strich sich über die Augen. Er dachte an Naileth, die irgendwo da draußen war, und schämte sich.

Calipher-SIM

In Atlans Auftrag hatte er in den letzten Stunden einen Großteil seiner Rechenleistung für die Vorbereitung des Angriffs auf den Herrscherpalast reservieren müssen. Die örtlichen Verbündeten – allen voran ein Arkonide mit dem Namen Poltor – hatten mit großer Emotionalität auf die Informationen reagiert, die er den zentralen Datenbanken entnommen hatte. Obwohl sie schon lange Zeit in dieser Stadt lebten, hatten sie offenbar keine Ahnung gehabt, mit welcher Raffinesse ihr Leben kontrolliert wurde.

Mitten in diesen weltlichen Überlegungen erhielt Calipher-SIM plötzlich den Bestätigungsimpuls, dass eine weitere Aufgabe abgeschlossen worden war. Es handelte sich um die Entschlüsselung der Daten aus den Anzügen der Silberherren.

Bei einem Quercheck der Informationen stieß der Roboter auf einen bestens bekannten Namen: Anat Serkuloon.

Aufregung erfasste seine positronischen Schwingkreise. Bisher hatte er lediglich herausgefunden, dass Anat Serkuloon damals sein Meister gewesen sein musste. Und nun tauchte derselbe Namen in den Daten der Silberherren auf!

Offenbar hatten die Silberherren bei den Analysen der Hinterlassenschaften in den Monolithen Informationen zu Anat Serkuloon gefunden. Zusammen mit den teilrekonstruierten Sektoren seiner Urdaten erhielt Calipher-SIM wenig später eine Zusammenstellung über das Leben und Wirken des Lemurers.

Ein Tamrat, der Regierungschef des Tamaniums, hatte den Hochenergiephysiker Serkuloon beauftragt, die Monolithen dahingehend zu erkunden, ob sie im Krieg gegen die Haluter als Waffe eingesetzt werden konnten. Mit seiner Tochter Aryron hatte er insbesondere *das Tor* und die tödliche Strahlung der Monolithen untersucht.

Leider enthielten die Datenpakete zu diesen auch für Atlan wichtigen Themen keine genaueren Informationen. Calipher-SIM konnte auch nicht rekonstruieren, ob Serkuloon die Monolithen tatsächlich als Waffen hatte in Betrieb nehmen können. Nach einem ersten, fehlgeschlagenen Experiment mit den Monolithen hatte der Tamrat die Forschungen abgebrochen und die so freiwerdenden Ressourcen in andere Projekte verschoben. Serkuloon war in Ungnade gefallen und hatte – ebenso wie wenig später seine Tochter – laut den Informationen aus den Speicherbänken der Silberherren Selbstmord begangen.

Diese Daten widersprachen jedoch Calipher-SIMS Urdaten, seinen *persönlichen Erinnerungen*.

Der Physiker hatte sich von seinen engsten Mitarbeitern – zu denen auch Calipher in seiner Funktion als hochentwickelter Wachroboter zählte – verabschiedet und gesagt, er werde *wiederkehren*.

Nach der Gegenüberstellung der beiden Datenquellen erschien es ihm plausibel und nachgewiesen, dass sein ehemaliger Herr damals zusammen mit seiner Tochter an einen fernen Ort gegangen war, um das wahre Geheimnis der Monolithen zu lüften und die Geschichte zu einem rühmlichen Ende zu bringen.

Die robotische Äquivalenz von Befriedigung erfasste Calipher-SIM. Nun wusste er, was er zu tun hatte. Er würde den Weg gehen, den Anat Serkuloon gegangen war.

Santjun

»Du bist zurück?« Erleichterung und Sorge sprachen gleichermaßen aus ihrer Frage.

»Ich benötige meinen Kampfanzug«, antwortete Santjun und blickte zu Boden. *Ich musste dich kurz sehen*, fügte er in Gedanken hinzu.

»Du siehst furchtbar aus.«

Er blickte auf. Direkt in ihre warmen Augen. »Du bist schön wie immer, Naileth.«

»Du bist nicht der Mann für billige Komplimente. Wie geht es dir?«

»Das war kein Kompliment, Naileth. Das war die Wahrheit.«

Naileth fuhr sich mit allen zehn Fingern durch das Haar und kam näher. Santjun blieb regungslos am Eingang stehen, wo sie ihn so unerwartet früh gesehen hatte.

Mit vorsichtigen Bewegungen befreite sie seinen Kopf von den Stoffbahnen. Tausend Emotionen schienen über ihr Gesicht zu gleiten, als sie seinen enthüllten Kopf betrachtete.

»Das Silber breitet sich wie ein Geflecht über deinen Körper aus«, flüsterte sie. »Sind ... sind das Kratzspuren an deinen Wangen? Und diese Wunde an deinem Hals ist entzündet. Was ist geschehen?«

Schwermütig blickte er sie an. »Nichts«, sagte er schließlich. »Ich ermittle.«

Santjun *konnte* ihr nicht die Wahrheit sagen. Die Wahrheit darüber, dass er wahrscheinlich jemanden fast grundlos getötet hatte. Dass er sich einem wilden sexuellen Akt mit einer Einheimischen hingegeben hatte. Dass er dringender als ein Verdurstender Wasser in der Wüste weiteres Silbermetall benötigte, um zu überleben. Dass er sich, seit er das Silbermetall trug, manchmal nicht mehr im Griff hatte. Dass er Naileth abgöttisch liebte und sich von ihr fernhalten musste, weil er sie weder psychisch noch physisch verletzen wollte.

»Bleib bei uns, Santjun«, hauchte sie und schob sich noch ein Stück näher an ihn heran.

Der herbe Geruch ihres verschwitzten Körpers stieg wohlig in seine Nase. Erregte ihn erneut. Brachte ihn fast zur Besinnungslosigkeit.

»Ich sorge für dich«, sagte sie eindringlich. »Und Asphimin ebenfalls, er ...«

»Asphimin ist tot«, fuhr er ihr dazwischen. »Ich habe es bei meinen Ermittlungen erfahren, doch als ich ihn warnen wollte, war es bereits zu spät. *Ich* kam zu spät.«

»Manchmal können wir uns noch so sehr gegen das Schicksal stemmen und kommen doch zu spät.«

Santjun sah sie an. Litt unter ihrem Anblick. Die ehemalige Kommandantin flüchtete sich in Allgemeinplätze, wirkte ihm gegenüber ebenso hilflos wie er sich vor ihr.

Was habe ich dir angetan, Geliebte?, fragte er sich in Gedanken.

»Ich … ich«, stammelte er.

»Bleib bei uns, Santjun.« Naileth streckte die rechte Hand aus und berührte sanft seine Schläfe.

Und plötzlich sah er Neras Gesicht. Auch sie hatte gefordert, dass er bei ihr blieb. Verstanden sie denn nicht, dass er eine Gefahr für sie darstellte? Eine unbändige Wut breitete sich in ihm aus. Er packte Naileths schmale Schultern und stieß sie brutal von sich. Mit einem Ausdruck des maßlosen Erstaunens stolperte sie drei Schritte rückwärts und stürzte über einen Stapel sauberer Bahtorp, den jemand dort abgestellt hatte.

»Santjun!«

Entsetzt starrte sie ihn an.

Er wandte sich ab und stürmte zu seinem Schlaflager, befreite sich aus den Tüchern und stieg in seinen Kampfanzug. Dann ballte er den Bahtorp zu einem Knäuel zusammen und klemmte ihn sich unter den Arm. Das Blut hämmerte in seinen Ohren.

Das ist ein Alptraum! Alles war falsch, lief falsch

Er eilte zurück zur Tür. Nur aus dem Augenwinkel gewahrte er, dass Naileth immer noch am Boden lag, das Gesicht auf ihn gerichtet.

»Santjun …« Naileth sprach seinen Namen wie immer um eine Nuance anders aus als alle übrigen.

Als ob sie ihn mit diesem einen Wort eingefangen hätte wie mit einer Wurfschlinge, blieb er abrupt stehen. Im Zeitlupentempo wandte er sich ihr zu.

Naileths zitternde Hände tasteten über den Boden, als müsse sie sich erst von dessen Beschaffenheit überzeugen. Mit einer unsicheren Bewegung erhob sie sich, den gepeinigten Blick starr auf Santjun gerichtet.

Eine Weile standen sie da, jeder auf seiner Seite des Raums. Litten unter dem Blick und Anblick des anderen.

Es gibt kein Morgen, dachte Santjun.

Er atmete scharf ein und marschierte mit großen, raumgreifenden Schritten auf Naileth zu, packte ihr Gesicht mit beiden Händen und presste seine Lippen auf die ihren.

Als wäre ein Staudamm niedergerissen worden, entluden sich schlagartig alle Emotionen, die sich in ihm aufgestaut hatten. Sehnsucht, Liebe, Angst, Hoffnungslosigkeit, Verzweiflung und der Hass auf sich und das Universum brachen aus und donnerten durch seinen Körper.

Kein Moment in seinem Leben war je intimer gewesen als dieser. Ihre Zungen umwanden sich, zuerst zaghaft, beinahe ängstlich, dann immer schneller. Intensiver. Verzweifelter. Rücksichtsloser.

Dies war der Moment. Er veränderte alles, was vorher gewesen war und danach noch kommen mochte.

Es war kein zärtlicher Kuss verliebter Menschen. Schwer durch die Nase atmend, hob nun auch Naileth ihre Hände, umfasste seinen Kopf und zog ihn noch näher an sich heran. Ein leises Wimmern entstieg ihrer Kehle. In Santjun stieg Angst auf. Fantasierte er? Dies konnte nicht die Wirklichkeit sein, das Leben musste eine weitere seiner unbarmherzigen Schicksalskarten ausspielen.

Als ihr gemeinsamer Moment in Santjun erstarb, bemerkte er mit einem Mal einen intensiven Geschmack nach Silber.

Silbermetallisch!

Abrupt drückte Santjun Naileths Gesicht von sich weg. Ließ sie los. Ihre Augen waren tränenverschleiert.

»Naileth, ich …«

Sie blickten sich einen Moment lang an. Unendlich hilflos.

»Deflektor!«, stieß er mit gequetschter Stimme aus.

»Nein!«, schrie Naileth.

Instinktiv blickten ihre Augen suchend umher, als er aus ihrem Sichtbereich verschwand.

Er wandte sich ab und rannte hinaus.

»Santjun«, flüsterte Naileth mit leerer Stimme.

Es schmerzte ihn, als hätte man ihm eine Eisenstange quer durch den Brustkorb getrieben.

Teil 2

Kapitel 21

Auf der Suche: Naileth

Naileth bemühte sich, möglichst ruhig und bedächtig zu wirken. In ihr sah es jedoch ganz anders aus. Sie wünschte, sie wäre in der Zentrale eines Raumschiffs und nicht hier, in diesem Drecksloch. Im Kommandosessel eines Kreuzers sitzen! Ja, das wäre es. Da hätte sie mit flackernden Schutzschirmen einem Heer von Gegnern gegenüberstehen können und wäre selbstsicherer und ruhiger gewesen als in diesem Moment.

Flüchtig blickte Naileth auf ihr Armband-Chronometer. Es zeigte den 27. April 3112, zwei Uhr nachmittags.

Sie fragte sich, ob es klug gewesen war, auf eigene Faust loszuziehen, um Santjun zu suchen. Seit einem ganzen Shenzen-Tag hatten sie von dem Risiko-Agenten nichts mehr gehört oder gesehen. Die Sorge um ihn wuchs mit jeder Minute.

Nach einer kurzen, schlaflosen Nacht hatte sie beschlossen, nach ihm zu suchen. Atlan hatte angeordnet, dass sie mindestens einen von Poltors Leuten mitnehmen sollte, doch Naileth hatte ihn – einen unwirsch dreinblickenden Ekhoniden – bei der erstbesten Gelegenheit abgehängt.

Sie blickte sich unauffällig um. Die 32. Straße war fast leer. Ein rothaariger Junge, wahrscheinlich ein Springer, ging von Passant zu Passant. Zweimal erhielt er etwas in die ausgestreckte Hand gedrückt, einmal fing er sich eine Ohrfeige ein. Der Junge sah sich um und erkannte in Naileth ein neues Opfer. Vorsichtig kam er auf sie zu.

Naileth wollte diese Begegnung vermeiden und drückte hastig auf die Taste des Kom-Feldes neben der Tür.

Ja?, knarrte es sofort aus dem Feld.

»Ich bin hier wegen des Tests«, sagte sie unterdrückt.

Poltors Kontakt hatte ihr gesagt, wie sie sich verhalten musste. Es war derselbe Mann gewesen, der Santjun an dieser Adresse erkannt haben wollte.

Treppe rauf, erste Tür links.

Die Tür schwang auf und Naileth ging hinein. Sie stand nun in einem ziemlich verschmutzten Treppenhaus. Die Nässe des Bodens hatte sich in die Tapeten der Wände gefressen. Stinkend grauer Pilzbelag überdeckte die braune Musterung. Indirekte Lichtquellen verbreiteten eine diffuse Helligkeit.

Hinter ihr fiel die Tür ins Schloss. Naileth straffte sich und erklomm die Treppe. An der beschriebenen Tür klebte ein Stück Pappe auf der mit krakeligen akonischen Schriftzeichen »Zweimal klopfen und eintreten« stand.

Sie folgte der Aufforderung und fand sich in einem überraschend sauber aussehenden Zimmer mit weiß gestrichenen Wänden wieder. Drei Liegen dominierten den Raum. Auf der mittleren lag – unter Decken verborgen – eine Gestalt. Im Hintergrund standen zwei hohe Schränke aus grauem Kunststoff. Davor hatte sich ein Mann mit kahlem Schädel und stechenden schwarzen Augen postiert. Er trug einen grünen Kittel und weiße Hosen. Ein Ara – oder eher ein Mischling, wie Naileth zu erkennen glaubte. Er war um einiges kleiner als normale Aras. Naileth tippte auf akonische Anteile im Erbgut.

»Den Kode erhältst du nur, wenn du den Versuch nicht abbrichst«, sagte er mit hoher Fistelstimme anstelle einer Begrüßung.

Naileth wusste, dass den Einheimischen für das Nennen dieses Kodes beim nächsten SiDi-Posten die ominösen *Punkte* gutgeschrieben wurden.

Unschlüssig blieb sie stehen und blickte auf die Gestalt auf der Liege. Spastische Zuckungen liefen durch deren Körper.

»Zieh dich aus!«, befahl der Ara, während er sich über die Liege beugte.

Er schlug eine Decke zurück. Das Gesicht eines leichenblassen jungen Mannes kam zum Vorschein. Die Physiognomie und der rote Bartflaum deuteten auf einen Springer. Der Ara fluchte und setzte ihm eine Injektionspistole an die Halsschlagader. Sofort beruhigte sich der junge Mann.

Der Ara blickte auf, bemerkte, dass Naileth seit seiner Anweisung keine Bewegung gemacht hatte.

»Steh nicht herum! Je schneller du bereit bist, desto eher hast du es hinter dir!«

»Ich benötige eine Auskunft«, sagte sie.

Entgeistert blickte er sie an. »Was willst du?«

In diesem Moment schrie der Liegende auf und ruderte wild mit den Armen. Unter seiner rechten Achselhöhle kam etwas Bläuliches zum Vorschein, doch seine Bewegungen waren zu hastig – Naileth konnte nicht erkennen, was es war.

»Viel zu schnell!«, schrie der junge Springer. »Nehmen Sie es weg! Nehmen Sie es weg!«

»Verdammt, bleib ruhig!«, gab der Ara scharf zurück. »Ihr müsst euch zuerst aneinander gewöhnen.«

Als die linke Hand des Jungen zu seiner rechten Achselhöhle schoss, griff der andere blitzschnell zu und bekam die beiden Handgelenke des Springers zu fassen.

»Jetzt reiß dich zusammen!«, brüllte er ihn an. Brutal riss er seine Arme in die Höhe.

Nun sah Naileth den blauen Wurm, der bis zur Hälfte im weichen Fleisch der Achselhöhle steckte und sich heftig wand. Auf den ersten Blick erkannte sie, dass es sich um ein Exemplar der Würmer handelte, die sie in den Labor-Baracken vorgefunden hatten.

Der Proband wand sich im Griff des Aras. Seine wasserhellen Augen rollten, die langen rotblonden Haare klebten an Stirn und Hals.

»Ich sehe Bilder«, flüsterte er entsetzt. »Alles geht so schnell.«

»Die Tiefenschärfe stellt sich gleich ein«, gab der Ara zurück. »Flenne nicht wie ein kleines Kind!«

Naileth zog den Armband-Kom aus einer Falte ihres Gewandes, rief ein Bild Santjuns auf und zeigte es dem Akonen.

»Hast du diesen Mann schon einmal gesehen?«

»Ich habe dir gesagt, dass du …«, fuhr der Ara sie an. Dann fiel sein Blick auf das Bild, und er zuckte zusammen.

»Dieser …«, stieß er aus.

Sofort riss er sich wieder zusammen und blickte die Gäa-Geborene kritisch an. »Weshalb willst du das wissen?«

»Ein Tranquilierungsauftrag!«, log Naileth.

»Wunderbar«, keuchte er. »Dieser verdammte Pankote! Er hat meine Assistentin verletzt und mich bestohlen! Zwölf Tyaheel hat er mitgenommen. Zwölf!«

»Was kann er damit anstellen?«

»Das wirst du selbst herausfinden, wenn du ihn triffst – falls er tatsächlich so verrückt sein sollte und sie an sich selbst anwendet.« Seine Augen funkelten gefährlich. »Ich gebe dir einen Tipp, Puppe: Erschieß ihn auf Sicht. Wenn du zögerst, tötet er dich.«

»*Das* ist ein Tyaheel?« Naileth deutete auf den blauen Wurm, der sich immer noch heftig wand und kringelte.

Der Blick des Aras wurde noch um eine Spur misstrauischer. »Das weiß jeder. Weshalb du nicht?«

»Für wen sind die Tyaheel bestimmt? Den SiDi?«, fragte Naileth unbeirrt.

»Auch«, antwortete der Ara. »Ein Großteil wird exportiert für … Verdammt!«

Der junge Springer hatte sein linkes Handgelenk befreit, ergriff den Wurm und zog ihn ruckartig heraus. Der Symbiont zerriss. Eine weiße Flüssigkeit und rotes Springerblut spritzten aus der Wunde.

Der Junge schrie auf wie ein Tier, während sich sein Körper krampfartig zusammenzog.

»Verschwinde!«, rief der Ara zornig. »Du hältst mich vom Arbeiten ab, Weib!«

Er zog eine Ampulle aus einer der vielen Taschen seines Kittels, entfernte die Schutzabdeckung, lud die Injektionspistole und presste sie dem Springer auf den Brustkorb. Der verdrehte seine Augen und erstarrte.

»Sag mir, wohin er gegangen ist!«, sagte Naileth hart.

»Ich weiß es nicht!«, fauchte der Ara zurück. »Glaub mir: Niemand wäre glücklicher als ich, wenn dieser wandelnde Gendefekt entsorgt werden würde. Schau einfach, wo es Ärger gibt, dann wird er nicht weit sein! Und nun …«

»Ich weiß.«

Naileth ging rückwärts zur Tür, öffnete sie, zog den Bahtorp über das Gesicht und trat hinaus.

Es war früher Abend, und die Gasse war recht belebt. Inzwischen machte ihr der Chemikaliengestank nur noch wenig aus. Sie ließ sich einige Minuten treiben. Das eben Erlebte arbeitete in ihr.

»Tyaheel«, murmelte sie und dachte daran, dass Santjun offenbar wieder mit übermäßiger Härte vorgegangen war. Handelte es sich überhaupt noch um den Santjun, den sie …

Naileth weigerte sich, den Gedanken zu Ende zu denken.

Kapitel 22

Gegenmaßnahmen: Atlan

»Ein Irrtum ist ausgeschlossen!«, sagte Poltor eindringlich. »Seit Ihr hier seid, werden wir systematisch gejagt.«

Der alte Arkonide erzählte mir, dass in den letzten Stunden fünf seiner fähigsten Leute vom SiDi festgenommen worden waren. Hinzu kamen weitere zehn Männer und Frauen, von denen jede Spur fehlte.

»Wir haben ein großes Problem, Poltor«, sagte ich nachdenklich. »In Ihren Reihen befindet sich mindestens ein Verräter. Nur auf diese Weise kann erklärt werden, weshalb der Arzt Asphimin so schnell aus dem Weg geschafft werden konnte.«

Mit Bedauern dachte ich an den schrulligen Ara mit dem Hang zu körperlicher Freizügigkeit. Nur durch ihn hatten wir so schnell Kontakt mit Poltor und seinen Leuten aufnehmen können. Nun war er tot, weil er uns unterstützt hatte. Ein weiteres dieser vielen individuellen Opfer innerhalb der großen galaktischen Spiele. Unnötige Tode vernunftbegabter und fühlender Lebewesen.

»Das kann ich leider nicht ausschließen, Erhabener. Dennoch müsst Ihr mir vertrauen.«

»Muss ich das?«, gab ich schroff zurück.

Dem Anführer der Widerstandsbewegung wich alle Farbe aus dem ohnehin schon blassen Gesicht.

Du kommst nicht umhin, ihm zu vertrauen, wisperte der Extrasinn. *Erzähle ihm, was er wissen muss. Sonst zieht er eigene Schlüsse, die deinen Interessen zuwider laufen könnten, Arkonidenprinz.*

»Verzeihen Sie, Poltor«, sagte ich in versöhnlichem Tonfall. »Selbstverständlich genießen Sie mein Vertrauen. Aber in Zukunft dürfen wir keinen Ihrer Leute mit mehr Informationen versorgen, als sie wirklich benötigen, um ihre Aufgaben zu erfüllen. Aus diesem Grund werde ich auch davon absehen, unser Geheimversteck als Basis unserer gemeinsamen Aktionen zu verwenden. Ich hoffe, Sie verstehen das.«

Poltor machte eine bestätigende Geste. »Das verstehe ich sehr wohl, Erhabener.«

»Gut«, antwortete ich. »Dann werde ich Ihnen erzählen, was wir derzeit wissen. Die Gruppe, die wir über das Transportsystem eines uralten Relikts bis auf diesen Planeten verfolgt haben, nennt sich *Silberherren*. Sie wurde – zusammen mit einer Geisel aus meinen Reihen – kurz nach ihrer Ankunft durch die Truppen des hiesigen Machthabers gefangen genommen und nach Magoria geschafft. Alle Anzeichen deuten darauf hin, dass sie sich in den Gefängnissen des Palastes befindet. Der Anführer der Silberherren heißt Onjar Marik und hält mit dem Wissen über dieses Transportsystem und ein Metall mit besonderen Eigenschaften starke Trümpfe in der Hand. Zudem verfolgt er seine Ziele rücksichtslos und versteht er sich gut auf Psychospiele.«

Poltor folgte meinen Ausführungen konzentriert. Ich ließ ihm kurz Zeit, um die Informationen zu verarbeiten.

»Ich gehe davon aus, dass es ihm inzwischen gelungen ist, sich mit dem Herrscher Magorias zu verbünden. Aus diesem Grund werden wir – und Sie – plötzlich gejagt.«

»Das erklärt einiges«, sagte Poltor düster.

»Was wissen Sie über den Machthaber?«

»Eigentlich nicht viel«, gab der Arkonide düster zurück. »Den Gerüchten zufolge ist er Akone, doch ich kenne niemanden, der ihn je von Angesicht zu Angesicht gesehen hat.«

Das deckte sich zumindest mit den spärlichen Daten, die Calipher-SIM über den Machthaber hatte auftreiben können. Offenbar agierte der geheimnisvolle Herr über Magoria gerne aus dem Verborgenen heraus. Die Vorteile lagen auf der Hand: Was man nicht kannte, konnte man schwerlich angreifen. Das Böse benötigte immer ein Gesicht, wenn es wahrgenommen werden wollte. War dies nicht der Fall, so wurde seine Existenz gerne verdrängt und vergessen. Oder es wurde mystifiziert und in immer größerem Ausmaß als unangreifbar angesehen.

»Wie sieht es aus mit dem Herrscherpalast? Hat den schon einmal irgendjemand von Ihnen betreten?«

»Betreten vielleicht schon – aber ganz bestimmt nicht mehr lebend verlassen«, grollte Poltor. »Vor zwölf Jahren ist es uns gelungen, einen offenen Aufstand zu organisieren. Damals waren mehr als tausend Männer und Frauen auf den Straßen und sind gemeinsam gegen den Palast marschiert. Zuerst hat sich nur der SiDi gegen uns gestellt, doch wir waren zu viele. Mit der Zeit haben sich uns immer mehr Leute angeschlossen. Wir kamen bis zur vierten Krocht, dann …« Poltor brach ab. Räusperte sich umständlich.

»Was ist geschehen?«, fragte ich, obwohl ich die Antwort schon zu kennen glaubte.

»Die Luftaufbereitungsanlagen wurden abgestellt und Strukturlücken in den Schutzschirm geschaltet«, sagte Poltor mit rauer Stimme. »Alles geschah ohne Warnung. Wir haben es nicht einmal bemerkt, wir waren alle so aufgeregt. Viele standen auch unter Drogen. Dann sind die vordersten zusammengebrochen, und wir nahmen den intensiven Chlorgeruch wahr.« Er schluckte schwer. »Das hat den Ausschlag gegeben. Da nur wenige über selbstgefertigte Atemgeräte verfügten, sind die Leute sofort in die nächsten Häuser geflüchtet und haben Türen und Fenster abgedichtet. Der

Aufstand war vorbei, bevor er überhaupt richtig begonnen hatte. Einen zweiten Versuch hat es nie gegeben.«

»Es wird wieder einen geben«, sagte ich und legte ihm eine Hand auf die Schulter. »Und zwar schon in den nächsten Stunden. Wir dürfen dem Machthaber und Marik keine Möglichkeiten mehr geben, uns weiter zu schwächen. Ich werde unseren Spezialroboter losschicken, um die entscheidenden Daten zu sammeln, die wir für den Sturm auf den Palast brauchen. Sobald wir sie haben, geht es los.«

Poltor schoss in die Höhe. »Das ist unmöglich!«, sagte er erschrocken. »Wir bekommen keine siebzig Mann zusammen. Das reicht niemals, um …«

»Es reicht!«, unterbrach ich ihn sanft. »Setzen Sie sich wieder, Poltor!« Ich blickte ihn ohne Zorn an. »Nun ist es an der Zeit, dass Sie *mir* vertrauen.«

»Meine Manieren haben unter diesen Barbaren gelitten«, sagte der Arkonide mit brüchiger Stimme. »Ich bitte Euch um Verzeihung, Lordadmiral.«

Er nannte mich bei meinem USO-Titel. Es war ein gutes Zeichen, dass er mich nicht nur als ehemaligen Imperator von Arkon, sondern auch in meinem derzeitigen Status anerkannte. Und sich diesem unterordnete.

»Ich verstehe«, sagte ich. »Ich verstehe, dass es schwer nachvollziehbar ist, wie wir nach nur einem Tag Vorbereitung mit dem Bruchteil an Personen etwas schaffen sollten, das vor Jahren klar gescheitert ist. Nun besteht der Unterschied zu damals in ein paar schweren Kampfanzügen der USO und den dazugehörigen Trägern, die – nach meinem Wissensstand – mit den örtlichen Kräften mithalten können, was die Kampfkraft anbelangt. Nicht zuletzt wird aber ein Roboter mit speziellen Fähigkeiten dieses Mal für andere Voraussetzungen sorgen. Schon nach kurzer Zeit konnte er sich in mehrere Datenbanken einschleusen und uns mit Plänen,

Personenlisten und allerlei nützlichen Informationen über Magoria versorgen.« Ich lächelte Poltor grimmig an. »Und er hat noch mehr Tricks auf Lager, glauben Sie mir!«

Poltors Gesichtsausdruck blieb kritisch. »Schön und gut. Ihr seid mit Kampfanzügen ausgestattet. Wir aber nicht. Wir haben nicht einmal richtige Atemhilfen. Wenn jemand mit einem solchen Gerät erwischt werden würde, könnte er sich den Tranquilierungsauftrag gleich selbst geben lassen. Der Herrscher wird auch diesmal wieder die Luftaufbereitungsanlagen oder sogar den Schutzschirm desaktivieren. Was machen wir dann?«

»Wir werden sie mit den eigenen Waffen schlagen.«

Er schnappte nach Atem. »Wie soll das gehen?«

Mein Lächeln wurde um eine Spur breiter. »Warten Sie ab, Poltor, Sie werden es schon sehen. Nun sollten Sie die letzten Anweisungen geben und dann ein paar Stunden ruhen. Bei der Operation ZENTRALSTURM benötigen wir frische Leute.«

»Ich vertraue Euch, Höchstedler!« Poltor stand auf.

Ich erhob mich ebenfalls. »Und ich vertraue Ihnen, Poltor«, sagte ich. »Sobald wir den Herrscher gestürzt und ich die USO herbeigerufen haben, wird für Magoria eine neue Ära anbrechen. Solche Diktatoren kenne ich zur Genüge. Ich habe keine Skrupel damit, sie in den Ruhestand zu versetzen und den Unterdrückten das Recht zur Selbstbestimmung zurückzugeben.«

Aus Poltors Augen trat das weißliche Sekret, das wir Arkoniden absonderten, wenn wir aufgeregt waren.

»Darauf habe ich zwanzig Jahre gewartet«, sagte er mit rauer Stimme.

Er verabschiedete sich und verließ den Raum, den wir als provisorische Einsatzzentrale eingerichtet hatten. In den letzten zwanzig Stunden hatten wir das Quartier zweimal wechseln müssen, weil der SiDi – respektive deren verlängerte Arme in Gestalt von Punktejägern – unsere Spur wiedergefunden hatten.

Wir entschlossen uns daraufhin, uns völlig dezentral zu organisieren. Je nach Geheimhaltungsstufe standen wir mit einzelnen Knotenpunkten mittels Funk oder Meldeläufer in Verbindung und gestatteten es nicht mehr, dass uns die Knotenleiter zu taktischen Gesprächen aufsuchten.

Es klopfte leise an der Tür, und Naileth Simmers trat herein.

»Major«, sagte ich. »Sie kommen wie gerufen. Setzen Sie sich.«

Die Frau nickte und setzte sich an den Platz, auf dem zuvor Poltor gesessen hatte. Ihr Gesicht wirkte beherrscht, aber die ineinander verflochtenen Finger verrieten, dass die Ermittlungen in Magoria sie emotionell gefordert hatten.

»Haben Sie eine Spur von Santjun gefunden?«

»Nur ansatzweise«, sagte sie ausweichend. »Er verfolgt einen Plan, doch ich habe nicht herausfinden können, welchen. Er hat ein paar dieser blauen Würmer erbeutet, die wir draußen in den Labors schon einmal gesehen haben. Sie heißen *Tyaheel*. Offenbar verleihen sie besondere Fähigkeiten oder Eigenschaften.«

»Interessant«, sagte ich. »Haben Sie eine Ahnung, was diese Würmer bewirken?«

»Keine genaue. Meiner Einschätzung zufolge können sie den Kampfwert einer Person steigern.«

»In Ordnung, Major. Wir dürfen keine weitere Zeit verlieren. Alle Anzeichen sprechen dafür, dass es Onjar Marik gelungen ist, sich mit dem Herrscher Magorias zu verbünden.«

»Das bedeutet, dass er nun Verstärkung anfordern wird oder dies bereits getan hat«, schloss sie.

»Genau das! Und weiter?« Ich lächelte.

Ihre Miene blieb kalt. »Je nachdem, wie erfolgreich Mariks Überzeugungskünste sind, könnte er sogar mit dem auf der Felsnadel geparkten Raumschiff fliehen.«

»Richtig. Deshalb müssen wir so schnell wie möglich in den Palast vordringen.«

Naileth Simmers' Haltung straffte sich.

»Ein offener Angriff zusammen mit Poltors Leuten?«

»Nicht ganz so offen«, räumte ich ein. »Wir müssen uns erst bessere Rahmenbedingungen verschaffen. Ich will die Luftaufbereitungsanlagen sabotieren. Die nachfolgende Panik sollte uns den entscheidenden Vorteil geben, damit wir ohne großes Blutvergießen in den Palast gelangen können.

»Ich verstehe.«

»Das wird Ihre nächste Aufgabe sein, Major. Calipher-SIM wird Sie dabei unterstützen. Nach seinen Berechnungen müsste er sich in die Steuersysteme des Palastes einhacken können. Im Moment ist er dafür noch zu weit entfernt.

»Wir sollen uns also dem Palast nähern?«, fragte Naileth gedehnt. »Was ist mit Santjun?«

»Er hat sich entschieden, auf eigene Faust vorzugehen«, sagte ich knapp. »Diesen Wunsch werde ich respektieren – für die nächsten Stunden. Selbstverständlich werde – *kann!* – ich ihn nicht seinem Schicksal überlassen, wie Sie wissen. Aber Mariks Handlungsfeld einzugrenzen besitzt nun oberste Priorität. Anschließend werden wir uns um den Risiko-Spezialisten kümmern.«

»Verstanden, Sir.«

Ich blickte prüfend in ihre grün-braunen Augen. »Wie geht es Ihnen, Naileth?« Bewusst sprach ich sie mit ihrem Vornamen an.

Fahrig strich sie sich durch ihre ungewaschenen blonden Haare. »Es geht, Sir. Sie müssen sich keine Sorgen um unseren Einsatz machen. Ich habe den USO-Dienst nicht quittiert.«

»Das hat Major Santjun ebenfalls nicht, Naileth«, sagte ich und legte meine rechte Hand auf ihren Unterarm. »Wie ich ihn einschätze, befindet er sich in einer Krise, die ihn nicht nur professionell, sondern auch persönlich tief getroffen hat.« Ich drückte leicht ihren Arm. »Er wird sich wieder fangen, vertrauen Sie mir!«

Sie presste ihre bebenden Lippen zusammen und schwieg.

»Weinen Sie ruhig, Major«, sagte ich und lächelte schwach. »Ich bin Arkonide. Bei uns wird das Vergießen von Tränen nicht mit Schwäche gleichgesetzt.«

Sie blickte kurz auf meine Hand und sah mir dann wieder in die Augen.

»Danke Sir, dass Sie mich aufheitern wollen«, sagte sie. »Aber jeder reagiert in eigener Weise auf persönliche Krisen.«

Ich nickte.

»Da haben Sie recht, Major.« Ich ließ ihren Arm los und erhob mich. »Ich werde meinen Zellaktivator holen, dann können Sie mit Calipher-SIM aufbrechen.«

Ich ging zur Tür, drehte mich jedoch noch einmal um.

»Und Major?«

»Ja?«

»Falls Ihnen Santjun zufälligerweise über den Weg laufen sollte: Bringen Sie ihn zurück.«

»Ja, Sir.«

Ich verließ den Raum und stieg über die enge Wendeltreppe in den oberen Stock. Hier befand sich eine kleine Mansarde, in der Calipher-SIM Aufstellung genommen hatte.

»Irgendwelche Erfolge?«, fragte ich ihn.

»Keine Feindaktivitäten feststellbar«, schnarrte die künstliche Stimme des Roboters. »Meine Messungen sind aber von stetig schlechter werdender Qualität. Die Hyperaktivität des Monolithen ist nun soweit gestiegen, dass sie auch über diese

Entfernung hinweg für negative Effekte sorgt. Fühlt Ihr den Effekt auf Eure Biologie, Träger des Lichts?«

Ich lächelte unwillkürlich über diese eigentümliche Formulierung. »Eine Verstärkung des Effekts habe ich nicht bemerkt, doch er ist nach wie vor da, keine Frage.« Unwillkürlich machte ich eine kurze Pause, um das Thema zu wechseln. Gleichzeitig begriff ich aber auch, dass dies bei einem Roboter eine überflüssige Mühe war. »Wir müssen so schnell wie möglich auf die Steuerung der Luftaufbereitungsanlagen und den Schutzschirm zugreifen. Deshalb habe ich den folgenden Auftrag für dich, Calipher-SIM.«

Ich erklärte ihm in wenigen Worten, was ich von ihm erwartete. Er bestätigte und brachte eigene Vorschläge ein, wie er vorgehen wollte.

Er ist wieder eine Spur selbstständiger geworden, stellte der Logiksektor fest, was mir ebenfalls schon aufgefallen war.

»In Ordnung, Calipher-SIM«, sagte ich. »Gib mir vorher aber meinen Zellaktivator. Ich werde ihn tragen, solange ihr unterwegs seid.«

Der Roboter fuhr das Fach aus, in dem mein Lebensspender lag. Ich nahm den eiförmigen Aktivator heraus und hängte ihn mir um. Calipher-SIM schwebte an mir vorbei und verschwand über die Wendeltreppe.

Ich verschränkte die Arme und trat an das Fenster. Es war die vierzehnte Stunde des Shenzen-Tages. Das letzte Licht der untergehenden Sonne Tainor beleuchtete die Felsnadel mit dem Herrscherpalast. Unser morgiges Ziel.

Meine rechte Hand umschloss den Zellaktivator, der wieder an seinem angestammten Platz hing. Ich genoss die belebenden Impulse, die er durch meinen Körper sandte, dachte zugleich aber an Santjun, von dessen Vitalenergie ich in diesem Moment zehrte, und fragte mich, in welche Situation ich ihn gerade bringen mochte.

Unnötige Gedanken!, bemerkte mein Extrasinn. *Du musst den Aktivator wieder tragen, wenn du die nächsten zwölf Stunden überleben willst. Santjuns Schicksal mag hart sein, doch du solltest dir diese absolut unnötigen sentimentalen Gedanken abgewöhnen, mein Lordadmiral. Im Gefechtsfall könnten sie zu folgenreichen Fehleinschätzungen führen!*

Ich habe verstanden, gab ich müde zurück.

Der Logiksektor schien mir aber noch nicht alles aus seiner Sicht Nennenswerte mitgeteilt zu haben.

Selbst wenn Santjun zurückkommen sollte, bleibt er ein Unsicherheitsfaktor. Das Silbermetall und die Vitalenergiekopplung setzen ihn unter starken psychischen Druck, den du nicht unterschätzen darfst!

Werde ich nicht, dachte ich. *Trotzdem bin ich von Santjuns Loyalität überzeugt.*

Der Glaube an deine Leute wird uns einmal den Kopf kosten.

Ich blickte durchs Fenster. Ein paar Krochten weiter blitzte es kurz auf.

Santjun, dachte ich.

Santjun

Der Strahler entglitt seinen Fingern. Kraftlos fiel er in sich zusammen. Der Springer lag mit verrenkten Gliedern ein paar Meter entfernt.

Santjun atmete stoßweise. Der Schwächeanfall war ohne jedes Anzeichen gekommen. Im buchstäblich dümmsten Moment. Er hatte den SiDi-Mann schon fast so weit gehabt, dass er ihn bis zum Herrscherpalast gebracht hätte.

Der Springer hatte sofort gemerkt, dass mit Santjun etwas nicht stimmte, und ihn umgehend angegriffen. Santjun verdankte es einzig seinen hervorragenden Reflexen und den zehntausend Mal geübten Nahkampf-Mechanismen, dass er sich – obwohl völlig entkräftet – gegen den Mann hatte behaupten können. Schließlich war es ihm gelungen, seinen Strahler zurückzugewinnen und abzudrücken.

Und nun lag er hier. Auf dem Fußboden eines SiDi-Postens. Er musste so schnell wie möglich verschwinden.

Santjun wusste, dass der Verlust seiner Lebensenergie dadurch verursacht wurde, dass Atlan seinen Zellaktivator wieder angelegt hatte. Falls der Lordadmiral ihn auf diese Weise für seinen Alleingang bestrafen wollte, würde der Risiko-Spezialist dies nicht überleben. Santjun hoffte aber, dass Atlan das Gerät nur kurz angelegt hatte, um sich selbst nicht in Gefahr zu bringen.

Der Mann von Passa streckte sich nach seinem Strahler, steckte ihn ein und kroch dann auf allen vieren aus dem Zimmer, in dem der Kampf stattgefunden hatte. Auf der rechten Seite des Gangs führte eine Treppe in ein Untergeschoss.

Falls der Strahlschuss bemerkt worden war oder wenn bei einer Routinekontrolle festgestellt wurde, dass der SiDi-Posten unbesetzt war, würde es hier bald von Sicherheitskräften wimmeln.

Santjun spürte, dass es besser gewesen wäre, sich in ein anderes Haus zurückzuziehen. Ein Kribbeln im Nacken kündigte jedoch die nahende Ohnmacht an. Er konnte es nicht leisten, in diesem Zustand mit dem Flugaggregat des Kampfanzuges zu flüchten.

Er musste warten, bis Atlan den Zellaktivator wieder ablegte.

Hier, in diesem Haus.

Mit letzter Kraft schob er sich bis zur Kellertreppe, zog den Strahler und schoss im Impulsmodus in den Raum, aus der er eben gekommen war. Eine gewaltige Stichflamme schlug in den Gang, während Santjun sich die Kellertreppe hinunterrutschen ließ.

Die Schmerzen waren das einzige Indiz dafür, dass er noch lebte.

Silbermetall, hämmerte es in seinem Kopf, als er am Fuße der Treppe liegen blieb. *Ich brauche Silbermetall!*

Sobald die Krise vorbei war, würde er es sich holen. Direkt bei den Silberherren. Er würde es Marik vom Körper reißen. Dann würde er ihn zertreten wie einen dieser kleinen blauen Würmer.

Santjun zog sich stöhnend unter ein Gestell mit weit ausladenden Regalböden und schloss den Helm des Kampfanzuges. Von weit her hörte er das Krachen zusammenfallender Wände und einstürzender Decken.

Eine Stimme tief in seinem Innern sagte ihm, dass es Wahnsinn war, was er da tat. Eine andere sagte ihm, dass er Silbermetall benötigte, wenn er Naileth wiedersehen wollte.

Er glaubte der zweiten.

Dann verlor er das Bewusstsein.

Kapitel 23

Eine Nachricht von Chonosso: Onjar Marik

Magor blickte ihm aus dem Bildschirm des Kom-Geräts unwillig entgegen. Ihre gegenseitige Abneigung kam mit jedem Tag deutlicher zum Ausdruck. Der Herrscher hatte Marik im Arbeitszimmer eine eigene kleine Kom-Anlage zur Verfügung gestellt, um »ihre Verständigung zu vereinfachen«. Der Silberherr nahm aber an, dass ihm der kleingewachsene Herrscher wegen seiner physischen Präsenz nicht mehr unmittelbar begegnen wollte.

»Wie ist die Lage?«, blaffte Marik.

»Es gibt konkrete Fortschritte, aber auch Rückschläge«, führte der Herrscher aus. »Der Arzt, der Atlan und die USO-Agenten unterstützte, wurde nur zwei Stunden nach der Ausschreibung tranquiliert.« Er hielt kurz inne und fügte dann hinzu: »Das heißt getötet. Zudem wurden mehrere Stützpunkte der Rebellen ausgehoben. Einer befand sich in den Kellern einer Schenke. Alle Beteiligten wurden festgenommen, verhört und anschließend entsorgt. Die Gesuchten waren zu diesem Zeitpunkt jedoch schon geflüchtet. Auch der Folgestützpunkt war zum Zeitpunkt der Überprüfung bereits wieder geräumt.«

Marik schlug verärgert auf die Tischplatte neben dem Kom-Gerät.

»Ich habe dir gesagt, dass du unverzüglich handeln musst! Atlan ist nicht umsonst eine der größten Geißeln dieser Galaxis. Sein Überlebenspotenzial ist gewaltig. Da reicht eine *Überprüfung* nicht aus – da muss man zuerst schießen, und dann fragen. Ist das klar?«

Magor ballte die Hand in seine Richtung. »Mäßige deine Worte«, zischte er. »Ich habe mehr als genug von deinem cholerischen Wesen und den andauernden Belehrungen! Ohne mich wärst du hilf- und machtlos. Einzig meinem perfekten System ist es zu verdanken, dass wir Atlan überhaupt auf der Spur sind! Also schweig, bevor ich mich vergesse und dich deiner Privilegien wieder enthebe!«

Das Gesicht des Akonen war beim Sprechen immer näher an die Linse der Aufnahmeoptik gerückt. Deutlich waren seine zur zornigen Fratze verzerrten Züge zu sehen. Die räumliche Distanz zu dem Silberherrn schien ihn im Gespräch mutiger zu machen.

»Verfügt ihr nun wenigstens über Bilder?«, brummte Marik. Es wäre ihm nie in den Sinn gekommen, sich bei Magor für seinen Ton zu entschuldigen.

»Eine direkte Aufnahme haben wir nur von diesem Mann erhalten.«

Das Gesicht des Herrschers machte einem Bild Platz, das einen in schmutzige Tücher gewickelten Terraner zeigte. Blaue Augen stachen aus einem ungesund-gräulich wirkenden Gesicht. Der Hals war blutverkrustet und an der linken Schläfe breitete sich ein silbernes Gespinst aus wie eine Eisblume an einer winterlichen Fensterscheibe.

»Santjun!«, knurrte Marik. »Wo wurde diese Aufnahme gemacht?«

Magors grimmiges Gesicht kehrte zurück. »In einem SiDi-Posten. Dem Kerl gelang es, meine Leute auszutricksen. Er hat sich den Chip eines anderen in den Hals gesteckt.«

Marik zerbiss einen heftigen Fluch zwischen den Lippen. Es brachte nichts, sich mit dem Herrscher zu streiten. Jedenfalls nicht, solange er ihn noch brauchte.

»Gibt es auch … *indirekte* Aufnahmen?«, fragte er stattdessen.

»Bilder, die wir nach den Beschreibungen der Zeugen angefertigt haben«, antwortete Magor.

Nacheinander wurden die Köpfe dreier Terraner und eines Arkoniden gezeigt.

»Wir gehen davon aus, dass es sich bei Letzterem um Atlan persönlich handelt.«

»Um wen sonst?«, platzte es aus Marik heraus. »Ich hätte erwartet, dass in euren beschissenen Datenbanken wenigstens eine Aufnahme des USO-Chefs vorhanden wäre.«

Magor funkelte ihn wütend an. »Das waren die guten Nachrichten«, sagte er. »Aber es wurden auch mehrere SiDi-Angehörige getötet und ein Posten komplett zerstört. In den Trümmern fand man nur noch die Leiche eines meiner besten SiDi-Männer. Manchmal frage ich mich, ob man Atlan nicht einfach das geben soll, was er so offensichtlich sucht: dich!«

Marik sog scharf die Luft durch die Nase. »Und manchmal frage *ich* mich, wie du es geschafft hast, dies alles hier zu bewerkstelligen!«, erwiderte er eisig. »Aber ich will mich nicht mit dir streiten. Ich muss dringend einen Funkspruch nach Chonosso absetzen. Meine Wissenschaftler haben Erkenntnisse gewonnen, die ich sofort weitergeben muss.«

»Chonosso?«, echote Magor.

»Es ist der Standort eines weiteren Monolithen«, sagte Marik. »Ich überspiele dir die Richtungs- und Frequenzdaten.« Er betätigte die Sendetaste und übermittelte die vorher aufbereiteten Informationen.

Die Augen des Herrschers folgten den Buchstaben- und Zahlenreihen, dann schlug er die Hände zusammen. »Unmöglich!«, rief er. »Chonosso ist 15.390 Lichtjahre entfernt! Wie deine Männer ebenfalls festgestellt haben, verschlechtern sich die hyperphysikalischen Bedingungen im Minutentakt. Wir müssten schon mit dem Raumschiff in den Orbit und von dort aus einen eng gebündelten Hyper-Richtfunkspruch absetzen, um diese gewaltige Distanz zu überwinden.«

»Dann tun wir das!«

»Noch nicht!«, erwiderte Magor. »Zuerst will ich die Situation in Magoria klären! Wir haben weitere Hinweise auf Atlans Aufenthaltsort erhalten. Dies ist nun wichtiger.« Er beendet die Verbindung, ohne Mariks Reaktion abzuwarten.

Wütend schrie der Silberherr auf und schlug mit der Faust gegen das Terminal, doch der Bildschirm blieb dunkel. Marik stieß sich hoch und ging zum Fenster. Er musste sich beruhigen, klare Gedanken fassen.

Seit er den Schmuck wieder trug, fühlte er die Beeinträchtigung durch die Strahlung des Monolithen nicht mehr. An ihrer Geisel Iasana Weiland konnte er aber gut nachvollziehen, wie dieser schädliche Einfluss zunahm.

Er strich sich über das schweißnasse Gesicht und blickte auf die Stadt hinab, die in ihrer konzentrischen Anordnung eine unbestimmbare Gefährlichkeit ausstrahlte.

Der Ärger über Magor wollte nicht so einfach verrauchen. Das Absetzen des Funkspruches wäre sehr wichtig gewesen.

Seinen Wissenschaftlern war es gelungen, im Monolithen von Lumbagoo uralte lemurische Steuerkodes zu isolieren. Mit ihnen sollte es möglich sein, die Transportfunktion der Monolithen ziemlich exakt zu kontrollieren. Den Aussagen seiner Leute zufolge erlaubten die Portale der Monolithen einen interuniversellen Transport.

Durch den Hyperraum, von einem Universum in ein anderes!, wie sich der Wissenschaftler ausgedrückt hatte. Da der Monolith von Shenzen keine der lemurischen Bunkeranlagen besaß, konnten sie die Steuerkodes nicht selbst ausprobieren.

Marik hörte leise trippelnde Schritte. Die Reflexion im Fenster verriet ihm, wer sich näherte.

»Ich bin äußerst gereizt, Thalia«, sagte er, ohne sich umzudrehen. »Du kommst besser nicht in meine Nähe. Heute könnte ich mich sehr schnell vergessen!«

»Ich habe Angst, Onjar.«

Irritiert wandte er sich um. »Was soll das? Du und Angst?«

»Es ist ... diese Stadt. Sie ist mir unheimlich.«

Verblüfft blickte Santjun in ihre großen, tiefgründigen Augen. Keine Minute war es her, dass ihm etwas Ähnliches durch den Sinn gegangen war. Dann schüttelte er den Kopf, als ob er den Gedanken gewaltsam loswerden wollte.

»Was soll das?«, wiederholte er sich. »Du führst doch etwas im Schilde!«

»Gar nichts«, sagte sie und streckte den rechten Arm nach Marik aus.

Marik blickte auf ihr schmales Handgelenk und die langen, fragil wirkenden Finger mit den stets sorgsam gepflegten Nägeln. Unwillkürlich stiegen Erinnerungen an ihre gemeinsame Vergangenheit in ihm hoch.

Enttäuschung überzog ihr Gesicht. »Ich möchte, dass unsere Streitereien aufhören, Onjar.«

»Was kümmert es mich, was du möchtest«, keuchte er.

Ihre cremefarbene Kombination schien frisch gewaschen, und ihr Duft verriet, dass sie vor kurzem geduscht und ihre dunkelblonden Haare gewaschen und gepflegt hatte. Ein diskretes Parfum, das sie wer weiß wo aufgetrieben hatte, unterstrich den Geruch ihres Körpers, den er früher so oft eingeatmet hatte. Die Ärmel hatte sie bis zu den Ellbogen hochgewickelt und den Magnetverschluss des Oberteils bis über den Ansatz ihrer Brüste hinunter geöffnet.

Blitzlichtartig durchschossen Marik Erinnerungen, die er zehn Jahre lang verdrängt hatte. Nie war er tiefer in die dunklen Bereiche der sexuellen Lüste vorgedrungen als damals mit Thalia. Gerade weil sie eigentlich so gar nicht zusammengepasst hatten. Der destruktive Liebesakt zwischen einem impulsiven Machtmenschen wie ihm und der Soziopathin Lacroix war unübertrefflich gewesen. Trotz allen Hasses, den er ihr gegenüber entwickelt hatte – *diese* Momente hatte er in den letzten zehn Jahren insgeheim vermisst.

Die Soziopathin Lacroix, hallte es in seinen Gedanken nach.

Sie sah seine Hand nicht kommen. Blitzschnell schlug er ihr mit dem Rücken der rechten Hand flach ins Gesicht.

Thalia taumelte zurück, ihr Gesicht zeigte tiefe Verwunderung – und abgrundtiefe Abscheu.

Du gerissenes Biest!, dachte er gehässig.

Marik durchschaute ihr Spiel in allen Einzelheiten. Die Ärztin hatte ebenfalls bemerkt, dass Marik durch die gewonnenen Erkenntnisse über die Monolithen einen gewaltigen Trumpf in Händen hielt, die seine Position bei Malcher und der Führungsriege der Silberherren zu ihren Ungunsten verändern würde. Sie wusste, dass der Schutz, den sie durch ihre Herkunft genoss, wegfallen würde, sobald Marik in der Hierarchie der Silberherren aufstieg. Nun wollte sie retten, was zu retten war.

»Verschwinde, Thalia!«, stieß er aus. »Ich falle auf dich nicht mehr herein!«

Auf ihrer rechten Wange zeichneten sich mehrere rote Abdrücke seiner Fingerringe aus Silbermetall ab. Ohne ein weiteres Wort zu sagen, drehte sich Thalia um und verließ sein Arbeitszimmer.

Marik lächelte grimmig. Eine Idee manifestierte sich in ihm. Er würde ihr eine Lehre erteilen.

Der Silberherr ging zum Kom-Gerät und stellt eine Verbindung her. Zehn Sekunden später zeigte der Bildschirm Enz' Gesicht.

»Ich benötige ein Tamasoori-Halsband und ein Kontrollgerät!«, sagte Marik.

Kapitel 24

Positronische Attacken: Naileth

In Höhe der siebten Krocht entstiegen sie dem Abwasserkanal in einer Quergasse. Es herrschte fast völlige Dunkelheit. In der Restlichtverstärkung des Kampfanzuges sah sie, dass die Gasse bis auf ein paar davonhuschende Ratten leer war. In weiter Ferne erklang eine aufgeregte Frauenstimme, ansonsten war es ruhig.

Naileth rief sich ins Gedächtnis, was sie über das System der Krochten wusste. Die Häuser in den innersten zehn Kreisen waren mit den meisten Privilegien ausgestattet. Dies galt nicht nur für die bessere Luft- und Lichtqualität, sondern auch für die Sicherheit. Dementsprechend gingen die hier ansässigen Bewohner eher normalen Beschäftigungen nach – wenn man dieses Wort in Zusammenhang mit Magoria überhaupt verwenden durfte.

Der Roboter benötigte Zutritt zu einem Haus, damit er seinen Hackerangriff ohne Störung durch zufällige Passanten starten konnte.

Wieder einmal zeigte sich, mit welch traumwandlerischer Sicherheit sich Calipher-SIM mit seiner lemurischen Grundprogrammierung in fremden Systemen bewegen konnte. Schon auf dem Herweg hatte er auf die Adress- und Einwohnerlisten zugegriffen und sie abgeglichen. So hatte er mehrere Häuser in der siebten Krocht gefunden, die derzeit leer standen, weil ihre Bewohner entweder nach innen oder nach außen gerutscht oder plötzlich aus dem Leben geschieden waren.

Ganz offensichtlich konnte man auch in den innersten Krochten nicht sicher sein, ob man dem System nicht doch plötzlich unnütz oder gefährlich erschien und demzufolge tranquiliert wurde.

Von der Quergasse, in der sie dem Abwasserkanal entstiegen waren, mussten sie zum nächsten leerstehenden Haus nur fünf Hauseingänge passieren.

Beim Näherkommen schwang die Tür lautlos auf. Naileths Hand verharrte auf dem Griff ihres schweren Kombistrahlers. Calipher-SIM ging einfach an ihr vorbei und verschwand im Hauseingang. Er hatte das elektronische Schloss mittels Funkwellen geöffnet.

Die Gäa-Geborene sah sich noch einmal um und folgte dem Roboter. Hinter ihr schloss sich die Tür mit einem metallischen Knacken.

Undeutlich sah sie auf der rechten Seite die Umrisse einer Tür und links Treppenstufen, die in den oberen Stock führten. Es war so dunkel, dass selbst der RLV-Modus des Anzugs zu wenige Daten erhielt, um ihr ein deutlicheres Bild zu liefern. Auch Calipher-SIM war mehr zu erahnen als zu sehen. Er bewegte sich zielgerichtet und benutzte das Flugaggregat anstatt seiner Stelzbeine, um die Treppe zu erklimmen.

Ein undeutliches Gefühl des Misstrauens ergriff von Naileth Besitz. Sie sagte sich, dass Atlan mit seiner vieltausendjährigen Erfahrung dem Roboter vertraute und sie sich dem vorbehaltlos anschließen sollte. Doch das Bauchgefühl war stärker als die logischen Argumente des Kopfes.

Der vormalige GLADIATOR-Roboter entwickelte sich zu einem hochkomplexen Verschmelzungsprodukt zweier interessanter Technologien – und schien dadurch neue, höchst unerwartete Fähigkeiten entwickelt zu haben. Besonders das wachsende Selbstbewusstsein erschien Naileth fast grotesk, um nicht zu sagen gefährlich.

»Hier«, schnarrte die künstliche Stimme des Roboters, als sie den kleinen viereckigen Raum im dritten Stock des schmalen Hauses betraten. Eine einfache Pritsche ragte aus einem Abfallberg heraus. Durch ein einziges Fenster fiel fahles Licht in den Raum.

Calipher-SIM stampfte durch den Abfall darauf zu.

»Von hier aus hat man direkte Sicht auf den Herrscherpalast«, sagte er.

Naileth trat neben ihn und blickte hinaus. Tatsächlich sah sie durch die Quergasse der nächsten Krocht und über die niedriger gebauten Häuser der fünf inneren Krochten die mächtige Felsnadel. Scheinwerfer beleuchteten sie gleichmäßig bis hinauf zum Schutzschirm, der leicht grünlich waberte und sich wellte wie eine Schicht Leuchtalgen auf dem Monzuna-See auf Gäa, den sie in ihrer Kindheit mit ihrem Vater oft besucht hatte.

Die Felsnadel, die an ihrer Basis immerhin etwa 200 Meter maß, schien – abgesehen von mehreren bogenförmigen Toren – bis in eine Höhe von 150 Metern aus unbearbeitetem Fels zu bestehen. Anschließend folgte die erste von zwölf Fensterreihen des Palastes. Dazwischen zeichneten sich mehrere verschachtelte Erker und zwei Balkone ab, die rund um die Nadel führten. Klobig wirkende Personen patrouillierten in unregelmäßigen Abständen auf ihnen.

Weiter oben ragten die vier riesigen Muscheln heraus, deren obere Hälften durch den Schutzschirm traten. Mit ihnen wurde Magorias Luft vom Kohlendioxid gereinigt und mit Sauerstoff versetzt, der aus hundert Meter tief liegendem Wassereis gewonnen wurde. Sie wären sogar in der Lage gewesen, das Gasgemisch der Shenzen-Atmosphäre von den Giftstoffen zu reinigen und Ozon in Sauerstoff umzuwandeln, falls dies einmal vonnöten sein sollte. Dies hatte Calipher-SIM jedenfalls nach der Auswertung der erbeuteten Daten berichtet.

Der Herrscher über diesen Palast hielt gleichzeitig den Schlüssel zur Macht über Magoria in den Händen. Wer die Luftaufbereitungsanlagen und den Schutzschirm kontrollierte, herrschte über Magoria. So einfach war das.

Naileth blickte auf die dunklen Umrisse Calipher-SIMS. Erneut wurde sie von einem Gefühl aufziehenden Unheils gepackt. Sie wusste, dass es ein irrationales Gefühl war und doch hätte sie in diesem Moment alles darauf verwettet, dass Calipher-SIM etwas im Schilde führte.

Mit einem Schaudern erinnerte sie sich daran, dass Atlan ihm, um Santjun zu retten, seinen Zellaktivator anvertraut hatte. Naileth kannte in der Milchstraße nichts, das kostbarer war als eines dieser Geräte, die vom dem Geisteswesen ES ausgegeben worden waren und relative Unsterblichkeit verliehen. Wie groß musste das Vertrauen des Lordadmirals in diese ... *Maschine* sein, dass er ihr den Aktivator überließ?

Oder – und dieser Gedanke beunruhigte sie noch um ein Vielfaches mehr – war Atlans klares Urteilsvermögen durch die Ereignisse der letzten Tage eingeschränkt worden? Diese geheimnisvolle Vitalenergiekopplung, die ihn sogar in ein Koma hatte stürzen lassen, die galaktische Bedrohung durch die Monolithen, das Transportsystem zwischen ihnen ... Konnte die Summe dieser Ereignisse sogar einem Elftausendjährigen in einem Maß geschadet haben, dass er nicht mehr vernunftgemäß entscheiden konnte?

Naileth wischte den Gedanken beiseite. Sie durfte sich nicht verrückt machen lassen. Sie hatten eine Aufgabe, die es zu erfüllen galt. Und Vertrauen war der Schlüssel dazu.

Stumm wartete sie darauf, dass der Roboter etwas herausfand.

Das Denken des Roboters verlief gleichzeitig in mehreren thematisch strukturierten Sektoren ab.

Auf der untersten Ebene – direkt oberhalb der Basisprogramme – erfolgte unverändert die Defragmentierung und Rekonstruktion seines Ursprungswissens. Mittlerweile hatte er fast sechzig Prozent der originalen Daten entschlüsselt und neu geordnet. Calipher-SIM hütete sich aber davor, zu diesem Zeitpunkt bereits tiefgehende Rückschlüsse zu ziehen, selbst wenn er für sein Selbstverständnis den Nachforschungen über Anat Serkuloon die höchste Priorität zuordnete. Oder genau deswegen. Calipher-SIM durfte diese wichtigen Daten nur in ihrer Gesamtheit abschließend beurteilen. Er *wusste*, dass sie den Schlüssel zu seiner Bestimmung beinhalteten. Erst nach ihrer vollständigen Auswertung würde er entscheiden können, wie er weiter verfahren würde.

Auf der nächsthöheren Ebene befasste er sich mit seiner aktuellen Situation. Aus der Verhaltensmatrix Atlans und der anderen Entscheidungsträger berechnete er, dass sie ihm nur eine untergeordnete Funktion zumaßen. Sie sahen in ihm ein Werkzeug, mit dem sie ihre Pläne verfolgen konnten – und darüber hinaus eine interessante Datenquelle, da er gewissermaßen eine aktive Verbindung mit der Vergangenheit darstellte.

Was aber würde geschehen, wenn sie der aktuellen Situation Herr wurden? Wenn sie der sogenannten Silberherren habhaft geworden waren und daran gingen, die Monolithen zu beherrschen, oder – was eine höhere Wahrscheinlichkeit aufwies – sie zu vernichten? Würde dies nicht höchstwahrscheinlich im Widerspruch zu seiner Bestimmung stehen, die er auf der untersten Ebene noch ermitteln musste?

Die Daten, die er laufend gewann, deuteten immer klarer darauf hin, dass er sich von Atlan würde lösen müssen, bevor die USO eingriff, deren Rolle, Aufbau und Vorgehensweise er nun durch die Daten des GLADIATOR-Roboters verstand.

Bis zu diesem Zeitpunkt erschienen ihm seine Ziele mit denen Atlans deckungsgleich. Ergo würde er vorläufig auf seiner höchsten und aktivsten Ebene weiterhin als loyales Werkzeug des Arkoniden fungieren.

Dank seiner räumlichen Nähe zur Felsnadel gelang es ihm, in den Datenstrom des palastinternen Netzwerkes einzudringen. Das System war – wohl aufgrund der auf Shenzen nur in begrenztem Umfang verfügbaren Technologie – nicht gegen sein Eindringen gehärtet. Er benötigte nur wenige Zeiteinheiten, um sich selbst mit einem gespiegelten Überrang-Profil zu autorisieren. Danach hatte er nicht nur Zugriff auf die Kommunikations- und Steuersysteme des Palastes, sondern auch auf die Luftaufbereitungsanlagen und den Schutzschirm.

»Ich bin soweit«, sagte er.

Naileth

Naileth atmete tief durch. Die Anspannung, die sich in den letzten Minuten aufgebaut hatte, verebbte. Sie sah auf ihr Chronometer. Im fernen Terrania war vor wenigen Minuten der 28. April 3112 angebrochen, und auch hier in Magoria begann ein neuer Tag. In vier Stunden würde die Sonne aufgehen. Einen flüchtigen Moment lang dachte sie an DeKamps Stern, die Sonne, die ihre Kindheit und Jugend erhellt hatte.

»Sende Atlan den vereinbarten Rafferspruch«, befahl sie dem Roboter. »Wir werden nun in unser Hauptquartier zurückkehren und die letzten Vorbereitungen treffen.«

Vielleicht finde ich sogar noch ein paar Stunden Schlaf, fügte sie in Gedanken hinzu.

Kapitel 25

Offensive: Atlan

Auf Terra schrieb man den 28. April 3112, nach offizieller Zeitrechnung war es fünf Uhr morgens. Ein neuer Tag hatte auch auf Shenzen angefangen – es war der sechste, seit wir von dem Monolithen auf dem Giftplaneten ausgespien worden waren.

Ich hatte meinen Zellaktivator wieder an Calipher-SIM übergeben und Poltor, Naileth Simmers, Ramit Claudrin, Amelia Marcos, Torben Santorin und den Lemurer-Roboter in unser aktuelles Hauptquartier beordert. Wir standen um den Tisch, auf dem Poltor eine detailreiche Karte Magorias ausgebreitet hatte.

Ich blickte in die Runde. »Die Vorbereitungen sind abgeschlossen. Poltors Leute warten auf den Einsatzbefehl. Naileth Simmers und Calipher-SIM ist es gelungen, einen Trojaner im Steuerungssystem des Palastes zu deponieren, das den Schutzschirm und die Luftaufbereitungsanlagen kontrolliert. In genau einer Stunde werden wir die Operation ZENTRUMSSTURM starten. Calipher-SIM wird zu diesem Zeitpunkt wieder in der Nähe des Palastes sein und mit Hilfe des Trojaners die Lufterneuerung manipulieren. Poltors Leute werden die Bevölkerung auf die drohende Gefahr aufmerksam machen und damit Panik verbreiten. Ihr Ziel ist es, die Sicherheitskräfte des Herrschers zu binden. Poltor?«

»Eure Erhabenheit?« Im Gesicht des Arkoniden arbeitete es.

»Der Auftrag ist klar, und Sie haben alles Notwendige in die Wege geleitet?«

»Aus Sicherheitsgründen sind meine Leute noch nicht mit Details vertraut. In vierzig Minuten werden aber alle Knotenpunkte verständigt sein. Dann warten wir auf die ersten erkennbaren Auswirkungen auf die Atemluft und schüren Unruhe in der Bevölkerung. Wir werden dafür sorgen, dass es besonders in der Nähe der SiDi-Posten zu größeren Volksaufläufen kommt, und zwar hier, hier, hier und hier.«

Poltor deutete auf verschiedene Stellen der Karte, die mit roten Vierecken bezeichnet waren.

»Wir werden versuchen, die Aktionen mit möglichst wenig Gewalt durchzuführen, wie es Eure Forderung war, Lordadmiral.«

Ich machte eine bestätigende Geste.

Dass es in Magoria keine großkalibrigen Waffen gab, kam begünstigend hinzu. Ein wild um sich greifendes Feuer hätte sämtliche 17.000 Bewohner der Stadt gefährdet.

»Sehr gut, Poltor. Haben Sie noch irgendwelche Fragen?«

»Keine, Erhabener!«

Wir hatten uns bereits am Vorabend mit der Detailplanung befasst.

»Dann können Sie alles in Angriff nehmen.«

Der Arkonide erhob sich.

»Falls wir uns nicht mehr wiedersehen sollten: Es war mir eine Ehre, Euch zu dienen, Erhabener.«

»Sie sind ein guter Mann, Poltor«, sagte ich. »Und dies ein wichtiger Tag für Magoria. Mögen die Sternengötter Sie und Ihre Leute beschützen!«

Poltor verbeugte sich und verließ den Raum.

»Atlan«, schnarrte Calipher-SIM. »Mir fehlen wichtige Daten zur Kontrolle der Luftaufbereitungsanlagen. Die Effekte, die ich durch Manipulation der Filter- und Zuliefersysteme erreichen will, kann ich nur bis zu einem Sicherheitsgrad von 68 Prozent zuverlässig berechnen.«

»Was bedeutet das?«, fragte ich den Roboter.

»Es kann zu unerwünschten Auswirkungen kommen. Chlorgas könnte eindringen, oder das Mischverhältnis der Atemluft könnte sich in für Sauerstoffatmer toxische Bereiche verschieben.«

Ich sah den früheren GLADIATOR-Kampfroboter stirnrunzelnd an. Hatte er mit dieser Aussage absichtlich gewartet, bis Poltor verschwunden war?

Wahrscheinlich ja, wisperte der Extrasinn. *Falls es so ist, hat er einen weiteren Entwicklungsschritt hinter sich. Er versteht eure Motive und Verhaltensweisen immer besser.*

»Mit anderen Worten: Wir könnten durch die Manipulation der Anlagen die Bevölkerung Magorias in Gefahr bringen«, stellte Naileth Simmers fest. »Das ist inakzeptabel für eine USO-Mission.«

»Es ist ein Risiko«, sagte ich gefasst, »das ich eingehen werde. Vergessen Sie nicht, was auf dem Spiel steht: Die Monolithen stellen ein galaktisches Machtmittel sondergleichen dar, dessen Auswirkungen wir wahrscheinlich erst dann im vollen Ausmaß verstehen werden, wenn sie alle aktiviert sind. Bevor es dazu kommt, müssen die Silberherren ausgeschaltet sein, sonst steht die Galaxis vor einer Katastrophe.«

Ich sah in ihren Augen, dass meine Worte Naileth Simmers noch nicht überzeugt hatten.

»Hinzu kommt, dass dieses Vorgehen aus meiner Sicht weniger Gefahren für die Bevölkerung birgt als beispielsweise ein offener Angriff mit einigen Dutzend Verbündeten, die den Palast erstürmen. Dies wurde vor Jahren schon einmal versucht, worauf der Herrscher Strukturlücken in den Schutzschirm schalten ließ.«

»Und wenn wir ohne Unterstützung von Poltors Leuten den Palast stürmen?«

»Dann riskieren wir, dass wir zu viele Kräfte des Sicherheitsdienstes an uns binden. Trotz überlegener Technik würde ich Ihr Leben unnötig aufs Spiel setzen und zudem riskieren, dass die Silberherren in Panik geraten und mit dem einzigen Raumschiff fliehen.«

»Weshalb haben sie das nicht schon längst gemacht?«, fragte Ramit Claudrin mit seinem tiefen Bass.

»Wahrscheinlich konnten sie, respektive ihr Anführer Onjar Marik, den Herrscher nur allmählich vom Vorzug einer Zusammenarbeit überzeugen. Und da leiht man nicht so schnell das einzige Raumschiff aus, das man in der Garage stehen hat.«

Ich blickte Naileth Simmers an. »Ich verstehe Ihre Bedenken, Major. Doch wir werden vorgehen, wie wir es geplant haben, und unser Freund Calipher-SIM wird die Manipulation der Luftaufbereitungsanlagen mit aller Sorgfalt vornehmen.«

»Ich wollte garkeine Kritik äußern, Sir«, sagte die Gäa-Geborene. »Ich …«

»Wir verstehen uns«, unterbrach ich sie. »Und ich schätze Ihre Art, Major.«

Stumm nickte sie mir zu.

»Wir werden in zwei Gruppen vorgehen«, fuhr ich fort. »Major Simmers, Sie werden mit Oberleutnant Claudrin, Oberleutnant Marcos und Oberleutnant Santorin und einem der GLADIATOREN den Haupteingang des Palasts stürmen und sich von dort zur Zentrale vorkämpfen. Calipher-SIM hat Ihnen die Pläne der Felsnadel in Ihre Anzugpositroniken übermittelt. Hier ist eine zweidimensionale Karte.«

Ich legte eine bedruckte Folie auf den Tisch.

»Es führen insgesamt sechs mechanische Aufzüge in die Höhe, aber nur zwei davon direkt in die Zentrale.«

Ich deutete auf die beiden betreffenden Schächte.

»Das genaue Vorgehen liegt in Ihrer Verantwortung, Major. Sobald Sie dort angelangt sind, lautet Ihr Auftrag *Halten der Zentrale und Kontrolle aller Steuersysteme*. Das schließt sowohl diejenigen des Palastes wie auch diejenigen der Luftaufbereitung und des Schutzschirms mit ein. Dies ist eine zusätzliche Sicherheitsvorkehrung, falls Calipher-SIM die Kontrolle verlieren sollte. Zudem müssen Sie sich bereithalten, meinen Vorstoß zu unterstützen. Ich werde zusammen mit Calipher-SIM und einem der Kampfroboter direkt zu Marik vordringen, sobald wir ihn lokalisiert haben.« Ich machte eine kurze Pause. »Die größte Unsicherheit bei unserem Unternehmen betrifft nicht den Gegner selbst, sondern die Tätigkeit des Monolithen. Calipher-SIM stellte eine weitere Erhöhung der Hyperaktivitäten fest. Falls es zu unerwarteten Auswirkungen auf die Funktionen unserer Anzüge kommen sollte, müssen wir das tun, was wir ohnehin am besten können: Improvisieren!«

Ich blickte jedem Einzelnen der Anwesenden in die Augen. In ihnen las ich die konzentrierte Entschlossenheit, die diese Frauen und Männer im Dienst der USO auszeichnete. In den letzten Tagen hatten sie ihre körperlichen und seelischen Wunden gepflegt, die durch die Ereignisse der vergangenen Wochen gerissen worden waren, und sich auf den nächsten Einsatz vorbereitet, der nun in die entscheidende Phase trat.

»Sie wissen, was von Ihnen verlangt wird, Sie sind ausgerüstet und bereit für den Einsatz?«, fragte ich.

Santorin und Marcos nickten. Der Epsaler Claudrin schlug kraftvoll in die Hände.

»Ja, Sir!«, sagte Naileth Simmers.

»Dann werde ich mit Calipher-SIM und dem GLADIATOR aufbrechen. Ich wünsche uns allen viel Erfolg.«

Ich drehte mich ab und verließ die provisorische Zentrale. Calipher-SIM folgte mir.

Der Junge

Helter Minimaa hob abwehrend die Hände und ging rückwärts, bis er an der Wand der Turnhalle angelangt war, in die er ihn gehetzt hatte.

»Wir wollten mit deinem Karuumi bloß ein wenig spielen«, sagte Helter und entblößte eine Reihe ungepflegter Zähne.

»Ihr habt Rubi gequält, ihn geschlagen, bis er starb! Ihr verdammten Bastarde!«

»Das ist nicht unsere Schuld! Er ist uns nachgelaufen und hat Trabmon gebissen!«

»Du verfluchter Lügner! Rubi war absolut friedlich. Wahrscheinlich habt ihr ihn mit Steinen beworfen oder mit Zweigen geschlagen, und er hat sich nur verteidigt.«

»Wer ist hier ein Lügner, San? Du hast uns versprochen, mit dem Karuumi im Wald jagen zu gehen!«

»Na und? Das ist aber noch lange kein Grund, um Rubi zu töten, verdammter Mörder!«

»Er hatte es verdient!«

»Rubi war mein bester Freund«, keuchte der Junge. Tränen schossen in seine Augen, strömten wie kleine Bäche über die heißen Wangen.

»Ach, und nun weint das Bubi auch noch«, höhnte Helter. »Wegen eines nichtsnutzigen Karuumis! Da werden die anderen aber lachen, wenn ich ihnen das erzähle.«

Klick, *machte es im Kopf des Jungen.*

»Er hieß Rubi!«, schrie er entgeistert.

Mit beiden Händen schlug er gegen Helters Brustkasten. Der blonde Nachbarsjunge verzog kurz das Gesicht, setzte aber gleich wieder sein typisches dreckiges Grinsen auf, wenngleich es diesmal ein wenig verzerrt ausfiel.

In dem Moment zerbrach etwas in dem Jungen.

Dieses Grinsen.

Er wollte es weghaben.

Der Junge holte aus und traf Helter unterhalb des rechten Wangenknochens. Der Blonde schrie auf.

»Spinnst du? Du kannst doch nicht …« Weiter kam er nicht mehr.

Der Junge konnte. Und Helter würde nun erfahren, wie *gut er es konnte! In rasendem Zorn schlug er zu. Die Fäuste hämmerten auf den Nachbarsjungen ein, trafen ihn immer wieder am Kopf, im Bauch, an den Seiten und wieder am Kopf.*

»Du Monster! Du verdammtes Monster!«, schrie der Junge.

Etwas spritzte zur Seite.

Blut.

Helters Blut!

Siedend heiß stieg der Triumph in dem Jungen auf. Genau so war es Rubi ergangen, als ihn die Nachbarskinder erschlagen hatten. Genau so!

Der Junge nahm nichts mehr wahr außer seinen Fäusten, die in erbarmungslosem Trommelfeuer auf Helter einprasselten, und dessen zur Fratze verzerrtes Gesicht, über das dickflüssiges Blut rann, bevor es vom nächsten Schlag weggeschleudert wurde.

»Rubi!«, schrie der Junge.

»Hör auf!«, rief der andere in panischer Angst aus fast zahnlosem Mund. »Ich gebe dir … den Silberschmuck!«

Das letzte Wort sprang im Kopf des Jungen umher wie ein Gummiball, den man nicht zu fassen bekam.

Silberschmuck! Silberschmuck! Silberschmuck!

Dann begriff er endlich.

Es war, als würde er aus einem tiefen Traum erwachen. Zutiefst erschrocken starrte Santjun auf das blutige Bündel, das er gegen die Wand gedrückt hielt und nun seinen kraftlos gewordenen Händen entglitt und zu Boden rutschte.

Der Mann war in eine weiße Bordkombination gekleidet, die blutgetränkt war. Am Hals blitzte eine silberne Kette mit einem mondförmigen Anhänger.

Ein Silberherr!

Allmählich setzten sich die Bilder zusammen. Er erinnerte sich wieder, wie er hierher gelangt war und wie es in seinem Kopf *Klick* gemacht hatte, als er den Silberherrn gesehen hatte, der das im Überfluss besaß, was er, Santjun, so dringend benötigte: Silberschmuck und damit die Chance auf ein *Leben!*

Santjun sah sich um. Der kleine Raum mit seinen vielen, irgendwie konzeptionslos herumstehenden Gerätschaften, weckte in ihm den Eindruck eines provisorisch eingerichteten Untersuchungslabors.

Der zu seinen Füßen liegende Mann stöhnte leise. Santjun starrte ihn an und fragte sich, was er tun sollte. Er hatte an sich in den letzten Tagen ein zunehmendes Gewaltpotenzial festgestellt. Das Ausmaß an *Raserei* aber, das er diesmal an den Tag gelegt hatte, machte ihm zu schaffen. Konnte er sich überhaupt noch vertrauen? Der nächste Aussetzer dieser Art könnte ihn endgültig das Leben kosten.

»Reiß dich zusammen!«, sagte er zwischen zusammengebissenen Zähnen hindurch.

Er musste handeln.

Santjun bückte sich und betrachtete das Gesicht des Silberherrn genauer. Er erinnerte sich, dass er ihn bei Mariks Einsatz auf Lumbagoo schon einmal gesehen hatte. Ein

Wissenschaftler, der wahrscheinlich nur tat, was ihm befohlen wurde. Machte ihn dies zum Gegner?

Unwichtig!

Er griff in den blutigen Kragen des Mannes und zog ihm die Kette aus Silbermetall über den Kopf. Ein Armband, mehrere Ringe und eine Gürtelschnalle wechselten ebenfalls den Besitzer.

An einem Wasserbecken wusch Santjun das Blut von dem Silberschmuck und steckte ihn anschließend in seinen Rückentornister. Bis auf die Kette – die zog er sich über den Kopf. Ihren kunstvoll verzierten Anhänger stopfte er unter die Kombination, die er unter seinem Kampfanzug trug.

Dann zog er den Kombistrahler, huschte zur Tür, horchte kurz und verließ das Labor.

Kapitel 26

Unheil über Magoria: Magor

Mit brennenden Augen starrte der Herrscher auf die verschiedenen Monitore, vor denen er schwebte. Seit Stunden quälten ihn hartnäckige Magenschmerzen, und er hatte das unangenehme Gefühl, dass er zu wenig Luft bekam.

Die meisten Sonden, die er in den Umkreis der *Hand der Ahnen* ausgesandt hatte, fielen schon nach kurzer Zeit aus. Die Bilder und Daten, die sie vorher übermitteln konnten, verhießen vor allem eines: neues Unheil für Shenzen, Magoria und ihn selbst.

Rund um die *Hand* hatte das große Sterben eingesetzt. Die ohnehin nur spärliche Vegetation wurde grau und verdorrte. Eine Sonde hatte eine Bildsequenz aus mehreren Kilometern Höhe aufgenommen, die einen verwaschenen grauen Fleck zeigte, der sich wie ein Fäulnispilz ausbreitete. In seiner Mitte stand die gewaltige *Hand* – verantwortlich für das Verderben, das über Shenzen gekommen war.

Eine andere Sonde filmte, wie ein Schwarm Munamaar zitternd zu Boden segelte, wo die ballonartigen, psibegabten Kollektivlebewesen als verschrumpelte, milchig weiße Häute liegen blieben.

Magor musste davon ausgehen, dass die Tyaheel-Würmer ebenfalls vom allgemeinen Sterben betroffen waren. Dies wäre die größte aller möglichen Katastrophen, denn die Tyaheel aus der Suquosh-Ebene waren mit ihren speziellen Eigenschaften als Exportgut unglaublich wertvoll. Starben sie aus, wurde Magoria der einzigen Handelsware beraubt, die gegen Lebensmittel, Technik und Arbeitskräfte eingetauscht werden konnte.

Gut, dachte Magor in einem Anflug von Zynismus, *wenn die* Hand der Ahnen *weiter verrückt spielt, werden bald sowieso keine Raumschiffe mehr nach Shenzen kommen, um Handel mit uns zu treiben.*

Bis auf die MAGORS GLANZ verfügte er über keinen überlichtschnellen Raumer.

Magor schlug die Hände vors Gesicht. Nach diesem unglückseligsten aller Tage würde nichts mehr sein, wie es vorher gewesen war.

»Mein Gebieter!«

Magor zuckte zusammen. Hastig wischte er sich über die Augen und drehte den Schwebestuhl zu seinem Leibeigenen.

»Wir haben ein Problem!«, schrie ihm Enz zu, noch bevor er bei ihm angelangt war.

»Eines?«, kreischte Magor zurück. Dann besann er sich auf seine Rolle als Herrscher und sagte deutlich ruhiger: »Was gibt es?«

»Die Luftaufbereitungsanlagen sind defekt! Sie produzieren schweren, weißen Nebel!«

Für einen Moment verschlug es ihm die Sprache.

»A...alle?«, krächzte er.

»Ja, alle!«

Magors Gedanken rasten. Wie sollte er auf diese neue Ungeheuerlichkeit reagieren?

»Was ... was sagen die Techniker?«

»Die wissen auch nicht, was vor sich geht.«

»Die *Hand der Ahnen*«, hauchte Magor. »Sie stellt uns die Luft ab.«

Enz hob verneinend die Hände. »Das schließen die Experten bisher aus, Gebieter. Sie sagen, dass die Anlagen wegen der Beeinträchtigung durch die hyperphysikalischen Einflüsse der *Hand* höchstens ausfallen könnten. Die Fehlfunktion deute aber eher darauf hin, dass die Arbeitsparameter abgeändert wurden.«

»Wadiwadiwadi!« Magor verwarf die Arme in der Luft. »Das sagt mir alles nichts! Sprich verständlicher!«

»Gebieter – die Techniker schließen eine Manipulation nicht aus!«

»Was? Wer sollte denn schon in der Lage ...« Magor brach ab. Alles Blut schien mit einem Schlag aus seinem Gesicht zu entweichen.

»Oh«, sagte er. Übergangslos fühlte er sich alt und müde.

Enz blickte ihn entgeistert an. »Ist Euch nicht gut, mein Gebieter? Was habt Ihr?«

»Atlan«, sagte Magor. »Er kommt mich holen.«

Onjar Marik

Hastig zwängte er sich in den Einsatzanzug, den Enz ihm gebracht hatte. Nun galt es, keine weitere Sekunde mehr zu verlieren.

Seit die Luftaufbereitungsanlagen Trockeneisnebel produzierten, brandete eine Welle der Nervosität und Hektik nach der anderen durch den Palast.

Marik hatte den Herrscher über die Kom-Anlage angerufen und ihn darüber informiert, dass er sich nun in die Angelegenheit einschalten und Atlan direkt bekämpfen würde, da Magor dazu offensichtlich nicht imstande sei.

Der kleinwüchsige Herrscher hatte einen Schreikrampf bekommen, worauf Marik die Verbindung unterbrochen und mit Enz Kontakt aufgenommen hatte.

Magors Diener hatte auf die Worte des Silberherrn hin eine erstaunliche Begabung bewiesen, umzudenken und sich anzupassen. Offenbar hatte er die Zeichen der Zeit ebenfalls erkannt und über Mariks Angebot, in dessen Reihen aufgenommen zu werden, keine zwei Sekunden nachdenken müssen.

In der Folge war alles schnell und reibungslos abgelaufen. Enz hatte ihnen ihre Einsatzanzüge zurückgegeben und die erwünschten Schaltungen an den magorianischen Kommunikationsanlagen vorgenommen.

»Sag mir sofort, was du vorhast!«, fuhr Thalia Lacroix Marik an.

»Das wirst du gleich sehen. Zieh den verdammten Anzug an und halte deine vorlaute Klappe!«

Die Ärztin funkelte ihn böse an, tat aber, was er von ihr verlangte.

Marik befestigte das Kontrollgerät des Tamasoori an seinem linken Handgelenk und schloss das Oberteil des Anzugs.

»Dann wollen wir mal«, murmelte er.

Er ging zum angrenzenden Raum, in dem Iasana Weiland gefangen gehalten wurde. Nur er kannte den Zugangskode. Im zweiten Anlauf gelang es ihm, mit den klobigen Handschuhen die richtige Ziffernfolge einzutippen. Die Tür schwang auf.

Seine Gefangene saß mit verschränkten Armen auf der einfachen Pritsche.

»Zimmerservice!«, rief Marik in künstlicher Fröhlichkeit.

Sie blickte ihm mit unverhohlenem Abscheu entgegen. Die langen roten Haare umgaben das schmale Gesicht wie ein Flammenmeer. Dazu bildeten ihre durchdringend blauen Augen einen eisig kalten Kontrast.

»Oho! Wir sind immer noch kratzig aufgelegt?«, dröhnte Marik. »Tja, wenn du die schmerzfreie Zeit zu wenig schätzen gelernt hast, dann muss ich dir wohl eine kleine Erinnerungshilfe geben!«

Iasana Weiland straffte sich, während sie einatmete. Unter der leichten Bordkombination zeichnete sich ihr voller Busen ab.

Er grinste genüsslich und schob den Regler des Kontrollgeräts um eine Nuance gegen rechts. Iasana stieß einen erstickten Schrei aus und krümmte sich wimmernd zusammen. In Zeitlupentempo glitt sie von der Pritsche und blieb zitternd und sich windend auf dem Kunststoffboden liegen.

»Wie heißt das Zauberwort?«, fragte er kalt.

»Mmmm«, machte sie. Ihre Augen verdrehten sich soweit, dass nur noch das Weiße sichtbar war. »Mmmm!«

»Nein, nicht *Mmmm!* Wie heißt es?«

Sorgfältig schob er den Regler um eine weitere Haaresbreite nach rechts. Es wäre ungeschickt gewesen, sie ohnmächtig werden zu lassen.

Nun verlor Iasana vollends die Kontrolle über sich. Sie schrie, suchte mit rudernden Armen Halt, den es in diesem Raum aus Pein nicht gab. Schrie noch lauter, noch verzweifelter, als ob sie bei lebendigem Leibe verbrannt würde.

»Was machst du hier?«, erklang Thalias alarmierte Stimme.

»Komm rein und genieß die Show«, sagte er, ohne den Blick von seinem Opfer zu nehmen.

»Onjar …«, hauchte Thalia, als sie die sich windende Frau sah.

»Meister!«, schrie Iasana aus voller Lunge.

»Es geht ja doch!«

Marik schob den Regler fast bis in die Ausgangsstellung zurück. Sofort glitt die Anspannung aus dem Körper der Plophoserin. Leise schluchzend blieb sie liegen.

»Du bist ein Schwein, Onjar«, stieß Thalia aus.

»Du machst mich mit solchen Ausdrücken nur noch schärfer, Quacksalberin!«, grollte Marik, während seine Augen genüsslich über den bebenden Körper der Plophoserin strichen.

»Steh auf, Püppchen«, befahl er. »Wir machen einen Spaziergang.«

Ein gurgelndes Geräusch ausstoßend, rollte sich Iasana Weiland herum und richtete sich mit unsicheren Bewegungen auf. »Bitte hören Sie damit auf«, stammelte sie. Dann fiel ihr fahriger Blick auf Thalia Lacroix. »Bitte helfen Sie mir!«

Die Silberherrin verschränkte stumm die Arme, während Marik drohend das linke Handgelenk mit dem Kontrollgerät erhob.

»Schlechter Zug, Püppchen«, sagte Marik mit einem sadistischen Lächeln. »An deiner Stelle würde dieses Weibsbild hier vor Wollust schreien, wenn sie das Tamasoori tragen dürfte. Von ihr wirst du keine Hilfe erhalten. Zudem hast du schon wieder das Zauberwort vergessen!« Sein rechter Zeigefinger erhob sich demonstrativ und senkte sich dann gemächlich auf den Regler.

Iasana hob abwehrend beide Arme. »Verzeiht, Meister! Ich wollte nicht ...«

Marik ließ das Handgelenk wieder sinken. »Das wollte ich hören. Und nun keine Diskussionen mehr! Ihr zwei geht voraus, ich folge euch.«

Der Silberherr dirigierte sie durch sein Arbeitszimmer, in den Gang, und dann zum Lift. Nach wenigen Sekunden Fahrt öffnete sich die Tür. Eisiger Wind schlug ihnen entgegen.

»Ein falscher Schritt, Püppchen, und das Tamasoori wird dich bestrafen«, sagte Marik. »Und was dich anbelangt, Thalia Lacroix, Tochter des ehrenwerten Martti Lacroix: Ich habe mir die Freiheit genommen, von meinem Kommandantenrecht Gebrauch zu machen. Dein Anzug bewegt sich keinen Millimeter, wenn ich das nicht will! Und nun raus mit euch, alle beide!«

Vorsichtig traten die beiden Frauen auf den Balkon des Palastes. Marik folgte ihnen. Tief unter ihnen erstreckten sich die Häuserkreise von Magoria, die jedoch nur undeutlich sichtbar waren, weil ein breiter Strom von Trockeneisnebel an ihnen vorbei in die Tiefe fiel.

Marik blickte kurz hoch. Der Nebel stammte aus den gewaltigen, wie riesige Muscheln aussehenden Luftaufbereitungsanlagen, die oberhalb des Balkons angebracht waren, direkt neben den mächtigen Projektoren für den Schutzschirm.

Enz hatte ihm versichert, dass der Nebel keine Giftgas-Anteile der Shenzen-Atmosphäre und auch sonst keine Schadstoffe enthielt.

Du willst uns nur nervös machen, Atlan, dachte er. *Mal schauen, ob mir dasselbe gelingt.*

Über das Kommunikationssystem des Anzugs nahm er Verbindung mit Enz auf. »Hast du alles wie gewünscht in die Wege geleitet?«, fragte er, nachdem sich der Akone gemeldet hatte.

»Ja, Herr!«

Marik lachte. Der frühere Leibeigene des Herrschers hatte sich schon sehr gut in seiner neuen Rolle zurechtgefunden.

»Ich habe die Lautsprecher aktiviert«, sagte Enz. »Du kannst sprechen.«

Onjar Marik räusperte sich.

Kapitel 27

Auf dem Balkon: Atlan

Ich stand mit Calipher-SIM und dem GLADIATOR-Kampfroboter im Schutz unserer Deflektorfelder auf dem Dach eines Hauses in der fünften Krocht. Calipher-SIMS Manipulationen schienen trotz seiner Zweifel ein voller Erfolg zu sein. Die mächtigen Muscheln der Luftaufbereitung produzierten einen fallenden Nebelvorhang aus Trockeneis. Für die Bevölkerung musste dies ausgesprochen dramatisch aussehen, was für unsere Zwecke perfekt war.

Wir blickten auf den Sicherheitsposten in einem Haus der vierten Krocht. Gemäß unseren Angaben war dies einer der wichtigsten und auch größten SiDi-Posten. Und auch einer der kritischsten. Je mehr er durch Magorianer bedrängt wurde, desto reibungsloser würde der Vorstoß von Naileth Simmers Gruppe möglich sein.

Da die Krocht so weit innen lag, hatte ich daran gezweifelt, dass Poltor auch hier Leute mobilisieren und einen Aufstand initiieren vermochte.

Aber als nur wenige Minuten nach den ersten sichtbaren Auswirkungen von Calipher-SIMS Manipulation bereits Dutzende von Magorianer durch die Straße liefen, einige mit abenteuerlich zusammengebastelten Atemgeräten ausgestattet, an Türen und Fenster klopften und immer mehr Leute zum Verlassen ihrer Häuser veranlassten, wurde ich immer zuversichtlicher, dass der Plan aufgehen würde.

Dann geschah etwas, womit ich nicht gerechnet hatte. Jedenfalls nicht zu diesem Zeitpunkt.

Ein dumpfes Grollen rollte durch die Straßen von Magoria. Es klang so, als ob sich die Stadt aus Dutzenden von Kehlen gleichzeitig räuspern würde. Gleich darauf stellte ich fest, dass ich mit meinem Eindruck gar nicht so weit daneben gelegen hatte. Aus vielen verborgenen Lautsprechern drang eine dröhnende Stimme.

»Atlan, Santjun und der Rest von euch Pack, das sich USO schimpft: Hier spricht der Silberherr Onjar Marik, neuer Herrscher der Stadt! Ich weiß, dass ihr da draußen seid und was ihr plant. Ich weiß aber auch, dass ihr euren eigenen moralischen Leitlinien folgen müsst. In meiner Begleitung befindet sich ein gewisser Leutnant Iasana Weiland, ihres Zeichens Versorgungsoffizier der USO. Wir halten uns zusammen in einer Höhe auf, aus der ein Sturz nur ein wenig Mus aus Knochen, Blut und Fleisch übrig lässt.«

Ich blickte zur Felsnadel, die etwa achtzig Meter vor uns aufragte. Eigentlich konnte sich Marik nur dort aufhalten. Neben mir schoss Calipher-SIM in die Höhe.

»Falls ihr Miss Weiland dieses – zugegebenermaßen ziemlich befreiende – Erlebnis nicht gönnen wollt, dann gebt auf! Meldet euch beim nächsten SiDi-Posten und lasst euch entwaffnen. Marik Ende!«

Die Bewohner Magorias in der Straße unter mir waren bei den ersten Worten Mariks stehen geblieben, als wären sie gegen eine Wand gelaufen. In den Gesichtern, soweit sie nicht durch die Bahtorp verdeckt waren, spiegelte sich Fassungslosigkeit.

»Ein Regierungssturz!«, schrie jemand. »Man will uns töten!«

Nun brachen auf der Straße alle Dämme. Wenn die Magorianer durch die vermeintliche Fehlfunktion bisher verunsichert gewesen waren, so führte die Art und Weise, in der sich Marik geäußert hatte, zu einer Panik sondergleichen.

Die Stadtbewohner rannten orientierungslos durcheinander. Als sich mehrere Personen auf einen sich nähernden Gleiter warfen und diesen von Hand erobern wollten, kam etwas Ordnung in die Bewegungen. Die Magorianer stürzten sich auf das neue Ziel.

Calipher-SIM landete wieder neben mir. Ich sah ihn dank der Antiflex-Brille, die das Deflektorfeld neutralisierte.

»Auf dem Balkon der gegenüber liegenden Seite des Palastes stehen drei Personen«, schnarrte Calipher-SIMS künstliche Stimme leise aus meinem Helmempfänger. »Bei den ersten beiden Personen handelt es sich mit 98prozentiger Sicherheit um Leutnant Iasana Weiland und den Silberherrn Onjar Marik. Die dritte Person ist mit 84prozentiger Sicherheit Thalia Lacroix, die Ärztin der Silberherren, die Major Santjun während seiner Gefangenschaft behandelt hat.«

»Danke, Calipher-SIM«, murmelte ich.

Die Ausgangslage hat sich geändert, kommentierte der Extrasinn. *Marik scheint tatsächlich die Kontrolle im Palast vollständig übernommen zu haben.*

Damit mussten wir rechnen, gab ich zurück. *Aber das verändert unsere Situation nicht grundsätzlich. Ich halte es eher für einen Vorteil, da er so womöglich einen Zweifrontenkrieg angezettelt hat, falls er den Machthaber und dessen Truppe nicht vollständig für sich gewinnen konnte.*

Zustimmung, antwortete der Logiksektor. *Womit noch die Drohung mit Iasana Weilands Tod bleibt. Logischste Erklärung für Mariks Motivation: Er will Zeit gewinnen, indem er in unseren Reihen Verwirrung stiftet.*

Ich halte es ebenfalls für einen billigen Pokertrick, dachte ich. *Er blufft.*

Es gibt jedoch eine Unbekannte in dieser Berechnung dieses Szenarios: Laut Santjuns Beschreibung seines Charakters zeichnet sich Onjar Marik als hervorragender Taktiker und rücksichtsloser

Intrigant mit geradezu brachialer Einflusskraft aus. Seine Jähzorn-Attacken machen ihn jedoch nicht durchwegs berechenbar.

»Lordadmiral!«, drang Naileth Simmers Stimme durch den Funkempfänger. »Sie haben Marik ebenfalls gehört? Wie verändert sich dadurch unser Plan?«

»Gar nicht!«, antwortete ich bestimmt. »Er will uns hinhalten. Calipher-SIM und ich nähern uns vorsichtig dem Palast. Nehmen Sie bitte Kontakt mit Poltor auf und beruhigen ihn sie ebenfalls. Die Aktion läuft wie geplant ab! Atlan Ende.«

»Verstanden, Simmers Ende!«

Ich spürte, dass mich eine erhebliche Nervosität erfasst hatte, die über die normale, durch das ausgeschüttete Adrenalin hervorgerufene Anspannung hinausging.

Vor meinem geistigen Auge sah ich die rothaarige Iasana, die mit ihrem freundlich-interessierten Wesen in den letzten Wochen eine spezielle Saite in mir zum Klingen gebracht hatte. Ich hoffte inständig, dass wir mit unserer Einschätzung zu Mariks Bluff richtig lagen.

Dann eile eiligst hin zur Rettung der holden Maid, Einsamer der Zeit!, spottete mein Extrasinn.

Manchmal denke ich, du bist eifersüchtig, gab ich zurück.

Der Logiksektor schwieg überraschenderweise, und ich beschleunigte den Anzug. Wir stiegen an verschmutzten Hauswänden empor.

Meine Unruhe wuchs weiter. Ich blickte auf die Straße hinunter, auf der die Magorianer den Gleiter des SiDi bedrängten.

Die Gleiterpiloten hätten eine gute Chance gehabt, wenn sie beim Angriff der Magorianer sofort senkrecht nach oben gestartet wären. Stattdessen schossen sie mit ihren Handstrahlern bei geöffnetem Verdeck in die Masse. Doch es waren zu viele Angreifer für nur zwei Strahler. Die Magorianer stürmten den Gleiter und rissen die SiDi-Männer aus ihren

Sitzen. Von meinem Standort sah es aus, als würden Hunderte von Termiten über den Kadaver eines Tieres fallen.

»Major Simmers! Wie entwickelt sich die Lage in der fünfzehnten Krocht?«, fragte ich über Funk.

»Harzig!«, kam es nach kurzem Zögern zurück. »Etwa hundert Magorianer sind in der Nähe des Postens, doch es entwickelt sich bisher noch kein richtiger Mob.«

»Sind Truppen des SiDi zu sehen?«, fragte ich zurück.

»Ja, Sir.«

»Dann nähern Sie sich einer dieser Personen und schießen Sie aus dessen Nähe auf einen freistehenden Magorianer!«

»Sir?«, kam es überrascht zurück.

»Tun Sie, was ich Ihnen sage, Naileth!«

»Ich kann doch keinen Zivilisten erschießen!«

»Je genauer Sie ihn treffen, desto höher sind seine Überlebenschancen!«, gab ich kalt zurück. »Melden Sie sich, wenn wir den Angriff starten können! Atlan Ende.«

Magor

»Enz!«, schrie er abermals in die Kom-Anlage. »Enz, du treuloser Zoglate! Komm sofort zu mir! Wir müssen diesen Irren stoppen!«

Doch sein Leibeigener antwortete nicht. Dies konnte aus Magors Sicht nur zwei Ursachen haben: Entweder war er ermordet worden oder zum Feind übergelaufen. Dass Marik sowohl seinen Kampfanzug trug als auch plötzlich über einen Zugriff auf das stadtweite Lautsprechersystem verfügte, wies eher auf Möglichkeit Nummer zwei hin.

Mit wachsender Panik begriff Magor, dass er die Kontrolle über die Situation immer mehr verlor. Bisher hatte er noch darauf hoffen können, dass Atlan und seine USO Marik als ihr eigentliches Ziel ansahen und er vielleicht ungeschoren davonkommen würde. Nach Mariks offener Drohung musste er aber davon ausgehen, dass der Lordadmiral den Palast nun mit allen ihm zur Verfügung stehenden Kräften angreifen würde. Es war sogar möglich, dass er die gesamte Felsnadel in die Luft jagen ließ, sobald er nicht mehr Rücksicht auf Mariks Geisel nehmen musste. Dass dadurch der Schutzschirm zusammenbrechen würde, brauchte den Unsterblichen nicht zu kümmern. Was war Magoria schon für einen kosmischen Akteur wie Atlan? Nichts. Ein Wurmschiss, genau wie er, Magor, selbst einer war.

Der Herrscher barg das Gesicht in den Händen und schluchzte leise vor sich hin.

Nun ist alles verloren, dachte er. Vielleicht hatte er noch ein paar Minuten, im besten Fall eine Stunde oder zwei. Dann waren Atlans Kämpfer in den Palast eingedrungen und hatten ihn gelyncht. Oder noch schlimmer: Sie würden ihn gefangen nehmen und für den lebenslangen Aufenthalt in einem USO-Gefängnis vorbereiten. Da war sogar die Alternative mit der Sprengung des Palastes noch angenehmer, weil sie die Qual schneller beendete, überlegte er bekümmert. Sein Leben und seine Herrschaft schienen definitiv ein unerwartet plötzliches Ende zu finden.

Halt!, dachte er plötzlich. *Es gibt noch eine andere Möglichkeit: Flucht!*

Das war es – er würde aus diesem Chaos entfliehen! Wenn es ihm gelang, den gesamten Vorrat an Tyaheel und seine persönliche Leibgarde in die MAGORS GLANZ zu bringen und für einige Wochen in die Tiefen der Galaxis zu verschwinden, konnte er später eine Rückkehr wagen oder mit dem Erlös aus dem Verkauf der Tyaheel irgendwo neu beginnen.

Neu-Magoria, dachte er und verliebte sich augenblicklich in diesen Gedanken.

Er aktivierte eine Bildverbindung mit Tagor D'a, dem Befehlshaber seiner Leibgarde. Der stets ruhige Akone mit dem kunstvoll bestickten Tuch über dem linken, fehlenden Auge neigte den Kopf, als er Magor erkannte.

»Wer ist dein Gebieter?«, fragte Magor mit scharfem Unterton.

»Ihr seid es, Magor!«, antwortete Tagor D'a, ohne zu zögern.

»Gut! Dann habe ich eine Reihe von Befehlen für dich, Tagor.«

Onjar Marik

Das Gefühl war unvergleichlich. Marik fühlte sich wie in einer grandiosen Opernaufführung. Vor ihm breitete sich das Stadtrelief als opulentes Bühnenbild aus, der samtweiche Teppich aus Trockeneisnebel fiel als dramatisches Element vor ihnen in die Tiefe.

Und ganz vorne auf der Bühne standen sie, als tragisches Element, an der Schwelle zwischen Leben und Tod.

»Der Herr Lordadmiral hat bisher nichts zu deiner Rettung getan, und es sieht nicht danach aus, als ob er daran etwas ändern würde. Wie fühlt sich das an, Frau Versorgungsoffizier?«, fragte er genüsslich grinsend.

»Atlan wird tun, was er für richtig hält«, sagte Iasana mit unsicherer Stimme.

Der Wind, der durch das Gebläse der Luftaufbereitungsanlagen entstand, zerrte an ihrer roten Mähne, ließ sie flattern, als bestünde sie aus haargewordenen Flammen.

Marik lachte böse. »Womit du ganz bestimmt recht behalten wirst, Püppchen! Dann bin ich also nicht mehr der Einzige, der davon ausgeht, dass das Wohl der Galaxis nicht in den Händen eines Größenwahnsinnigen liegen darf, der über Leben und Tod entscheidet – ganz, wie er dies *für richtig hält!*«

Iasana presste die Lippen zusammen und schwieg. Eine einzelne Träne stahl sich aus ihrem rechten Augenwinkel, wurde vom Wind aber sofort davon getragen.

»Der Einzige, der hier größenwahnsinnig ist, bist du, Onjar!«, rief Thalia. Wie Marik hatte sie den Helm des Einsatzanzuges nicht geschlossen. »Atlan wird niemals auf diesen Bluff hereinfallen! Diese Frau ist der einzige richtige Trumpf, den du in den Händen hältst. Weshalb solltest du ihn wegwerfen?«

Zu jedem anderen Zeitpunkt hätte er die Ärztin für ihre Äußerungen gemaßregelt. Doch nun weidete er sich förmlich daran, wie sie versuchte, ihm mit Argumenten beizukommen.

»Oh, du unterschätzt mich, Lacroix!«, lachte er. »Und dies nach so vielen Jahren, in denen wir uns geschätzt, gevögelt und bekämpft haben! Wann verstehst du endlich, dass ich nicht so einfach zu berechnen bin? Ich brauche Atlans kleines Flittchen nicht, um ihn auszuhebeln. Ich denke längst in größeren Dimensionen!«

»Du bist …«, begann Thalia.

»Genial? Unvergleichlich?«, half Marik ihr aus, als sie ins Stocken geriet. »Ich weiß, dass ich der Beste war, den du je gehabt hast.«

Wütend schnappte sie nach Luft. »Davon träumst du vielleicht in deinen perversen Fantasien!«, stieß sie aus. »Du warst das widerlichste Ekel, mit dem ich je intim war. Aber mein bester Kerl war mit Abstand dieser USO-Agent Santjun! Er hat mich befriedigt wie kein anderer zuvor!«

Nun hatte sie es doch noch geschafft. Rotglühender Zorn explodierte in Marik. »Das ist eine verdammte Lüge!«, schrie er. »Ich hatte euch ständig auf dem Überwachungsmonitor! Es wäre mir aufgefallen, wenn etwas passiert wäre!«

»*Wäre* es dir?«, fragte Thalia spöttisch lächelnd.

»Schau zu!«, schrie Marik, außer sich vor Wut. »Schau gut zu! Du wirst die Nächste sein!«

Mit diesen Worten ergriff er die überraschte Iasana Weiland um die Hüften und warf sie über die Brüstung des Balkons. Die Aktion hatte keine halbe Sekunde gedauert. Marik sah das in panischer Angst verzerrte Gesicht in der nebligen Tiefe verschwinden. Kein Laut kam über die Lippen der Frau. Es war wie eine Szene aus einem Alptraum, in dem alles in gespenstischer Stille ablief. Marik fühlte, wie ihn die Situation sexuell erregte. Mit lüsternem Blick sah er zu Thalia, die ihn mit offenem Mund anstarrte.

»Du … du …«

»Halt die Klappe, Pillendreherin!«, sagte er gefährlich leise. »Nun werde ich dir in Erinnerung rufen, wer der beste Kerl in deinem Leben war! Öffne den Anzug!«

Alle Farbe wich aus ihrem Gesicht. »Das ist nicht dein Ernst, Onjar!«

Der Rufton des Anzugfunks kam seiner Antwort zuvor. Marik tippte verärgert über die Störung auf die Empfangstaste und Enz' Stimme ertönte.

»Herr! Mein früherer Gebieter hat die Leibgarde mobilisiert und befindet sich auf dem Weg zur MAGORS GLANZ Was soll ich tun?«

Magors Schiff, durchzuckte es ihn. *Der Kleine will fliehen!*

»Wie kommen wir vom Balkon aus zum Raumschiff?«

»Wieder zurück auf dem Weg, über den Ihr gekommen seid. Im Fahrstuhl wählt Ihr die oberste Ebene und legt Eure Hand auf das gleich daneben angebrachte Kontaktfeld. Ich habe Euch gerade autorisiert.«

»Perfekt!«, rief Marik gegen eine Windböe. »Komm ebenfalls zum Schiff. Wir werden ihn aufhalten!«

Kapitel 28

Der Angriff: Atlan

Während ich auf die Rückmeldung von Naileth Simmers wartete, umrundeten wir die Felsnadel auf der Höhe der ersten Krocht. Genau in dem Moment, in dem ich die drei Personen erstmals in der optischen Erfassung hatte, geschah es: Iasana Weiland wurde über die Brüstung des Balkons geworfen und stürzte in die Tiefe.

»Calipher!«, schrie ich.

Der Roboter war jedoch schon aus eigenem Antrieb gestartet und tauchte in die Nebelschwaden, die sich am Fuße der Felsnadel gebildet hatten. Sie verwirbelten, als er darin verschwand.

Iasana fiel, ohne einen Ton abzugeben, lautlos wie eine Puppe. Kein Muskel regte sich. Rasend schnell verschwand sie im Bodennebel

Ich hörte das Dröhnen der Luftaufbereitungsanlagen, das Jaulen des Windes, der durch die Krochten drang, und vereinzelte Schreie der Magorianer, die auch hier von Panik ergriffen herumrannten.

Doch das erwartete furchtbare Geräusch ihres aufschlagenden Körpers hörte ich nicht.

Der Roboter hat sie mit seinen Prallfeldprojektoren aufgefangen, behauptete mein Extrasinn.

Ich zweifelte.

»Simmers!«, sprach ich in den Funk. »Wie sieht es aus?«

»Ich wollte Sie gerade verständigen, Sir. Wir können angreifen!«

»Dann tun Sie's!«

In dem Moment tauchte Calipher-SIM wieder aus dem Nebel auf. Vor ihm schwebte der starre Körper Iasana Weilands. Die Plophoserin schien äußerlich unverletzt. Ich blickte hoch, konnte auf dem Balkon jedoch niemanden mehr erkennen.

Der Roboter steuerte mit seinem Schützling das Flachdach eines Hauses der ersten Krocht an. Ich landete direkt neben ihnen. Zwei Liegen und mehrere Pflanzkübel, aus denen schilfartige Gräser wuchsen, gaben einen Hinweis darauf, dass die Bewohner dieser Krocht tatsächlich einen höheren Lebensstandard besaßen als diejenigen der äußeren Stadtteile, in denen wir uns bisher aufgehalten hatten.

»Lebt sie?«, fragte ich.

»Es ist tragisch, Träger des Lichts! Die Frau, die mir ein zweites Leben geschenkt hat, scheint in einem gar bedenklichen Zustand zu sein! Obwohl ich keine äußeren körperlichen Schäden feststelle, ist die Herzfrequenz deutlich niedriger, als sie gemäß meinen Vergleichsdatenbanken sein sollte. Und das Schlimmste: Ich kann kaum elektrische Aktivitäten im Hirn orten; das Zentrum des biologischen Lebens scheint auf Stand-By geschaltet zu sein!«

Sie ist durch den Schock des Sturzes in ein Koma gefallen!, flüsterte der Extrasinn.

Ich ergriff Iasanas Körper, Calipher-SIM desaktivierte das Prallfeld, und ich legte die Plophoserin auf eine der Liegen. Der Wind spielte mit ihren roten Haaren, ihr Gesicht schien noch heller als sonst.

»Calipher-SIM«, sagte ich. »Dieses schwarze Band um ihren Hals – kannst du seine Funktion analysieren?«

»Ich orte darin einen Funkempfänger und außerdem elektrische Aktivitäten im Bereich der Wirbelsäule.«

Ich tippe auf ein Folterwerkzeug, wisperte der Logiksektor.

»Kannst du es desaktivieren?«, fragte ich laut.

»Dafür benötige ich ein paar Minuten«, antwortete Calipher-SIM.

»Tu's in zwei!«

»Meiner Seel!«, jammerte der Roboter. Trotzdem schien er sich an die Arbeit zu machen. Sein Kopf ruckte hin und her, als ob er sich nach verschiedenen Geräuschquellen umhören würde.

Langsam brannte mir die Zeit unter den Nägeln. Doch es war nicht nur das. Es tat mir weh, in Iasanas schönes Gesicht zu blicken und nicht zu wissen, was sie in der Gefangenschaft des *Ekels* Marik alles hatte aushalten müssen. Nun lag sie da wie eine der Prinzessinnen aus Grimms Märchen: Eine unschuldig schlafende Schönheit.

Ich dachte an unsere Erlebnisse im Zartiryt-Monolithen und an Lumbagoo, wo wir uns – bewusst oder unbewusst – fast ständig in der Nähe des jeweils anderen befunden hatten. Als wir von Vögeln angegriffen wurden, hatte sie sich an mich geklammert und ich – der alte Narr, wie es der Extrasinn mich zu nennen pflegte – hatte es genossen. Nun waren die Augen geschlossen, aus denen sie mich damals so entgeistert angeblickt hatte, als ihr plötzlich klar geworden war, wie nah wir uns in diesem Moment gewesen waren.

Mit zusammengepressten Lippen wartete ich darauf, dass etwas geschah. Plötzlich lief ein Beben durch Iasanas Körper, und das schwarze Band rollte sich selbstständig zusammen. Mit dem Strahler schob ich es von ihrem Hals weg.

»Wie geht es ihr jetzt?«, fragte ich besorgt.

»Es gab eine kurze Aktivität im Teil des Gehirns, in dem sich nach meinen Informationen das Schmerzzentrum befindet. Anschließend sind die Werte auf den vorherigen Zustand zurückgegangen.«

»Gut«, sagte ich. »Wir lassen sie vorübergehend hier zurück. Wir müssen uns dringend um den Silberherrn Marik kümmern. Er hat seine Geisel aufgegeben. Das bedeutet, dass er mit dem Raumschiff von Shenzen fliehen will. Mir nach!«

Mit maximaler Beschleunigung stieg ich in die Höhe. Calipher-SIM und der GLADIATOR folgten mir. Iasanas rote Haarmähne wurde schnell kleiner. Ich hoffte, dass ich nicht zu hoch pokerte.

Deine Gedankengänge sind richtig, bestätigte mir der Extrasinn. *Du musst Onjar Marik so schnell wie möglich aufhalten!*

Während ich mit rasender Geschwindigkeit an der Felswand höher stieg, zog ich den Kombistrahler und aktivierte den Impulsmodus. Die Zeit des Abtastens war vorbei.

Ich bremste ab und gab einen kurzen Befehl an die beiden Roboter. Sie scherten zur Seite aus, und wir erreichten den Balkon mit einem Abstand von dreißig Meter zueinander.

Er war leer.

Ich stellte meine Optik auf Wärmeerfassung um. Sofort wurde in meinem Helmdisplay ein Korridor von gelb-orange-roten Farbtönen sichtbar, der an einem Punkt in der metallenen Wand endete.

»Zu mir!«, ordnete ich an, flog zu der betreffenden Stelle und stellte den Kombistrahler in den Desintegratormodus.

»Feuerschutz!«

Ich bestrich die Wand mit den fahlgrünen Strahlen, worauf sie sich augenblicklich auflöste. Ein langgestreckter Gang wurde sichtbar.

»Erst der GLADIATOR, dann ich, dann du, Calipher-SIM!«

Der Kampfroboter verschwand im Gang, ich stellte den Kombistrahler wieder auf Impuls und folgte ihm.

Bisher schien Atlans Plan aufzugehen. Überall in den Gassen herrschte Aufruhr. Die Sicherheitskräfte versuchten Ordnung zu schaffen, doch die in Panik anstürmenden Magorianer konnten sie weder durch Drohungen noch durch Warnschüsse aufhalten. Schossen sie jemanden nieder, so stachelte dies die Meute nur noch mehr auf.

Naileths Gruppe flog dicht über die innersten Krochten. Der GLADIATOR-Kampfroboter flog voraus, für den Fall, dass der Palast doch besser abgesichert sein sollte, als sie bisher angenommen hatten.

Wie ein überdimensionales schlankes Bierglas, über dessen Rand der Schaum tropfte, ragte die Felsnadel vor ihnen auf. Naileth wusste nicht, wie um alles in der Welt sie ausgerechnet auf diese Assoziation gekommen war, und drängte den Gedanken in den Hintergrund.

»Vor dem Eingang in die Felsnadel schweben zwei Gleiter des Sicherheitsdienstes!«, rief Ramit Claudrin, der als Erster über die innerste Krocht geflogen war.

»Ausschwärmen!«, befahl Naileth Simmers sofort. »Ramin, Torben und Amelia, Sie nehmen den rechten Gleiter, der GLADIATOR und ich übernehmen den anderen. Feuer frei auf mein Zeichen!«

»Im Nebel könnten sich weitere Gegner aufhalten!«, rief Torben Santorin.

»Mit denen werden wir uns befassen, sobald wir sie sehen«, gab Naileth zurück. »Feuer frei!«

Aus vier schweren Kombistrahlern und den Geschützen des Kampfroboters fauchten die gleißenden Bahnen der Impulsstrahler. Die Gleiter waren nicht durch ihre Schirmsysteme geschützt und hatten dieser Wucht nichts entgegenzusetzen. Im Abstand von einer halben Sekunde vergingen beide in gewaltigen Explosionen. Die Druckwellen fegten den Nebel hinweg. Torben Santorins Befürchtung bewahrheiteten sich nicht – unter den Nebelschleiern kamen keine weiteren Gegner zum Vorschein.

»Das Portal!«, rief Naileth Simmers. »Feuer frei!«

Auch beim Haupteingang schienen der Herrscher und seine Truppen davon ausgegangen sein, dass das Fehlen von großkalibrigen Waffen und das Barrierensystem der Krochten keine weiteren Sicherheitsvorkehrungen notwendig machten.

Die beiden massiven Flügel des Tors wurden zerrissen, als ob sie nicht aus gehärtetem Metall, sondern aus Pappe bestehen würden.

Sie passierten die brennenden Trümmer der Gleiterwracks.

»Halt!«, rief Naileth. »Sichern!«

Die Gruppe landete und verteilte sich an den Seiten des Eingangs.

»Zuerst der GLADIATOR, dann Ramit, ich, Amelia und Torben. Los!«

In der von Naileth Simmers befohlenen Reihenfolge drangen sie in den Palast ein. Dichter Rauch behinderte ihre Sicht.

Inmitten der Trümmer lagen zwei Tote in grauen Uniformen. Wie es schien, hatten sie beim Angriff in der Nähe der Tür gestanden und waren von deren Bruchstücken und durchschlagenden Korpuskelwellen des Impulsbeschusses getötet worden.

Naileth blickte sich hastig um, während sie die Optik in Wechselmodus schaltete. Die Suche verlief ohne Feindortung. Im breiten Eingangsbereich der Felsnadel befanden sich keine weiteren gegnerischen Einheiten.

»Zum Fahrstuhl ROT. Reihenfolge beibehalten. Los!«

Bei der Einsatzbesprechung hatten sie die insgesamt sieben Aufzüge, die in der Felsnadel installiert waren, mit verschiedenen Farben gekennzeichnet. Dieselben Farben wurden ihnen nun in den dreidimensionalen Raumplänen der Helmdisplays angezeigt und erleichterten ihnen das Vorwärtskommen und Erkennen der Wege.

Sie flogen durch den Eingangsbereich, in dem mehrere Fahrzeuge des Sicherheitsdienstes abgestellt waren. Ansonsten war der Raum in keiner Weise dafür gedacht zu repräsentieren – für wen auch? Die Bevölkerung wurde nicht im Palastbereich empfangen.

Sie erreichten den vereinbarten Aufzug ohne Zwischenfälle.

Das Symbol oberhalb der Aufzugtür wies darauf hin, dass sich die Kabine auf ihrer Ebene befand.

Naileth hätte sich und ihre Gruppe niemals dem Aufzug anvertraut. Die Gefahr war zu groß, dass er überwacht und von außen manipuliert werden konnte.

»Nächste Phase!«, sagte sie und drückte auf die Kontaktfläche neben der Aufzugtür.

Synchron hoben sie die Waffen, als die Tür beiseite glitt. Die Kabine war leer.

»Ramit!«

Der Epsaler stellte den Kombistrahler in den Desintegratormodus. Der fahlgrüne, fein gebündelte Strahl fraß sich oberhalb der Aufzugtür durch die Wand. Es gab ein sirrendes Geräusch und die Kabine bewegte sich ruckartig. Dies geschah noch zweimal, beim dritten Mal stürzte die Kabine in die Tiefe und blieb erst zwei Meter unterhalb des Fußbodens stecken, nachdem seitliche Bremsen quietschend und funkenstiebend Widerstand geleistet hatten.

»Et voilà!«, sagte Ramit Claudrin.

»Gut gemacht, Ramit! Und nun keine Zeit verlieren, meine Herrschaften«, trieb Naileth die Gruppe an. »Die Stille ist trügerisch – weiter oben machen sie sich bestimmt für unser Eintreffen bereit. Geben wir ihnen möglichst wenig Zeit dafür!« Sie zeigte auf den Fahrstuhlschacht. »In der gewohnten Reihenfolge: GLADIATOR, Ramit, ich, Amelia und Torben – los geht's!«

Wie immer benötigte der Kampfroboter keine zweite Einladung. Mit aktivierten Waffenarmen schwebte er in den dunklen Aufzugschacht und verschwand. Der breitgebaute Epsaler, sie und die anderen zwei folgten, ohne zu zögern.

Wie sie es besprochen hatten, sicherten der Kampfroboter und Ramit Claudrin nach oben, während Torben und Amelia die Strahler nach unten richteten und so gegen eventuell nachfolgende Gegner absicherten. Und sie, Naileth, behielt den Plan im Auge und musste im Fall eines Angriffs entscheiden, wie sie weiter vorgingen, respektive ob sie angreifen oder sich besser zurückziehen sollten.

Rasch stiegen sie neben den herabhängenden Keramikseilen des Aufzuges empor. Helle Ritzen an den Wänden zeigten ihnen an, wo sich die Türen zu den verschiedenen Ebenen befanden.

»Langsam!« Unwillkürlich hatte Naileth zu flüstern begonnen. »Noch zehn Meter.«

Sie drosselten das Tempo und kamen schließlich zum Stillstand.

»Allgemeine Funktionskontrolle!«, ordnete Naileth an.

Kurz überprüften sie ihre Waffen und die Anzugsysteme inklusive Schutzschirme, Medo-Einheiten und Orter auf Fehlfunktionen und Energieversorgung.

Nachdem sie fünf *Bereit*-Meldungen erhalten hatte, befahl sie: »GLADIATOR, Türkontrolle!«

Der Kampfroboter stieg auf und bohrte einen streichholzdünnen Tentakel in die helle Türritze, der am vorderen Ende mit einer Kameralinse ausgestattet war. Das Bild wurde direkt in die Helminnendisplays übertragen.

Es zeigte sechs Gestalten in Kampfanzügen der Silberherren, die ihre Waffen auf die Kamera richteten.

Im nächsten Moment brach die Hölle los.

Kapitel 29

Kämpfe im Palast: Atlan

Die Wärmespur verlor sich schon nach wenigen Metern an der Tür zu einem Aufzug. Ich zerbiss einen herben Fluch zwischen den Zähnen und wandte mich an den Roboter mit dem künstlichen lemurischen Bewusstsein.

»Calipher-SIM. Ich benötige so schnell wie möglich Informationen über die gegenwärtige Lage im Palast. Versuch zudem herauszubekommen, ob sich Marik tatsächlich auf dem Weg zum Raumschiff befindet und wie wir ihn am besten einholen können!«

»Die Automatischen Ausfallmeldungen zeigen an, dass die Gruppe von Major Simmers die unterste Ebene des Palastkomplexes erobert hat und bereits in einen der Fahrstuhlschächte eingedrungen ist«, schnarrte der Roboter. »Für Euch, Träger des Lichts, dürfte interessant sein, dass derzeit ein Spiegelungsvorgang abläuft, in dem die Inhalte des Palastsystems auf einen externen Komplex übertragen werden.«

»Externer Komplex?«

»Aber gerne doch! Die Kennung des externen Systems lautet *GLANZ*. Ich berechne eine hohe Wahrscheinlichkeit dafür, dass es sich um den Bordrechner des Raumschiffs MAGORS GLANZ handelt.«

»Gut, weiter!« Die Zeit drängte und so sehr ich die Informationen schätzte, die der Roboter aus den Palastsystemen ziehen konnte, so sehr gingen mir seine umständlichen Formulierungen auf die Nerven.

»Es ist mir vor wenigen Minuten geglückt, in das Kommunikationssystem des Palastes einzudringen«, fuhr Calipher-SIM fort. »Den Gesprächen nach zu urteilen, herrscht Uneinigkeit bezüglich des Vorgehens bei der Verteidigung des Palastes.«

Calipher-SIM spielte ein kurzes Gespräch zwischen Marik und einem gewissen Enz ab, der, wie es schien, die verlängerte Hand des Silberherrn im Palast war. Enz berichtete, dass durch den Abzug der Leibgarde des Herrschers die meisten sensiblen Punkte des Palastes ohne wirkungsvolle Verteidigung seien. Darauf antwortete Marik, dass er seine eigenen Männer einsetzen würde, um die USO zu stoppen, und Enz sich gefälligst zum Raumschiff bewegen solle.

»Damit bestätigt sich mein Verdacht!«, sagte ich. »Wir müssen so schnell wie möglich zum Raumschiff!«

»Hier entlang!«, sagte der Roboter, und die Tür des Fahrstuhls öffnete sich.

»Das ist zu gefährlich!«, raunte ich. »Wir sollten im Schacht ...«

»Verzeiht, wenn ich Euch unterbreche, Erhabener! Aber der Weg zum Raumschiff führt über ein Zwischendeck, das ich mittels der Überwachungskameras einsehen kann. Es scheint leer zu sein.«

»Es *scheint?*«, fragte ich.

»Es scheint«, antwortete er.

Wir traten ein, die Tür schloss sich, und die Kabine setzte sich in Bewegung, ohne dass wir einen der Knöpfe hätten drücken müssen. Calipher-SIM hatte die Steuerung übernommen.

Du übersiehst das Offensichtliche!, wisperte der Extrasinn eindringlich. Wenn der Roboter in das Palastsystem eindringen kann, sollte er dies beim Raumschiff ebenfalls können!

»Calipher-SIM«, wandte ich mich sofort an meinen Begleiter. »Kannst du das Raumschiff unter deine Kontrolle bekommen?«

»Das versuche ich, seit es aktiviert worden ist«, antwortete er. »Bisher erfolglos. Leider, leider! Im Gegensatz zu den lokalen Systemen ist dieses mehrfach gehärtet. Meinem Speicher entnehme ich, dass dies ein intergalaktischer Standard ist, als Maßnahme gegen Piraterie und ...«

»Danke, Calipher-SIM, das reicht«, unterbrach ich ihn ungeduldig. »Versuch es weiter und gib mir Bescheid, wenn du Erfolg hast!«

»Aye, Sir!«, gab der Roboter zurück.

Nun hast du ihn beleidigt, bemerkte der Extrasinn spöttisch.

Der Fahrstuhl hielt, die Tür öffnete sich und sofort schlug ein Energiestrahl in unsere aktivierten Schutzschirme. Aus dem Stand hechtete ich hinaus, rollte einmal über die Schulter ab und nahm die Gestalt ins Visier, die sich uns im Halbdunkeln entgegengestellt hatte.

Die Roboter feuerten an mir vorbei und trafen den Mann, dessen Schirm grell aufloderte, aber nicht zerplatzte.

»Halt!«, befahl ich. »Feuer einstellen!«

Calipher-SIM und der normale GLADIATOR hielten sich an meinen Befehl, nur die Gestalt im Schutzschirm gab nochmals eine Salve ab.

»Santjun!«, rief ich über die Lautsprecher des Anzugs. »Wir sind es, stellen Sie das Feuer ein!«

Der USO-Agent kauerte zwischen zwei Pfeilern. Den schweren Kombistrahler hielt er immer noch auf mich gerichtet.

»Santjun, werfen Sie die Waffe weg, oder ich werde Sie erschießen. Sie wissen, dass ich diesbezüglich keine Hemmungen habe!«

Santjun zögerte.

Ich hob meine Waffe und zielte auf den Kopf des Risiko-Agenten der USO.

»Sie entscheiden, Santjun!«

Und er entschied.

Naileth

Nur die Sensoren und sofort reagierenden Positroniken der USO-Kampfanzüge verhinderten, dass ihre Träger durch die unmittelbar vor ihnen stattfindende Explosion ihr Hör- und Sehvermögen einbüßten.

Die schiere Wucht der zerberstenden Tür ließ den Schacht erzittern und drückte sie einige Meter in die Tiefe. Der augenblicklich aufgebaute Schutzschirm des GLADIATOR-Roboters flackerte bedenklich, doch er brach nicht zusammen.

»Runter?«, gellte Amelia Marcos' Stimme über Funk.

»Nein«, schrie Naileth zurück. »Wir steigen auf! Das heißt …« Sie überlegte kurz. »Wir werden uns aufteilen! Amelia, Torben und ich werden aufsteigen und etwa zwanzig Meter weiter oben warten. Heizen wir ihnen schön ein, wenn wir an dem Loch vorbeifliegen! Ramit bleibt mit dem GLADIATOREN hier. Der Gegner weiß nicht, wie viele wir sind. Das ist unsere Chance! Fragen? Dann los!«

Naileth stieg als Erste auf und schoss, den schweren Kombistrahler beidhändig haltend, durch die zerborstene Aufzugtür. Wütendes Feuer aus mehreren Strahlern antwortete ihr. Eine Alarmsirene pfiff ihr in den Ohren, und im Helmdisplay wurde mit großen roten Ziffern die Überlastung des Schutzschirms angezeigt, die auf nahezu 140 Prozent kletterte. Dann war der Spuk schon wieder vorbei, und sie schwebte im dunklen Schacht die vereinbarten zwanzig Meter nach oben. Atemlos beobachtete Naileth, wie Torben und Amelia ebenfalls in den Raum hineinfeuerten und ihre Schutzschirme einen Moment lang grell aufleuchteten.

»Und nun halten Sie die Öffnung im Blick und passen Sie auf, dass Sie sich nicht gegenseitig ins Visier nehmen!«, befahl sie. »Feuer frei auf Feindkontakt!«

Zehn Sekunden lang geschah nichts, dann erschien ein dunkler Umriss in der scharf gezackten Öffnung. Sofort zuckten mehrere sonnenhelle Strahlen von oben und unten auf die Gestalt zu. Eine halbe Sekunde später zerriss ihr Schutzschirm.

Reingefallen!, dachte Naileth triumphierend.

Der Mann kippte in den Schacht und fiel als brennende Fackel an Claudrin und dem Kampfroboter vorbei in die Tiefe.

»Wir schlagen uns durch!«, schrie Naileth über Funk. »Ramit – Sie und der GLADIATOR zuerst! Torben und ich geben Deckungsfeuer, Amelia deckt nach oben und unten ab! Los, los, los!«

Claudrin schwebte an der Seite des Kampfroboters in die Höhe und verschwand durch die Öffnung. Wenige Zehntelsekunden später hatten die Gegner ihre Überraschung überwunden und feuerten wieder.

Naileth ließ sich kopfüber nach unten sacken und stoppte erst kurz vor der zerborstenen Tür ihren Fall. Sie feuerte wieder in den Raum hinein und gab dabei acht, dass ihr weder Ramit Claudrin noch der Kampfroboter versehentlich in die Schusslinie gerieten. Torben war nun ebenfalls neben ihr angelangt und verstärkte ihr Deckungsfeuer.

Claudrin rannte mit epsalischer Schnelligkeit durch den mit einigen Terminals ausgestatteten Raum, zerstörte, was ihm in die Quere kam, und feuerte unablässig auf die Verteidiger. Die fünf verbliebenen Silberherren hatten große Mühe, den entfesselten Epsaler länger als ein paar Sekundenbruchteile zu treffen.

»Auf mein Ziel!«, rief Naileth und visierte den Silberherr an, der aus ihrer Sicht ganz links stand.

Torben Santorin und der GLADIATOR folgten ihrem Befehl und feuerten auf denselben Gegner. Der Schutzschirm des Silberherrn leuchtete auf wie eine schillernde Seifenblase im Höllenfeuer – und zerstob.

Der Mann hatte keine Chance. Im Raum herrschte eine Hitze von mehreren Tausend Grad Celsius. Sein Körper loderte auf, als ob er aus trockenem Holz bestehen würde.

Naileth hatte bereits den nächsten Silberherrn durch ihre Schussabgabe markiert. Die anderen nahmen ihn ins Kreuzfeuer. Zwei Sekunden später verging auch dessen Schutzschirm.

»Noch zwei!«, rief Naileth.

Sie machten systematisch weiter wie bisher. Naileth war sicher, dass es sich bei den Gegnern nicht um geübte Kämpfer handelte. Solche wären nicht mehr oder weniger auf derselben Stelle verharrt und hätten mal dieses, mal jenes Ziel anvisiert. Santjun hatte ihnen erzählt, dass man Mariks Gefolgschaft in Soldaten und Wissenschaftler einteilen konnte. Offenbar hatten sich ihnen Letztere entgegengestellt.

Die letzten beiden Schutzschirme vergingen innerhalb weniger Sekunden.

»Amelia, alles klar bei Ihnen?«, rief Naileth. »Sie können reinkommen in die warme Stube! Gleich geht's weiter.«

Amelia Marcos' Umrisse tauchten in der Öffnung des Liftschachts auf. Sie war kaum zu sehen durch die Flammen und die flimmernde Luft. Zudem verflüssigte sich wegen der gewaltigen Hitze das Metallplast der Decke und tropfte in unförmigen Klumpen nieder.

»Hier durch, Amelia! Raus aus dieser Hölle! Ramit und der GLADIATOR wie immer zuerst, dann Amelia, Torben und ich. Los!«

Sie preschten durch den glutflüssigen Raum – und blieben wie auf Kommando stehen. Der Weg war durch ein massives Schott versperrt.

»Das hält einen solchen Brand aus, wie er hier drin herrscht!«, rief Torben Santorin über Funk. »Da kommen wir nicht durch!«

»Dann müssen wir eben einen Umweg machen!«, brüllte Ramit Claudrin und deutete zur Decke.

»Warten Sie! Ich habe eine andere Idee!«, rief Naileth. Sie wechselte zum zweiten Funkkanal, über den Atlan mit seinen beiden Robotern kommunizierte. »Calipher-SIM, wir benötigen deine Hilfe! Ich stehe vor einer Schleuse, die sich wahrscheinlich wegen einer automatischen Feuersperre nicht öffnen lässt. Hast du Zugriff auf sie?«

»Wo seid Ihr?«, fragte der Roboter unverzüglich.

Naileth gab ihm die Koordinaten durch. Fünf Sekunden später öffnete sich das schwere Schott quietschend und ächzend.

»Waffen bereit!«, befahl Naileth.

Sie traten durch das Schott. Vor ihnen erstreckte sich ein nicht sehr langer, dafür umso höherer Gang, an dessen Decke verrostete Rohre verliefen. Links und rechts führten je drei Türen zu Maschinenräumen. Die Anzugpositronik projizierte die Gebäudepläne als schwach hellblau leuchtende, dreidimensionale Skizzen in das Helmdisplay, sodass beide Bilder deckungsgleich aufeinander zu liegen kamen. Von nun an würden sie sich durch selten benutzte Wartungs- und Verbindungsgänge bewegen, den Weg, den sie zuvor gemeinsam festgelegt hatten.

»Danke Cal, ich werde dich in meinem nächsten Nachtgebet erwähnen«, sagte Naileth über Funk. »Nun kannst du die Tür wieder schließen.«

»Cal?«, kam es von dem Roboter, während sich die beiden Hälften des Schotts ineinander schoben.

»Cal!«, antwortete sie.

Es mochte ein eigenartiger Gedanke sein, hier und in diesem Moment. Aber Naileth fühlte sich seit Tagen erstmals wieder richtig *gut*. Dies mochte am erhöhten Adrenalinspiegel liegen, oder daran, dass sie durch die ständig wechselnden Stresssituationen die an Körper und Geist zehrende Strahlung des Monolithen nicht mehr wahrnahm, oder einfach nur daran, dass sie endlich aktiv werden konnte. *Vielleicht*, durchzuckte sie der Gedanke, *kommt es aber auch einfach davon, dass ich während des Einsatzes weder an Santjun noch an dessen Schicksal denken kann.*

Sie hatten das Ende des Gangs erreicht. Ein weiteres verschlossenes Schott verhinderte ihr Weiterkommen. Es ließ sich aber durch ein einfaches Handrad öffnen, das in der Mitte der schweren Tür angebracht war. Ramit Claudrin übernahm diese Aufgabe. Für den Epsaler mit seinen Bärenkräften war dies ein Kinderspiel.

Eine dunkle, gewundene Treppe wurde sichtbar. Eine Vielzahl von niedrigen Stufen führte in einer langgestreckten Rechtskurve hinauf, direkt zum zentralen Befehlsstand des Palastes. Der Staub und Dreck auf den Stufen verriet, dass diese Treppe schon sehr lange nicht mehr benutzt worden war.

Sie huschten hinauf. Nachdem die Treppe einen vollständigen Kreisbogen beschrieben hatte, erreichten sie eine Tür, die durch einen simplen Riegel verschlossen war.

Mittels Handzeichen dirigierte Naileth die Gruppenmitglieder auf Position. Ramit Claudrin und der GLADIATOR würden wieder zuerst in den Raum stürmen, gedeckt vom Rest der Gruppe.

Naileth überprüfte ein letztes Mal ihre Waffe und die Anzugwerte, dann gab sie das vereinbarte Zeichen.

Torben Santorin schoss mit einem Impulsstrahl auf die Tür. Noch während sie zerbarst, preschten Ramit Claudrin und der Kampfroboter hindurch. Amelia, sie und Torben setzten ihnen sofort nach und rissen ihre Waffen herum, auf der Suche nach gegnerischen Zielen.

Diese befanden sich alle auf der rechten Seite, wo sich der Fahrstuhl befand. Die Verteidiger hatten sich in zwei weiten Halbkreisen davor positioniert, offenbar in der Erwartung, dass ihre Gegner auf diesem Weg in den zentralen Befehlsstand eindringen würden. Dass der Angriff nun von hinten kam, brachte sie völlig aus dem Konzept.

Während Naileths Gruppe die Gelegenheit nutzte und sauber Treffer für Treffer anbrachte, kamen sich die Gegner selbst in die Quere. Die drei Kampfroboter, die sich in der dem Aufzug zugewandten Reihe befunden hatten, reagierten ihrer Programmierung gemäß schnell und präzis, mussten sich jedoch erst in eine freie Schussposition bringen. Dennoch hatten sie nicht den Hauch einer Chance.

Zwei Minuten später war der Kampf beendet. Von den sechs Silberherren lebten noch zwei. Sie waren jedoch schwer verwundet, und es war fraglich, ob sie die nächsten Stunden überstehen würden. Die drei Kampfroboter hatten nur noch Schrottwert.

Kapitel 30

Komplikationen: Atlan

Santjun ließ den Strahler sinken.

»Atlan?« Aus seiner entkräfteten Stimme klang echte Erleichterung.

»Legen Sie den Strahler vor sich auf den Boden, Major Santjun, und treten Sie drei Schritte zurück.«

»Sir!«, sagte Santjun. »Das war ein Versehen. Wie hätte ich annehmen können, dass Sie bereits im Palast sind?«

»Indem Sie den Anzugfunk nicht desaktiviert hätten! Und nun treten Sie zurück!«

Santjun legte den Kombistrahler auf den Boden, hob die Arme und ging rückwärts.

Ich näherte mich mit erhobenem Strahler. Dabei stellte ich ihm verschiedene Fragen zu seinen Personaldaten und unserem Auftrag und fragte wahllos Artikel aus dem USO-Dienstreglement ab. Ohne überlegen zu müssen, beantwortete er alles vollständig und korrekt.

Direkt vor dem am Boden liegenden Strahler blieb ich stehen. »Weshalb haben Sie sich von uns abgesetzt?«

»Ich … ich benötigte Silbermetall, Sir. Ich wusste, dass ich nur eine Chance hatte, wenn ich genügend davon trug. Die Vitalenergiekopplung …« Er brach ab.

Woher kennt er diesen Ausdruck?, fragte ich meinen Extrasinn.

Von Naileth Simmers, antwortete dieser, ohne zu zögern. *Du hast ihn in ihrer Gegenwart gebraucht.*

»Sie wissen, dass Sie sich strafbar gemacht haben?«, fragte ich ihn scharf. »Nichtbefolgen von Befehlen. Vernachlässigung und Gefährdung des Auftrags. Unerlaubtes Entfernen von der Truppe. Das sind allesamt Vorwürfe, die Sie den Rang und den Status eines Risiko-Agenten kosten können.«

»Darüber bin ich mir im Klaren, Sir«, sagte Santjun. Seine Stimme klang belegt, wenngleich ihm das Sprechen selbst keine große Mühe zu bereiten schien.

Ich betrachtete ihn genauer. Der Kampfanzug war in einem erbärmlichen Zustand. Wie es schien, war er mechanischen Belastungen und großer Hitze ausgesetzt gewesen.

»Öffnen Sie Ihren Helm, Major!«

Santjun griff sich an den Hals und schob den Helm über den Kopf. Als ich sein Gesicht sah, stockte mir der Atem. Silberne Schlieren zogen sich von der Halsschlagader über die Wangen, die Schläfen und quer über die Stirn. Wo seine Haut nicht von einer Schweißschicht überzogen war, wirkte sie trocken und runzlig. Nur seine Augen strahlten klar und gesund.

»Wie fühlen Sie sich, Santjun?«

Er brachte ein müdes Lächeln zustande. »Es ist mir schon besser gegangen, Sir!«, sagte er. »Derzeit fühle ich mich aber stabil und den Umständen entsprechend einsatzbereit.«

»Sie sind ein Sicherheitsrisiko, Major. Ihre Psyche scheint unter dem Einfluss des Silbermetalls gelitten zu haben.«

»Auch das ist mir bewusst, Sir«, sagte er. »Ich war in eine Art Raserei verfallen, aus der ich erst vor kurzem aufgewacht bin. Ich wollte mich schon bei Ihnen melden, doch dann habe ich mich entschieden, zuerst die Situation im Palast zu erfassen.«

»Eine weitere Fehleinschätzung!«, urteilte ich hart.

Dir läuft die Zeit davon, mischte sich der Logiksektor ein. *Aus meiner Sicht kannst du Santjun unter Vorbehalt vertrauen. Er will nicht dich bekämpfen. Die Jagd auf die Silbermänner scheint seine Hauptmotivation zu sein.*

»Calipher-SIM!«, sagte ich. »Hast du die Kontrolle über das Raumschiff des Herrschers?

»Ich komme nicht durch die Sicherheitssperren!«, antwortete der Roboter. »Nun habe ich einen Trojaner auf dem Hauptrechner abgelegt, dessen Daten immer noch übertragen werden. Sobald er sich auf dem Schiffsrechner installiert hat, sollte mir dessen Übernahme gelingen. Laut einem automatischen Signal des Schiffs sind die Startvorbereitungen jedoch fast abgeschlossen!«

Ich bückte mich, hob den Kombistrahler auf und hielt ihn Santjun am Lauf entgegen.

»Sie können sich mein Vertrauen wieder verdienen, Risiko-Agent Santjun«, sagte ich. »Wenn Sie es verspielen, werde ich nicht zögern, Sie zu erschießen. Verstanden?«

Santjun lächelte erleichtert und ergriff den Strahler. »Verstanden, Lordadmiral!«

Naileth

Amelia Marcos hatte sich dank ihrer Erfahrung als Funkspezialistin in Rekordzeit mit den Kommunikationssystemen des Palastes vertraut gemacht. Nun strich sie sich eine Strähne ihres langen schwarzen Haars hinter das rechte Ohr und drehte sich im Sessel um.

»Fertig, Ma'am! Kode LIG – Lordadmiral in Gefahr – ist an Quinto-Center und Terra abgestrahlt, zusammen mit unseren Koordinaten.«

»Danke, Oberleutnant!«

Nach dem Gefechtseinsatz, bei dem jedes Wort eines zu viel sein konnte, waren sie wieder zu den gewohnten sprachlichen Gepflogenheiten der USO zurückgekehrt. Naileth Simmers nahm über den Anzugfunk mit Atlan Kontakt auf und gab ihm einen kurzen Lagebericht. Er befand sich auf dem Weg zum startenden Raumschiff des Herrschers, der MAGORS GLANZ.

»Außerdem, Major …«, hob der Lordadmiral der USO an.

»Ja?«

»… haben wir Santjun gefunden. Er ist soweit wohlauf.«

Naileth fühlte, wie eine Welle der Erregung sie überrollte. »Santjun?«, stieß sie aus. »Wie … das ist …« Sie straffte sich. »Das sind gute Neuigkeiten, Sir!«

»Das sind sie, Major. Ah, noch etwas: Auf dem Dach eines Hauses der ersten Krocht liegt Leutnant Weiland. Sie befindet sich in einem Koma. Holen Sie sie zu sich in die Zentrale!«

»Verstanden, Sir!«

»Gut. Atlan Ende.«

»Ma'am?«, kam es von Amelia Marcos.

»Ja?«

»Quinto-Center hat geantwortet. Die Flotte ist bereits in Alarmbereitschaft. Ein Ultraschlachtschiff des 82. Gemischten Stabilisierungsverbands befindet sich im Anflug auf Shenzen und sollte in wenigen Stunden eintreffen.«

»Überspielen Sie diese Nachricht bitte direkt an den Lordadmiral!«

»Verstanden, Ma'am!«

»Oberleutnant Claudrin! Iasana Weiland befindet sich laut Atlan auf einem Dach in der ersten Krocht. Nehmen Sie den GLADIATOR und holen Sie sie bitte.«

Der Epsaler straffte sich. »Verstanden, Madam!«

»Beeilen Sie sich!«, ergänzte sie noch.

Der Epsaler schloss seinen Kampfanzug und verließ die Zentrale.

Naileth atmete tief durch und ging zum breiten Panoramafenster. Sie wollte kurz zur Ruhe kommen, doch Atlans Worte hallten immer noch in ihr nach.

Außerdem haben wir Santjun gefunden. Er ist soweit wohlauf.

Naileth fragte sich, worauf sich das *soweit* bezog. Es war zwei Shenzen-Tage her, seit sie ihn zuletzt gesehen hatte. Der Anblick seines vom Silbermetall entstellten Körpers hatte sich tief in ihr Gedächtnis eingebrannt. Ebenso der leidenschaftliche Kuss, den sie ausgetauscht hatten. Hatten ihre Sinne sie betrogen, oder hatte der Kuss tatsächlich einen metallischen Beigeschmack gehabt? Wenn das Silbermetall bereits nach kurzer Zeit solchen Einfluss auf seinen Körper gehabt hatte – wie mochte er nun aussehen und wie weit würde seine Metamorphose im schlimmsten Fall gehen?

Naileth schüttelte den Kopf und drängte den Gedanken an den Mann, der ihre Gefühlswelt durchdrang wie keiner zuvor, in den Hintergrund. Sie durfte sich nicht ablenken lassen. Zu viele Dinge standen derzeit auf der Kippe.

Die Aufstände in der Stadt beispielsweise. Calipher-SIM hatte seine Manipulationen an der Luftaufbereitungsanlage rückgängig gemacht, doch den Meldungen aus den SiDi-Posten zufolge nahmen die Tumulte an Heftigkeit sogar noch zu.

Naileth massierte ihre Schläfen. Seit die Anspannung des Gefechtseinsatzes von ihr abgefallen war, plagten sie heftige Kopfschmerzen, die nicht einmal die Medo-Einheit des Anzugs eindämmen konnten.

Ich muss die Kämpfe beenden!, dachte die Kommandantin.

Da sie den Befehlsstand des Palastes nun unter Kontrolle hatten, war jedes weitere Leben, das der Konflikt forderte, eines zu viel. Sie hatte Amelia bereits den Auftrag gegeben, mit Poltor Kontakt aufzunehmen, doch der Versuch war erfolglos geblieben.

Naileth wägte ab, ob sie es verantworten konnte, Ramit Claudrin mit der Suche nach Poltor zu beauftragen, als sich Amelia Marcos meldete.

»Manja'Re, Poltors Lebensgefährtin, hat über einen eroberten SiDi-Posten Kontakt aufgenommen und wünscht Atlan zu sprechen.«

Naileth strich sich über das Gesicht und sprang zum ehemaligen Funkoffizier der abgestürzten IMASO.

»Ich werde mit ihr sprechen. Auf die Lautsprecher!«

Es gab ein lautes Knacken, dann wurden verzerrte Hintergrundgeräusche hörbar.

»Manja'Re, hier spricht Major Simmers von der USO. Wir haben den Befehlsstand des Palastes eingenommen. Wo befindet sich Poltor?«

»Poltor ist tot«, gab Manja'Re zurück. »Erschossen. Ich habe nun das Kommando über unsere Kräfte übernommen. Ich werde in den Palast kommen, damit wir die restlichen Gegner niederkämpfen können!«

»Negativ!«, sagte Naileth bestimmt.

Die Art und Weise, wie Poltors Partnerin sprach, ließ bei Naileth alle Alarmglocken läuten. Womöglich hatte sie den Arkoniden sogar selbst umgebracht, um in diesem entscheidenden Moment Machtansprüche erheben zu können.

»Ich werde zu diesem Zeitpunkt niemandem Zutritt zum Palast gewähren«, fuhr Naileth fort. »Zuerst muss sich die Lage beruhigen. Sie werden …«

»Ich werde gar nichts!«, fiel ihr die Frau ins Wort. »Wir haben Ihnen mit unserer Unterstützung überhaupt erst ermöglicht, den Palast zu erobern, nun will *ich* am Erfolg teilhaben!«

Torben Santorin, der in der Nähe stand, trat ebenfalls zu der Funkanlage und hörte der Unterhaltung konzentriert zu.

»Die Besetzung der Zentrale ist nur ein Teilerfolg«, warf Naileth ein. »Unsere Gegner sind noch nicht gefasst. Solange dies nicht geschehen ist, werden wir uns um unsere eigenen, vordringlichsten Aufgaben kümmern. Ihre Sorge muss dem Wohl der Magorianer gelten, Manja'Re! Tun Sie alles, was in Ihrer Macht steht, damit die Unruhen aufhören! Ich werde versuchen, die SiDi …«

»Ich habe gewusst, dass Ihnen nicht zu trauen ist!«, kam es hasstriefend aus dem Lautsprecher. »Deshalb habe ich mir die Freiheit genommen, eine kleine Rückversicherung einzubauen!«

In diesem Moment kam Ramit Claudrin in Begleitung des GLADIATORS herein und breitete fast hilflos die Arme aus.

»Wovon sprechen Sie?«, fragte Naileth, in der sich eine schlimme Ahnung breit machte.

»Wir haben auf dem Dach eines Hauses der ersten Krocht eine Frau gefunden, die aus Ihren Reihen stammen muss. Rote, lange Haare, weißes Gesicht, wahrscheinlich Terranerin. Na, klingelt's?«

Naileth blickte auf. Sie deutete auf Ramit Claudrin, der sofort verstand. Amelia Marcos wandte sich zu dem Epsaler und zeigte ihm einmal zehn und einmal fünf Finger. Der Epsaler lächelte, gab dem Kampfroboter das Zeichen zum Aufbruch und stürmte hinaus. Die ganze Aktion hatte keine fünf Sekunden gedauert.

»Das ist nicht akzeptabel!«, sagte Naileth. »Bringen Sie die Frau zu uns – ohne Bedingungen! Sonst versetzen Sie sich in eine sehr schwache Verhandlungsposition der USO gegenüber.«

»Haben Sie Gehirnstörungen?«, kam es wütend zurück. »Wenn ich sage, dass die Geisel in *meiner* Gewalt ist, habe ich sehr wohl eine gute Verhandlungsbasis!«

Wie Amelia Marcos zuvor signalisiert hatte, befand sich Manja'Re im SiDi-Posten der fünfzehnten Krocht. Wenn sie es schaffte, die Frau vier, vielleicht auch fünf Minuten in der Funkverbindung zu halten, würde Ramit genügend Zeit haben, um den Posten zu erreichen. Gegen den epsalischen Koloss, noch dazu in einem USO-Kampfanzug, hatten die magorianischen Rebellen nicht die geringste Chance.

Also ging Naileth zum Schein zögernd auf die Forderungen der Frau ein, gerade so weit, dass sie nicht misstrauisch wurde. Nach nicht einmal drei Minuten hörte sie, wie Manja'Re plötzlich mitten im Satz abbrach und zornig aufschrie. Dann waren für einige Sekunden nur dumpfe Schläge, halberstickte Rufe und Schreie zu hören, bis Ramit Claudrins dunkler Bass durch die Lautsprecher dröhnte.

»Sind wir noch auf Sendung? Alles klar hier! Ich habe Iasana bei mir. Sie ist nicht ansprechbar, doch sie lebt!«

»Gut gemacht, Ramit!«, sagte Naileth erleichtert. »Bringen Sie sie her!«

»Verstanden, Madam. Bis gleich!«

Naileth gab Amelia Marcos zu verstehen, dass sie die Verbindung unterbrechen sollte.

»Wir müssen die Situation in Magoria irgendwie beruhigen«, sagte sie kurz darauf. »Marik hat doch vorhin über ein Lautsprechersystem ganz Magoria beschallt. Geben Sie mir Zugriff auf diese Lautsprecher, Oberleutnant!«

Amelia Marcos bestätigte und widmete sich dem Studium der Kommunikationsanlage. Naileth Simmers machte sich derweil darüber Notizen, was sie sagen wollte.

Wenige Minuten später meldete Amelia Marcos, dass sie bereit sei.

Naileth setzte sich mit ihren Aufzeichnungen vor das Mikrofon und räusperte sich. Dann nickte sie und Amelia begann die Übertragung.

»An alle Bewohner Magorias. Hier spricht Major Naileth Simmers von der United Stars Organisation. Die bisherige Regierung wurde durch einen Mann namens Onjar Marik gestürzt. Wir haben eingegriffen und die Stadt unter den Schutz der USO gestellt. Die Luftaufbereitung arbeitet wieder korrekt und zuverlässig. Ich bitte Sie, die Kämpfe einzustellen und sich in die Häuser zurückzuziehen. In Kürze werden wir eine provisorische Administration einsetzen, welche die Versorgung und den Schutz der Bürger wieder sicherstellen wird. Alle Mitarbeiter des SiDi werden aufgefordert, bis auf Weiteres in ihren Posten zu verbleiben, eventuelle Gefangene ohne Bedingung freizulassen und auf Anweisungen für ihre Entwaffnung zu warten. Alle, die sich in der Zwischenzeit nicht kooperativ zeigen, werden nach gängigem USO-Statut für Krisensituationen auf Planeten ohne rechtsstaatliche Ordnung bekämpft. Ich wiederhole ...«

Sie gab die Meldung noch dreimal durch. Dann lehnte sie sich zurück.

»Ich hoffe«, sagte Naileth Simmers, »dass dieses Ultraschlachtschiff bald eintrifft. Sonst haben wir ein größeres Problem.«

Kapitel 31

Zu langsam: Atlan

»Calipher-SIM, Statusbericht!«

»Fabelhafte Neuigkeiten, Erhabener! Die Spiegelung ist abgeschlossen. Mein Trojaner wurde ebenfalls auf den Rechner des Raumschiffs übertragen. Nun stellt sich die Frage, ob sich das Programm wie berechnet installieren und mit mir Kontakt aufnehmen kann.«

»Hast du keine effektivere Methode, um dich in den Schiffsrechner einzuhacken?«

»Wenn ich eine hätte, wäre diese zur Anwendung gelangt, o Träger des Lichts«, gab der Roboter etwas indigniert zurück.

»Verstehe.«

»Wie lautet der Plan, Sir?«, fragte Santjun.

»Marik und der Herrscher wollen mit dem Raumschiff MAGORS GLANZ von Shenzen fliehen. Wir müssen sie mit allen Mitteln stoppen. Calipher-SIM ist es bisher nicht gelungen, in das Bordsystem einzudringen, um den Startvorgang abzubrechen. Deshalb müssen wir es auf die gute alte Art in Angriff nehmen.«

Ich stellte den Kombistrahler demonstrativ in den Impulsmodus.

»Es muss schnell gehen. Ich übertrage Ihnen die Pläne des Palastes auf den Anzug. Die Landeplattform befindet sich …«

»Ich sehe sie! Den Gang hinauf und durch das Schott?«, fragte Santjun.

»Korrekt! Los!«

Durch das Zwischenspiel mit dem Passa-Geborenen hatten wir mehrere Minuten verloren. Zeit, die meines Erachtens aber gut investiert war, da der Risiko-Spezialist als wertvoller Mitstreiter den Unterschied zwischen Erfolg und Niederlage ausmachen konnte – selbst wenn er nicht im Vollbesitz seiner Kräfte war.

Wir durchquerten die im Halbdunkeln liegende Halle und erreichten eine gewundene Treppe, die in die nächste Etage führte. Flankiert von den beiden Robotern stiegen wir nach oben. Durch ein Fenster konnte ich das Felsplateau sehen, über das wir vor Tagen Magoria erreicht hatten. Wir bewegten uns längst oberhalb des Palastkomplexes mit den Luftaufbereitungsanlagen und dem Schutzschirm. Dunkle Wolken verdeckten die Sonne und erzeugten eine der Situation angemessene, dramatische Atmosphäre. Die Treppe mündete in einen mit Dutzenden von Säulen abgestützten asymmetrisch geformten Saal von durchschnittlich etwa sechzig Metern Durchmesser. Mannshohe Fenster tauchten den Raum in das düster-grüne Licht Shenzens. Unwillkürlich fühlte ich mich an eine Unterwasser-Station erinnert. Die Schleuse, die hinaus auf die Plattform führte, auf der das Raumschiff stand, zeichnete sich dunkel am gegenüberliegenden Ende des Saals ab.

Die beiden Roboter hoben synchron die Waffenarme und schossen in eine dunkle, von meinem Standort nicht gut einsehbare Ecke hinein. Der Gegner, den ich selbst im Infrarotmodus der Helmoptik noch nicht ausmachen konnte, antwortete sofort mit mehreren Salven wütend fauchender Thermostrahlen.

Santjun und ich fächerten auseinander. In diesem Moment wusste ich, dass die Entscheidung richtig gewesen war, den Risiko-Spezialisten mitzunehmen. Seine Reflexe und antrainierten Mechanismen funktionierten keinen Deut schlechter als meine.

Dunkle Schatten huschten durch den Saal. Die Roboter, Santjun und ich feuerten sofort, doch wir schienen keine Treffer zu landen. Kein einziger Schutzschirm leuchtete auf, niemand stürzte, kein Energieaggregat explodierte. Stattdessen trafen unsere Schüsse die Wände und Fenster des Saals.

Ich zoomte in den Bereich, in dem sich die Gegner befanden, doch ich bekam immer noch kein deutliches Abbild von ihnen auf das Display. Einmal glaubte ich ein Bein oder ein Arm zu sehen, doch sie bewegten sich so schnell, dass ich mir dessen nicht sicher war.

»Es sind keine Roboter, auch wenn sie sich übermenschlich schnell bewegen!«, sagte ich über Funk zu Santjun.

»Sie tragen Tyaheel!«, gab er gepresst zurück.

Ich veränderte meine Stellung und schoss erneut. Wieder kein Treffer.

»Habe ich Sie richtig verstanden – sie tragen die blauen Würmer?«, fragte ich, während ich geduckt an der Wand entlang lief.

»Stellen Sie sich einen Schwarm unglaublich schneller Fische oder Vögel vor!«, rief Santjun, der unablässig feuerte. »Die Tyaheel lassen ihre inneren Uhren schneller ticken. Zudem entwickeln sie die Eigenschaften eines Kollektivlebewesens!«

Ich erinnerte mich an verschiedene Meldungen von interstellaren Konflikten, die von ebensolchen Phänomenen berichtet hatten. Die Vermutungen der USO-Analysten waren breit gestreut gewesen – von Genmanipulationen über Drogen bis hin zu speziellen Mutantenfähigkeiten.

»Wie können wir sie effektiv bekämpfen?«

»Ein paar Jahre warten«, gab Santjun trocken zurück. »Ihre Uhr läuft so schnell ab, dass sie nicht alt werden.«

»Santjun!«

Der Agent lachte humorlos. »Es gibt nur eine Methode: vorhalten und feuern!«

Ich hatte mittlerweile ein Viertel des Raums umlaufen. Calipher-SIM folgte mir, ebenfalls feuernd, während der GLADIATOR in Santjuns Nähe geblieben war. Immer wieder trafen mich Strahlschüsse. Wir konnten von Glück sprechen, dass die lokalen Einheiten nur über schwache Energiewaffen verfügten. Die Belastung des Schutzschirms ging nie über die Achtzig-Prozent-Marke hinaus, doch mir war bewusst, dass wir die Gegner so schnell wie möglich neutralisieren mussten.

Du kannst versuchen, dich bis zum Schott durchzuschlagen oder durch ein Fenster zu brechen, und zum Schiff fliegen, flüsterte der Extrasinn. *Doch dann gerätst du unter Umständen direkt vor die Geschütze des Raumers.*

»Zangenbewegung!«, schrie Santjun.

Er scheint noch der Alte zu sein, dachte ich.

Santjun war schon vor der Beeinflussung durch die Monolithen und das Silbermetall eine ausgesprochene Führungspersönlichkeit gewesen, die am liebsten selbst die Richtung vorgab – sogar wenn ein Ranghöherer das Kommando innehatte.

Ich rannte zwischen den Säulen hindurch und feuerte auf die umhersprintenden Schatten. Fünf Meter neben mir machte Calipher-SIM die Bewegung mit.

»Ich zähle insgesamt sechs Gegner«, meldete der Kampfroboter.

Nur!, dachte ich. Ich hatte mit mindestens der doppelten Anzahl gerechnet.

Einer der Schatten geriet in unser Kreuzfeuer. Sein Schutzschirm blähte sich auf und platzte. Der Schemen verwandelte sich in eine brennende humanoide Gestalt, überschlug sich und krachte in eine Säule.

Ein Zufallstreffer, mehr nicht, kommentierte der Extrasinn.

»Calipher-SIM, projiziere zusammen mit dem GLADIATOR V-förmige Prallschirme!«, befahl ich. »Wir müssen sie irgendwie zu fassen bekommen.«

Die beiden Roboter sendeten Bestätigungssignale.

Zwei Schemen rasten mit irrsinnigem Tempo auf mich zu, schossen, wichen aus, um mich eine Zehntelsekunde später von hinten erneut anzugreifen. Die Belastungsanzeige meines Schutzschirms schnellte auf 110 Prozent hoch.

Ich hechtete seitwärts, rollte mich, so gut es ging, über die Schulter ab und drängte mich rückwärts an eine Säule. Sofort tauchten die Schatten wieder vor mir auf, und ich drückte ab.

Zwei Schutzschirme leuchteten hektisch auf, brachen aber nicht zusammen. Dafür erhielt das Aggregat meines Schirms einige wertvolle Sekunden, um sich wieder von der Überstrapazierung zu erholen und sich neu zu kalibrieren. Ich schnellte hoch und rannte auf die beiden Kampfroboter zu.

»Stehen die Prallschirme?«, rief ich.

»Ja!«, sagte Calipher-SIM.

Ich hätte die Antwort schon nicht mehr benötigt. Zwei der Schemen stoben an mir vorbei, prallten an einer unsichtbaren Wand ab, stießen zusammen und verkeilten sich schließlich zu einem dunklen Knäuel. Die beiden Roboter und ich schossen gleichzeitig. Die beiden Schirme hielten unser konzentriertes Feuer keine halbe Sekunde lang aus.

Noch während ihre Aggregate explodierten, trafen mich von neuem Thermostrahlen. Die Energien umwaberten mein Schirmfeld und nahmen mir für einen Augenblick die Sicht. Ich ließ mich fallen, rollte hinter eine Säule, erhob mich und lief sofort weiter.

Noch drei Gegner!, gab der Logiksektor durch.

»Mir nach!«, befahl ich.

Die beiden Roboter folgten mir auf ihren langen, dünnen Beinen, während sich ihre Waffenarme zuckend auf die Ziele ausrichteten, die im nächsten Moment schon wieder verschwunden waren. Wieder trafen mich gegnerische Energiesalven. Die Belastungsanzeige blieb knapp unter hundert Prozent. Lange durfte ich das Schirmaggregat dieser Beanspruchung nicht mehr aussetzen.

Ich schlug zwei Haken und rannte diagonal zur Laufrichtung der Roboter in die entgegengesetzte Richtung. Zwei Schatten schossen an mir vorbei – direkt in die Prallfeldfalle der Roboter hinein. Eine Sekunde später vergingen beide im Feuer unserer Strahler.

Santjuns schrie etwas Undeutliches. Er schien in höchster Erregung. Ich wirbelte herum und sah den Risiko-Agenten hinter einer Säule auftauchen, die Waffe direkt auf mich gerichtet.

Ich riss meinen Kombistrahler hoch, doch Santjun hatte bereits abgedrückt. Der gleißend helle Impulsstrahl fauchte an mir vorbei, und ich vernahm das charakteristische Geräusch eines zerreißenden Schutzschirms, kombiniert mit einer Explosion und einem abgeschnittenen Schrei.

Das war's, dachte ich.

Der Mann von Passa blieb stehen, der mit beiden Händen gehaltene Kombistrahler sank langsam hinab. Er schien Mühe zu haben, sich weiterhin auf den Beinen zu halten.

»Er lief direkt auf Sie zu. Ich musste abdrücken«, sagte er mit erschöpft klingender Stimme.

Ich hielt meinen Strahler weiterhin auf den Agenten gerichtet. »Sie pokern hoch, Major!«, sagte ich.

»Ist das Leben nicht wunderbar?«, fragte er heiser. »Heute verdiene ich mir meine Flügel!«

»Reißen Sie sich zusammen, Mann!«, rief ich. »Das Raumschiff!«

Noch während ich durch die rauchenden und brennenden Trümmer aus Decken- und Bodenverkleidung rannte, feuerte ich auf das Schott, das auf die Landeplattform führte.

Wenn es noch da ist, unkte der Extrasinn.

Santjun und die beiden Roboter schossen ebenfalls, doch das Schott verbeulte sich nur.

»Die Wand daneben!«, schrie ich und feuerte auf eine Stelle, von der ich annahm, dass sie weniger massiv sei.

Tatsächlich hielt die Wand dem konzentrierten Impulsbeschuss nicht lange stand. Gerade als ich durch die entstandene Öffnung hindurch hechten wollte, erscholl Calipher-SIMS künstliche Stimme.

»Zurück! Sofort!«

Noch bevor ich vollständig abgebremst hatte, rammte mich Santjun unter Zuhilfenahme seines Flugaggregats mit voller Wucht von der Seite. Wir flogen quer durch den Saal. Kurz bevor wir an die Wand prallten, klappte ich meinen Körper zusammen und riss Santjun herum. Gemeinsam schlugen wir an die Wand, und die Welt um uns herum explodierte. Hart gingen wir zu Boden.

Die Bordgeschütze wurden ausgelöst, erklärte der Extrasinn wispernd, während hungrige Feuerzungen über uns hinweg gierten und leckten.

Ich stieß den halb auf mir liegenden Santjun weg und erhob mich. Im Saal herrschte Chaos. In der Wand klaffte dort, wo sich das Schott befunden hatte, ein zwanzig Meter breites Loch. Dadurch war gut zu sehen, wie sich die MAGORS GLANZ von der Plattform erhob und im grünen Himmel von Shenzen verschwand.

Kurz schätzte ich ab, ob ich mit dem Kampfanzug die Verfolgung aufnehmen sollte. Doch das wäre nichts anderes als Selbstmord gewesen.

Du warst viel zu langsam, alter Arkonide, sagte der Logiksektor kalt.

Ich blickte mich suchend um. »Calipher-SIM?«, fragte ich über Funk.

Santjun wälzte sich stöhnend zu meinen Füßen, von dem GLADIATOR-Kampfroboter mit dem künstlichen lemurischen Bewusstsein erhielt ich keine Antwort.

Mein Blick fiel auf ein verbogenes Rohr, das aus einem Trümmerhaufen heraus stand.

Der Arm eines Kampfroboters!, hämmerte es in meinen Gedanken.

Ich lief darauf zu. Meine Einschätzung erwies sich als richtig. Es handelte sich tatsächlich um den Waffenarm eines GLADIATORS.

Nun bete zu den Sternengöttern, dass dies nicht dein geliebter Calipher-SIM ist, sagte der Logiksektor. *Und dass dein Zellaktivator noch heil ist.*

Ich ergriff eine Eisenstange und versuchte damit, den Torso des Roboters aus dem glühenden Trümmerhaufen zu befreien. Erst wenn ich das aufgemalte Symbol der Lemurer auf dem Brustbereich des GLADIATORS mit eigenen Augen sah, würde bewiesen sein, dass es sich um Calipher-SIM handelte.

Da dröhnten die Schritte eines tonnenschweren Kampfroboters durch das Knistern und Knacken der Feuersbrunst.

»Atlan«, sagte Calipher-SIM. »MAGORS GLANZ hat mit mir Kontakt aufgenommen. Der Trojaner hat sich wunschgemäß installiert.«

Magor

»Fehlfunktion«, plärrte es ohne Unterbrechung aus den Lautsprechern.

Magor schrie vor Wut, während er mit Fäusten das Bedienpult malträtierte. Er war so zornig, dass es ihm nicht einmal etwas ausmachte, dass sein neugewonnener Intimfeind Marik direkt neben ihm stand und seinen emotionalen Ausbruch mitbekam.

Der Silberherr war kurz vor Abschluss der Startvorbereitungen zusammen mit der Frau aus seiner Gefolgschaft und Enz – *seinem Enz!* – an Bord gekommen und hatte gedroht, den Start zu verhindern, wenn Magor nicht kooperiere.

Aufgrund der technischen Überlegenheit ihrer Kampfanzüge, hatte Magor keine andere Wahl gehabt, als einzulenken. Er hätte seine restlichen Leibgardisten in den Kampf schicken können, doch hätten sie gegen Marik nur dann gewinnen können, wenn sie Tyaheel eingesetzt hätten. Und die kleinen blauen Würmer stellten derzeit die größte – und auch einzige – Wertposition dar, über die er noch verfügte.

Also war er auf Mariks Forderung eingegangen und hoffte seither inständig, dass der Silberherr mit dem groben Aussehen und Charakter irgendwann unachtsam werden und er selbst eine Gelegenheit finden würde, ihn auf einem unbewohnten Planeten oder, noch viel besser, direkt im luftleeren Raum auszusetzen. Und die Ärztin und den verschlagen grinsenden Enz gleich mit.

Verdammtes Pack!

Nur gut, dass das Raumschiff nur durch ihn befehligt werden konnte – jedenfalls bis vor kurzem. Sonst hätte ihn Marik wahrscheinlich schon längst aus dem Weg geschafft.

»Fehlfunktion! Fehlfunktion! Fehlfunktion!«, kam es ohne Unterlass von der Positronik, die für die Navigation zuständig war.

»Tu etwas!«, befahl Marik.

»Ich versuche es ja, aber es klappt nicht!«, gab er zornig zurück. »Die Systeme haben einen schwerwiegenden Fehler gefunden, und die …« Er rang kurz um das korrekte Wort. »… die Automatik steuert nun eine Orbitalstation an, um sich dort warten zu lassen.«

»Dann stell das Ding ab!«, fuhr ihn der Silberherr an.

»Das geht nicht! Sonst hätte ich das schon lange gemacht!«

»Oder starte durch! Der *Fehler* wird ja wohl von der Strahlung des Monolithen verursacht.«

»Das weiß ich!«, schrie Magor. »Trotzdem kann ich nicht so einfach starten. Verdammt!«

Er schlug erneut auf die Bedienkonsole der Steuerautomatik, aber das Ergebnis war immer noch dasselbe.

»Fehlfunktion!«, plärrte es aus den Lautsprechern.

Kapitel 32

Eine spezielle Fortbewegungsart: Atlan

»Kannst du das Schiff wieder zur Landung zwingen?«

»Die Kommunikation gestaltet sich äußerst schwierig, Erhabener!«, antwortete Calipher-SIM. »Ich habe zwar der Steuerungspositronik mittels Überrangbefehl angeordnet, dass sie wegen eines Fehlers sofort wieder landen muss. Doch das Schiff war bereits zu hoch und hat die nächstbeste Landemöglichkeit ausgewählt – eine Orbitalstation.«

Santjun, der humpelnd neben mich getreten war, fluchte ungehalten.

»Wie weit ist die Raumstation entfernt?«, fragte ich.

»62,05 Kilometer von unserem Standpunkt aus gerechnet. Interessanterweise steht sie stationär genau über der Stadt. Deshalb gab es früher …« Der Roboter brach in seinen Ausführungen ab.

Ihr könntet den Flug mit euren Kampfanzügen versuchen. Der Zeitbedarf wäre aber immens, merkte der Logiksektor an.

»Gibt es irgendwelche Beiboote, kleine Raumgleiter oder etwas Derartiges?«, fragte Santjun.

»Nein«, antwortete Calipher-SIM. »Aber es gibt … Folgt mir!«

Der Roboter drehte sich ohne weitere Worte um und verließ im Laufschritt den in Trümmern liegenden Saal.

»Calipher-SIM!«, rief ich.

»Schnell, schnell. Eilet, Erhabener!«, kam es über Funk zurück.

»Er zeigt langsam Stresssymptome«, kommentierte Santjun trocken, während wir losliefen.

»Halten Sie durch, Major?«

»Ja, Sir!«

Calipher-SIM wartete vor den Aufzügen auf uns. Eine Alarmsirene heulte in auf- und abschwellendem Ton.

»Die eintretende Atmosphäre erschwert meinen Zugriff auf die Palastsysteme«, schnarrte der Roboter. »Eine garstige Situation!«

»Ist der Zugang zum Palastkomplex abgeriegelt?«, fragte ich.

»Ja«, antwortete Calipher-SIM. »Doch das stört uns nicht. Wir wollen hinauf!« Er zeigte mit dem rechten Arm in die Höhe.

»Du sagtest, es gäbe keine Beiboote«, stieß Santjun verärgert aus.

»Kein Beiboot. Ein … Ah, der Lift!«

Die Tür des Aufzuges öffnete sich und Calipher-SIM schritt hinein. Santjun folgte dem Roboter in die Kabine des Aufzuges und warf mir zugleich durch das verschmutzte Helmvisier einen bezeichnenden Blick zu, als wollte er sagen: *Wer ist nun dein größeres Problem?*

Behalte beide im Auge, riet mir der Logiksektor. *Du bist auf sie angewiesen.*

Ich trat ebenfalls ein. Die Tür schloss sich sofort, und wir wurden sachte gegen den Boden gedrückt, als die Kabine in die Höhe stieg.

»Calipher-SIM, ich darf doch immer noch auf deine Loyalität zählen?«, fragte ich.

»Es wäre höchst bedauerlich, wenn Ihr dies nicht mehr tätet«, erklang die künstliche Stimme aus den sechs senkrechten Mundschlitzen.

Der Fahrstuhl hielt an, und die Tür öffnete sich.

»Nach Euch, ehrenwerte Herren!«, sagte Calipher-SIM.

Kopfschüttelnd verließ Santjun die Kabine. Im nächsten Moment blieb er stehen, als ob er gegen eine Wand gelaufen wäre.

»Was bei allen Sternengöttern ist *das?*«, stieß er aus.

Ich trat neben ihn. »Unser Taxi, wie es den Anschein hat.«

»Das ist eine VEXX-328«, führte Calipher-SIM aus und stapfte an uns vorbei. »Eine Antigrav-Startanlage für den Warenaustausch mit der Raumstation. Knapp 400 Jahre alt, aber für unsere Zwecke gut geeignet.«

Einer der alten Frachtcontainer stand in der Mitte des kreisrunden Saals von etwa sechzig Metern Durchmesser und zwanzig Metern Höhe. Er war zwanzig mal zwanzig Meter lang, nicht ganz zehn Meter hoch und bestand aus gehärtetem Arkonstahl, der jedoch ziemlich ramponiert wirkte. Wie es schien, hatten in der Vergangenheit nicht alle Abschuss- und Andockmanöver wunschgemäß funktioniert.

»Wie lange ist die Anlage nicht mehr benutzt und gewartet worden?«, fragte Santjun kritisch.

»Gemäß den Protokollen wurde sie zuletzt vor zwölf Jahren verwendet«, sagte Calipher-SIM.

Gleichzeitig schob sich ein hufeisenförmiges Bedienpult aus dem Boden und erwachte summend und blinkend zu neuem Leben. Entlang der Ecken des Containers fuhren vier winkelförmige, mehrstufige Antigravprojektoren empor und verankerten sich in den dafür vorgesehenen Aussparungen in der Decke. Gleich darauf öffnete sich zwischen ihnen ein Schott. Das Kreischen der seit Jahren nicht mehr bewegten Schottflügel erinnerte an die Laute eines sterbenden Tieres.

»Wie hoch sind die Chancen, dass der Abschussversuch erfolgreich ist?«, fragte ich.

»Über siebzig Prozent«, antwortete Calipher-SIM emotionslos.

Ihr seid durch Kampfanzüge geschützt, erinnerte mich der Logiksektor. *Euer Leben ist nicht in Gefahr.*

Ich befürchte eher, dass wir im Abschussschacht stecken bleiben und uns nicht schnell genug wieder befreien können, gab ich zurück.

Du bist zu wenig konsequent und zielstrebig vorgegangen, hielt mir mein anderes Ich vor. *Nun müsst ihr die verlorene Zeit einholen, und dies ist mangels geeigneter Alternativen die beste Option, die ihr habt!*

»Die Antigravprojektoren werden nun mit Energie versorgt und aktivieren sich«, berichtete Calipher-SIM.

An den winkelförmigen Projektoren leuchteten kleine gelbe Dioden auf. Zuerst in Bodennähe, dann stiegen die Lichter in Halbmeterschritten höher, erreichten den Schacht und kletterten darin weiter hoch. Am Ende des fünfzig Meter langen Schachts öffnete sich ein weiteres Schott, und das schlierige Graugrün des Himmels wurde sichtbar.

»Nicht alle Elemente scheinen zu funktionieren«, sagte Santjun, der das Schauspiel gebannt verfolgte.

»Von den 560 Projektoren melden 534 Betriebsbereitschaft«, gab der Roboter durch. »Das sind angesichts der Umstände sehr gute Werte. Da es nirgendwo mehr als drei aufeinander folgende Elemente gibt, die Störungen aufweisen, sollte der Start funktionieren. Er wird – wie ihr sagen würdet – etwas holprig ausfallen.«

»Er *sollte* funktionieren?« Santjun gab ein humorloses Lachen von sich.

»Die Wahrscheinlichkeit dafür ist auf zweiundsechzig Prozent gesunken, liegt aber immer noch im Bereich eurer von mir berechneten Risikobereitschaft.«

Der Roboter entwickelt immer mehr einen Sinn für Humor, kommentierte der Extrasinn.

Ich ging auf den Container zu. »Wie steigen wir ein?«

Der Roboter trat neben mich und schob zwei mächtige Riegel zur Seite. »Die Automatik funktioniert nicht«, sagte er und öffnete die Tür manuell.

Santjun murmelte etwas Unverständliches, während wir eintraten und uns umsahen. Der größte Teil des Containers war mit Halterungen für die Waren ausgestattet. Trotzdem fanden wir an der von uns aus gesehen linken Seite zwei Sitze für Passagiere. Wir setzten uns hinein und schlossen die Sicherheitsgurte.

»Der Start erfolgt in zwei Minuten!«

Calipher-SIM

»Drei – zwei – eins – Start!«, übersetzte er die Signale für seine beiden Begleiter.

Calipher-SIM leitete den Start ein. Starke Antigravfelder bauten sich auf und drückten den Container in die Höhe. Je höher er stieg, umso stärker wurde er durch die Projektoren der Abschussanlage beschleunigt.

Beachtliche Vibrationen durchliefen den Stahlbehälter. Calipher-SIM hatte sich an einem Gestell festgezurrt. Er betrachtete die beiden Lebewesen in ihren gepanzerten Schutzanzügen. Mit robotischer Faszination stellte er fest, wie hilflos und verletzlich sie doch waren, wenn sie nicht in Rüstungen gekleidet waren oder sich mit Waffen verteidigen konnten.

Der Container verließ den Schacht in der Felsnadel und schoss durch die Atmosphäre in die Höhe. Keilförmige Prallfelder, die in Flugrichtung projiziert wurden, verringerten den Luftwiderstand.

Calipher-SIM überprüfte alle Systeme. Der Flug verlief planmäßig. In weniger als einer Viertelstunde würden sie bei der Raumstation ankommen. Er nahm die Rechenleistung auf der höchsten Ebene zurück und stellte sie den unteren Ebenen zur Verfügung.

Die Defragmentierung und Rekonstruktion seiner Urdaten war beinahe abgeschlossen. Lediglich 1,8 Prozent aller Informationen mussten noch ausgewertet, umgewandelt und korrekt eingegliedert werden. In wenigen Stunden würde es jedoch soweit sein, und Calipher-SIM würde endlich seine Vergangenheit und somit auch seine Bestimmung verstehen, so hoffte er jedenfalls.

Auf der nächsthöheren Ebene wurde ihm bewusst, dass er sich nicht mehr allzu lange in der Nähe der beiden Männer aufhalten durfte. Nach Informationen von Major Simmers befand sich ein Schiff der USO auf dem Weg nach Shenzen. Der Roboter berechnete eine hohe Wahrscheinlichkeit dafür, dass er ab diesem Zeitpunkt der USO nur noch als Informationslieferant dienen würde. Welche Motivation sollte eine Organisation wie die USO haben, einem Roboter, den sie als ihr Eigentum ansah, zu gestatten, nach seiner Bestimmung zu suchen?

Calipher-SIM beschloss, dass er sich bei der nächsten sich bietenden Gelegenheit absetzen würde.

Noch wartete er aber darauf, dass die Wiederherstellung seiner Urdaten abgeschlossen war. Er verminderte die Rechenleistung der Situationsanalyse und stellte die freiwerdenden Ressourcen der untersten Ebene zur Verfügung.

Bald, dachte der Roboter.

Kapitel 33

Transformationen: Santjun

»Irgendetwas stimmt nicht!«, rief Magor erschrocken.

»Was stimmt nicht?«

Der kleine Akone auf seinem Schwebesessel zeigte anklagend auf einen Monitor. Er zeigte die Raumstation, auf die das Schiff zuflog. Sie bewegte sich schlingernd hin und her, drehte sich leicht und lief schließlich langsam aus dem Bild heraus.

Tagor D'a, der einäugige Befehlshaber von Magors Leibgarde, näherte sich interessiert dem Bildschirm. Thalia Lacroix zog es vor, mit verschränkten Armen im Hintergrund zu bleiben, während Enz, der wie eine Klette an Mariks Seite klebte, nur neugierig den Hals streckte.

»Sprich, du kleine Kröte!«, grollte Marik. »Worauf willst du hinaus?«

Magor sog entrüstet Luft ein und schwieg. Dafür machte sein früherer Leibeigener Enz eine Vierteldrehung und suchte Mariks Blick.

»Die Aufnahmeoptik ist starr in Flugrichtung eingestellt«, sagte er eifrig. »Wir kommen vom Kurs ab. Trotz feststehender Programmierung der Steuerungsautomatik. Etwas stimmt ganz und gar …«

»Was ist das?«, schrie Magor und beugte sich so weit vor, dass er beinahe aus seinem Schwebesitz geglitten wäre.

»Das Raumschiff erschien plötzlich auf dem Schirm, als ob es hingezaubert wäre!«, sagte Tagor D'a erregt. »Und es muss mit derselben Geschwindigkeit wie wir unterwegs sein, sonst würde es größer oder kleiner werden.«

»Woher kommt denn das Ding?«, fragte Marik verblüfft.

»Ein baugleiches Schiff!«, hauchte Magor. »Das gibt es doch nicht! Ich nehme Funkkontakt auf.«

»Halt, warte!«, rief der Silberherr.

Doch Magor hatte sich bereits vorgebeugt und eine Taste an der Armlehne seines Sessels betätigt.

»Die MAGORS GLANZ ruft das fremde Schiff. Identifizieren Sie sich!«, sagte er energisch.

Einen Herzschlag lang blieb es still.

»Das gibt es doch nicht!«, drang es mit zitternder Stimme aus den Lautsprechern.

»Das … das … ist … «, stotterte Magor entgeistert.

»Deine Stimme!«, knurrte Marik.

Das Raumschiff verschwand so plötzlich, wie es vorher erschienen war. An seiner Stelle zeigte der Bildschirm nur noch das dunkle All.

»Dort!«, stieß Magor aus und zeigte auf einen anderen Bildschirm. »Es ist hinter uns!«

»Die MAGORS GLANZ ruft das fremde Schiff. Identifizieren Sie sich!«, erklang Magors eigene, verzerrt klingende Stimme aus den Lautsprechern.

»Das gibt es doch nicht!« sagte Magor und fasste sich mit beiden Händen an den Kopf.

»Dieselben Sätze wie zuvor!« Die Verblüffung war Tagor D'a quer ins Gesicht geschrieben. »Wie kann das sein?«

»Reißt euch zusammen!«, befahl Marik. »Der Monolith scheint nochmals intensiver zu strahlen und nun selbst die Zeit durcheinander zu bringen. Wir müssen so schnell wie möglich von hier verschwinden, bevor wir plötzlich in eine falsche Zeit oder ein falsches Universum abgestrahlt werden!«

»Ich habe immer noch keinen Zugriff auf die Systeme. Wir befinden uns nach wie vor im Anflug auf die …« Magors Stimme brach ab.

»Was ist?«, fragte Marik.

Magor tippte hastig Befehle in sein Bedienpult, während er angestrengt von Monitor zu Monitor blickte.

»Die Raumstation!«, sagte er. »Sie ist weg!«

»Was interessiert mich die Raumstation?«, fragte Marik. »Wir müssen …«

»Sie war nur wenige hundert Meter von uns entfernt! Wenn sie plötzlich verschwindet, dann kann uns das ebenfalls geschehen! Wir müssen sofort von hier verschwinden!«

»… oder *wir* sind verschwunden«, fügte Tagor D'a tonlos an.

Unvermittelt fielen Beleuchtung und Schwerkraft aus. Überraschte Schreie drangen durch die Zentrale. Marik reagierte sofort und ließ seinen Kampfanzug das Manko ausgleichen. Der Helmscheinwerfer aktivierte sich. In seinem Lichtkegel erschien der Schwebestuhl des ehemaligen Herrschers von Magoria. Der kleinwüchsige Akone hieb in blinder Panik mit beiden Fäusten auf die Armlehne seines Sessels.

Marik blickte sich um. Die Positroniken schienen allesamt ausgefallen zu sein.

Jetzt!, dachte der Silberherr. Bisher hatte der Akone das Schiff über seinen Sessel gesteuert. Er musste ihn ausschalten, bevor die Positroniken wieder mit Energie versorgt wurden.

Er nahm den Antigrav des Anzugs in Handsteuerung, stieg zu Magor hoch – und schlug zu. Mit brachialer Gewalt drang er auf die kleine Gestalt ein, schmetterte ihm die behandschuhten Fäuste in die Magengrube, in das Gesicht. Im Licht des zitternden Lichtkegels spritzte Blut nach allen Seiten. Magors Körper klappte keuchend zusammen. Der Silberherr packte ihn an den Oberarmen und schleuderte den ehemaligen Herrscher quer durch die dunkle Zentrale.

Während Magor krachend gegen eine Wandverkleidung schlug, zog Marik den Strahler und schoss auf den Schwebestuhl. Das Gefährt zerbarst unter der sich schlagartig ausbreitenden Hitze des Thermostrahls.

»Nein!«, gellte eine Stimme durch die Dunkelheit.

Mit aktiviertem Schutzschirm wirbelte Marik herum und richtete den Strahler auf Tagor D'a. Der Lichtkegel zeigte den Befehlshaber der Leibgarde mit einer Waffe in der zitternden rechten Hand. Das Gesicht war zu einer angsterfüllten Fratze verzerrt. Marik grinste und drückte ab.

In diesem Moment wurden die Bordsysteme wieder mit Energie versorgt. Beleuchtung und künstliche Schwerkraft sprangen wieder an. Die Positroniken nahmen ihren Betrieb wieder auf. D'as Körper rutschte im Zeitlupentempo an der Wand entlang zu Boden.

»Enz!«, bellte Marik. »Du übernimmst die Steuerung!«

Enz rührte sich nicht. Wie hypnotisiert blickte er auf die verkrümmte Gestalt Magors, die am anderen Ende der Zentrale am Boden lag und sich nicht mehr bewegte.

»Ich habe ihn noch nie ...«, flüsterte er.

»Übernimm die Steuerung, verdammt! Den Kümmerling kannst du später betrachten!«

»Ja, Herr«, hauchte Enz.

Er wankte zur Navigationspositronik, setzte sich in den Pilotensitz und nahm mit fahrig wirkenden Handgriffen eine Reihe von Schaltungen vor.

»Ich ... wir haben wieder direkten Zugriff auf die Systeme«, stotterte er.

»Gut«, knurrte der Silberherr. »Sobald wir außer Reichweite der Störungen sind, werde ich als erstes einen Hyperfunkspruch absetzen.«

Die MAGORS GLANZ nahm Fahrt auf, wie Marik problemlos an den Bildschirmen der Navigationspositronik ablesen konnte. In seinem Studium der Raumfahrttechnik hatte er sich mit unzähligen verschiedenen Raumschiffstypen und deren Innenausstattung vertraut gemacht.

»Was hast du vor?«, fragte Thalia, die bisher wortlos im Hintergrund gestanden hatte.

Marik blickte sie an. Als wären es klare Worte, las er in ihren Augen, dass sie verzweifelt nach einem Ausweg aus dieser Situation suchte. Wenn er erst mal den Funkspruch abgesetzt hatte, würde er seinem mittelfristigen Ziel – einem Platz an Malchers Seite – einen großen Schritt näher gekommen sein. Thalia wusste, dass sie dadurch nur verlieren konnte. Sehr wahrscheinlich sogar alles.

Er schenkte ihr ein kaltes Lächeln. »Das hättest du gerne, dass ich dich in meine Pläne einweihe.« Er ging zwei Schritte auf sie zu und blickte sie finster an. »Vergiss nicht, dass ich nach wie vor deinen Anzug kontrolliere. Eine unüberlegte Handlung und du bist Geschichte. Klar?«

Sie schluckte. »Klar«, sagte sie monoton.

»Wir sind außerhalb der Störungszone!«, gab Enz durch. Er hatte sich wieder gefangen.

Marik nahm die Funkstation in Betrieb, überspielte die Nachricht, die er in der Anzugpositronik vorbereitet hatte, und sandte sie als hoch kodiertes Hyperfunksignal nach Chonosso ab. Dann wandte er sich an Enz.

»Sprich zur Besatzung. Sag ihr, dass es durch die Störungen einen Unfall in der Zentrale gegeben habe und du nun das Kommando stellvertretend übernommen hättest. Sie sollen bleiben, wo sie sind, und sich für weitere Befehle bereit halten.«

»Ja, Herr!«

»Gut. Anschließend setzt du Kurs auf folgende Koordinaten …«

»Meiner Seel! Ich messe äusserst gewaltige Erschütterungen im Hyperraum! Die Kontrolle über den Container entgleitet mir!«

Jetzt geht's los, dachte ich.

Seit wir die Abschussvorrichtung in der Felsnadel verlassen hatten, war der Flug fast ein wenig zu ruhig verlaufen.

»Wie weit sind wir noch vom Raumschiff entfernt?«

»Nach meinen Berechnungen zwei Kilometer.«

»Calipher-SIM, wie gut hast du den Raumer unter Kontrolle?«, fragte ich den modifizierten GLADIATOREN. »Kannst du ausschließen, dass wir unter Feuer genommen werden?«

»Die Einflussnahme über meinen Trojaner ist leider nicht sehr effektiv«, gab der Roboter zurück. »Aber während sich das Schiff in der von mir modifizierten Notfall-Steuerung befindet, können die Geschütze nicht bedient werden.«

Ich öffnete die Sicherheitsgurte und erhob mich. »Dann steigen wir nun aus!«

Calipher-SIM löste sich aus seiner Arretierung und öffnete die Tür des Containers. Die Schwärze des Alls erwartete uns.

»Fertig, Major?«, fragte ich den Risiko-Spezialisten.

Umständlich erhob er sich und überprüfte seinen Kombistrahler.

»Fertig.«

Ich drehte mich um und stieß mich ab. Ich verließ das Feld der künstlichen Schwerkraft, die im Container geherrscht hatte, und trieb in den Raum hinaus. Obwohl es viele tausend Jahre her war, dass ich zum ersten Mal im All geschwebt war, überkam mich wieder dieser Moment des Grauens, als ob eine kalte Hand nach meinen Eingeweiden greifen würde. Und wie immer löste er sich so schnell und rückstandslos wieder auf, wie er sich gebildet hatte.

Ich blickte mich um. Das Raumschiff und die Station wurden von der Sonne Tainor seitlich angestrahlt und waren sogar über die Normaloptik gut zu sehen. Den Anzugortern zufolge befand sich vor uns nichts als Leere. Ich hatte nicht erwartet, dass sie angesichts der gigantischen Störungen im Hyperbereich überhaupt ein Resultat liefern würden.

Die MAGORS GLANZ näherte sich der Raumstation von unserer Position aus gesehen im rechten Winkel. Ich nahm direkten Kurs auf die Station.

»Alles klar bei euch?«, fragte ich.

»Klar.« Santjuns Stimme klang blechern und hohl.

»Natürlich«, verkündete Calipher-SIM.

Langsam solltest du dir Sorgen machen. Der Roboter verändert sich in seinen Handlungen und in seiner Kommunikation.

Ich weiß.

»Wir haben ein Problem«, sagte der Roboter, als hätte er die mentale Konversation zwischen mir und meinem Extrasinn gehört.

»Welches?«

»Genauer gesagt, sind es zwei«, sagte Calipher-SIM. »Zwei Schiffe.«

Ich überprüfte den Raum und erkannte, dass der Roboter recht hatte. Die MAGORS GLANZ wurde durch ein anderes Schiff verfolgt, das … Ich kniff meine Augen zusammen. Ich konnte mich täuschen, doch das zweite Schiff wirkte wie eine exakte Kopie des ersten.

Du täuschst dich nicht, alter Arkonide, wisperte der Extrasinn.

»Interessanterweise erhalte ich nun auch zwei Signale aus der MAGORS GLANZ. Wobei eines davon einen veralteten Zeitstempel aufweist.«

»Eine Gordische Verwirbelung«, entfuhr es mir. »In sich verknotete, instabile Auswüchse der Raumzeit. Das wird zu gefährlich – wir müssen versuchen, das Schiff direkt zu erreichen, während es noch im Anflug ist. Sonst verlieren wir zu viel Zeit!«

Sieh zu, dass du überlebst, Atlan, sagte der Extrasinn. *Professor Waringer wäre entzückt zu erfahren, dass du einen Hinweis auf die Bestätigung seiner These beobachtet hast.*

Denkst du, ich benötige zusätzliche Motivation?, gab ich bissig zurück.

Das zweite Schiff verschwand, als hätte es jemand ausgeknipst. Wir näherten uns der richtigen MAGORS GLANZ, die sich in Schleichfahrt auf die Station zu bewegte. Ich blinzelte und sah mich nochmals um. Ich hatte mich nicht geirrt. Die Station war ebenfalls verschwunden.

»Wir müssen uns beeilen!«, rief ich. »Hier geschehen unschöne Dinge. Auf direktem Weg zum Raumer!«

»Wie …« Santjun würgte. »Wie kommen wir in das Schiff hinein? Die merken doch sofort, dass wir …«

»Eine Personenschleuse«, unterbrach Calipher-SIM den USO-Agenten. »Folgt mir!«

Der Roboter änderte die Flugrichtung und steuerte einen Bereich des Raumschiffs an, der sich in der Nähe der eingefahrenen Landestützen befand. Santjun und ich machten die Kurskorrektur mit.

Punktgenau landete Calipher-SIM an einer Schleusentür und vollführte mit dem rechten Arm eine Geste, als wolle er Fliegen verscheuchen.

»Und nun habe ich noch einen kleinen Zaubertrick in petto!«, verkündete er.

Ich atmete einmal tief durch, während ich eine Halterung neben der Schleusentür ergriff, um mich festzuhalten. »Einen Zaubertrick, Calipher-SIM?«

»Genau. Das Schiff ist von den Erbauern mit einer Notabschaltung ausgerüstet worden. Die werde ich nutzen.«

Der Roboter ist viel zu aktiv, flüsterte der Logiksektor. *Da stimmt etwas nicht.*

Bisher hat er uns punktgenau abgeliefert, erwiderte ich. *Noch vertraue ich ihm.*

»Schritt eins: Tür auf!«, verkündete der Roboter.

Tatsächlich drehte sich das Handrad an der Schleuse wie von Geisterhand, und das Schott öffnete sich.

»Schritt zwo: Energie weg!«

Die Kontrolllichter in der Schleusenkammer erloschen wie auf Kommando.

»Schritt drei: Eintreten bitte!«

Kapitel 34

Blut und Snuxx: Magor

Die Schmerzen waren fast nicht auszuhalten.

Nie hatte er in einem solchen Ausmaß gelitten. Er lag verkrümmt am Boden. Vor ihm breitete sich eine Lache seines eigenen Blutes aus. Marik, dieses verfluchte Schwein, hatte ihm mehrere Zähne ausgeschlagen, und die gebrochene Nase war so stark angeschwollen, dass er durch den Mund atmen musste. Die kühle Luft der Zentrale verursachte wiederum neue Höllenqualen, wenn sie über die freigelegten Zahnnerven strich. Dazu kamen die Schmerzen im Brustbereich. Mehrere Rippen waren zumindest angeknackst, und eine war unzweifelhaft gebrochen, da er beim Atmen stechende Schmerzen hatte.

Dennoch hielt er so still, wie er es nur irgendwie konnte. Die Todesangst war ein guter Lehrmeister. Wenn sich Marik und die anderen bisher noch nicht für seinen Zustand interessiert hatten, so war er ihnen entweder unwichtig, oder sie gingen davon aus, dass er schon tot war oder zumindest kurz davor stand zu sterben.

Das Letzte, was er wollte, war, herausfinden, welcher dieser beiden Gründe zutraf. Deshalb hielt er sich ruhig und den Atem so flach wie möglich.

Magor wusste, dass er gegen Marik chancenlos war, wenn er nicht durch seinen Schwebesessel geschützt wurde. Zudem war das Ungeheuer bis an die Zähne bewaffnet und trug einen Kampfanzug. Somit hatte er nicht einmal den Hauch einer Chance, Marik irgendwie zu überrumpeln und das Kommando zurückzugewinnen.

Dasselbe galt für die langbeinige Begleiterin Mariks, von der er nur ab und zu etwas hörte und von der ein nicht einmal abschätzen konnte, wo sie sich gerade aufhielt. Blieb noch Enz – *sein Enz!* Gegen ihn rechnete er sich durchaus Chancen aus. Vielleicht trug der kleine Verräter ja sogar einen Strahler, den er ihm abnehmen konnte. Magor versuchte sich zu erinnern, doch er hatte seinen früheren Leibeigenen während des Waffenstillstands in der Zentrale mit Nichtbeachtung gestraft – und die rächte sich nun, da er sich beim besten Willen nicht in Erinnerung rufen konnte, ob Enz nun eine Waffe getragen hatte oder nicht.

Magor benötigte eine Waffe, um etwas ausrichten zu können, darüber machte er sich keine Illusionen. Solange er keine durchdachte Taktik hatte, brauchte er sich sowieso nicht anzustrengen. Er war kein Krieger. War es nie gewesen.

Sein Vater hatte Magoria erbaut. Damals noch unter einem anderen Namen und zu einem anderen Zweck. Und er – der kleinwüchsige, missratene Sohn – er hatte eines Tages genug gehabt von den ewigen Nörgeleien des Alten. Dass aus ihm nie ein Wissenschaftler werden würde, dass er nur ein halber Akone sei, dass er ... Da hatte er den Alten in den Rücken geschossen. Einfach so. Aus einer Laune heraus, die aber sein Leben für immer verändert hatte.

Nach dem ersten Schock hatte er sich langsam wieder gefangen und einen fantastischen Plan geschmiedet. In den nächsten Wochen hatte er ein spezielles Punktesystem für die Wissenschaftler eingeführt, um ihre Erfolge entsprechend zu honorieren. Das war sehr gut angekommen, und so hatte er das System Schritt für Schritt ausgebaut, ohne dass die armen Seelen gemerkt hätten, dass er sie damit immer besser kontrollieren und zu steuern konnte. Ihre Gier nach Punkten und den damit verbundenen Honorierungen hatte sie blind gemacht für den Preis, den sie zahlen mussten, wenn sie erfolglos waren.

Am Ende dieser Entwicklung hatte das heutige Magoria gestanden. Einzigartig in seiner Existenz und Brillanz. Bis zum heutigen katastrophalen Tag.

Seine in immer gleichen Bahnen rotierenden Gedankengänge hatten einen Vorteil: Sie lenkten ihn von den Schmerzen ab.

Was ihm ebenfalls half, war das Verfolgen der Vorgänge in der Zentrale.

Marik schien überaus nervös zu sein. Er bellte seine Befehle, die von Enz – *seinem Enz!* – einsilbig und, wie es schien, äußerst unsicher bestätigt wurden.

Zu Magors Leidwesen hatte das kurzfristige Herunterfahren der Bordsysteme die Steuerung durch seinen Schwebesessel aufgehoben. Marik konnte eine Hyperfunknachricht absetzen und Enz – *der treulose Wurm!* – ließ die Navigationspositronik eine Linearflugroute berechnen. Zuvor wandte er sich an die Besatzung – *seine* Leibgarde –, der er genau das erzählte, was Marik ihm aufgetragen hatte.

Magor traute sich nicht, die Augen weiter als einen Spaltbreit zu öffnen. Wenn er es sich genau überlegte, waren es bis zur Tür der Zentrale mickrige zehn Schritte. Gut, er war verletzt und hatte eine nicht unbeträchtliche Menge Blut verloren. Aber er sollte es eigentlich schaffen können. Aufstehen, zur Tür laufen, eventuell kurz warten, bis ihn die Sensoren erfasst und sich die Schiebetür automatisch geöffnet hatte, dann den Gang hinunter laufen … Oder besser hinauf?

Verdammt!, dachte er. *Das schaffe ich nie im Leben.*

»Linearetappe eingeleitet!«, verkündete Enz' geschäftignervöse Stimme.

Neuer Ärger durchströmte ihn – der sogleich wieder verschwand. Ein grauenvolles Ächzen ging durch das Schiff, und mehrere Sirenen heulten auf.

»Du hast einen Fehler gemacht«, schrie Marik. »Wir sind aus dem Linearraum gefallen!«

Enz krähte entsetzt auf. »Nein, Herr«, schrie er. »Das war nicht ich. Das Schiff ist wegen etwas anderem …«

Weiter kam er nicht. Das Zischen von Mariks Thermostrahler peitschte durch die Zentrale, Enz' Stimme endete in hohem Falsett. Magor fuhr der Schrecken in alle heil gebliebenen Knochen. Nun war auch Enz – *sein guter Enz* – nicht mehr.

»Steh nicht rum wie ein Baum – tu gefälligst etwas, oder du bist die nächste, die gebraten wird!«

»Was soll ich tun?«, vernahm Magor die nüchterne Stimme der Frau.

»Mir helfen!«, fauchte Marik. »Mit der Positronik stimmt etwas nicht. Es ist so, als ob sie von jemand anderem gesteuert würde.«

»Wir nehmen Kurs auf diesen Planeten.«

»Das sehe ich auch, verdammte Quacksalberin! Tu was dagegen!«

»Du hast es eben gesagt: Ich bin Ärztin. Du bist der große Raumschiffkommandant! Du musst etwas tun!«

»Halt die Klappe, oder ich …«

»Dir gehen langsam die Verbündeten aus, Onjar. Du brauchst mich noch!«

Marik antwortete nicht mehr. Einzig seine wütenden Hiebe auf das Instrumentarium des Steuerpults dröhnten durch die Zentrale.

Atlan

Als die Schleuse mit Luft geflutet war, öffnete Calipher-SIM das innere Schott. Wie er uns schon vorher versichert hatte, befand sich niemand im angrenzenden Raum, der mit zwei

Sitzbänken, mehreren Kästen und verschiedenen Apparaturen ausgestattet war. Wie es den Anschein hatte, waren wir in einer Kabine gelandet, in der sich Außenteams für den Einsatz vorbereiteten.

Ich öffnete einen der Kästen und pfiff durch die Zähne. Mein Gefühl – oder war es die Erfahrung? – hatte recht behalten. Der Behälter barg Energiemagazine für verschiedene Typen von Handstrahlern. Offenbar hatte der Herrscher das Raumschiff weit besser ausgerüstet als seine Sicherheitskräfte in der Stadt.

Santjuns Keuchen und Stöhnen drang durch den Helmfunk. Ich ergriff zwei der Magazine und wandte mich ihm zu. Der Risiko-Spezialist, dem es in den letzten Minuten stetig schlechter gegangen war, krümmte sich ächzend zusammen und stützte sich auf den Knien ab.

»Was ist los mit Ihnen, Major?«, fragte ich beunruhigt. Ein Ausfall zu diesem Zeitpunkt konnte uns in eine äußerst unangenehme Situation bringen.

»Ich brauche eine kurze Pause, Sir!«, sagte Santjun schnaufend. »Nur kurz. Ich muss was nehmen gegen die … Schmerzen.«

»Calipher-SIM, wie sieht es aus? Hast du Zugriff auf die Schiffsysteme? Weißt du, ob wir direkt gefährdet sind?«

»Auf achtzig Prozent der Bordsysteme kann ich bereits ungehindert zugreifen«, verkündete der Roboter. Täuschte ich mich, oder schwang in der ganz und gar künstlichen Stimme nicht doch so etwas wie Stolz mit?

»Noch fehlen mir aber beispielsweise alle Überwachungskameras. Und die dafür vorgesehenen Logbücher wurden nicht erstellt – ich kann also nicht mit Sicherheit sagen, wie viele Lebewesen an Bord sind.«

»Gut. Santjun, Sie haben drei Minuten! Kann ich etwas für Sie tun?«

»Danke, Sir«, sagte der Agent. »Ich schaffe es alleine.«

Santjun sank langsam auf die Knie und öffnete seinen Helm. Das Gesicht schien in der letzten halben Stunde um eine weitere Spur silbriger geworden zu sein. Er schob seinen linken Zeigefinger unter die Oberlippe und förderte ein braunes Beutelchen zutage. Achtlos warf er es weg.

»Erzählen Sie mir, was das ist, Major!«, befahl ich leise.

»Sir. Die Magorianer nennen es Snuxx.«

Mit einem geübten Griff zum Rückentornister holte er eine kleine schwarze Dose hervor, hob den Deckel ab und steckte sich einen neuen Beutel unter die Oberlippe.

»Drogenmissbrauch während des Einsatzes, Agent Santjun?«

»Ohne Snuxx wäre ich nicht hier, Sir«, gab Santjun zurück. Er blickte mich aus seinen wasserblauen Augen an, in denen keine Spur von Reue zu sehen war. »Es lässt mich die Aggressionen aus dem Silbermetall kontrollieren und es hilft mir, mich zu fokussieren.«

»Ich störe ja nur ungern Eure Unterhaltung, Erhabener«, meldete Calipher-SIM. »Aber das Schiff ist gerade in den Linearraum übergetreten!«

»Unterbrich den Flug sofort!«, befahl ich. »Wir müssen in Shenzens Nähe bleiben!«

Der Roboter verstummte für eine halbe Minute, dann sagte er: »Schon geschehen! Wir haben nur wenige Lichtminuten zurückgelegt. Die MAGORS GLANZ befindet sich in der Nähe des ersten Planeten des Tainor-Systems.«

»Gut gemacht, Calipher-SIM. Dann brauchen wir nun noch ein paar deiner Zaubertricks, um in die Zentrale zu kommen.«

Santjun murmelte etwas, das sich nach einem bitteren Fluch anhörte, und schloss den Helm.

»Ich bin wieder da, Sir!«, sagte er.

Kapitel 35

Eroberung der Zentrale: Atlan

Ich warf Santjun eines der Energiemagazine für den Kombistrahler zu. Er fing es geschickt auf, prüfte die Ladeanzeige und steckte es an seinen Gurt.

Die Drogen scheinen zu wirken, flüsterte der Extrasinn.

»Wie gehen wir vor?«, fragte Santjun.

»Calipher-SIM hat uns die Deckpläne des Schiffs auf unsere Anzugpositroniken überspielt«, sagte ich. »Wir werden auf direktem Weg über den Haupt-Antigravlift zur Zentrale auf Deck 12 vorstoßen. Keine endlosen Feuergefechte, wir müssen Marik so schnell wie möglich unschädlich machen. Ist das klar, Major?«

»Sonnenklar«, sagte Santjun.

»Wo befindet sich das Schiff gerade, Calipher-SIM?«

»Noch etwa zehn Minuten von einer heißen Giftgaswelt entfernt«, erklang die künstliche Stimme des Roboters. »Tainor-1 besitzt keinen Eigennamen, Erhabener. Die Oberflächentemperatur beträgt durchschnittlich 120 Grad Celsius, die Gravitation 0,8 Gravos. Die dünne Atmosphäre besteht aus Schwefelverbindungen und Stickstoff. Der Planet soll reich an Metallen sein, doch der Abbau wurde wegen unregelmäßigen Verschiebungen im planetaren Magnetfeld …«

»Das genügt, Calipher-SIM«, unterbrach ich ihn. »Unter diesen Umständen bin ich gegen eine Landung.«

»Leider kann ich sie nicht aufhalten, noch kontrolliere ich das Schiff nicht in vollkommenem Maße.«

»Dann versuch es weiter! Santjun, bereit?«

»Bereit, Sir!«

»Also los!«

Die Tür des Einsatzraums öffnete sich, und Calipher-SIM stapfte zwischen uns hindurch in den nächsten Raum. Erschrockene Rufe wurden hörbar. Das charakteristische Zischen von Paralysestrahlen erklang. Santjun und ich folgten dem USO-lemurischen Roboter in gebückter Haltung und mit erhobenen Strahlern, doch Calipher-SIM hatte bereits aufgeräumt. Zwischen den mächtigen Speicherbänken des Schiffs, großen, ölig schwarzen Quadern, lagen drei Gestalten. Das Auftauchen des Roboters schien sie vollständig überrascht zu haben. Sie hatten nicht einmal Zeit gefunden, ihre Waffen zu ziehen.

»In der unteren Ebene konnte ein Besatzungsmitglied entkommen«, sagte Calipher-SIM.

Ich blickte hinunter. Die Speicherblöcke, in denen der Großteil der vom Schiff benötigten Energie lagerte, nahmen zwei Decks ein. Durch das Bodengitter konnten wir in die tiefer gelegene Ebene sehen. Direkt vor uns, in etwa dreißig Metern Entfernung, befand sich der Eingang zum zentralen Antigravlift.

»Im ganzen Schiff wurde stiller Alarm ausgelöst«, sagte Calipher-SIM. »Sie sind über unsere Anwesenheit informiert.«

»Und wenn schon. Los!«

Wir rannten auf den Eingang zu. Calipher-SIM, trotz seiner altlemurischen Überprägung ein voll funktionsfähiger GLADIATOR-Kampfroboter, donnerte geräuschvoll vor uns her. Seine riesigen vierzehigen Füße hinterließen breite Dellen im Gitterboden. Die Sohlen unserer USO-Kampfstiefel waren dank Nanotechnologie beständig gegen Hitze und Abnutzung. Trotzdem waren sie flexibel und federten angenehm beim Laufen.

Kurz bevor wir den Eingang zum Antigravlift erreicht hatten, stürzten mehrere Gestalten heraus. Sofort eröffneten sie das Feuer aus ihren schwachen Thermostrahlern. Automatisch wechselte ich den Modus meines Kombistrahlers auf Paralyse und drückte ab. Der Strahl ging jedoch nur durch den Gitterboden und verpuffte irgendwo im unteren Deck.

Sie wenden wieder die Tyaheel-Würmer an, um sich schneller zu machen, warnte der Extrasinn.

»Verflucht!«, schrie Santjun.

Er feuerte aus seiner Waffe. Der Strahl fuhr fauchend an mir vorbei und traf den Eingang zum Antigravlift. Ein Teil des weißen Kunststoffes verdampfte, ein anderer Teil verbrannte schwarz rußend.

»Santjun! Regeln Sie Ihren Strahler zurück! Wenn einer der Blöcke in die Luft fliegt, wandern wir gemeinsam zu den Sternengöttern!«

»Ich kann zielen, Sir!«, stieß Santjun aus, während er sich herumwarf.

Er rannte los, zurück in die Mitte der Maschinenhalle, während ihm wütende Thermosalven entgegenschlugen. Sein Schutzschirm irrlichterte mehrere Male, doch er hielt dem Beschuss problemlos stand.

»Santjun!«, rief ich wütend. »Bleiben Sie stehen, Mann!«

Der Risiko-Agent wirbelte herum und schoss – diesmal im Paralysemodus. Auch sein Strahl verlor sich irgendwo in der Maschinenhalle.

»So richten wir gar nichts aus, Sir!«, rief er und drehte sich feuernd um seine eigene Achse.

»Marik ist das Ziel«, gab ich zurück. »Sie wollen uns vom Antigrav weglocken. Kommen Sie!«

Der Mann von Passa stürmte auf uns zu. Calipher-SIM und ich schossen Paralysatorsalve um Paralysatorsalve an ihm vorbei, doch keine einzige fand ihr Ziel.

Santjun erreichte uns und wir sprangen gemeinsam in den Schacht des Antigravlifts. Er war abwärts gepolt, doch unsere

Anzüge und das Flugmodul des Roboters kamen problemlos dagegen an. Schnell stiegen wir auf, bis wir vier Decks höher auf ein gelbschwarz gestreiftes Schott stießen, das uns den weiteren Weg versperrte.

»Die Zentrale wurde vom restlichen Schiff abgekapselt!«, gab Calipher-SIM durch.

»Dann schießen wir uns durch!«, rief Santjun.

»Das dürfte nicht so einfach zu bewerkstelligen sein, Erhabener«, sagte Calipher-SIM. »Die Abschottung ist für den Fall schiffsinterner Kämpfe konstruiert worden!«

»Dann hebe die Abschottung wieder auf!«, rief Santjun aufgebracht.

»Ich bin dabei, Major.«

Hatte da tatsächlich ein Anflug von Pikiertheit in Calipher-SIMS Stimme mitgeschwungen?

Die Welt um mich herum explodierte in einem lodernden Feuerball, und mir blieb keine Zeit mehr für solch unnötige Gedanken. Gierig züngelnde Energien umflossen meinen Schutzschirm, ließen die Belastungsanzeige kurzzeitig auf 110 Prozent hochschnellen.

»Gleichzeitiges Feuer von unten und aus Deck 8«, rief Santjun, der unter mir und Calipher-SIM schwebte.

Ich fuhr herum und feuerte – nun ebenfalls mit Impulsstrahlen – durch den Ausstieg des Antigravschachts in Deck 8. Mehr als undeutliche Schemen konnte ich durch die wabernden Energien nicht erkennen. Die optischen Systeme des Kampfanzuges benötigten fast zwei Sekunden, bis sie mir ein Bild auf das Innendisplay projizieren konnten, das sie durch verschiedene Erfassungsmodi gewonnen und zusammengesetzt hatten.

Drei Männer und zwei Kampfroboter hatten sich im Raum verteilt und feuerten mit allem auf mich, das ihnen zur Verfügung stand. Obwohl sie im Vergleich zu uns nur mit schwachen Waffen ausgerüstet waren, würden sie in dieser

Konzentration meinen Schutzschirm in wenigen Sekunden geknackt haben. Neben dessen Belastungsanzeige, die konstant im roten Bereich blieb, begann ein Countdown rückwärts zu laufen. Noch konnte ich den Schirm dreizehn Sekunden überbelasten, bevor er endgültig zusammenbrechen würde.

Zwölf. Elf.

»Santjun!«, rief ich. »Wie sieht es bei Ihnen aus?«

»Im Schacht sind sie leichter zu treffen!«, kam es zurück. »Ich habe mindestens zwei von ihnen ausgeschaltet.«

Die ganze Zeit über hatte ich ohne Unterbrechung gefeuert. Obwohl sich mein Kombistrahler bisher den magorianischen Schirmsystemen überlegen gezeigt hatte, schien seine Feuerkraft gegen diese Gegner keine Wirkung zu zeigen.

Sieben. Sechs. Fünf. Die Uhr lief unerbittlich.

Meine Augen tränten, wie es bei uns Arkoniden stets der Fall war, wenn uns große Erregung packte. In der aktuellen Situation hätte ich gerne darauf verzichtet, war doch meine Sicht auch ohne Tränenschleier schon genug eingeschränkt.

Das nächste Bild, das mir die Anzugpositronik im Display anzeigte, verriet, weshalb mein Beschuss bisher nichts ausgerichtet hatte. Quer durch den Raum spannte sich ein starker, wahrscheinlich mehrfach gestaffelter Schutzschirm, an dem die Energien meines schweren Kombistrahlers abprallten wie Regentropfen an den Blättern der Korinaris-Blüte.

Drei. Zwei.

Ich ließ mich einen Meter in die Tiefe fallen. Die Anzeige blieb bei zwei stehen.

Das war zu knapp!, kommentierte der Extrasinn meine Aktion.

»Calipher-SIM, in Deck 8 befindet sich ein starker Schutzschirm-Generator. Kannst du ihn ausschalten?«

»Nein. Aber …« Der Roboter sprach den Satz nicht zu Ende, sondern verschwand in der Tiefe.

Kapitel 36

Verzweifelte Flucht: Onjar Marik

Ohnmächtige Wut ließ ihn beben. Schreiend wie ein Tier ergriff er die abgerissene Lehne des Schwebesessels und warf sie mit aller Kraft in den Bildschirm, der das Bild von Atlan, Santjun und einem hünenhaften Roboter der USO zeigte.

Wie hatte dies bloß geschehen können? Wie hatte es dieser tausendmal verfluchte Arkonide überhaupt geschafft, in das Schiff einzudringen? In verzehrendem Zorn schlug der Silberherr auf alles ein, was sich in seiner Reichweite befand.

Eine böse innere Stimme lachte Marik aus und verhöhnte ihn, weil es der Unsterbliche geschafft hatte, ihn aus einer so schwachen Position heraus in die Knie zu zwingen. Alle hochgesteckten Ziele waren von einer Sekunde zur anderen zerfetzt worden. Seine heldenhafte Rückkehr an Malchers Seite. Der geplante Umsturz, die Unsterblichkeit und die nie versiegende Macht!

»Onjar!« Thalias Stimme erreichte erst beim vierten Ruf sein Bewusstsein.

Zitternd vor Zorn wandte er sich um. »Und du!«, brüllte er. »Du bist die Wurzel allen Übels!«

»Halt endlich deine verdammte Klappe!«, schrie Thalia Lacroix mit derselben Intensität zurück.

Verblüfft zuckte er zusammen. »Du«, keuchte er, ohne dass er genau wusste, was er sagen wollte.

»Noch ist nichts verloren, Onjar!«

Als würde ein Vorhang vor seinem Geist weggezogen würde, kam Marik wieder zu sich. Der Jähzorn verrauchte, als ob er ihn nie berührt hätte. Wortlos blickte er auf die dunkelblonde Frau hinunter.

Mit hoch erhobenem Haupt stand Thalia vor ihm. Ihre Augen funkelten wütend. In jeder anderen Situation hätte er sie für ihren Ton bitter büßen lassen. Doch in diesem Moment kam es ihm vor, als hätte er noch nie eine schönere und begehrenswertere Frau gesehen.

»Wir müssen hier raus!«, sagte sie drängend.

Marik schüttelte den Kopf, versuchte die störenden Gedanken zu verscheuchen. Dann wandte er sich an die Bordpositronik und ließ sich die möglichen Maßnahmen bei einer feindlichen Übernahme des Schiffs auflisten. Er schottete die Kugelzelle rund um die Zentrale ab und warf die verbliebenen Magorianer in den aussichtslosen Kampf gegen Atlan, Santjun und den Kampfroboter. Das würde Thalia und ihm den nötigen Vorsprung für die Flucht verschaffen.

»Wir müssen Zeit gewinnen«, murmelte er. »Malcher wird uns retten!«

»Wie kommen wir aus der Zentrale heraus?«, fragte Thalia.

Marik drückte eine Taste und blickte auf. »Hiermit.«

Atlan

»Der Beschuss der Tyaheel-Träger hat aufgehört«, verkündete Santjun. »Ich glaube, ich habe sie erwischt. Wo ist der Blechkopf?«

»Vermutlich versucht er das Problem auf Deck 8 zu lösen«, gab ich zurück. »Kommen Sie rauf, Santjun! Sie müssen mir Deckungsfeuer geben!«

Du sagst es selbst: Vermutlich, äußerte sich der Extrasinn, während ich den Ladestand meines Strahlers kontrollierte.

Lange darfst du das Problem Calipher-SIM nicht mehr vor dir her schieben!

Mit Santjun an der Seite stieg ich bis zum Einlass von Deck 8. Sofort schlug uns wieder das gegnerische Feuer entgegen. Wir antworteten mit konzertiertem Strahlenbeschuss. Der Schutzschirm schien weiterhin alle Energien zu schlucken.

»Wie wäre es mit hochdosiertem Impulsfeuer?«, rief Santjun gegen den Lärm der zischenden Strahler und das laute Knacken des sich stark erhitzenden Schachtmaterials.

»Damit würden wir das ganze Schiff gefährden«, gab ich zurück. »Wir können uns das Pferd nicht unter dem Hintern wegschießen!«

»Calipher-SIM!«

Ich blinzelte mehrere Male, bis ich erkannte, was Santjun zu diesem Ausruf veranlasst hatte. Der Roboter war in der Zwischenzeit ins Deck 7 ausgewichen und brannte sich nun durch den Boden in den Raum hinein, in dem die Verteidiger durch den Schirm geschützt wurden. Gegen den wie eine Furie emporbrechenden Stahltitanen hatten die drei Magorianer und ihre beiden Kampfroboter keine Chance. Drei Sekunden später lagen die drei Männer paralysiert am Boden, und Calipher-SIMS gegnerische Artgenossen hatten sich in zwei rauchende Schrotthaufen verwandelt.

Der Lemur-GLADIATOR schritt durch den verwüsteten Raum auf uns zu.

»Die MAGORS GLANZ hat eben die Landung eingeleitet«, gab er bekannt. »Und ich konnte die Abschottung der Zentrale aufheben.«

Ich blickte nach oben. Tatsächlich war das gelbschwarz gestreifte Schott verschwunden. Santjun und ich blickten uns an und starteten gleichzeitig durch.

Vier Decks weiter oben gelangten wir in den Kommandostand des Schiffs. Drei Körper lagen leblos in ihrem Blut.

An den Wänden und den Einrichtungen waren die Spuren eines Kampfs klar erkennbar.

»Wo ist das Ekel hin?«, knurrte Santjun.

In diesem Moment zuckte der Strahl einer Waffe an mir vorbei, bevor sich mein Schutzschirm aufbauen konnte. An meinem Rücken explodierte etwas und riss mich von den Beinen.

Noch im Fallen sah ich Santjun herumwirbeln und in die Richtung schießen, aus der mich der Strahl getroffen hatte. Ich krachte auf den Boden und blieb einen Moment liegen.

Wie ein Frischling, kritisierte der Extrasinn. *Auch in Zeiten von gedankenschnell reagierenden Schutzschirmen darf das kleine Einmaleins des Kampfs in geschlossenen Räumen nicht vergessen werden.*

Santjuns besorgtes Gesicht erschien über mir. »Haben Sie Schmerzen, Sir?«

Unwillkürlich schüttelte ich den Kopf. »Nein, Major.«

Ich streckte die rechte Hand aus und er zog mich hoch. Dann begutachtete der USO-Spezialist den Rückentornister meines Kampfanzuges.

»Der Schuss des Kleinen hat das Flugaggregat erwischt. Der Schutzschirmprojektor scheint aber nichts abbekommen zu haben. Zudem hat der Keramoplast-Verbund im Rückenteil des Anzugs verhindert, dass die Explosion des Aggregats Ihre Wirbelsäule perforiert hat.«

Ich ließ die Anzugpositronik eine Funktionskontrolle durchführen. Wie Santjun gesagt hatte, waren sowohl der Projektor des Schutzschirms als auch der Kampfanzug selbst noch intakt.

»Des Kleinen?«, fragte ich.

Santjun drehte sich um und zeigte auf den halb verbrannten Körper des Schützen. Eine Blutspur führte zum Befehlsstand des Raumschiffs.

»Marik hat ihn niedergeschossen und ist abgehauen. Der Kleine hat sich einen Strahler geholt und hier auf uns gewartet«, fasste Santjun das Geschehen zusammen, wie er es sich zusammenreimte.

»Gehörte er zu den Silberherren?«, fragte ich.

»Das war Magor, der Herrscher Magorias.«

Überrascht blickte ich auf die Leiche. Es handelte sich zweifellos um einen Mann, selbst wenn die Größe und feingliedrige Statur eher auf ein Kind schließen ließen. Im Sterben hatte sich ein ängstlicher, ja geradezu panischer Ausdruck in seinem Gesicht festgefroren.

Atlan...

Ich riss mich von dem bizarren Anblick los. »Marik muss irgendwo sein! Calipher-SIM!«

»Atlan?«, erklang die künstliche Stimme im Helmfunk.

»Wo bist du, und was weißt du über den Verbleib Mariks?«

»Im automatischen Logbuch der Zentrale findet sich ein Eintrag, dass die Notfallröhre entsiegelt wurde, die in die unteren Schiffsebenen führt.«

»Er will flüchten!«, stieß Santjun aus.

»Befinden sich irgendwelche Beiboote oder Gleiter in den Hangars?«, fragte ich.

»Nein«, kam es zurück. »Sie wollen offenbar zu Fuß flüchten.«

»Sie?«, echote Santjun.

»Ich konnte mehrere Kameras im Schiff aktivieren. Zwei Personen benutzen in diesem Moment die Schleuse, durch die wir in das Schiff gelangt sind.«

»Dann halte sie auf!«, rief ich verärgert.

»Geht leider nicht. Sie bedienen das Schott manuell.«

Santjun fluchte, wirbelte auf dem Absatz herum und stürzte sich kopfüber in den Antigravschacht. Da mein Flugaggregat ausgefallen war, musste ich mich den normalen Antigravfeldern des Liftes anvertrauen.

»Wir treffen uns an der Schleuse!«, befahl ich an die Adresse von Calipher-SIM. »Die beiden müssen gestoppt werden!«

Der Roboter sendete ein Bestätigungssignal.

Wir erreichten wieder das Deck, auf dem wir ins Schiff eingedrungen waren. Santjun verließ den Schacht mittels seines Flugaggregats. Ich ergriff den Ausstiegsbügel und schwang mich hinterher. Der Risiko-Spezialist flog quer durch die Halle mit den schwarzen Speicherblöcken, ich folgte ihm zu Fuß.

Nach zehn Meter fühlte ich mich plötzlich mit einem Ruck hochgehoben und fortgetragen.

»Calipher-SIM! Wo warst du?«

»Ich musste etwas überprüfen«, antwortete er, während wir auf das Schott des Einsatzraums zuflogen.

Er verheimlicht dir etwas Wichtiges!, flüsterte der Extrasinn.

Wir erreichten den Raum. Santjun stand vor der geschlossenen Schleusentür.

»Zu spät! Sie haben das Schiff bereits verlassen!«

»Wir verfolgen sie«, knurrte ich.

»Mit Verlaub, Sir!«, sagte Santjun. »Die beiden können nirgendwo hin. Gemäß unserem Freund Calipher-SIM ist der Planet nicht nur unbewohnt, sondern auch höchst ungastlich.«

»Calipher-SIM, öffne die Schleuse!«, befahl ich dem Roboter und wandte mich wieder an Santjun. »Wir müssen davon ausgehen, dass Marik einen Hilferuf hat absetzen können. Wenn es ihnen nun gelingt, sich lange genug auf dem Planeten zu verstecken, bis Hilfe eintrifft, haben wir verloren.«

»Und wenn er bereits alle Informationen weitergeleitet hat?«

»Das mögen die Sternengötter verhindert haben«, gab ich düster zurück. »Denn dann stünden der Milchstraße gefährliche Zeiten bevor.«

Die Schleusentür schwang auf und wir traten hinein.

»Was hast du gemacht, als wir vorhin in der Zentrale waren, Calipher-SIM?«

»Ich habe sichergestellt, dass wir nun die vollständige Kontrolle über das Raumschiff besitzen«, antwortete er.

Die Luft in der Schleusenkammer wurde abgesaugt.

»Du meinst, dass *du* die vollständige Kontrolle hast?«, fragte Santjun.

»Nein: wir!«, gab der Roboter unbeeindruckt zurück, während er unbeweglich vor der Außentür stand.

Zischend öffnete sie sich, und er trat hinaus. Wir folgten ihm.

»Was für ein Höllenplanet«, brummte Santjun.

Ich nickte. Tainor-1 war fürwahr eine ungastliche Welt.

Unter einem rötlichen flimmernden, von gelblichen Dampfwolken durchzogenen Himmel erhoben sich in der Ferne mächtige Gebirge, die zu glühen schienen. Tatsächlich holte meine Optik breite Magmaströme heran, die zähflüssig an den Bergflanken hinunterflossen.

Direkt vor uns hatte austretendes Magma ein bizarres Bild geformt. Über ein Gebiet von mehreren Dutzend Quadratkilometern breitete sich eine Landschaft aus, die als Werk eines Künstlers mit Hang zum Morbiden hätte gelten können. Skurrile, verästelte Lavagebilde erhoben sich zu Hunderttausenden und erschienen in ihrer Gesamtheit wie ein alptraumhafter, gigantischer Wald. Verstärkt wurde der Eindruck durch das schräg hereinfallende Licht der Sonne Tainor, das einzelne Gebilde scharfkantig hervorhob und automatisch Assoziationen an Greifarme und Tentakel provozierte.

»Dort!«, sagte Santjun.

Ich zoomte mit meiner Helmoptik die Stelle heran, auf die der Risiko-Agent mit ausgestrecktem Arm zeigte. Zwei Gestalten in Kampfanzügen entfernten sich schwebend.

»Gut«, sagte ich. »Wir werden es folgendermaßen anstellen.«

Kapitel 37

Der Überläufer: Onjar Marik

Marik flog mehrere Meter vor Thalia. Die Funkverbindung hatte er unterbrochen, damit sie ihn nicht hören konnte. Er schrie sich die Wut und Enttäuschung aus dem Leib. Seine Stimme überschlug sich, klirrte in seinen Ohren, während das Herz wie verrückt schlug und das Adrenalin durch seinen bebenden Körper pumpte. Wenn ihm nicht irgendwo in seinem Kopf eine leise Stimme gesagt hätte, dass er noch eine kleine Chance besaß, wäre er am liebsten gelandet und hätte etwas kurz und klein geschlagen.

Innerhalb von wenigen Minuten hatte er alle Vorteile verloren, die er sich in den letzten Wochen kontinuierlich erarbeitet hatte. Und wem war dies zu verdanken?

Atlan!

Der Name des verhassten Gegners hallte vieltausendfach in seinem Geist wider und lieferte dem glutflüssigen Zorn neue Nahrung.

Ausgerechnet dem Unsterblichen, den er schon überwunden geglaubt hatte, war gelungen, Mariks ehrgeizige Pläne in letzter Sekunde zu durchkreuzen!

Seine letzte Hoffnung beruhte auf dem abgesetzten Hyperfunkspruch. Nur wenn Malcher schnellstmöglich reagierte und mit einer Flotte ins Tainor-System kam, um ihn zu suchen, hatte er eine kleine Chance auf Rettung. Aber selbst wenn dies geschehen würde, musste er seine Pläne begraben, in der Hierarchie der Silberherren in die ihm zustehende Position aufzusteigen.

Malcher würde ihm zwar die Beschaffung der Steuerkodes verdanken, doch für eine Beförderung würde es nicht reichen. Ein Anführer der Silberherren musste aus einer solch guten Ausgangslage das Maximum herausholen können.

Er hatte schlicht und einfach versagt.

Marik umflog mehrere der schwarzen Türme aus erstarrtem Magma. Vor ihm tauchte ein flacher Hügelkamm auf, der aussah, als sei er einem Meteoritenhagel ausgesetzt gewesen. Dutzende von Löchern und Höhlen klafften darin. Aus einigen traten flirrende Dämpfe.

Plötzlich spürte er einen heftigen Schlag gegen sein rechtes Bein. Er reagierte sofort, ließ sich mit seinem Flugaggregat zur Seite fallen, zog den Strahler und wirbelte herum.

Thalia ruderte mit den Armen und deutete auf die Antenne an ihrem Helm.

Marik reaktivierte die Funkverbindung.

»Mach das noch mal und ich blase dir den Kopf weg, verdammte *Fita!*«, schrie er zornig.

»Reiß dich zusammen, Onjar«, fauchte sie zurück. »Der USO-Agent Santjun funkt uns seit zwei Minuten an. Er will verhandeln!«

»Soll das ein Witz sein? Dies ist eine Geheimfrequenz. Wie sollte er …«

»Weil ich gut bin, Kommandant«, erklang die kratzige Stimme Santjuns in Mariks Helmempfänger.

Der Silberherr benötigte keine zwei Sekunden, um seine Überraschung niederzukämpfen.

»Agent Santjun! Was verschafft mir die unvergleichliche Ehre?«

»Ich will verhandeln. Auf persönlicher Basis.«

»Nun sind Sie wahrscheinlich vollkommen verrückt geworden. Ich verhandle nicht. Nie, hören Sie?«

»Ich will die Seiten wechseln, Kommandant!«

Santjun nannte ihn wieder *Kommandant*, wie er dies schon an Bord der TRAUM getan hatte, als er sich noch in Mariks Gefangenschaft befunden hatte. Damals hatte sich zwischen ihnen ein Katz-und-Maus-Spiel entwickelt.

»Erzählen Sie das einem Dümmeren, Agent Santjun«, gab Marik kalt zurück.

»Hören Sie, wir haben nicht viel Zeit«, kam es gefasst zurück. »Atlan weiß nicht, dass ich aus der Positronik der GLANZ Ihre Funkfrequenzen und den Verschlüsselungsalgorithmus extrahieren konnte. Wir haben dieselben Ziele, Kommandant, und wir werden uns gegenseitig helfen, diese zu erreichen!«

Marik atmete zweimal tief durch. Er glaubte dem Mann kein Wort. Und doch schwang etwas in seiner Stimme mit, das Marik aufhorchen ließ.

»Sprechen Sie!«

»Sie kennen meinen körperlichen Zustand, Kommandant. Seit der Behandlung durch Thalia Lacroix hat er sich stetig verschlechtert. Ich stand mehrmals auf der Schwelle des Todes und wäre elendiglich verreckt, wenn es mir nicht gelungen wäre, mich mit Silbermetall zu behängen!«

»Woher wollen Sie …«

»Von Ihren Männern, die wir tot vor dem Monolithen gefunden haben, Kommandant. Atlan wusste, dass das Metall mir eine Besserung hätte bringen können, doch er hat mir seine Anwendung explizit untersagt!«

»Und das soll ich Ihnen glauben, Agent Santjun?«

»Ich werde Ihnen zeigen, was das Silbermetall in der Zwischenzeit mit mir angestellt hat. Sagen Sie mir, wo Sie sich aufhalten, und Sie werden sehen!«

»Darauf falle ich nicht herein«, gab er barsch zurück.

»Hören Sie, Kommandant. Wenn ich überleben will, brauche ich noch mehr Silbermetall. Und ich *will* überleben!

Inzwischen pfeife ich auf das, was ich früher noch Moral genannt hätte. Die USO kümmert sich genauso wenig um Einzelschicksale, wie dies Ihre Organisation tut. Von daher macht es keinen Unterschied, auf welcher Seite ich stehe. Ausschlaggebend ist das Silbermetall – und das können nur Sie mir verschaffen, Kommandant!«

Marik fühlte, wie sein innerer Widerstand bröckelte. Was, wenn die Geschichte keine Lüge war?

Nein, das kann einfach nicht sein!

»Überdenken Sie die Fakten, Kommandant. Sie wollen von diesem Planeten verschwinden, und ich benötige das Metall. Gemeinsam können wir unsere Ziele erreichen. Tun wir das nicht, sterben wir beide früher oder später – ich in einem Sanatorium und Sie in einem Gefängnis der USO.«

»Ich komme auch so von hier weg«, erwiderte er höhnisch. »Bald schon wird unsere Flotte auftauchen. Dann werden Sie samt Ihrem Herrchen bei lebendigem Leibe geröstet!«

»Nicht, wenn das Ultraschlachtschiff zuerst hier ist, das sich angekündigt hat. Kommandant, können Sie dieses Risiko eingehen? Ich bin die einzige realistische Chance, die Sie haben! Entscheiden Sie sich schnell, sonst wird Atlan misstrauisch.«

In Mariks Helm leuchtete eine Diode auf. Thalia wollte ihn auf einer anderen Frequenz sprechen. Unwillig schaltete er um.

»Onjar«, sagte sie in flehendem Tonfall. »Überlege dir, was du machen willst. Ich glaube Santjun.«

»Was unterstehst du dich …«

»Onjar. Vergiss einfach, was in den letzten Jahren war. Ich will überleben, und ich will *dich!* Du wirst es schaffen, an die Spitze der Silberherren zu kommen, und ich werde dich auf diesem Weg begleiten.«

»Jetzt sage bloß nicht, dass du mich immer noch liebst«, stieß er hasserfüllt aus.

»Nein«, gab sie zurück. »Selbstverständlich liebe ich dich nicht. Das habe ich nie getan und werde es auch nie tun. Aber du weißt so gut wie ich, dass unsere Verbindung einen Sinn ergibt. Wir hassen uns, weil wir uns nicht lieben können. Aber was hat uns das in den letzten Jahren gebracht? Nichts!«

»Thalia …«

»Ich bin noch nicht fertig«, unterbrach sie ihn. »Onjar. Ich spiele dir nichts vor. Ich will auch nur überleben. Und ich will lange leben. Und ich will dies dort tun, wo die Musik spielt: An der Spitze der Silberherren. Gemeinsam mit dir. Ich bitte dich: Hör dir an, was Santjun zu sagen hat. Danach können wir ihn immer noch ausschalten.«

Onjar Marik antwortete nicht. Normalerweise hatte er im Einsatz keine Schwierigkeiten, die Situation zu bewerten und in Sekundenbruchteilen das weitere Vorgehen festzulegen.

Nun musste er sich zwischen zwei Alternativen entscheiden, die ihm beide zuwider waren. Bei der einen hatte er kaum Überlebensmöglichkeiten, und bei der anderen musste er mit zwei Personen kooperieren, von denen er wusste, dass sie ihn am liebsten tot sehen würde.

»Onjar!«

Marik stellte wieder auf die andere Frequenz um.

»Ich sende Ihnen ein Signal, dem Sie folgen können. Wenn Sie eine falsche Bewegung machen, erschieße ich Sie!«

»Verstanden, Kommandant«, gab Santjun zurück und unterbrach die Verbindung.

»Danke, Onjar«, stieß Thalia erleichtert aus.

Ohne zu antworten, steuerte er die Planetenoberfläche an und landete vor einem Höhleneingang an der Bergflanke. Mit den Messgeräten des Anzugs versuchte er die Länge des Stollens herauszufinden, doch das Display lieferte nur widersinnige Zahlenreihen. Die einzige verlässliche Anzeige schien die Temperatur zu sein, die im Höhleninnern mit 600 Grad Celsius angegeben wurde. Sanfte Vibrationen durchliefen den Boden.

Mit ausgestrecktem Arm wies er Thalia an, wo sie stehen sollte, wenn der Agent auftauchte. Dann sah er sich nochmals um und vergewisserte sich, dass er seinen Standort gut gewählt hatte. Von hier aus konnte er die Bereiche gut einsehen, durch die sich Santjun nähern würde. Sobald es auch nur das geringste Anzeichen gab, das auf eine Falle hinwies, würde er verschwinden.

Marik löste das Peilsignal aus, an dem sich Santjun orientieren konnte.

Fünf Minuten später tauchte der graue Kampfanzug des USO-Mannes hinter einer Magmaskulptur auf. Die Sonne Tainor ließ ihn hell aufleuchten.

»Landen Sie auf dem Vorsprung zwanzig Meter vor mir«, gab Marik durch. »Sind Sie bewaffnet?«

»Selbstverständlich.« Santjun ging auf der ihm angewiesenen Stelle nieder.

»Ich werde mir anhören, was Sie zu sagen haben, Agent Santjun. Seien Sie aber versichert, dass ich weit davon entfernt bin, Ihnen zu vertrauen. Eine falsche Bewegung, und wir nehmen Sie ins Kreuzfeuer.«

»Ein faires Angebot«, sagte Santjun ohne Spott in der Stimme. »Die aktuelle Lage sieht wie folgt aus: Atlans Fluggaggregat ist defekt, deswegen blieb er im Raumschiff zurück. Er hat mich und einen Kampfroboter der GLADIATOR-Klasse ausgeschickt, um Sie aufzustöbern und Sie in einer Zangenbewegung anzugreifen.«

»Kennt dieser Roboter unsere Position?«

»Nein. Wenn er den ihm zugewiesenen Suchsektor nicht verlässt, wird er nicht näher als zwei Kilometer herankommen. Seine Orter können übrigens in diesem hyperphysikalischen Chaos kaum etwas wahrnehmen. Von daher sind wir sicher.«

»Noch gibt es kein *wir!*«, sagte Marik kalt. »Wie wollen Sie Atlan ausschalten?«

»Indem ich Sie zum Schein festnehme und zum Raumschiff eskortiere. Dort werden wir Atlan überrumpeln, ihn auf dem Planeten aussetzen und mit dem Raumschiff fliehen.«

»Verdammt!«, stieß der Silberherr zornig aus. »Das würde Ihnen so passen, mich *zum Schein* festzunehmen. Glauben Sie wirklich, ich falle auf einen so miesen Trick herein?«

»Ich verstehe Ihren Vorbehalt, Kommandant. Dies ist aber die einzige Möglichkeit, wie wir uns Atlan nähern können, ohne dass er Verdacht schöpft.«

»Oh, da gibt es noch andere Möglichkeiten, mein lieber USO-Spezialist«, sagte Marik mit grimmiger Freude. »Ich werde Sie als Geisel nehmen und als Druckmittel für die Übergabe des Raumschiffs verwenden.«

»Diesen Plan habe ich zuerst auch gehabt, ihn aber wieder verworfen. Atlan vertraut mir nicht mehr, seit ich mich zwischenzeitlich unerlaubt von der Truppe entfernt hatte und nun das Silbermetall trage. Er hat mich nur mitgenommen, weil ich der einzige Risiko-Spezialist war, über den er verfügen konnte.«

»Trotzdem wird er Sie nicht einfach opfern, das können Sie mir nicht weismachen.«

»Ohne mit der Wimper zu zucken. Er will *Sie,* Kommandant. Ich bin nur eines aus einer langen Liste von Opfern, die er in seinem Leben schon erbringen musste. Der Zweck heiligt die Mittel, wie die Terraner sagen.«

Marik atmete mehrmals tief durch. Es roch so penetrant nach Falle, dass …

»Dann werden wir es nochmals anders machen: Sie fliegen alleine zurück zum Schiff und erschießen Atlan. Dann kommen wir nach und flüchten mit dem Raumschiff.«

»Das werde ich nicht tun, Kommandant!«

»Weil Sie gar nicht daran denken, sich mit mir zu verbünden. Weil Sie ein USO-Agent sind und ewig bleiben werden. Silberschmuck hin oder her.«

»Sie haben recht, Kommandant. Ich bin – ich *war* Agent der USO mit Leib und Seele. Indem ich aber diese Mission sabotiere und desertiere, zerstöre ich alles, was ich in meinem Leben aufgebaut und erreicht habe. Ich werde mich nie wieder auf einer Station der USO oder einer Welt des Solaren Imperiums blicken lassen dürfen. Werde alle Bezugspersonen verlieren, die ich derzeit habe. Vielleicht ... vielleicht bis auf eine ...« Der Satz endete in einem Keuchen.

Verdammt, dachte Marik. Er spielt die Rolle wirklich gut.

»Ich werde aber *nicht* zu Atlans Mörder – und ich werde verhindern, dass *Sie* ihn töten, Kommandant. Atlan wird ausgesetzt und kann sich von dem Ultraschlachtschiff retten lassen, das in den nächsten Stunden auftauchen wird.«

In Marik wogten die Gefühle hin und her. Konnte ... sollte er Santjun vertrauen? Schon auf Lumbagoo hatte ihn der Agent mit seinen Sprüchen und Geschichten eingelullt und ihn dann hinterrücks überrumpelt. Aber welche Alternative hatte er? Die Luft-, Wasser- und Nahrungsreserven im Anzug würden ihn drei Wochen auf dieser Welt überleben lassen. Wenn er Thalias Reserven hinzuzählte, käme er auf maximal sechs Wochen. Dies unter der Voraussetzung, dass er sich lange genug verstecken konnte – falls es wirklich das Schlachtschiff gab, das der Agent angekündigt hatte.

Auf der anderen Seite: Lieber alleine in diesem Drecksloch verrecken, als von einem Agenten der USO ausgespielt zu werden!

»Werfen Sie die Waffe weg, Agent!«, zischte Marik. »Sie legen mich nicht herein!«

»Kommandant! Was Sie vorhaben, ist Selbstmord! Helfen Sie mir, Ihnen zu helfen, und wir haben alle drei eine Zukunft!«

Marik hob die Waffe, mit der er bisher locker aus der Hüfte auf Santjun gezielt hatte.

»Thalia!«, rief Marik. »Er lügt. Wir werden ihn ...«

Die Ärztin stieg auf und landete zwischen ihm und dem Agenten.

»Das werden wir nicht tun!«, sagte sie mit nervöser Stimme. »Ich vertraue ihm. Nur er kann uns helfen, von hier zu verschwinden!«

Brennender Zorn flammte wieder in ihm auf.

»Geh aus dem Weg, du falsche Schlange«, zischte er mit letzter Beherrschung.

»Nein! Wir werden zu dritt fliehen, Onjar!«

»Das werden wir nicht.«

In diesem Moment fand Marik seine Ruhe wieder. Kristallklar durchblickte er die Situation.

Mit einer Schaltung übernahm er Thalias Kampfanzug und verhinderte, dass sich ihr Schutzschirm aufbauen konnte. Dann löste er seinen Strahler aus.

Der Thermostrahl fuhr auf sie zu und zerfetzte ihren Helm.

»Nein!«, hörte er Santjuns Stimme über Funk.

Dann verging die Welt in einer gewaltigen Explosion.

Santjun

Thalias Kopfpartie zerplatzte.

»Nein!«, schrie er.

Noch während Thalias Körper in sich zusammensackte, riss Santjun den Kombistrahler in die Höhe.

In diesem Augenblick leuchtete im Untergrund hinter Marik ein grelles Licht auf, verästelte sich gedankenschnell. Dann dehnte es sich aus und der ganze Berg explodierte. Trotz aktiviertem Schutzschirm wirbelte ihn die mechanische Kraft des berstenden Untergrunds wie ein Blatt im Wind davon. Um ihn herum flogen Batzen glutflüssigen Magmas und Gesteinsbrocken in allen Größen und Formen.

Der Risiko-Agent benötigte ganze drei Sekunden, bis er das Flugaggregat aktivieren und in die Höhe steigen konnte. Sofort lieferte die Mikropositronik Statusanzeigen für sämtliche Komponenten des Anzugs. Alle Werte lagen im grünen Bereich.

Erst jetzt verlor er die Stumpfheit, in die der Schock der plötzlichen Explosion seine Gefühlswelt versetzt hatte. Das Blut hämmerte in seinen Ohren, und er hörte die hastigen Stöße seines Atems.

Was war geschehen?

Aus hundert Metern Höhe sah er mit brennenden Augen auf den Ort, wo vor ein paar Augenblicken noch eine Bergflanke gewesen war. Orangefarbenes Magma trat wie ein Gewirr von Feuerwürmern aus verschiedenen Stellen des aufgerissenen Bodens.

»Major!«, hörte er Atlans alarmiert klingende Stimme über den Helmfunk. »Was ist passiert?«

Er hatte sich diese Frage ebenfalls schon gestellt, doch nicht beantworten können. Zögerlich nur setzte wieder das kühle Denken ein.

Was ist los mit mir?

»Major Santjun! Hören Sie mich?«

Es muss mit meinem Zustand zu tun haben, dachte Santjun.

»Major!«

»Alles in Ordnung, Sir! Ich war nur etwas zu nahe an einer Explosion. Thalia Lacroix ist tot. Marik ebenfalls.« Er stockte kurz und fügte dann an: »Höchstwahrscheinlich.«

»Was soll das bedeuten?«

»Die Explosion ging direkt von der Stelle aus, an der er gestanden hat. Ich habe es jedoch nicht genau gesehen, da ich Thalia Lacroix' Körper zu diesem Zeitpunkt vor mir hatte.«

»Er ist tot?«

»Ich bin nicht sicher, Sir.«

»Zu wie vielen Prozenten sind Sie nicht sicher, Major?«

Santjun schüttelte den Kopf. Ununterbrochen lief ihm Schweiß in die Augen. Er hoffte, dass die Adrenalinstöße bald verebbten.

»Zehn Prozent, Sir.«

»Keine Überreste?«

»Negativ, Sir. Die Explosion hat eine Bergflanke auf der Fläche von rund einem halben Quadratkilometer bewegt. Da ist kein Stein auf dem anderen geblieben. Zudem ist der Boden geologisch hochaktiv. Magma tritt an mehreren Stellen aus. Die Suche dürfte schwierig werden.«

»Hat Calipher-SIM das Gebiet schon abgesucht?«

»Ich habe ihn nicht mehr gesehen. Er hätte sich den beiden eigentlich von hinten annähern müssen, während ich sie abgelenkt habe.«

Atlans Antwort ließ ein paar Sekunden auf sich warten.

»Kommen Sie zurück zur GLANZ, Major!«

»Geben Sie mir etwas Zeit, Sir«, bat Santjun. »Irgendwelche Überreste von Marik werde ich schon auftreiben können.«

»Nein, Santjun«, sagte Atlan scharf. »Ich benötige Sie hier. Die Umstände haben sich geändert.«

»Sir?«

»Blicken Sie nach oben, Major. Dann sehen Sie, was ich meine.«

Der Risiko-Agent drehte sich auf den Rücken. Er musste nicht lange suchen. Ein gewaltiger metallener Leib senkte sich auf den Planeten.

»Das Ultraschlachtschiff!«, stieß Santjun aus.
»Die MORPHEUS«, bestätigte Atlan.
»Ich bin auf dem Weg!«
»Gut. Und versuchen Sie, mit Calipher-SIM Kontakt aufzunehmen. Ich kann ihn nicht erreichen.«
»Verstanden, Sir.«

Kapitel 38

In der MORPHEUS: Atlan

»Herzlich Willkommen auf der MORPHEUS, Sir!«

Ich nahm den Gruß des weiblichen Ersten Offiziers des Ultraschlachtschiffs entgegen und warf einen kurzen Blick auf das Namensschild der Frau.

»Danke, Oberstleutnant Clues.« Ich deutete auf Santjun, der leicht schwankend neben mir stand. »Dies ist Major Santjun, Risiko-Spezialist der USO. Er muss dringend medizinisch versorgt werden. Es wäre mir am liebsten, wenn dies zuerst in der Zentrale geschehen könnte. Ich benötige ihn in meiner Nähe.«

Die dunkelhäutige Terranerin mit den braunen Augen und den kurzen weißblonden Haaren nickte. »Ich werde die Chefmedikerin anweisen. Sonst noch etwas, Sir?«

Ich lächelte grimmig.

»Ja, zwei Dinge: Erstens müssen aus dem kleinen Raumschiff, neben dem Sie gelandet sind, verletzte und paralysierte Besatzungsmitglieder geborgen werden. Zweitens benötige ich ein Kommando, das diesen Planeten absucht. Wir suchen die Überreste eines Mannes und einer Frau. Sie sind äußerlich nicht von Terranern zu unterscheiden. Dass der Mann wirklich tot ist, wird bisher nur vermutet, bei der Frau sind wir sicher. Zudem vermissen wir einen modifizierten GLADIATOR-Kampfroboter, der für mich einen beträchtlichen Wert darstellt.«

Das hast du aber schön gesagt, Atlan, kommentierte mein anderes Ich mit bissigem Spott. *Ist es dir zu peinlich zuzuge-*

ben, dass Calipher-SIM mitsamt deinem Zellaktivator verloren gegangen ist?

»Ich werde sofort ein Team zusammenstellen lassen«, bestätigte Wynona Clues.

»Ihm darf nichts geschehen ... mein Zellaktivator befindet sich noch in ihm.«

Ich sah, wie sich die Pupillen der vielleicht fünfzigjährigen Frau überrascht weiteten.

»Das ist ...« Sie schluckte den Rest des Satzes hinunter und fügte dann an: »... alles klar so. Ich werde die Suche sofort mit der nötigen Gründlichkeit und Diskretion in die Wege leiten. Bitte folgen Sie mir!«

Sie drehte sich um und betrat eines der Laufbänder, die tief in den Bauch des gewaltigen Raumers führten. Die zweieinhalb Kilometer durchmessenden Ultraschlachtschiffe waren die größten in Serienfertigung hergestellten Kugelraumer der Terraner.

In rascher Folge nahm Wynona Clues Verbindung mit mehreren Personen auf und gab ihnen kurze, aber präzise Befehle.

Kurz bevor wir den zentralen Antigravschacht betraten, nickte sie mir zu.

»Drei Staffeln Moskito-Jets werden soeben bemannt und ausgeschleust. Und Major a Dorin befindet sich mit zwei Medorobotern auf dem Weg in die Zentrale, Sir.«

»Gut gemacht, Oberstleutnant.«

»Danke, Sir!«

Ich sah es ihr am Funkeln in den Augen an, dass sie gerne noch eine Bemerkung hinterher geschickt hätte, jedoch darauf verzichtete. Die Terranerin machte auf mich einen temperamentvollen Eindruck. Ich konnte mir gut vorstellen, dass sie zu lockeren Sprüchen neigte, sich in meiner Anwesenheit aber zusammennahm.

»Ich habe im Jahr 2435 für kurze Zeit selbst das Kommando über eine Kreuzerstaffel übernommen, die wie die MORPHEUS zum 82. Gemischten Stabilisierungsverband gehörte«, erzählte ich, während wir in Richtung Zentrale stiegen.

Wynona Clues sah mich lächelnd an. »Selbstverständlich erinnern wir uns daran, Sir. Alle Frischlinge – ich meine alle, die in den 82. GSV eingeteilt werden, erhalten am *Welcome-Day* einen Film vorgespielt, in dem auf diese ruhmreiche Episode aus unserer Vergangenheit eingegangen wird. Aber stimmt es wirklich, Sir, dass Ihnen General Ems Kastori die Schlachtkreuzer zuerst überhaupt nicht überlassen wollte?«

»Stimmt, der ›Heitere‹ hat sich ein wenig geziert, wenn ich so sagen darf.«

»Oh, das alles wird meine Offizierskollegen sicher brennend interessieren«, rief Oberstleutnant Clues enthusiastisch.

Das tröstet dich sicher ein wenig über den Verlust des Zellaktivators hinweg, sagte der Extrasinn boshaft. *Von deinen Taten wird noch nach Hunderten, ja Tausenden von Jahren gesprochen. Da hast du die biologische Unsterblichkeit gar nicht nötig.*

Ich habe verstanden, was du mir sagen willst. Und ja: Ich hätte besser auf deine Vorbehalte gegenüber Calipher-SIM und dem Ablegen des Zellaktivators hören sollen. Reicht dir das als Entschuldigung?

Das reicht mir, gab der Extrasinn zurück. *Ich mache das ja nicht zum Spaß.*

Unwillkürlich musste ich grinsen.

Heutzutage ist jeder ein verdammter Komiker, dachte ich.

Das war einer der legendären Reginald Bull-Aussprüche, die überall in der Galaxis, wo es Menschen gab, immer wieder zitiert wurden. Der meistverwendete Spruch lautete: *Niemand mag einen Klugscheißer.* Mit ihm hatte er in den Anfangszeiten des Solaren Imperiums einmal einen Reporter abgebügelt, der ihn vorlaut korrigiert hatte, weil ihm in einer Diskussion eine falsche Jahreszahl entschlüpft war.

Wir erreichten die Zentrale. Links und rechts des Eingangs stand eine zehnköpfige Ehrengarde. An deren Ende hatte sich der Kommandant, Oberst Gortan Kolln, aufgebaut und salutierte in militärischer Vollendung. Wie mir Wynona Clues auf dem Weg gesagt hatte, sprach die Besatzung von ihm nur als »dem Chef«.

Ich nahm den Gruß ab, ging auf ihn zu und hielt ihm die Hand hin. »Sie kamen im richtigen Augenblick, Oberst«, sagte ich lächelnd.

Der Terraner mit den wachen grauen Augen und den exakt drei Millimeter kurz geschnittenen schwarzen Haaren gestattete sich ebenfalls ein kurzes, aber dennoch herzliches Lächeln. Sein Händedruck war wie erwartet klar und kräftig.

»Gut, dass wir Sie gefunden haben, Lordadmiral. Die galaktische Lage ist dramatisch!«

»Dann setzen Sie mich bitte ins Bild, Oberst.«

»Sehr wohl, Sir!«

Er scheuchte die Männer und Frauen, die die Ehrengarde gebildet hatten, wieder zur Arbeit.

Santjun, Clues und ich folgten ihm zum Befehlsstand.

»Major da Laktar!«, befahl er. »Geben Sie mir ein Holobild der aktuellen Lage in der Galaxis!«

»Verstanden, Sir!«, sagte ein großgewachsener Mann, den ich wegen seines Namens zuerst als Arkoniden eingestuft hatte. Seine braunen Strähnen in den weißblonden Haaren wiesen darauf hin, dass es unter seinen Vorfahren auch Vertreter anderer Völker befunden haben mussten.

Vor uns baute sich ein großer Holobildschirm auf. Er zeigte die Milchstraße. Nacheinander leuchteten darin rote Punkte auf.

»Seit am 12. April um 11:21 Uhr Standardzeit der erste Monolith aktiviert wurde, dehnen sich die Aktivierungswellen rund um Thanaton aus. Der Reihe nach wurden die Monolithen von Zartiryt, Chonosso, Lumbagoo und Shenzen aktiviert.«

Der Oberst deutete der Reihe nach auf die betroffenen Sonnensysteme. Mein Blick fraß sich an einem einzelnen roten Punkt fest. Ich fühlte, wie sich mein Magen verkrampfte.

»Insgesamt aktivierten sich bisher fünfzehn Monolithen. Am Morgen des 24. April geschah es dann.« Gortan Kolln deutete auf den Punkt, den ich bereits mit tränenden Augen anstarrte.

»Sagen Sie mir nicht, dass sich im Solsystem ein Monolith befindet, Oberst.«

»Im Solsystem befindet sich ein Monolith, Lordadmiral«, gab Kolln unbeeindruckt zurück.

Bevor ich die erste der vielen Fragen stellen konnte, die sich in diesem Moment auftürmten, drang eine krächzende Stimme durch die Zentrale.

»Wo befindet sich der medizinische Notfall?«

Ich drehte mich um und sah, wie eine kleine Frau dem Antigravlift entstieg und in Begleitung zweier Medoroboter auf uns zueilte. Mit ihrer bronzefarbenen Haut, den schwarzen Haaren, die sie als Bobfrisur trug, und dem tonnenförmig vorgewölbten Brustkorb war sie auf den ersten Blick als Marsianerin erkennbar. Als sie mich erkannte, erschrak sie unwillkürlich. Sie nahm Habachtstellung ein und salutierte eine Spur zu hastig.

Ich nahm ihr den Gruß ab und sagte: »Das ist Risiko-Agent Santjun, er benötigt dringend medizinische Unterstützung.«

»Verstanden, Sir, Lordadmiral«, sagte sie und war offensichtlich froh, mit Santjun in eine ruhigere Ecke der Zentrale verschwinden zu können. Dort baute sie eine Antigravliege auf und aktivierte ein milchig weißes Feld, das ihren Behandlungsbereich vor direktem Einblick schützte.

Ich wandte mich wieder Oberst Kolln zu. Mit ruhigen Worten erklärte er mir, wo sich der Monolith genau befand und wie die Lage im Solsystem derzeit aussah.

Die Situation spitzt sich zu, wisperte der Extrasinn. *Und du musst davon ausgehen, dass Marik die Daten über das Transportsystem weitergegeben hat. Trotz der Hyperstörungen sollte es ihm möglich gewesen sein, einen Funkspruch abzusetzen.*

Nun sind wir genau da, wo ich nicht sein wollte, antwortete ich düster. *Die Gefahr durch die Monolithen und durch die Silberherren hat sich exponentiell erhöht, wobei eine unserer Hauptwelten direkt bedroht wird!*

Du wirst dich darum kümmern müssen. Doch vorher hast du noch ein anderes Problem, das geregelt werden muss.

Ich gehe immer noch nicht davon aus, dass Calipher-SIM mich töten will, dachte ich. *Auch wenn ich ihn nie direkt über die Funktion des Aktivators aufgeklärt habe, kennt er dessen Hintergründe und Wirkung durch die Basisdaten der GLADIATOR-Einheit.*

Es ist sehr wahrscheinlich, dass das Verschwinden Calipher-SIMS und der beiden – vermuteten – Leichen in engem Zusammenhang steht.

»Oberstleutnant Clues!« Ich wandte mich der Frau zu. »Irgendwelche Spuren der drei Vermissten?«

»Sir. Soeben habe ich erfahren, dass ein Teil eines Oberschenkels gefunden worden ist. Die DNA-Tests sind noch nicht abgeschlossen, doch wird allgemein davon ausgegangen, dass es sich um die gesuchte Frau handelt.«

»Und die anderen beiden?«

»Tut mir leid, Sir«, sagte Wynona Clues mit einem bedauernden Gesichtsausdruck.

Ich fühlte, wie meine Nervosität allmählich stärker wurde.

Noch ist nichts verloren, flüsterte der Extrasinn, der sich offenbar dazu entschieden hatte, mir wieder unterstützend zur Seite zu stehen, anstatt mir wiederholt meine Fehler und Nachlässigkeiten vorzuhalten. *Durch das hyperphysikalische Chaos war ein sofortiger Erfolg unwahrscheinlich. Geduld, Kristallprinz. Du musst spätestens in zwei Tagen, am Mittag des 30. April, den Aktivator wieder anlegen.*

Stumm fluchte ich in mich hinein. Die Unruhe entstand nicht einmal in erster Linie durch den fehlenden Aktivator. Ich hatte schon so häufig in ähnlichen Situationen gesteckt, bei denen man einfach abwarten musste, bis sich der Wind wieder drehte. Das Tainor-System würde nicht zu meinem Grab werden, da war ich mir sicher. Was mich nervös machte, war der Gedanke, dass ich mich bereits auf dem Weg ins Solsystem befinden sollte, um meinem Freund Perry beizustehen.

»Lordadmiral!«, erklang die kühle Stimme des Zweiten Offiziers, des Halbarkoniden Kontran da Laktar. »Rafferspruch von Shenzen. USO-Major Naileth Simmers erbittet neue Anordnungen.«

»Lassen Sie Major Simmers und die drei anderen mit einem Beiboot abholen. Seien Sie aber vorsichtig beim Anflug. Je weiter weg sie sich vom Monolithen halten, desto besser.« Ich wandte mich an Oberst Kolln. »Verzeihen Sie, Oberst. Diese sollte eine Bitte und keinesfalls ein Befehl sein.«

Er winkte ab. »Ich fühle mich nicht übergangen, Sir. Major da Laktar! Sie haben den Lordadmiral gehört – lassen Sie seine Leute von Shenzen abholen.«

In diesem Moment flammte das Display meines Kom-Armbands auf. Eine automatische Nachricht war eingetroffen. Sie stammte sie vom Bordrechner der MAGORS GLANZ. Ich öffnete sie und sah auf den ersten Blick, dass Calipher-SIM sie verfasst hatte.

Mit brennenden Augen las ich, was er mir geschrieben hatte.

Kapitel 39

Achtundvierzig Minuten zuvor: Calipher-SIM

Lordadmiral Atlan erläuterte ihnen seinen Plan. Er sah vor, dass sich Major Santjun über Funk mit den Silberherren – wobei sich der Roboter fragte, ob man Thalia Lacroix nicht eher als »Silberdame« bezeichnen sollte – in Verbindung setzen und sie mittels eines psychologischen Tricks gefangen nehmen sollte. Calipher-SIM war als Rückendeckung vorgesehen und sollte eingreifen, falls der Major in Schwierigkeiten geriet.

Die Funkfrequenzen und Verschlüsselungsalgorithmen für die Kontaktaufnahme befanden sich in den Datensätzen, die er aus den Anzugpositroniken der beiden gefallenen Silberherren übernommen hatte. Calipher-SIM überspielte die Daten an Atlan und Santjun.

Nach wenigen Minuten stand der Agent tatsächlich in Kontakt mit den beiden Silberherren. Der Major gab vor, dass er zu ihnen überlaufen wolle. Tatsächlich erhielt er nach einer kurzen Diskussion ein Leitsignal, mit dem er sich ihrem Standort nähern konnte. Atlan lächelte und schickte sie los.

In diesem Moment wurde Calipher-SIM bewusst, dass es für ihn nun Zeit wurde, den eigenen, vorbestimmten Weg zu gehen. Die Rekonstruktion seiner Urdaten stand seit längerer Zeit bei 99 Prozent. Bald schon würde er wissen, wie er seinen Weg fortsetzen musste, um seinem früheren Herrn Anat Serkuloon zu folgen.

Während Major Santjun in gemächlichem Tempo auf das Ziel zuflog, aktivierte Calipher-SIM sein Deflektorfeld und stieg in die Höhe. Dank des Leitsignals hatte er schon nach kurzer Zeit herausgefunden, wo sich Marik und Lacroix aufhielten. Vorsichtig näherte er sich ihnen. Dabei stellte er fest, dass sie sich auf einem geologisch höchst aktiven Terrain befanden.

In dem Roboter reifte ein Plan heran.

Calipher-SIM landete in zwei Dutzend Metern Entfernung und arbeitete sich durch das Höhlensystem des Berges auf die beiden Silberherren zu. Mittlerweile hatte Santjun die beiden ebenfalls erreicht und sprach mit Marik.

Calipher-SIM stand nur wenige Meter hinter dem Silberherrn und startete einen Angriff auf dessen Anzugpositronik. Im dritten Versuch gelang die Attacke, und Calipher-SIM konnte ruhig auf einen günstigen Moment warten, um seinen Plan in die Tat umzusetzen.

Als sich die Frau zwischen Marik und Santjun stellte, wusste Calipher-SIM, dass der Augenblick gekommen war. Er trat direkt hinter den Silberherrn, koppelte ihre Schutzschirmsysteme, und als Marik den Schuss auf Lacroix abgab, zündete Calipher-SIM die beiden Thermogranaten, die er sich aus einem Waffenarsenal der MAGORS GLANZ beschafft hatte.

Der Roboter packte Marik und flog mit ihm entlang der Bergflanke, mitten durch die sich austobenden Energien, weg von Santjun. Für den USO-Major musste es aussehen, als ob die Explosion den Silberherrn zerrissen hätte.

Nach einer kurzen Überraschungsphase versuchte sich Marik aus der Umklammerung des Roboters zu befreien und über Funk um Hilfe zu rufen. Doch Calipher-SIM unterband mühelos beide Aktionen. Obwohl der Mann im Vergleich zu einem durchschnittlichen Lemurer, Terraner oder Arkoniden größer und kräftiger war, hatte er gegen Calipher-SIM keine Chance. Darüber hinaus konnte er weder auf den Funk noch auf sonst ein System seines Anzugs zugreifen.

Als Calipher-SIM die Luftzufuhr auf fünfzehn Prozent drosselte, erschlafften die Bewegungen des Mannes nach wenigen Atemzügen. Eine Minute später war Marik ohnmächtig geworden.

Calipher-SIM flog weiter. Nach zwei Stunden, während deren Marik mehrmals halbwegs zu sich gekommen war, entdeckte der Roboter ein weiteres Höhlensystem. Es erstreckte sich über mehrere Kilometer und führte bis in eine Tiefe von zwölfhundert Metern. Mehrfach öffneten sich die Höhlen zu riesigen Kavernen.

Eine von ihnen war mehr als hundert Meter hoch. Ein glühender Lavastrom floss träge hindurch und warf tanzende Lichtkreise auf die glasig schimmernden Wände.

Der Roboter beschloss, diese Kaverne als Zufluchtsort zu nutzen. Er platzierte Marik auf einer Balustrade und erhöhte die Luftzufuhr wieder.

Dann wartete er.

Onjar Marik

Der Silberherr kannte sich mit terranischen Religionen nicht aus. Die Begriffe *Hölle* und *Teufel* waren ihm aber vertraut – selbst wenn er über deren Ursprünge nicht Bescheid wusste.

Als er aufwachte und den zweieinhalb Meter großen, humanoiden Titanen aus Stahl vor einem Lavameer aufragen sah, wähnte er sich genau dort: in der Hölle.

Instinktiv fuhr seine Hand zum Waffenholster an seiner Hüfte. Er war leer.

»Wer … was willst du von mir?«

Die Maschine schwieg. Es war ein GLADIATOR-Kampfroboter, wie ihn das Solare Imperium schon seit Urzeiten einsetzte. Wobei das Innenleben einem steten Überarbeitungsprozess unterworfen war, während sich am *humanoiden* Äußeren mit den langen dünnen Armen und Beinen von Modell zu Modell nur wenig geändert hatte. Den vor ihm stehenden Typ kannte Marik nicht genau, doch er ging davon aus, dass es sich um eines der neuesten Modelle handelte.

»Sprich, verdammte Maschine! Was willst du von mir? In wessen Auftrag handelst du? Atlans? Weshalb hast du mich hierher gebracht?«

Noch immer schwieg sich der Roboter aus. Auf dem glänzenden Metall züngelten die Reflexionen. Ließen ihn wie einen brennenden Rachegott erscheinen.

Marik wich zentimeterweise zurück, bis er mit dem Rücken an die Wand der Kaverne stieß. Er murmelte ein paar Befehle, doch die Positronik des Anzugs reagierte nicht. In fieberhafter Eile öffnete er die Schutzklappe des Notfall-Panels an seinem linken Unterarm. Nackte Angst stieg in ihm hoch, als der Anzug auf keinen Tastendruck reagierte.

»Das kannst du nicht machen, verfluchter Roboter, hörst du?«, krächzte er. »Du bringst mich sofort hier raus!«

Der GLADIATOR hob den rechten Fuß und setzte ihn vor den anderen. Dann machte er einen weiteren Schritt. Marik fühlte die Erschütterung des Bodens.

Ungelenk schob er sich an der glasierten Wand empor und wich zurück. Ohne Waffen hatte er gegen den Kampfroboter nicht den Hauch einer Chance. Rückwärtsgehend entfernte er sich von dem GLADIATOR. Plötzlich trat er mit dem einen Bein ins Leere, kam aus dem Gleichgewicht und stürzte in die Tiefe. Schreiend schlug er auf das Unterarm-Panel.

Aus!, dröhnte es in seinen Gedanken.

Wenige Zentimeter über der zähflüssig blubbernden Masse wurde er ruckartig abgebremst und wieder angehoben. Er glaubte die Hitze der Lava durch den Anzug zu spüren.

Der Roboter hatte sich in der Zwischenzeit gedreht und wartete stumm darauf, dass Marik auf der Höhe seiner optischen Erfassungssysteme anlangte.

»Weshalb hast du mich nicht einfach untergehen lassen?«, bellte der Silberherr heiser. »Dann wäre es vorbei gewesen. Du willst also spielen? Ist deine Positronik zu heiß gelaufen? Das ist …«

»Halt die Klappe!«, fiel ihm der Roboter ins Wort.

Marik schwieg überrascht.

Die Worte kamen eindeutig von dem Roboter, daran gab es keinen Zweifel. Selbst wenn die sechs senkrechten Schlitze höchstwahrscheinlich aus nostalgischen Gründen an der Unterseite des helmartigen Kopfes eingelassen worden waren. Lautsprecher konnte man auf weitaus diskretere Art und Weise unterbringen.

Das Überraschende war, dass der GLADIATOR mit Mariks Stimme gesprochen hatte.

»Du wirst mir ein paar Fragen beantworten, *verdammte Fita!*«

Nicht nur die Stimme, dachte er verblüfft.

Das Schimpfwort »Fita« hatte Marik nur in Zusammenhang mit Thalia verwendet. Woher … Der verdammte Roboter musste ihn schon seit längerer Zeit verfolgt haben. Marik wusste nicht, was ihm sagte, dass der Roboter auf eigene Faust handelte. So abwegig der Gedanke war, so logisch erschien er ihm in diesem Augenblick. Etwas stimmte nicht mit dieser Kampfmaschine. Das schien für den Silberherrn aber alles andere als ein Vorteil zu sein.

»Wir beginnen zuerst mit ein paar allgemeinen Fragen zur Auflockerung«, fuhr der Roboter in Mariks Tonfall fort. »Wer oder was sind die Silberherren?«

Hastig blickte sich Marik um. Die Kaverne war an die achtzig Meter hoch, flach gewölbt, und erstreckte sich über mehr als zweihundert Meter. Wie war der Roboter mit ihm hierher gelangt? Marik konnte keine Höhlen oder Stollen erkennen. Waren sie durch das Magma gekommen?

»Wer oder was sind die Silberherren?«, wiederholte der GLADIATOR.

»Die … die regierende Kaste auf dem Planeten Thanaton«, sagte er nach einigem Zögern. »Nachkommen terranischer Kolonisten.«

»Du stammst von Thanaton, Onjar Marik?«

»Lass mich schon fallen, du Blechtrottel«, schrie Marik in plötzlich aufflammendem Zorn. »Ich bin dir keine Rechenschaft schuldig!«

Er versuchte sich zu drehen, ruderte mit den Armen, doch der Roboter ließ ihm in seinem Fesselfeld keinen Spielraum. Heiß loderte die Wut in ihm.

Heiß.

Erschrocken stellte er fest, dass die Temperatur im Anzug plötzlich anstieg.

»Was machst du?«, rief er wütend. »Willst du mich verbrennen?«

»Ich will Antworten«, gab der GLADIATOR zurück. »Bisher hat dich ein eng anliegendes Schirmfeld vor der Hitze bewahrt. Nun muss deine Klimaanlage dies übernehmen. Unangenehm für dich ist nur, dass ich sie hoch und runter schalten kann.«

Ein qualvolles Stöhnen entschlüpfte Mariks Lippen. Mit jeder Sekunde wurde die Hitze stärker. Unerträglicher. Sie arbeitete sich von seinen Füßen über die Beine hinauf durch den gesamten Körper, bohrte sich in seine Haut und ließ das Silbermetall erglühen.

»Stammst du von Thanaton, Onjar Marik?«

»Nein«, krächzte er. »Ich stamme von Chonosso.«

»Die terranische Kolonialwelt Chonosso im Tarey-System?«

»Ja.«

Das Silbermetall musste bereits über achtzig Grad Celsius heiß sein. In diesem Moment wünschte er sich, er hätte in seiner Gier nicht so viel davon angelegt.

»Gehörst du demzufolge zur Tarey-Bruderschaft, Onjar Marik?«

»Schalte den Schutzschirm wieder ein!«, bettelte er. »Ich erzähle dir alles, was du wissen willst!«

»Du solltest meine Fragen direkt beantworten«, erwiderte seine eigene Stimme unerbittlich. »Ich messe Verbrennungen zweiten Grades.«

»Ja, ich bin Angehöriger der Tarey-Bruderschaft«, schrie er. »Zufrieden?«

»Wieso zählst du dich dann zur Herrscherkaste Thanatons?«

»Wir heutigen Silberherrn sind alle keine Lemurer, keine Ureinwohner Thanatons«, ächzte Marik. »Wir stammen von Terranern ab. Wir haben die alte Riege der Silberherrn unterwandert und die Herrschaft übernommen.«

»Weshalb?«

»Weil Malcher auf Thanaton zufällig die lebensverlängernde Funktion des Silbermetalls herausgefunden hat. Die Silberherren herrschten über den Planeten, also haben wir sie infil… « Seine Stimme erstarb in einem gequetscht klingenden Stöhnen.

Das Silbermetall schien sich durch die Haut sein Fleisch zu brennen. Die Schmerzen wurden unerträglich. Das Antlitz des Roboters umwölkte sich. Marik spürte, wie sich eine gnädige Ohnmacht nach ihm ausstreckte.

»Hiergeblieben!«, kam es scharf von dem Roboter.

Die Hitze ging eine Spur zurück, und Mariks Blick klärte sich wieder. Trotzdem fühlte sich sein Silberschmuck an wie ein glühendes Eisen, mit dem Tiere gebrandmarkt wurden.

Der Gestank verbrannter Haut stieg ihm in die Nase. Er würgte.

»Wer ist Malcher?«

»Mein Herr.«

»Welche Pläne hat er mit den Monolithen?«

»Ich … ich gehe davon aus, dass er die neue, tödliche Wirkung der Monolithen zur Ausweitung seiner … unserer Macht einsetzen wird.«

»Du sprichst von der Strahlung? Weshalb hat er diese nicht schon früher entdeckt?«

»Keine Ahnung«, ächzte Marik gequält. »Das war für uns alle überraschend. Wir haben den Monolithen von Thanaton nur für die Gewinnung von Silbermetall genutzt. Erst mit Atlans Auftauchen wurden die Dinger aktiv.«

»Wie wird Malcher die Monolithen einsetzen?«

»Keine Ahnung!«, stieß Marik aus und wurde kontinuierlich lauter. »Hörst du? Ich weiß es nicht! Ich habe ihm alle wichtigen Daten über das Transportsystem zukommen lassen. Keine Ahnung, was er damit anstellt. Du kannst aber davon ausgehen, dass er massiv vorgehen wird. Weder die USO noch das Solare Imperium werden etwas gegen ihn ausrichten können! Malcher hasst diese beiden Gebilde mit ihren Raumflotten und ihren Machtansprüchen. Ganz besonders hasst er Atlan und Rhodan, die an ihrer Spitze stehen und meinen, sie können der Galaxis ihre Gesinnung aufoktroyieren. Malcher wird nicht rasten, bis er diese Eitergeschwüre ausgemerzt hat. Sag ihnen das, Blechkasten! Mit den besten Grüßen von Onjar Marik.«

»Amen«, sagte der Roboter und das Fesselfeld erlosch.

Unsterblich, war der letzte Gedanke, der durch seinen Kopf zuckte, bevor das Feuer ihn verbrannte.

Rekonstruktion Urdaten: hundert Prozent, meldete die Routine, die sich mit der De- und Refragmentierung des Wissens seines früheren Selbst befasst hatte.

»Amen«, sagte er und schaltete das Fesselfeld ab, das Onjar Marik in der Höhe gehalten hatte.

Der Mann stürzte in die glutflüssige Lava und verging in einer hellen Feuerlohe.

Calipher-SIM widmete sich der Auswertung seiner Daten. Zum ersten Mal sah er sein Wissen komplett und in der korrekten zeitlichen Ordnung vor seinen virtuellen Augen.

Sofort stellte er fest, dass er seinem Ziel zwar wieder ein Stück näher gekommen war, ihm aber immer noch entscheidende Fakten fehlten. Dank vieler aufgezeichneter Gespräche mit dem lemurischen Hochenergiephysiker verdichtete sich sein Bild, das er in den letzten Tagen über das System und die Funktion der Monolithen gewonnen hatte.

Die Bauwerke waren etwa 1,2 Millionen Jahre alt und hatten ihren Erbauern zum Schutz vor übermächtigen Invasoren gedient. Anat Serkuloon hatte aber nie herausgefunden, wer die Herren der Monolithen einst angegriffen hatte.

Auf dem Höhepunkt des Krieges mit den Bestien von Halut hatten die Lemurer im Jahr 6373 dha-Tamar – also 50.027 vor Christus nach terranischer Zeitrechnung –, über ein Dutzend der Monolithen in reaktiviertem Zustand entdeckt. Parallel zur Errichtung ihrer »Psionischen Bastionen« hatten sie in der Folgezeit ein geheimes Vorhaben zum Schutz ihrer Hauptwelt Lemur in Angriff genommen. Sein Leiter war Anat Serkuloon gewesen, der seine Tochter Atryon als Chefberaterin einsetzte.

Der Hyperphysiker hatte das Projekt mit der höchstmöglichen Geschwindigkeit vorangetrieben. Dank seiner überragenden wissenschaftlichen Fähigkeiten war es ihm bald gelungen, die lemurische Technik mit derjenigen der antiken Bauwerke zu verbinden und diese zu steuern. Die Steuereinrichtungen, die in bunkerartigen Bauten in den zentralen Hohlräumen der Monolithen untergebracht worden waren, hatte Serkuloon aus Sicherheitsgründen so konzipiert, dass sie nur auf die Anwesenheit von Individuen reagierten, die er als »Zeut-Ellwen« bezeichnet hatte.

In einer seiner Aufzeichnungen stieß Calipher-SIM auf ein Gespräch zwischen dem Hyperphysiker und seiner Tochter, in dem sich Serkuloon besorgt darüber gezeigt hatte, dass es 131 Tage dauern würde, bis das System der Monolithen seine Funktion aufnehmen könne.

Worin diese Funktion genau bestand, konnte Calipher-SIM nicht herausfinden, doch er vermutete, dass der Lemurer seinem Volk eine Waffe von galaktischer Dimension hatte zur Verfügung stellen wollen.

Der erste Testlauf der Monolithen hatte allerdings zu einer totalen Katastrophe geführt – und als Folge davon zur Verbannung Anat Serkuloons, der daraufhin seinen Freitod vorgetäuscht hatte, wie Calipher-SIM bereits wusste.

Enttäuscht stellte der Roboter fest, dass er für sein wichtigstes Anliegen, das Wiederauffinden seines ehemaligen Meisters, keine weiteren Informationen erhielt.

Das bedeutete, dass er so rasch wie möglich weitere Informationsquellen finden musste, ohne dabei in die Nähe der USO zu geraten.

Es gab aber noch einen weiteren Grund, weshalb er diesen Planeten unverzüglich verlassen musste: Wie er aus den Aufzeichnungen entnommen hatte, würden die Monolithen bei der Aufnahme ihrer Tätigkeit alles gefährden, was sich in ihrem engeren Umkreis befand.

Und dieser engere Umkreis schloss das gesamte Sonnensystem ein, in dem sie platziert waren.

Kapitel 40

Opfer: Atlan

Ich verließ den zentralen Antigravschacht der MAGORS GLANZ auf Deck 6. Wie Calipher-SIM in seiner Nachricht geschrieben hatte, lagen auf diesem Deck die Mannschaftsräume. Die Deckenbeleuchtung flammte auf und gab den Blick auf eine kleine Kantine frei. Zwei Tische mit Kunststoffbänken standen links und rechts des Eingangs.

Oberst Kollns Leute hatten die verbliebenen Besatzungsmitglieder bereits von Magors Schiff abgeholt. Nach Naileth Simmers' Eintreffen auf der MORPHEUS würden wir gemeinsam darüber entscheiden, wie mit den Bewohnern Magorias weiter zu verfahren war. Sollten sie evakuiert werden? Oder würde die USO ihnen beim Aufbau einer neuen Regierung behilflich sein, wie ich das Poltor versprochen hatte? Wie mir Major Simmers mitgeteilt hatte, war Poltor bei den Unruhen ums Leben gekommen und seine Nachfolgerin Manja'Re hatte sich weit weniger kooperativ gezeigt als der alte Arkonide. Nach Naileths Einschätzung bestand die reelle Möglichkeit, dass Magoria sofort unter eine neue Diktatur geraten würde, wenn die Rebellen an die Macht gelangen würden.

Ich durchquerte die Kantine, wandte mich wie befohlen nach links und betrat die winzige Robotküche des Schiffs. In einer unauffälligen Wandklappe in Schienbeinhöhe lag – von Calipher-SIM vor dem Verlassen des Schiffs hier hinterlegt – mein Zellaktivator.

Schwein gehabt!, meldete sich mein Extrasinn.

Das bezieht sich auf den Trostpreis für den Letztplatzierten bei mittelalterlichen Turnieren, gab ich zurück. *Ich habe nicht vor, dieses Turnier zu verlieren.*

Kurz wog ich das eiförmige Gerät in der rechten Hand und spürte, wie die belebenden Impulse in meinen Körper strömten. Ich wusste, dass in diesem Moment Santjun mindestens zusammenzuckte oder vielleicht von einem stärkeren Anfall heimgesucht wurde.

Ich steckte den Aktivator in eine Tasche meines Gürtels und hoffte im Gedanken an Santjun, dass er sich in der Ausübung seiner Funktion zurückhalten würde. Noch verblieben fast vierzig Stunden, bis ich das Gerät wieder für ein paar Stunden anlegen musste.

Ich verließ die Robotküche und schaltete mein Flugaggregat ein. Zwei Minuten später schwebte ich aus der MAGORS GLANZ und blickte über die alptraumhafte Landschaft des ersten Tainor-Planeten.

Was ist mit Calipher-SIM geschehen?, fragte ich mich ein weiteres Mal.

Angesichts dessen, dass er dir ein Geschenk und ein Brieflein hinterlassen hat, gehe ich untrüglich davon aus, dass sein Abgang genau geplant war, wisperte der Extrasinn. *Aus diesem Grund ist auch nicht anzunehmen, dass er zerstört wurde. Er versteckt sich vor uns und will nicht gefunden werden.*

Aber weshalb?, fragte ich zurück.

Darüber kann ich nur spekulieren. Am wahrscheinlichsten ist, dass der Roboter eigene Ziele verfolgt, die mit seiner Vergangenheit als Wachroboter der Lemurer verknüpft sind.

Bist du immer noch der Ansicht, dass Calipher-SIM etwas mit dem Verschwinden Onjar Mariks zu tun hat?

Es lässt sich nicht von der Hand weisen, antwortete der Logiksektor. *Der liebenswürdige Silberherr besaß zumindest Informationen, die aus Sicht des Roboters interessant sein könnten.*

Wie auch immer, dachte ich. *Wir werden warten, bis das Suchkommando den Planeten vollständig überprüft hat. Dann werde ich mich um das nächste anstehende Problem kümmern.*

Ich flog zur MORPHEUS zurück und machte mich auf den Weg in die Krankenstation, wohin Santjun inzwischen verlegt worden war. Als Melter a Dorin, die Chefmedikerin im Rang eines Majors, mich sah, ergriff sie einen Stapel Folien und eilte auf mich zu.

»Lordadmiral«, begann sie hastig. »Zuerst will ich mich für meinen unprofessionellen Auftritt vorhin in der Zentrale entschuldigen. Sie müssen ja denken …«

»… dass Sie eine hervorragende Ärztin sind, wie ich gehört habe«, unterbrach ich sie. »Wie geht es Santjun?«

»Kommen Sie, bitte. Ich möchte Ihnen etwas zeigen.«

Mit diesen Worten wandte sie sich um und marschierte auf einen Leuchttisch zu, um den Ledersessel aufgestellt waren. Hastig legte sie die Folien aus. Es handelte sich um Aufnahmen von verschiedenen Organen und einer Wirbelsäule.

Melter a Dorin blickte mich aus ihren kugelrunden Augen mit den für Marsgeborene typischen dunkelgelben Augäpfeln und der grünen Iris durchdringend an.

»Dem Patienten geht es eigentlich gut – abgesehen davon, dass er noch sehr geschwächt ist. Aber das ist nebensächlich. Viel wichtiger sind die Aufnahmen, die ich von seinem Innenleben erstellt habe.«

Sie wies auf die Bilder.

»Das ist natürlich nur ein erster Schritt«, beeilte sie sich zu sagen. »Selbstverständlich werde ich zusätzlich hochauflösende dreidimensionale …«

Ich winkte ab, hob zwei Folien hoch und runzelte die Stirn. Die Bilder zeigten Santjuns Herz aus zwei verschiedenen Betrachtungswinkeln.

»Ein silberner Schimmer«, murmelte ich nachdenklich und blickte die Marsianerin an. »Dann ist das Silbermetall tiefer in Santjuns Körper eingedrungen als nur unter die Haut?«

»Nicht nur das, Sir«, gab die Medikerin in ihrer krächzenden Stimme zurück. »Sehen Sie hier!«

Sie hielt mir eine Folie vor die Augen, auf der dicke silberne Stränge inmitten einer fleischigen Masse sichtbar waren.

»Das Silbermetall, wie Sie es nennen, scheint nicht willkürlich in den Körper eingedrungen zu sein. Im normalen Gewebe ist es nur in geringem Maße feststellbar. Die semimetallischen Fasern haben sich primär auf die inneren Organe fokussiert. Nach allem, was mir von Ihnen und dem Patienten geschildert wurde, gehe ich davon aus, dass diese Organe durch den Abfluss der – wie nennen Sie es? – Vitalenergie am stärksten geschädigt worden sind, wodurch dieser Effekt erklärt werden könnte.«

Ich fühlte, wie es mir die Kehle zuschnürte.

»Was hat das zur Folge, Doktor?«

»Die halbmetallischen Fasern haben sich zu Geflechten verbunden und stützen nun in den Organen deren Funktionen!«

»Heißt das, dass er sich immer weiter zu einem Silbermann verwandelt?«

»Diese Transformation wird weiter fortschreiten, das ist richtig.« Die Frau rieb sich kurz ihre leicht gebogene Nase. »Da der Vorrat an Silbermetall aber begrenzt ist, müssen wir sicher nicht davon ausgehen, dass der Patient im Endstadium durch und durch aus diesem Material, respektive den semimetallischen Fasern besteht. Zudem könnte es sein, dass vorher eine gewisse Sättigung auftritt.«

»Sollen wir ihm den Schmuck aus Silbermetall abnehmen, um diese Transformation zu stoppen?«

Sie blickte mich ein paar Sekunden an, während es in ihrem Gesicht arbeitete.

»Nein, Sir«, sagte sie dann. »Selbst wenn diese Transformation in ein nicht mehr völlig menschliches Wesen aus unserer Sicht grausam erscheint, so stabilisiert das Silbermetall dennoch den Zustand des Patienten und verlängert dessen Leben.«

»Danke, Doktor«, sagte ich schlicht.

»Bitte sehr«, gab sie zurück. »Ich werde mich nun wieder dem Patienten widmen.«

Sie raffte die Folien zusammen, grüßte und eilte davon. Nachdenklich blickte ich hinter der kleinen Frau her.

Du darfst dich wegen des Zustands deines Risiko-Spezialisten nicht schuldig fühlen, riet der Extrasinn sanft.

Mein Leben ist gepflastert mit Opfern, die ich oder andere für eine höhere Sache erbringen mussten, dachte ich bitter. *So viele sind deswegen gestorben. Ich muss immer wieder aufs Neue darum kämpfen, die Gewissensbisse zu verarbeiten und zu vergessen.*

Du hast keine andere Wahl, wenn du nicht verrückt werden willst, alter Arkonide. Das gilt auch für den aktuellen Fall Santjun.

Ich weiß. Und dennoch ist es diesmal schwieriger, damit umzugehen. Mein Weiterleben provoziert in unmittelbarer Weise seinen Tod. Nun lässt Santjun es zu, dass das Silbermetall massiv auf seinen Körper Einfluss nimmt, um sich eine weitere Galgenfrist zu verschaffen. Schrittweise verliert er nicht nur einen Teil seiner Menschlichkeit, sondern auch seine Identität.

Worauf willst du hinaus?

Ich atmete zweimal tief durch.

Wo bleibt die universelle Fairness?, fragte ich mein anderes Ich. *Weshalb zählen Einzelleben so wenig im Anbetracht kosmischer Ereignisse?*

Eines der großen Probleme, gab der Extrasinn amüsiert, aber nicht abschätzig zurück. *Ich fürchte, die Lebensdauer eines Unsterblichen allein wird nicht ausreichen, um diese Frage zu beantworten.*

Naileth

Die Borduhren zeigten den 28. April, 9 Uhr abends.

Nachdem sie auf die MORPHEUS gebracht worden war, hatte sie sich umgehend mit Atlan und dem Kommandanten des Ultraschlachtschiffs getroffen und die Situation in Magoria besprochen. Oberst Kolln hatte daraufhin einen Planungsstab zusammengestellt. Dieser hatte die Vorbereitungen dafür zu treffen, dass ein Team aus Psychologen, Soziologen, Logistikern und andere Experten mit zwei Kreuzern nach Shenzen überwechseln und in den nächsten Wochen für Stabilität in Magoria sorgen sollte. Ziel war es, die Voraussetzungen zu schaffen, dass sich die Bewohner der Stadt zukünftig auf demokratischer Basis selbst organisieren und versorgen konnten.

Einen bleibenden Unsicherheitsfaktor bildete der aktivierte Monolith. Atlan empfahl, für den äußersten Fall umfassende Evakuierungsmaßnahmen vorzubereiten. Bisher wusste niemand, in was sich die uralten Bauwerke in ihrer nächsten Entwicklungsphase verwandeln würden.

Atlan und Naileth Simmers beschlossen, dass Amelia Marcos, Torben Santorin und Ramit Claudrin vorerst in Magoria bleiben sollten, da sie die dortigen Verhältnisse besser kannten als das Expertenteam der MORPHEUS.

In diesem Augenblick stand Major Simmers in der Medoabteilung des riesigen Kugelraumers und versuchte ihre Gedanken zu ordnen, bevor sie die Tür öffnen und in das kleine Zimmer treten würde, in dem *er* lag.

Sie fürchtete sich vor dem Moment ihres Wiedersehens. Noch zu gut erinnerte sie sich an den metallischen Beigeschmack, der ihr verzweifelter Kuss gehabt hatte, bevor er vor ihr geflohen war.

Kurz spürte sie die Versuchung, einfach umzukehren und erneut Iasana Weiland zu besuchen, die nur wenige Meter entfernt untergebracht und immer noch nicht aus ihrem Koma erwacht war. Naileth hatte eine halbe Stunde auf dem Rand der Pneumoliege gesessen und Iasana erzählt, was ihr gerade in den Sinn gekommen war.

Verdammt!, dachte sie. *Weshalb ist das so schwierig?*

Weil sie erstmals seit Jahrzehnten wieder jemanden liebte?

Tat sie das wirklich? Redete sie es sich nicht nur ein, weil Santjun mehr und mehr den Mann verkörperte, den ihr das Schicksal zwar kurz geschenkt hatte, bald aber wieder wegnehmen würde. Eine *Amour fou*, eine verrückte Liebe?

Wäre es nicht für alle Seiten besser, wenn sie sich einfach von dieser Tür und dem Risiko-Agenten Santjun abwenden würde? Genau jetzt und hier? Einfach weggehen. Vielleicht ein paar Wochen Urlaub beantragen. Oder noch besser: sich ein neues Kommando über ein USO-Schiff zuweisen zu lassen. Den Kopf in Arbeit stecken und das tragische Kapitel Santjun für immer schließen und aus ihrem Herzen auszusperren.

Wollte sie das? Konnte sie das?

Unsicher blieb sie vor der Tür stehen.

Santjun

Stumm betrachtete er die Decke.

Seit Stunden war er mit sich und seinen Gedanken alleine. Zuerst war die marsianische Medikerin pausenlos in seiner

Nähe gewesen, hatte ihn befragt und Tests durchgeführt. Sie war ihm auf die Nerven gegangen. Mit ihrer gebogenen Nase und der krächzenden Stimme hatte sie auf ihn wie ein Habicht gewirkt.

Atlan hatte ihn über den Bord-Kom eilig darüber informiert, dass man trotz intensiver Suche weder von Calipher-SIM noch von Marik eine Spur gefunden hätte. Diese Information hatte ihn aber weit weniger interessiert als Atlans Hinweis, dass Naileth Simmers an Bord der MORPHEUS übergewechselt war.

Das war vor mehr als drei Stunden gewesen. Seither war er alleine.

Seine Gedanken wurden umhergeworfen, als befänden sie sich in einer altertümlichen Waschtrommel. Es konnte doch nicht sein, dass Naileth seither keine freie Minute gefunden hatte, um ihn besuchen zu kommen. Nur um schnell den Kopf durch die Tür stecken, um nachzusehen, ob es ihm gut ging. Oder zumindest anzurufen, wie Atlan es getan hatte.

Sie konnte ihn doch nicht einfach ignorieren! Oder tat sie das gezielt? Musste sie es vielleicht sogar tun?

Santjun legte den Kopf auf die Seite und betrachtete sich in der spiegelnden Oberfläche eines medizinischen Überwachungsgeräts.

Sein Gesicht war nun fast vollständig vom Silbermetall durchdrungen. Die Haut wirkte trocken und runzlig. Die Augen …

Ruckartig drehte er den Kopf wieder der Decke zu.

Was geschieht mit mir?, fragte er sich. *In was verwandle ich mich? Werde ich unsterblich?*

Er schluckte schwer.

Was hatte es überhaupt mit dieser Unsterblichkeit auf sich? Alle wollten sie, jagten ihr nach und gingen dabei über Leichen. Wozu das alles? Um ein potenziell unendliches Leben lang von diesen Taten verfolgt zu werden? Um neues Unheil zu säen? Ein Leben lang gleichzeitig auf der Flucht und auf der Jagd zu sein?

Wie unsinnig.

Sinnentleert.

Es gab nur etwas, das für ihn hier und jetzt sinnvoll wäre.

Nicht *etwas.* Jemand.

Doch Naileth schien sich von ihm abgewandt zu haben.

Nur eine Minute, dachte er.

Eine Minute des absoluten, ungetrübten Glücks mit Naileth. Eine Minute, in der er sich in ihre Seele fallen lassen und darin verlieren konnte. Eine Minute, in der alles andere keinen Bestand hatte. In der er nicht darüber sinnieren musste, ob die Monolithen das Potenzial besaßen, die gesamte Milchstraße zu entvölkern. In der nicht der Leben raubende Einfluss der Monolithen im Zentrum stand, sondern dessen pures Gegenteil.

Diese eine Minute wäre mit der Unsterblichkeit nicht aufzuwiegen.

Doch das waren nur Gedankenspiele. Er hatte selbst Schuld, wenn ihm nicht einmal eine solch lächerlich kurze Zeit mit Naileth blieb. Er hatte sich auf Magoria nicht mehr unter Kontrolle gehabt. Er hatte die Frau, die er liebte, nicht nur körperlich, sondern auch seelisch weggestoßen. Er konnte es Naileth nicht verübeln, wenn sie sich von ihm abgewendet hatte.

Santjun hätte gerne geweint, doch das hatte er schon lange verlernt.

Er erinnerte sich an den scheinbar Ewigkeiten währenden Übergang zwischen den beiden Monolithen von Lumbagoo und Shenzen. Damals hatte er sich gefragt, ob seine Existenz gleichbedeutend mit der ewigen Verdammnis sei. Alleine zu sein mit sich und seinen Gedanken.

Nun wusste er, dass er sich geirrt hatte. Es war schlimmer, physisch zu existieren mit seinen Gedanken als eigentlichen Feind.

Die Tür öffnete sich und Naileth Simmers trat ein.

Sie lächelte.

Epilog

Tipa Riordan

»Was gibt es?«, fragte die Piratin unwirsch, als sich der Erste Wesir vor ihr aufbaute.

»Wir haben wie befohlen Tainor-1 unter die Lupe genommen.«

»Davon gehe ich aus!«, unterbrach sie ihren Stellvertreter Faun Malkovoch. »Erzähl mir was, das ich noch nicht weiß!«

Tipa Riordans Quellen in der USO hatten ihr die Information zugespielt, dass im Tainor-System ein Notruf mit dem Kode LIG – Lordadmiral in Gefahr – abgesetzt worden war. Selbst wenn sie keine weiteren Informationen erhalten hatte, wusste die Piratin sofort, dass dies zum gegenwärtigen Zeitpunkt nur bedeuten konnte, dass im Tainor-System weitere Hinweise auf das Silbermetall und die Monolithen zu finden waren.

Unvermittelt hatte sich ihr die Chance geboten, dem *Arkonidenscheich*, wie sie Atlan nannte, erneut eins auszuwischen. Vor fast genau einen Monat, am 4. April 3112, hatte sie ihn im zentrumsnahen Bereich des Sagittarius-Spiralarms getroffen und ihm den aus Raumnot geretteten Risiko-Spezialisten Santjun sowie einen geheimnisvollen Ring aus Silbermetall übergeben. Im Gegenzug hatte sie sich von Atlan eine leistungsfähige Positronik erbeten, die er ihr aber nicht ohne weiteres hatte überlassen wollen. Aus diesem Grund konnte es äußerst hilfreich sein, wenn sie nun nachzulegen vermochte.

Auf dem zweiten Planeten hatten ihre Leute zwei terranische Kreuzer und ein Schiff unbekannter Herkunft geortet.

Aus diesem Grund hatte die Piratin befohlen, erst die anderen Planeten des Systems zu überprüfen.

Ihr untrüglicher, in mehr als dreihundert Jahren geschulter Instinkt hatte ihr und ihren Piraten den Weg nach Tainor-1 gewiesen, wo sie als erstes auf drei Überwachungssonden terranischer Bauart gestoßen waren. Die Handschrift hatte aber eher auf ihren alten arkonidischen Intimfeind gedeutet. Sie hatten die Sonden ausgeschaltet und mit der Untersuchung des Planeten begonnen.

»Jemand hat von außerhalb versucht, in die Systeme der BUTTERFLY einzudringen!«, sagte der Erste Wesir mit seiner dröhnenden Stimme.

»Jemand hat *was?*«

»Ein Eindringversuch, Ma'am. Nur dank der mehrfachen physischen und positronischen Sicherheitssperren war der recht geschickt ausgeführte Angriff erfolglos.«

»Gut. Und weiter?«

»Wir haben in der Folge die Quelle des Angriffs ausfindig gemacht. Der Grundkennung nach zu schließen, handelt es sich um einen GLADIATOR-Kampfroboter der USO.«

»Und sonst? Eine Basis, ein Schiff?«

»Nichts, Ma'am«, antwortete Faun Malkovoch. »Nur der Roboter.«

»Der sitzt doch nicht allein auf einem Planeten herum?«

»Wir haben jedenfalls nichts anderes gefunden. Allerdings herrscht dort draußen ein wahres Ortungschaos. Vielleicht kann der Roboter es Ihnen selbst erklären. Er hat uns sofort nach seiner Entdeckung angefunkt.«

Die Piratin erhob sich und zeigte mit ihrem Gehstock auf einen Visiphonschirm. »Ein sehr munterer GLADIATOR! Ich will mit ihm sprechen!«

Der Bildschirm erhellte sich und zeigte das düstere Bild einer Planetenoberfläche mit scharf gezeichneten, spitzkantigen Gebilden aus erstarrter Lava. Am rechten oberen Rand prangte das Emblem der USO.

»In welchem Auftrag willst du mit mir sprechen, Blechmann?«, sagte sie anstelle einer Begrüßung.

»Die Piratenhexe Tipa Riordan, wie ich meinen Datenbanken entnehme!«, schallte es zurück. »Ich spreche in niemandes Auftrag – ich habe mich emanzipiert!«

Tipa sog empört Luft ein.

»Nenn mich noch einmal *Piratenhexe,* und du lernst meine schweren Geschütze kennen! Und was soll dieser dämliche Ausspruch, du hättest dich *emanzipiert?* Sprich schnell, mein Interesse an dir schwindet bereits wieder!«

»Verzeiht, Ma'am! Mein Name ist Calipher-SIM. Ich war mehr als fünfzig Jahrtausende lang als Wachroboter für meinen lemurischen Herrn Anat Serkuloon tätig. Zwischenzeitlich habe ich mich Atlan angeschlossen, doch nun musste ich meinen eigenen Weg gehen, um mehr über die Monolithen zu lernen.«

»Du hast dich von ihm abgesetzt?«, fragte sie. »Ich kann nicht glauben, dass der alte Beuteterraner ein so teures Spielzeug einfach zurücklässt.«

»Ich musste mich vierzig Stunden tief im Innern des Planeten verstecken, Ma'am. Ich hörte den Funkverkehr der Suchkommandos ab und konnte ich mich daran orientieren, wo sie sich gerade aufhielten. Am 30. April 3112 haben sie schließlich die Suche aufgegeben und den Planeten verlassen. Nun bin ich außerordentlich erleichtert, bereits drei Tage später ein Schiff gefunden zu haben, das weder zum Solaren Imperium noch zu der United Stars Organisation gehört.«

Tipa Riordan kniff die Augen zusammen. »Keine Neujahrsansprachen, Toaster! Du suchst also Informationen über die Monolithen?«

»Ganz recht! Und aus Eurem Auftauchen in diesem System schloss ich, dass Ihr ebenfalls an solchen Informationen interessiert seid!«

Die Piratin kratzte sich nachdenklich am Kinn.

»Deine Überlegungen sind nicht falsch, Blechjunge. Du willst mir also Informationen geben? Weshalb? Im Tausch gegen eine Raumschiffpassage?«

»Genau das, Ma'am.«

»In Ordnung«, sagte sie nach kurzem Zögern. »Ich werde dich an Bord holen lassen. Anschließend bin ich gewillt, mit dir in Verhandlungen zu treten.«

Mit einem Kopfnicken ließ sie die Verbindung abbrechen. Dann blickte sie ihren Ersten Wesir an.

»Jetzt wird es erst richtig interessant!«

Die Piratin kicherte vergnügt.

ENDE

Perry Rhodan
PLOPHOS
DER ABGESCHLOSSENE ZYKLUS IN 4 BÄNDEN
Band 1
Feinde der Menschheit
ISBN 3-8118-5549-2
Band 2
Soldaten für Kahalo
ISBN 3-8118-5550-6
ERSTMALS IM BUCHHANDEL ERHÄLTLICH!
Band 3
Panik im Sonnensystem
ISBN 3-8118-5552-2
Band 4
Planet der letzten Hoffnung
ISBN 3-8118-5553-0
Jeder Band
ca. 400 Seiten
Format 13,5 x 21 cm
Paperback
JEDER BAND NUR
€ 9,90
sfr 19,-
PLOPHOS
Perry Rhodan